那一方土地，
那祖祖辈辈讲给我们的故事，
我们不该忘记。

放缓脚步，
去故事里闻一闻乡土气息，
重拾遗失的美好记忆。

国家出版基金项目
NATIONAL PUBLICATION FOUNDATION

中国民间
文化遗产
抢救工程
THE PROJECT TO CHINESE
FOLK CULTURAL HERITAGES

中国民间故事丛书

中国民间文艺家协会　组织编写

总主编/罗杨　本卷主编/朱彦华

河北

承德

承德市区 卷

知识产权出版社
Intellectual Property Publishing House

中国民间文化遗产抢救工程
THE PROJECT TO CHINESE
FOLK CULTURAL HERITAGES

中国民间故事丛书

河北承德·承德市区卷

1

《中国民间故事丛书》承德市编委会

顾　　问　张庆祥　衣志坚

主　　编　朱彦华

副 主 编　王舜　梁义

编　　委　王翠琴　王咚涞　王振平　王舜　刘朴　朱彦华
　　　　　许祥　张秀超　武秀丽　高兴库　梁义　龚河

《中国民间故事丛书》承德市区编委会

顾　　问　衣志坚

主　　编　朱彦华

副 主 编　陆羽鹏

摄　　影　王舜　常生　刘福云　刘英　石俊凤

中国民间
文化遗产
抢救工程
THE PROJECT TO CHINESE
FOLK CULTURAL HERITAGES

中国民间
故事丛书

河北承德・承德市区卷

①避暑山庄热河泉
②避暑山庄驯鹿坡

中国民间
文化遗产
抢救工程
THE PROJECT TO CHINESE
FOLK CULTURAL HERITAGES

中国民间
故事丛书

河北承德·承德市区卷

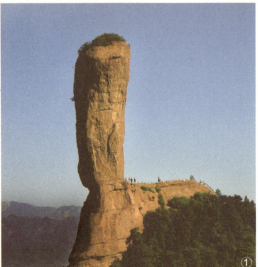

①棒槌山　　　　④普乐寺

②双塔山　　　　⑤避暑山庄陆合塔

③避暑山庄烟雨楼

④

⑤

中国民间
文化遗产
抢救工程
THE PROJECT TO CHINESE
FOLK CULTURAL HERITAGES

SOS

中国民间
故事丛书

河北承德·承德市区卷

中国民间
文化遗产
抢救工程

THE PROJECT TO CHINESE
FOLK CULTURAL HERITAGES

SOS

中国民间
故事丛书

河北承德·承德市区卷

①普宁寺千手千眼观世音菩萨 ④头道牌楼

②普陀宗乘之庙 ⑤耍中幡

③市区步行街

中国民间
文化遗产
抢救工程
THE PROJECT TO CHINESE
FOLK CULTURAL HERITAGES

SOS

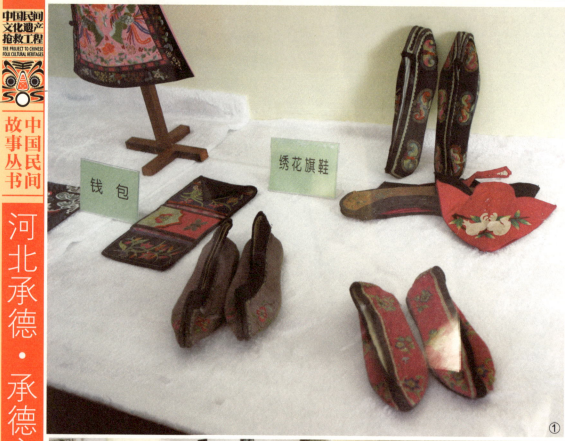

钱包

绣花旗鞋

①

帽板指

秋帽

钱包

②

③

④

⑤

中国民间
文化遗产
抢救工程
THE PROJECT TO CHINESE
FOLK CULTURAL HERITAGES

故事丛书

中国民间

河北承德・承德市区卷

①绣花旗鞋
②满族帽饰
③豌豆糕
④二仙居碗饦
⑤鲜花玫瑰饼

高宗乾隆皇帝

中国民间文化遗产抢救工程
THE PROJECT TO CHINESE FOLK CULTURAL HERITAGES

中国民间故事丛书

河北承德·承德市区卷

①

①王秀莲剪纸
②腊月卖福字地摊
③端午节卖葫芦

中国民间
文化遗产
抢救工程
THE PROJECT TO CHINESE
FOLK CULTURAL HERITAGES

中国民间故事丛书

河北承德・承德市区卷

①

②

①石俊凤剪纸
②1987年参与民间文学集成人员在河北省民协代表大会上

人类不能没有故事（代序一）

罗 杨

  故事，是人类对自身历史的记忆行为，它记忆和传播着一定社会的文化传统与价值观念，引导着社会性格的形成，构建着一定社会的文化形态。具有五千年文明底蕴的古老中国，是一个充满故事的国度，有着悠久的讲故事的传统。那些"夸父逐日"、"嫦娥奔月"、"精卫填海"、"愚公移山"等神奇的故事，至今仍散发着迷人的魅力，澎湃着感人的生命张力。作为先人创造和遗留下来的宝贵文化财产，故事中充满了民族智慧、生命记忆和文化血脉，它营造了民族精神的美好家园，是民族文化得以认同的载体。我们每个人都是听着故事长大的。那些爷爷奶奶、爸爸妈妈讲给孩子们的故事，对于提升生命的尊严和价值观的养成，甚至比日后上学读书所带来的爆发力还要绵久和强大。

  中华民族的聪明才智、高尚情操是与民族民间的文化传承分不开的。民间故事中蕴含着历史、幻想、理想、感情、道德、智慧和生活知识，具有娱乐、传播知识和教化的三重作用。故事，不仅给人以知识和智慧，也给人以启迪和力量；不仅传播着社会价值理念，也构建着美好的精神家园。纵观中华民族的文明文化史，我们的祖先曾经讲着"女娲补天"的故事开创了华夏民族的创世纪元；伟大领袖毛泽东讲着脍炙人口的故事"愚公移山"，带领着中国人民推翻了三座大山；改革开放大潮中，我们又讲着春天的故事，跨入了豪迈的新时代。一个充满故事的人生必定是辉煌的人生，一个充满故事的民族必定是充满希望的民族。可以说，故事始终伴随着我们的民族走向成熟，也伴随着我们的国家走向强大。

一个伟大的民族不能没有故事，一个强大的国家不能没有故事，一个复兴的时代不能没有故事。那些美妙动人的民间故事，在世代的传承中，已经内化为我们的民族精神，并融入中华儿女的品格。然而，在当代文明更迭、社会转型的年代，很多优秀的民间故事正面临着失传的危险。把祖先留下的精神遗产抢救下来，保存下来，完整地交给后人，是几代民间文艺工作者的责任和使命。为此，中国民间文艺家协会把对民间故事的抢救和传承作为一项长期工作延续了半个多世纪，并将《中国民间故事丛书》列入中国民间文化遗产抢救工程重点项目，常抓不懈。

除了中国，还能有哪个国家有如此丰富的故事，有如此众多的故事传承人和听众？作为一种民间文学样式和娱乐方式，民间故事可能会被人们冷落，但我相信，作为中华文明的血脉，民间文化的基因始终流淌在亿万群众的血液里，它的根是不会断的。

人类没有故事将会平淡无奇，世界没有故事将会索然无味。随着社会发展和文明进步，人类社会越来越需要倾听那些本真的、自然的，充满着文化多样性魅力的故事。让我们把祖祖辈辈流传下来的美好故事世世代代地讲下去，让中国的崭新故事向人类倾诉更多的精彩。

2014 年 4 月

承德元素的历史与文化（代序二）

朱彦华

　　是否应该感谢新世纪之初的那个春天，因为那个春天里，和煦的春风催生中国民间文艺家协会高层们作出了实施"中国民间文化遗产抢救工程"的英明决策。正因为有了这个决策，我们基层的民间文艺工作者才有机会把那些"在仓库里面储藏而受到雨淋、鼠啃、虫蛀"，或还深深埋藏在人民心底的民间文学宝藏重新翻捡、挖掘出来，故也才有了《中国民间故事丛书·河北承德卷》（8卷本）的问世。我们知道，《中国民间故事丛书·河北承德卷》只是整个工程中小小的一部分，但它却是不可或缺的一部分，因为它记录下来的是有着承德元素的历史与文化，保存下来的是承德才具有的远古生活画卷与风情。

一

　　承德地处河北省东北部，与北京、辽宁、内蒙古、张家口、唐山、秦皇岛等省市毗邻。现为京津冀经济圈、京承秦旅游金三角内具有独特区位优势、资源特色和开发潜力的地区。全市辖8个县、3个区、133个乡、77个镇，总面积为39548平方公里，人口364万。

　　同中国的许多区域一样，承德的历史悠久远长。20世纪八九十年代，在西辽河流域和承德丰宁地区发现的距今约1.3亿年的生物化石震惊了中国，也震惊了世界，被美国地质学家命名为"热河生物群"。其中，一种带翅膀会飞的龙，学术界称之为"热河翼龙"；平泉老獾洞古人类遗址和

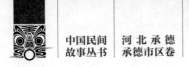
鹰手营子四方洞古人类遗址让我们看到了 5 万年前承德原始人群的活动身影；在承德围场、赤峰翁牛特旗出土的用玉石雕刻的龙，被称为"玉龙"或"玉猪龙"，是五六千年前红山文化时期的产物，可谓最早的中华龙图腾。这里还曾经出土新石器时代鸱枭纹石牌饰、战国青铜短剑、刀币石铸范，秦权，辽代契丹符牌、金银牌、编钟，金代官印，清代鎏金铜佛，等等。这里有燕北长城、燕秦长城、明长城以及在全国乃至世界最具影响力的清代皇家园林、猎苑和诸多行宫遗址等，展现了承德历史文化中最具生命力的灵性与精魂。

承德古为幽州外域；春秋时期属北燕；东晋十六国时先为代国、前燕、前秦幽州，后为魏渔阳郡、北燕右北平郡地；五代十国时属契丹民族势力；这以后又历属北安州、松山州、北平府、直隶州；1733 年设承德州。独特的地理位置，使这里几千年来一直成为北方各少数民族如山戎、东胡、匈奴、乌桓、鲜卑、库莫奚、契丹、女真、蒙古等生息繁衍融合的区域。其中有两个民族抑或两个历史时期，在这块版图上留下了浓墨重彩。

一为三千万人突然在地平线上消失而留下千古之谜的契丹族。地处承德东北部的平泉，历史上曾是中原农耕文化和草原游牧文化相互碰撞和交融的重要地带。在其北部山野，耸立着一座巍峨蓬勃的大山，它就是七老图山脉主峰马盂山。中国七大河系之一的辽河即发源于此。更重要的，这里是契丹族的发祥地。传说，"契丹始祖"白马神人即降身于此，并且"自马盂山浮土河而东"，在木叶山遇青牛天女后繁衍发展才有了契丹八部。而契丹贵族强大以后，始建辽代。辽代存在了 200 余年，平泉一直是它的统辖区和重要活动区域。所以平泉的各个角落，都留下了契丹民族的足迹：古奥的契丹文字，简朴淡雅的契丹壁画，意蕴迷人的辽瓷，辽代王公贵族墓葬及众多辽代珍贵出土文物，带有契丹符号的地名及沿袭下来的民俗风情……但非常奇怪的是，这里存留下那么多物质的契丹符号，却没有留下一则真正的契丹人的口传文学。我相信他们是有口传文学的，它的遗失或者是被多民族的融合所淹没，或者是被那些突然消失的契丹人带走了，成为千古之谜。

二为最终让这块土地闻名于世的、有过康乾盛世的清王朝。应该说，当初还是因了这里独特的地理位置，让康熙停下脚步有了一番思考。

历史上，承德所处的滦河、伊逊河流域是华北通向蒙古草原的水路干线。清初，古北口、热河、木兰围场一线是京师通向漠南蒙古、喀尔喀蒙古、黑龙江和沙俄尼布楚（今涅尔琴斯克）的交通要道。康熙年间，皇帝派往漠北、东北和沙俄的使臣，大都出古北口，经热河和围场分赴使所。康熙皇帝北巡 56 次，出古北口经热河 40 余次；著名的乌兰布通之战，清军主力就是经这条线路进的围场。正是因为这里独特的地理位置，才让康熙皇帝有了"肆武绥远"的战略思想：一方面，通过"巡幸""秋狝""年班"等方式，处理好与蒙古各部的关系，进而遏制沙俄与蒙古分裂分子相勾结的边疆作乱，阻止沙俄对中国疆域的入侵与蚕食；另一方面，为已疏于"弓马骑射"的满族后代重寻八旗剽悍找到一处练武之所，因此才有了木兰围场的设立。

或者是有了木兰围场的成功经验，避暑山庄及周围寺庙群的建立，成为康乾两位皇帝实施其政治策略的又一重大举措。又因了避暑山庄及周围寺庙群的存在，承德成为清王朝鼎盛时期的第二个政治中心。

今天，也因了避暑山庄及周围寺庙群的存在，一项顶桂冠纷至沓来：中国首批二十四座历史文化名城之一、中国十大风景名胜区之一、中国四十四个重点风景区之一、中国旅游胜地四十佳之一、首批中国优秀旅游城市、国家 4A 级旅游景区。1994 年，避暑山庄及周围寺庙被联合国教科文组织列入世界文化遗产名录。

二

承德以其丰厚的历史文化和隽美的自然风光成为世界文化遗产中的一颗璀璨明珠。如果把旖旎的名胜风光和文物遗存视为这座名城的血液和骨骼的话，那么积淀着的历史文化则是其最具生命力的灵性和精魂。从传承至今、风雨沧桑的台榭楼阁，到集南秀北雄于一体，融古代造园艺术、建筑艺术、宗教艺术于一身的避暑山庄与周围寺庙，再到由此派生的佛像艺术、碑刻艺术、诗词艺术、雕塑艺术、书画艺术，以及恢宏细腻的宫廷宴乐文化、风情万种的民俗民间文化，处处都体现了承德丰厚的历史文化底蕴。而承德民间口传文学正是承德历史文化精魂的一部分。

同其他艺术门类一样，民间文学在其内容、形式及艺术表现上也有着自己的特殊性。而它在内容上所表现出来的显著特征就是较多地受其历史、地理环境的影响，往往直截了当地反映各个时代的社会生活。由于各个区域历史及地理环境的不同，其民间口头文学又形成了各自不同的特色。如果说，承德地区流传的民间口传文学是边塞各民族历史发展的组歌，那么，清代历史传说则是这组歌的主旋律。

在这支边塞民族历史发展的组歌中，那些记述少数民族风情、民俗、历史的篇章应该说是这一区域口头文学中的瑰宝。遗憾的是，那些远古时代少数民族的生活篇章，我们迄今挖掘到的还不多，只散见于那些记述古代沙场鏖战的篇章中。而

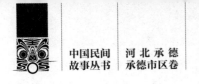
为我们展现较多生活画卷的则是近古时期的满族、蒙古族及回族。但由于长久民族杂居而带来的民族间的融合与同化，加之现代语言的渗入，一些作品中所表现出来的民族特点已不那么显著。满族传说故事尤其明显。以承德地区流传的满族民间叙事作品与满族人发祥地白山黑水间流传的作品相比较，便不难看出它们的区别所在。由于两区域自然环境与历史环境的不同，使两地间流布的满族民间文学作品，无论是在内容、风格上，还是在作品表现出来的民族气质、心理结构、民俗风情及审美情趣上，都较少有相同之处，更多的是别如霄壤。这方面的例证不胜枚举。如白山黑水是满民族的发祥地，因此那里流传有天神创世神话、自然神话、族源神话、祖先创业神话、图腾崇拜神话及保存在萨满神谕中的萨满教女神神话等；而承德是清朝建立后满族新兴的迁徙地，一些满族原始神话、祖先创业神话在这里可以说一篇也找不到。又比如同为满族历史人物传说，东北区域内有代表性的作品是以阿骨打、努尔哈赤、萨布素、红罗女组成的著名四大传说，而承德区域内几乎是康乾二帝的天下。因为承德自成为清代第二个政治及文化中心后，康乾二帝每年都在这里颐养或处理朝政，许多历史事件发生在这里，诸多王公大臣、名太监、文化名人等也屡屡来承伴君，因此，康乾二帝的传说成为承德传说的最大亮点。

是否可以这样说，承德地区流传的满族民间叙事作品介于满族与汉族作品之间，在长期的流变发展中形成了自己独具的特色。

特色之一，承德清代传说普遍带有较强的政治性。承德是清康熙皇帝以"肄武绥远"取代修筑长城策略的实施地，由此木兰秋狝制度的实施及在避暑山庄外围建构的呈众星捧月态势的寺庙群便有了较强的政治色彩。为了多民族的统一和疆土的巩固，康熙皇帝利用藏传佛教笼络各少数民族上层，而处于京畿之地的承德与木兰围场便成为"诸藩来觐，瞻礼亦便"的理想之地。正因为有着这样的政治背景，这一时期产生的清代传说便也带有较强的政治色彩。比如承德流传的一些讲述满蒙联姻的传说，这是其他地方没有的。这一特点还可以在与东北满族围猎故事的比较中显现出来。围猎故事在东北及承德区域内都有，但内容却不同。东北区域内的围猎故事多以平民猎手为主人公，讲述他们凭借多年围猎经验对付棕熊、降服恶虎或捕鹿射貂。承德也有以射熊、殪虎、围鹿为内容的围猎故事，但这里的主人公不是平民而是皇帝及外藩王公等。因为这里的围猎地已不再是族人的生息地，而是清朝政府抚慰团结各少数民族首领的政治舞台。又比如东北的四大人物传说以歌颂为主，康乾二帝的传说则是功过参半。因为康乾二帝虽然创建了康乾盛世，但他们的文治武功是劳动人民付出巨大代价换来的。避暑山庄、外八庙的砖瓦中堆积着无数劳动人民的尸骨，每一座建筑都充斥着人民的怨声。清朝政府与劳动人民的阶级对抗在口传文学中有着鲜明的体现。

特色之二，"宫廷文化"对承德清代传说产生了重大影响。如果说东北区域内的清前史时期的满族传说突出体现的是满民族的尚武精神，那么承德区域内的清代传说则突出体现了满民族的尚文精神。满民族是一个善于接受新事物的民族。清入关后，作为统治阶级的满民族积极吸收汉民族的雅文化，"清朝三百年间，满族下层末吏小官至上层皇亲贵胄间，兴起诗词唱和，写文作赋之风气，王公大臣乃至七品县令以争先出版自己的诗文集而引以为荣，康乾二帝更是身先事卒，堪称此风之楷模"。此风气也影响到了民间，这一时期流传出许多君臣之间、君民之间作诗联对的传说，成为清代传说中的特殊类别，而且这类传说唯承德最多。还有一个现象值得注意，清代共十帝，但此类传说只限于康乾二帝。究其原因，除了上面说到的康乾二帝身先事卒学习汉文化外，还有一个原因就是康乾二帝本身学识渊博，写下大量诗文，并喜欢到处题诗做对。其实，君臣联对中的"臣"也只限于刘墉父子、纪晓岚、和珅四个人。为什么他们四个人的名字频频出现在这一类传说中？因为这四个人都官至大学士，学识渊博，并常在乾隆帝身边走动，纪晓岚还曾在避暑山庄"文津阁"编纂《四库全书》。

另外，承德流传的这一类联对传说可谓雅俗共赏，其中不泛佳作，如"热河泉畔看热河，始知热河泉中出"，"烟雨楼头观烟雨，顿觉烟雨楼边生"；又如"蛙鼓萤灯蚯蚓笛，荒村夜夜元宵"，"莺歌蝶舞鹧鸪词，香陌年年上巳"，等等。这些联对从内容上看，产生地是承德无疑，但真正的作者是谁已无从考证。也许真的就出自乾隆君臣之口，后又从宫中流至民间。也有可能是一些读书人或下层末吏小官的唱和，后流传开去，成为口传文学的一部分。这或者也可以印证，口传文学的创作者不仅仅是普通劳动人民，也有知识分子。

特色之三，承德地区具有代表性的作品还表现在长城传说故事中。悠久的长城文化千百年来影响着这伟大巨龙跨越的十六个省市、自治区。承德地区长城遗存较多，全区八县便有五县留有长城遗址。滦平县境内的金山岭长城独具特色，尤为壮观，近年来更被开发为旅游胜地。而流传于承德区域内的长城传说故事在其内容上较其他区域也宽泛、丰富得多。除有与全国流传较广的"孟姜女寻夫"类同篇外，更多的是具有浓郁地方特色的作品，可概括为三种类型：其一，为驻守边关的爱国将士树下千古传唱的口碑；其二，通过再现长城建筑工艺之精华，歌颂劳动人民的伟大创造力；其三，倾诉修城将士及人民的劳役之苦。这些传承下来的长城传说故事弥足珍贵，为我们后人留下了一幅幅丰富多彩的长城历史文化图景。

　　总之，流传在承德这块土地上的口传文学是极其丰富的。这些神话、故事、传说、笑话，从政治、文化、人物、民俗等各个角度，全方位地记录下这片土地丰富的根脉和浓郁的文化风情。并教育和感染着一代代人，通过口头传承的源流，领略中华民族博大精深的民间文化。

　　由承德千百名矢志掘宝者经过多个春秋的辛勤耕耘奉献出来的这部《中国民间故事丛书·河北承德卷》（8 卷本），虽然还存有许多不足，但它科学的、文学的价值及历史功绩是不容忽视的。它除了为我们保存了历史、文化、民俗、名胜古迹、地理风貌等多方面的地方知识外，卷本最大的价值在于，它把人民群众千百年历代传承的口头文学用科学的方法固定于书面，为永久保存民间文化遗产作出了重大贡献。岁久弥显，随着时间的推移，它会愈发显示出其深远的历史价值。

　　对于《中国民间故事丛书·河北承德卷》（8 卷本）的问世，河北省、承德市、承德所属区县各级领导给予了高度重视，在人力、物力、财力上予以大力扶持。同时，这 8 卷本更是承德市无数热心民间文化人士群体智慧的结晶，是他们的汗水，他们的心血，他们不畏艰难的崇高精神，将这部长卷凝聚而成。在这里我要代表承德人民向他们真诚地说一声：谢谢！

2013 年 8 月

目录

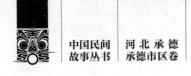

故事

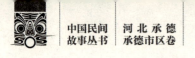

中国民间
文化遗产
抢救工程

THE PROJECT TO CHINESE
FOLK CULTURAL HERITAGES

中 国 民 间
故 事 丛 书

河 北 承 德
承德市区卷

【傳說】

风物传说

承德地名的由来

采录: 笑 天

　　早在三百多年前, 承德还只是一个小山村。山村里, 居住着百十户人家。这些人家有蒙古族, 有满族, 有回族, 也有汉族, 大部分人家都以放牧为生。这里水甘草肥、绿草如茵, 绿草丛中开满了五颜六色的鲜花。雪白的羊群和健牛骏马漫步草地之上, 似绿色的地毯上点缀着一颗颗玛瑙、珍珠。玉带似的武烈河水环山村汩汩流过, 七弯八绕, 消逸在莽莽群山丛中。四周群山层峦叠嶂, 异石林立, 树木葱茏, 青翠欲滴, 獐狍狐鹿出没其间, 偶尔还有一两只笨拙的黑瞎子吧嗒吧嗒踱过。这块给人们以衣食的风水宝地——"哈伦告鲁儿", 就是众所周知的"热河"。

　　"热河"由避暑山庄东北一隅的温泉而得名。当时, 这个"名号不掌于职方, 形胜无闻于地志"的小山村尚不为世人所知。

　　一七〇一年腊月, 前往遵化州祭扫顺治孝陵的康熙皇帝返京途经这里, 被眼前雄险奇秀的自然景观迷住了。他没有想到, 在连绵不断的燕山深处, 竟有这样一个山明水秀的好去处。他向随行的军机大臣详细询问了这里的有关情况, 并且亲自踏勘了附近的山形地势, 经过一番运筹, 在第二年, 即康熙四十一年, 正式颁发了兴建热河行宫的诏令。

　　身为万乘之尊的皇帝的话自然是一言九鼎, 热河行宫很快兴建起来, 并且成为当时仅次于北京的一个重要政治中心。

　　清王朝入主中原前, 都城在奉天 (沈阳市)。康熙皇帝十分重视这个满族的发祥地, 为了表示不忘祖上的恩德, 取书《周官》"六服群辟, 罔不承德"之意, 于康熙三年将奉天首邑命名为"承德"。那么, 怎么奉天不叫承德, 热河倒成了承德呢？说起来，这里还有一个意味深长的故事。

据说，康熙到了晚年，为防众多的皇儿觊觎帝位，以致酿成日后手足相残的悲剧，所以一直不立太子，而是暗书密诏严封金匣置放于大内最高处的"正大光明"匾后。一旦大限来临，便由身边的顾命大臣取出密诏，谕示天下，密诏之上有幸题名的皇子，自然是君临天下的新皇帝了。

一七二二年旧历十一月的一个晚上，年近七旬的康熙皇帝极虚弱地躺卧在金丝楠木的御榻上。他的喉头呼噜呼噜响，一口紧似一口地倒气。一阵痛苦的喘息过后，他微微睁开滞涩的双眼，浑浊的目光示意侍奉在身旁的宠臣隆科多取来暗藏密诏的金匣子。他知道，即便是贵为天子的"万岁"，自己也挨不过今天夜里了。他哆哆嗦嗦地从枕下摸出钥匙，亲自递给隆科多，指着金匣子，断断续续地对隆科多说："朕……怕是不行了，日后……爱卿……要着意辅佐……新君，掌好……祖宗留下的……社稷。大位的安排……都在那里了……"

隆科多急忙跪下，唏嘘着说："请皇上放心，奴才一定遵旨照办。"

果然，过不多时，当了六十一年皇帝的康熙脖儿一歪，腿儿一蹬，大驾殡天了。于是，隆科多将康熙遗诏亮出来，谕示于众。诏书上写着："传位于四子胤禛。钦此。"诏书公布后，当天，皇四子胤禛便登上了皇帝的宝座。他，就是后来的雍正皇帝。但是，这位嗣君登基不久，立足未稳，朝野内外便卷起了一股风。人们纷纷议论说，先帝的遗诏是被人篡改过了的，本来上面写的是："传位十四子胤禵。钦此。"但雍正是绝不能容忍这种舆论存在的，于是，他开始大规模地清洗和迫害对自己"不忠"的人。经过残酷的镇压，他总算坐稳了屁股下的宝座。

俗话说"背后骂皇帝"，舆论毕竟不是一朝一夕即能根除的。而且，那些舞文弄墨摇唇鼓舌的史官会怎么看待这件事呢？总要有一个能调顺舆论的好办法。所以，雍正为此事一直是耿耿于怀。

到了雍正十一年，时值康熙八十诞辰，工于心计的雍正忽然有了一个绝妙的主意。

他想起康熙在世时，曾多次随父亲到热河行宫巡猎狩围，消夏避暑，在伴驾的诸多皇子中，只有皇三子诚亲王胤祉和自己得到了康熙的赐园。自己的赐园并且得到康熙的御笔亲题。这不正足以表明先帝对自己的厚爱吗？于是，他借祭奠康熙八十诞辰之际，效仿当年康熙故事，将热河赐名为"承德"，意思是告诉天下人，我这个皇帝是奉天承运之真命天子，不是篡位的假皇帝。

历史的奥秘自有史学家们去研究探讨，但是后来几经更易，"承德"这个地名却从此沿袭下来。

狮子园

采录：孟　阳

承德离宫北围墙外，有一条东西八里多长的大沟，沟西头儿有一片树林，这块地方，叫狮子园，又叫小离宫。据说清朝乾隆皇帝，就降生在狮子园北面一座小山的南山坡上。

相传，雍正看中了一个叫妮儿的宫女。他想封妮儿为妃，但皇太后却舍不得。因为妮儿是她身边的使唤丫头，每日伺候得皇太后格外周到。可是雍正是个酒色之徒，老打着妮儿的坏主意，有一天，他趁皇太后不注意，终于把妮儿给糟蹋了。

天长日久，皇太后见妮儿的肚子渐渐鼓起来，就明白是怎么回事了。怎么办呢？若是被朝内文武百官们发现，那皇上的脸面往哪搁呀？皇太后心想把妮儿偷偷处死，可又舍不得妮儿肚子里的孩子。因为孩子是皇帝的后代。有一天夜里，皇太后终于想出个鬼主意，她秘密安排了几个心腹人，把离宫西北角的围墙，拆了个大豁子，然后用一顶四人抬的小轿，悄悄地把妮儿抬出，顺着一条大山沟往西走。到哪去呢？谁也不知道，反正能找到一户老百姓家中，叫妮儿住下，生下孩子，就能遮人耳目了。几个人抬着妮儿走着走着，发现前面有一处亮着灯火，就奔着灯亮的地方走去，到跟前一看，是南坡上的两间旧草房。草房里有一对年轻夫妇正掌着灯磨豆腐哩。

轿夫们按照皇太后的暗中吩咐，暂时让做豆腐的夫妇俩收下妮儿，而且偷偷告诉夫妇俩，等妮儿安安全全把孩子生下来，必有重赏。说完，他们抬起空轿子，就回承德离宫去了。

这夫妻二人，男的叫李厚。二人虽然日子过得贫寒，只靠做豆腐卖来维持生活，但对妮儿照顾得很周到。他家养的几只鸡，下了蛋全留给妮儿吃。妮儿渴了，就用熬熟的豆浆给她冲糖喝。妮儿羞答答地哭着说："大哥大嫂，我这孩子生下来，不管是男是女，永远忘不了你们的恩情！"大嫂说："妹子，多多保重，万不能哭坏身子啊！"妮儿点点头，还是有擦不完的眼泪。

有一天早晨，皇太后起床后，她说做了一个梦，梦见有一只金狮子，驮着一个胖娃娃，进了一个做豆腐的老百姓家中。她说完，就吩咐自己的心腹人到这家做

豆腐的人家看。果然，是宫女妮儿生下来一个男娃娃。几个人看完孩子，便急忙回宫禀了皇太后，并且讨好地说："您老这梦真灵，确实有一个男娃娃！"其实，皇太后早就暗派人探来了消息，只不过胡说一气，遮盖一番皇帝的丑事罢了。

孩子过满月这天清晨，皇太后又派几个心腹人来豆腐房里抱孩子。有一个宫中人对李厚夫妻说："多亏了你们的精心照料，你们要什么，就给什么。"李厚说："我这庄稼人过日子，就是想种些地呀。"来人满口答应，让他马上动身离家，转一个大圈儿，天黑前回来，所圈住的地面，全归他家。李厚可高兴啦，大清早就动身圈占土地去了。

皇太后秘密派来的心腹人，一见豆腐房的男主人离开了家，就七手八脚地从妮儿的怀里抢孩子。孩子是娘身上掉下来的肉，哪能舍得被人夺走呢？妮儿哭叫着，死死不撒手。房主人大嫂也帮着妮儿苦苦哀求，但也无用。突然，一个窝心脚，妮儿被踢倒了。孩子被几个打手抢走，抱回离宫里去了。

妮儿哭得死去活来，大嫂劝说了妮儿一阵子，说等她把丈夫找回来想个办法。说完，她就忙着去找自己的丈夫。这时，豆腐房里只剩下妮儿自己了。她越想越伤心，又觉得自己生的是私生子，羞怒难言，也就无心再活在世上了。于是，便跳进了山坡下的一片荷花塘里，活活淹死了！

再说豆腐房里的男主人李厚，清早走出去圈地时，刚刚往西走出不到二里地，见有几个人在一个小棚子里赌钱，便围着看起了热闹，把圈地的大事忘到脑后了。等他想起来时，天快要黑了，所以他只绕了个小圈儿，就回去了。回到家时，见妻子正到处找妮儿哩！她找啊，找啊，最后从前边的荷花塘里找到了妮儿的尸体。这夫妻二人看着妮儿怪可怜，想把她安葬在山坡上。但皇太后得知消息后，暗中派心腹人，生把妮儿深埋在荷塘的污泥里了。

从此以后，这里的一片山水，就叫私子园。后来觉得这名字不好听，皇太后又想起自己曾做过的那金狮驮娃的梦，这地方便改名叫狮子园了。那宫女妮儿生下的孩子，就是后来的乾隆皇帝。

迎水坝

采录：郎宏民

承德市靠武烈河边有一迎水坝，传说这座迎水坝是用慈禧的脂粉钱建造的。

光绪二十六年，热河（现承德）普降大雨，武烈水上涨严重威胁着避暑山庄和全城百姓的生命安危。当时热河的知府姓曹，曹知府素有爱民如子之称，被人誉为曹青天。曹知府看到河水不断上涨，城中低地大部分进水，有心沿武烈河边建造迎水坝。但百姓由于苛捐杂税的盘剥，一贫如洗，地方拿不出钱来。无奈只好连夜赶往颐和园向慈禧告急，要求拨经费建造迎水坝。可是当时国库空空，筹建海军的经费都被慈禧用来建造颐和园了，怎么办呢？最后，还是曹知府仗着胆子出了一个主意："老佛爷，能不能把您的脂粉钱拨那么一点，来建造迎水坝呢？"慈禧一听很不高兴。但为了保住避暑山庄，没办法，只好忍痛割爱拨了点脂粉钱，在武烈河右岸建造了迎水坝。

葛家庙的来历

采录：蒲 仆

一天，乾隆与刘墉出避暑山庄微服私访。二人经西走上虹桥，见前面有个胡同，不断传出唢呐声、道喜声。乾隆说："刘爱卿，咱们也到里边看看如何？"刘墉说："好！"君臣二人随着人流进入胡同，见一家门前悬灯结彩，大门框上贴着一副红对联。上联是：诗歌杜甫其三句；下联是：乐奏江南第一章；横批是：钟鼓乐之。乾隆看了半天，弄不明白，就问刘墉这是什么意思。刘墉说："诗人杜甫曾写过一首五言诗'久旱逢甘雨，他乡遇故知，洞房花烛夜，金榜题名时'。其三句就是'洞房花烛夜'啊。下联指的是《诗经》第一章'关关雎鸠，在河之洲，窈窕淑女，君子好逑'。这是结婚楹联最好的佳句。"乾隆听了，不住点头。这时，就听有人喊接客，再看由门里出来三位老者，拉住君、臣二人往里相让："二位请，到客厅侍茶。"君、臣到此，只得进去了。

一位老者说："二位是先见东家呢？还是先到账房写喜礼呢？"君、臣一听写喜礼，面面相觑。因为出宫换了便服，忘带银子了。乾隆说话了："还是先写喜礼，后找东家道喜吧。"刘墉心想：圣上没带银子，看他拿什么写喜礼。

君臣来到账房，只见乾隆摘下身上的荷包，解下玉虎荷包坠递过去。账房管账先生一惊，立起问道："您尊姓大名？"乾隆说："你写王口耳喜礼玉虎坠一枚。"管账先生问刘墉："您贵姓？"刘墉也学样递过一个坠子，说："我姓卯金刀，喜礼珊瑚坠一枚。"

　　君臣二人回屋又和东家相见，互相都不认识。乾隆说："府上婚娶很是热闹呀，我二人路过，特来祝贺。"东家很高兴："现今多蒙皇恩浩荡，我们葛家有几处买卖非常兴隆，正值小儿完婚，诸多亲朋劝我借此机会庆贺一番，既表太平盛世，又谢当今万岁。"乾隆一听，心里别提多舒服，便说："我们欲到新房一观可否？"东家连说："欢迎，欢迎。"让执客引路，君臣来到新房。只见屋内布置一新，只缺少红联。乾隆说："拿金披红纸来，我给你们写一门光。"有人拿来文房四宝，乾隆抄起笔，一挥而就，贴在屋门板上。东家和客人们见了人人称赞。有的说："这字与当今皇上的字差不多。"可是一念那词，怎么念都不成句。原来门光是用裁圆的红纸，词句随着纸的圆形转圈写的。

　　这时，又听到外边有迎客声。原来是胡知府（幼时人称小神童）驾到。东家忙去陪同知府叙谈。叙谈之中胡知府听说刚才有人写了门光，众人都看不明白，就起身来到洞房。他一看就知道这是一首循环诗，随口念道："洞房花烛照窗纱，烛照窗纱映彩霞，映彩霞光添锦绣，光添锦绣洞房花。"再看字迹，不禁"呀"的一声："这是当今万岁手迹，快请皇上到上房。"众人大吃一惊，齐到前庭去找。哪料君、臣二人未曾吃酒，已走多时了。葛翁当即命人将贴有御笔的门板抬到家祠挂起来，鼓乐齐奏两天，以表祝贺。事后又在粮市街盖一庙宇，寺名"宏济寺"——葛家庙。门板改制为一块横幅匾额，悬挂后殿，以供香客瞻仰。及至庙宇开光时，庙前高搭戏台，招来了山南海北数万人参观那循环诗，一时传为佳话。

皮袄街

采录：蒲　仆

　　有一年秋天，在承德避暑的乾隆皇帝因思念东北故乡的林海雪原，非要等承德天降大雪之后再回北京城。

　　一天晚上，乾隆刚入睡，忽见一黑发长须的老者飘然走近榻前。他问老者："你来此何事？"老者行礼答道："天气冷了，山民特为圣上送寒衣而来。"说着，将一件狐裘捧于面前。乾隆见裘皮毛色乌黑闪亮，通体不见一丝杂色，用手抚摸光润平滑，柔若软缎。偌大一件裘袍竟是一张整筒狐皮所做，实属罕见的珍贵皮料。乾隆意欲询问，老者已将狐裘收回，转身便走。乾隆大惊，正要阻拦，老者回头又说："半月之后天将降雪，皇上当早日着人来取寒衣。"说罢飘然而去。乾隆想喊他问个明白，却忽悠一下醒了过来，原来是南柯一梦。天亮后，他命尚衣房总管去街市上查找黑色整筒狐裘皮料。总管奉旨出了避暑山庄，心里暗自嘀咕：依皇上的身量，要用整筒狐皮做裘袍已是很难，却还非要黑色狐皮，一时到哪儿去找呢？君命难违，只得到全承德的大小皮货铺去寻。有一家陕西人开的皮货铺，掌柜的姓胡，几年不在铺中，刚从外地回来。这天一大早，他说有贵客要来，命一小伙计站在铺门前专等宫内人来。天气乍冷，小伙计站了老半天，正有点不耐烦时，见一穿官服的走来，他连忙将那人迎入铺中。管账先生也赶忙施礼让座。那人将来意说明，管账先生见果然是宫内总管大人为皇上来买皮料，忙对总管说道："小店老掌柜的早有吩咐，命我专候总管大驾。"说完，忙命人去请胡掌柜。过了一会，伙计回报胡掌柜不在后院。管账先生好生奇怪，自己刚才还在后院陪东家喝茶，怎么会不在了呢？管账先生亲自到胡掌柜的卧房去找，只见床帐垂挂，隐约有人躺在床上。撩开幔帐一看，不禁大吃一惊，只见一只乌黑的大狐狸趴在床上。他慌忙跑回客厅，叫众人来捉狐狸。几个人把床团团围住，总管大人也挽袍袖亲自动手掀开床帐，大家看时，竟是一张硕大的狐狸皮平卧在床上。只见这狐皮乌黑闪亮，约有一人长短，正是皇上要找的皮料。总管心中十分高兴，忙命人将狐皮裹好，带回宫交旨去了。总管再找胡掌柜时仍无踪影，后来才纳过闷儿来，原来"胡"乃为"狐"也，专为乾隆送袍而来的。

半月之后，果然天降大雪，乾隆身穿尚衣房赶制的狐裘，与大臣们一同登上南山积雪亭赏雪。工夫不大，众大臣貂裘獭氅上落了不少雪花，却不见乾隆身上有半片雪花飘落。尚衣房总管觉得奇怪，便告诉了皇上。乾隆故意走出积雪亭几步，却见漫天飞舞的大雪飘至狐裘尺许远便绕弯落于地上。乾隆心中甚为高兴，便将梦中狐仙献裘之事说了一遍。大臣们方知皇上穿的狐裘是件宝物。老臣刘统勋问道："皇上是在何处购得这皮料呢？"乾隆一时高兴，顺口答道："在皮袄街，裘珍楼！"说罢哈哈大笑。谁知，君臣的一时戏言，这皮袄街便叫了开来，一直流传至今。

大石庙

采录：王文元

很久以前，在承德东南，有一个小山村，村里有一位农家少女和一位青年猎人，俩人相亲相爱，订下了终身。青年猎人每日早起晚归进山打猎。姑娘每天傍晚都要跑到村外清水潭边来接。

一天傍晚，姑娘又来到清水潭边儿等情人。这时，姑娘身后响起一阵马蹄声，很快到了跟前。姑娘连忙站起来，只见一个矮胖子下马朝她走来，正用一双母狗眼直直地盯着她。他是街上一家富户的少爷，这日打猎回府，在此遇上姑娘，看那姑娘长得丰满匀称颇有姿色，正巧又在荒郊野外，便顿起歹心。公子笑嘻嘻地走到姑娘面前，伸手去摸姑娘的脸蛋儿。姑娘急忙躲闪开。公子和他的狗腿子步步紧逼，将她围在潭水边儿，姑娘急了想冲出去，可手被公子攥住了，怎么挣也挣不开。公子趁势把她抱在怀里，姑娘急中生智，从公子的箭鞘里抽出一支箭，狠狠地刺在公子的胳膊上，公子杀猪般地叫了一声松开了手，便要行凶。姑娘望了一眼山冈，不见青年猎人的影子，便绝望地喊了声"哥哥——"转身跳进了深水潭中。

再说青年猎人，这日山禽打得多了些，回来比往日晚了些，快要走到山冈背后时，突然听见姑娘的喊声，便加快了脚步。当他上到山顶时，姑娘已经跳进了潭水里。他大喊一声，飞步跑来。可公子和他的家丁们已经跑远了。

青年不再打猎了，他走遍大街小巷，寻找那公子，要给姑娘报仇。可一连找了二三十天，也没找到。他想，既然他打猎，我何不到山上去找。于是他又背上弓箭，出没在山林中。又是一个傍晚，青年猎人从山冈上无精打采地走下来，站在潭水边暗自流泪。这时，一阵马蹄声传来。青年猎人回头一看，见为首的正是害死姑娘的那个公子。他立刻双目圆睁，奋力拉开弓弦，把箭向公子射去，那家伙惨叫一声落马而死。青年猎人又搭上第二支箭时，家丁们的箭已经向他射来。可怜他身中数箭，倒在潭水边，鲜血染红了潭水。

从此，清潭的水渐渐枯干了，露出两块一人多高的大石头。

不知又过了多少年。承德街上一个老财主做寿，要刻一个老寿星，便选中了这两块石头，将其中的一块用车拉到家中，不想第二天早上石头不见了，便又派人去拉那另一块。拉石头的人到山村外一看，昨天拉走的那块石头又回到了原来的地方。赶车人觉得很奇怪，又把那块石头拉到家中，第二天早晨石头又不见了。原来那石头又回到原来的地方。这一下轰动了承德府。人们想起了那姑娘和青年猎人，都说这两块石头是他们的化身，死后结为夫妻，变成仙石显灵了。人们怀念姑娘和青年猎人，便纷纷捐钱，为两块石头盖起了一座庙宇，叫大石庙。从此，那小山村也取名叫大石庙村了。

于（鱼）家沟

采录：徐 岭

传说乾隆年间，承德佟山住着一家打柴人，父亲叫王生，儿子叫王云龙。一天，王生打柴累了便坐在一块大石板上歇着，不知不觉睡着了。这时，一位白胡子老头儿走到他面前，说："你的穷日子快熬出头了。你死后让你的孝子把你埋在灶坑前面，一不要穿衣，二不要盛殓。这样做了，后辈大贵，你要牢记。"说完，化作一阵儿轻风飘走了。王生醒来才知道是个梦。

王生回到家后，只觉浑身无力，眼前冒金星，第二天就病在炕上了。他知道自己快不行了，便拉着云龙的手，将梦中老头儿的话说了一遍，叮嘱再三后闭上了眼睛。

云龙遵照爹的叮嘱，在灶炕沿下挖了个深坑，刚要把老人埋进去时，恰巧邻居们都赶来吊孝。这会儿他又不忍心一丝不挂地把老人埋了，于是便找了一条半截裤子给老人穿上。此后，云龙上山打柴又快又多，担起来也特别轻松。鬼使神差般地学会了读书、写字。他读书过目成诵，下笔如有神助，真像换了个人。

一天，云龙到迎水坝去卖柴刚走过丽正门时，忽听宫内钟鼓齐鸣，他还以为皇上启驾了呢，刚一回避，钟鼓声全停了，返回来又鸣，往返几次都是如此。

这时坐在养心殿的乾隆皇帝觉得奇怪，自己一没启驾，二没上朝，为何钟鼓齐鸣？派太监查问，太监回禀说："钟鼓楼上无人击鼓敲钟，只见一个担柴的村夫从宫门前走过，那钟鼓楼便自鸣起来。"乾隆一听，倒吸了一口凉气。心想：难道热河宝地又要有真龙出世？他忙让太监找来风水先生。风水先生掐指一算，果然佟山一带要有真龙出世，只是下半身还是凡人之体。乾隆吓坏了，立即召群臣，商议应急之策。有人提议把王云龙杀了，以除后患。乾隆沉吟半晌说："不可，乱杀无辜，岂能治理天下！"这时，风水先生俯在乾隆耳边说道："如欲除去后患，必须如此这般……"乾隆听罢，非常高兴。随后，调来民工，顺着佟山挖了两条深沟，就这样，王云龙未能成龙。但是，由于他变得异常聪明，才学出众，不久就金榜题名，中了状元。后来，承德老百姓都说王云龙未能成龙，却变成了一条金鲤鱼。从此，那两条大沟就被称为大鱼家沟和小鱼家沟了。

蒙古营

采录：孟东平

承德离宫北面狮子沟附近，有个叫蒙古营的地方，据说蒙古营原来叫蒙古迎，迎接、迎住的迎字。为什么叫蒙古迎呢？这里面还有个故事。

清朝乾隆年间，狮子沟里面的狮子园有两间桐油草房，名叫小宫，乾隆皇帝就是在那儿出生的。乾隆出生的时候，接生婆有姓无名，都称她王妈妈。王妈妈有个外号叫"纸牌迷"。只要她玩起纸牌来，啥都忘了，经常误大事。

乾隆登基以后，有一天问手下大臣："我出生的时候，是谁给我接的生？"大臣说："是狮子园附近的王妈妈。"乾隆马上命令大臣把王妈妈找来。

王妈妈一听皇上有请，也不知自己到底犯了什么法，见了皇上就跪下请罪。乾隆连忙扶起来说："王妈妈，今个把您请来是想报答您的恩情啊！""报答我？"王妈妈愣住了。乾隆说："您在狮子园那两间桐油草房接过生，记得不记得？"王妈妈想了想说："是有这码事。"乾隆："您接生的孩子就是我呀！"王妈妈大吃一惊，急忙跪地叩头，嘴里一个劲地说："万岁爷饶罪，万岁爷饶罪！"乾隆请王妈妈坐下，笑着说："王妈妈，您劳苦功高，怎么能说有罪呢。我今天是要重重奖赏您，说吧，只要您说出口的，要什么就奖赏您什么！"王妈妈一听要奖给什么，嘴直打战战张不开，半天没说出话来。乾隆见她提不出什么，就说："这样吧，给您一匹马，从明天早晨开始，您骑着马随便走，到天黑回来，您所走过的地方全部归您！"

第二天清早，王妈妈从宫门口骑上马，朝北走去。她在马上越想越高兴。过了兴隆街，刚出皇家禁地就碰见道边有两个蒙古喇嘛正在玩纸牌。她看着看着就下了马，往前一凑，蹲在两个蒙古喇嘛旁边观起阵来。从日头出来一直观到日头落尽。等两个蒙古喇嘛收摊走了，她才知道把大事误了，可后悔也晚了。

从此，王妈妈的这件事就被传开了，因为她是被两个玩纸牌的蒙古喇嘛迎去的，大伙儿都管她下马扒眼的地方叫"蒙古迎"。后来天长日久了，就把"蒙古迎"叫成"蒙古营"了。

二仙居

采录：杨瑞成

早些年前，一年冬天，有个叫汪艺的关里人，家乡遭了大水，夫妻俩带着一个孩子讨饭来到热河街上。一家人身无分文，举目无亲，天黑时，只好躲在一家大门洞里避寒。到了后半夜，天气冷得邪乎。夫妻俩眼看就要冻死，大门忽然开了，一位老人打着灯笼走出来，把他们让进屋里，叫人做了热面汤给他们吃下。这位老人姓关，是广盛绸缎庄的东家，为人一向乐善好施。半夜里他听见门外有孩子的哭声，知道是穷人又在遭难，便开门救了他们。关掌柜得知汪艺眼下无处投奔，便收留他们暂时住下。

春天，关掌柜见汪艺夫妇很守本分。便周济他们一些本钱，帮助他们在南营子街旱河沿桥头开了个饭馆。夫妻俩起早贪黑，买卖做得挺顺当。没过几年，日子渐渐富裕起来。

一晃到了乾隆年间，汪艺的儿子汪兴年已经长大成人。冬天的一个晚上，天气很冷，汪兴年一个人正在店里坐着，门外走进两个老头儿，可怜巴巴地向他讨饭。他见这俩老头儿衣服破烂，蓬头垢面，心里讨厌，便把他俩连推带搡地撵出去了。第二天一早，汪艺老汉打扫门前街道，见檐下蜷卧着两个人，他吓了一跳，近前一看，俩人早冻死了。

汪艺见俩老头儿冻死在自家门前，心中很不是滋味，便吩咐儿子买了两口棺材，将两个老头儿埋了。过后，汪兴年想起自家以前受到别人关照一事，觉得自己忘本失仁，以致冻死两个老头儿，心中暗自后悔。吃过晚饭，心事重重地先自睡下了。不一会儿，他见院子里云雾弥漫，香气四溢，两个要饭的老人身穿百衲长袍，笑呵呵地冲他走来。他感到心中惭愧，走上前要给两位老人赔罪。等到了跟前时，却见两个龇牙咧嘴的饿鬼向他扑来，吓得他"妈呀"一声醒了过来。第二天，他把做的梦告诉了父亲。谁知，汪艺说自己也做了一个同样的梦。父子俩很奇怪，便请来先生圆梦算卦。汪艺这才知道两个老头儿到家来要饭的事，气得他在一旁直骂儿子不仁不义。先生眯着眼说："老先生不必着恼，幸亏你买棺材葬了两个老汉，不然你家的运道势必要败在少爷的手里。"汪艺忙问根由，先生说："和合二仙偶然路过此地，见你家买卖兴隆，财源茂盛，二位大仙要试你家的德性，变了两个要饭的老头来你家要饭。谁知少爷贪利忘义，把二仙赶出去了。亏得老先生还有善念和仁义之心，才没使你家不致遭报。和合二仙夜晚前来点化你们，切望日后不可再失仁义之心呀！"一席话说得汪家父子心惊肉跳，父子俩一商量，请了石匠在饭馆旁修了个石头小庙，里边供上和合二仙的牌位。后来，有个常在汪家饭馆喝酒的秀才，知道这事后，便劝汪掌柜的把饭馆改名叫"二仙居"，又替汪家刻了块"二仙居"的牌匾挂在门前。从此，汪家的生意越加兴隆起来，二仙居饭馆也越叫越响，一直流传至今。

茶　棚

采录：荣士弟

承德离宫的西边，过广仁岭不远，有个村子叫三岔口。三岔口那儿有座庙，庙名挺怪，叫"茶棚"。传说是因为康熙曾在那儿喝过一次茶才修的。

据说，从前的三岔口是个挺荒凉的地方，远远近近的山坡上住着十几户人家。山高地薄，人们过着苦日子。临着大道的一个阳坡根儿，有两间透风漏雨的破草房，住着没儿没女的老两口子，不说十里八乡，就是从这条道上走过的人，没有不说他们心地善良为人厚道的。只因他家临着大道，一年四季那些上山下梁的乡里乡亲，过往行人，断不了到他家求浆找水的。两口子总是像接待自己的亲人一样，从没嫌过麻烦，临走连个"谢"字也不要人家的。几十年来，年年如此。如今，老两口都是六十多岁的人了，靠老头子打柴为生，常常是吃了上顿少下顿，混了今天没明天的苦熬着岁月。

谁知连这样的苦日子也过不安生。康熙二十九年夏天，大西北那边儿有个叫葛尔丹的头人，受老毛子挑唆，反了朝廷。他们叛军能骑善射，打起仗来，一人带四匹马，这匹乏了换那匹，跑得那叫快呀，刚刚半个月的时间，就从大西北跑到与承德搭界的草原上。一路之上，他们杀人放火，无所不为。老百姓惊慌失措，纷纷抛家舍业，向南逃命。

正在这人心惶惶的时候，听说皇上下了圣旨，要御驾亲征。听到这个消息，老百姓可乐了。三岔口村的老百姓知道出征军队必走三岔口，就三三两两地商议着劳军，表表心意。

康熙皇帝率三军，日夜兼程，奔赴前线。那正是三伏天，热得像下火，人们在阴凉里不动还热得喘不过气来，就可想象那些带盔披甲的将士了。只见他们一个个红头涨脸的，活像关二爷，身上的汗顺着裤管向下滴答，嗓子眼儿干得直冒烟。那些兵走起来，头重脚轻，像踩着棉花包一样，忽悠悠的，大伙儿盼着快到个村庄，找个水井，痛痛快快喝个够。

当军队走到离三岔口还有二三里地的时候，忽然闻到一股淡淡的茶香，越往前走，香气越浓。一闻见茶香味，将士们一下子精神起来了，三步并作两步赶到了三岔口，康熙皇帝身着戎装，骑着高头大马走在最前面。一进村，见大道两旁排放着水缸、水桶、盆盆罐罐，桌上的大碗一个挨一个，里面全装满了香喷喷的茶水。男女老少都守在大道两旁，一见康熙到来，"呼啦"跪倒，嘴里说着："皇上辛苦！将士辛苦！"

康熙心头一热，眼里含着泪花，他急忙跳下马，连连说道："众位父老乡亲快快请起！"大家起来站到一边去了，却有一对老夫妇仍跪在那里，双手捧着茶碗，高高举过头顶。康熙赶紧上前，弯腰接过老人的茶碗，喝了一口，顿觉唇舌生津，一股清香直沁肺腑。他一扬脖，把一碗茶一饮而尽，觉得好像从来也没喝过这么香的茶。他把碗还给老人，顺手把老人扶起来，嘴里说着："好香的茶呀！老人家，费心了！"回头传下令去，让将士们稍稍休息，喝茶解渴。命令传下，老百姓把茶水递到将士手中。你想，他们渴到那个份上，喝上这茶，不凉不热，清香扑鼻，头也不疼了，脑也不涨了，浑身都是劲，街上充满了兵将们的赞叹声。

康熙随着老夫妇，来到他们两间草房前坐下，看看东倒西歪的茅屋草舍，又看看老人身上褴褛的衣裳，问道："老人家，我头一回喝这么好的茶，您的茶叶是哪儿来的？"

老头儿把手往西一指："看！就是西边那双塔山上产的！"

康熙到过双塔山上，知道这山是直上直下的两个山峰，就问道："那陡峭直立的山峰，年轻人还不行，你这大年纪如何上得去？你怎么知道山上有茶树呢？"

老人说："说来话长，我生长在这里，并不知道山顶上长的是茶树。因为山高，看不清是什么叶叶。这还是一位南方来的采药老人告诉我的呢！七年前，我去双塔山那儿砍柴，见山下躺着个人，摔得头破血流的。贴到他胸口听听还有点气，我就把他背回家来，给他调养了些日子。他临走时说，'我知道你们是厚道人，不图钱财的。我呢，是个穷采药的，也无可报答，寻思了好几天，日后兄弟年岁大了上不去山，你们就卖茶吧。'我说，卖茶我们也买不起茶叶呀！

南方人说，我在你们这边转了这些年，知道双塔山上有棵茶树。可谁也上不去，不能上去采。你就等每年九月九重阳节那天早晨，太阳要出没出之前，去山下捡那落下来的叶子。这茶树长得地方好，阳光足，不用加香料，自有一股清香味。我这儿有一包，留给你们做个样子。他把茶叶一拿出来，就满屋子香气，闻了这味儿，就让人大脑清爽。打那儿，我年年九月九去捡茶叶，每回也捡不多一点儿，也怪，早去一天晚去一天都捡不着。"

听了这茶叶的来历，康熙更加感动："老人家，你把茶叶全拿出来劳军了？"

老人笑笑："都拿出来了！听说御驾亲征，我们百姓高兴啊！这暑天热地的行军打仗，唉！不容易呀！只盼皇上这一去，旗开得胜，马到成功！"

康熙站起身，也激动地说："老人家，你等着好消息吧！"

军情似火，不可久留，康熙飞身上马，传令开拔。不几日，便在乌兰布通与叛军开了战，将士个个奋勇，人人争先，直杀得叛军尸横遍野，血流成河。

官军得胜，班师还朝。路经三岔口，康熙记着老夫妇献茶劳军的事，就下令在老夫妇的草房那儿盖了一座庙作为纪念，起个名叫"茶棚"，就让老两口来管侍这个庙。茶叶供康熙出巡塞北时来歇脚饮用。

鹰手营子

采录：李秀娟

长城与热河之间，有一个依山傍水十分秀丽的小山村，叫营子。雍正皇帝路过此地，一下子看中了，便把这村列为皇庄。可是，不久这里竟闹起了蝗虫灾。一夜之间，所有的庄稼都被蝗虫吃个精光。百姓把灾情禀告了庄头，庄头是个欺上瞒下的昏官，只知道吃喝玩乐，哪里管百姓的死活！

百姓们见庄头不理茬，就给雍正皇帝写了个"万民奏折"。雍正心想，失去一年皇粮算不了什么，这危难之时，正是收买人心的好机会。于是就唤来宝亲王——后来的乾隆皇帝，要他带上粮草前去放粮救灾。乾隆领旨，就日夜兼程出发了。

百姓们听说宝亲王亲自来察看灾情，万分高兴。庄头却吓坏了，他早听说过宝亲王的厉害了。庄头准备了丰盛的山珍野味想堵住宝亲王的嘴。哪知，宝亲王一到却先到地里查看了灾情，还让亲兵拿出一个大瓶子，瓶中盛满了捉起的蝗虫。庄头先还硬说没有灾情，此时一看，连喊饶命。

宝亲王对手下亲兵说道："重打四十大板，赶出村子！"

宝亲王又亲自写了放粮告示。营子村轰动了。老百姓都聚集到宝亲王的住处，一片欢呼。宝亲王高声说道："我父皇宽厚仁爱，营子村虫灾严重，免去本年皇粮。"

这时，有一白发苍苍的老头儿上前叩头道："亲王千岁，小民有一句话，不知当不当讲？"

宝亲王便说："老人家，但说无妨。"

老头儿谢过宝亲王："以小民之见，发放赈粮并非长远之计。"

"老人家有何高见？"

"亲王千岁，这里的百姓今年吃着赈粮可以过去，以后再闹了蝗虫灾怎么办呢？我们不能老吃赈粮吧？依我看，得先把蝗虫治住，才是长久之计。"

"那，用什么办法才能制服蝗虫呢？"

"宝亲王千岁不知，养鹰便可治住蝗虫。但有一样，没有蝗虫的季节，一只鹰天天要吃好多肉，我们放养不起呀！"

宝亲王对老者说："老人家，你们可以放养，鹰所用的食物都由衙门发给。"

此后，因为这里有鹰的守卫，再也没闹过蝗虫了。人们便把营子改叫鹰守营子，叫白了就叫成鹰手营子了。

双峰寺

采录：王 冬 蓝 梦

有一天，康熙皇帝带着刘统勋微服私访。俩人出了离宫德汇门往北走，翻过松树梁，前面出现了一个村庄。这村庄不大，只有几十户人家，康熙走进村南头，看见一家门前围着一帮人，屋里传出号啕的哭声，康熙挺奇怪，命刘统勋去打听。

一会儿，刘统勋回来告诉康熙，这家死了人，没钱请阴阳先生，正急得哭呢。康熙说："家里死人，为请阴阳先生急得哭，真是亘古奇闻。"刘统勋说："皇上有所不知，按本地风俗，家里死人，不请阴阳先生就不能出殡。没钱请阴阳先生，因此着急。"康熙点点头，说："是这么回事，这好办，走，咱们看看去。"刘统勋心想：你康熙是一国之君，死人的事你去凑乎啥？可又无奈何，只得跟在后面。

走进门口，康熙看到死尸停在院子里，卷着一张破席，上面聚了不少绿头苍蝇，恶臭难闻。一个穿孝服的小伙儿正蹲那儿哭呢。康熙说："人已故去，当入土为安，为何还不安葬？"孝子说："我家挺穷，请不起阴阳先生，正犯愁呢！"康熙说："不请阴阳先生又有何妨？抬出去埋掉算了！"孝子瞅瞅康熙，穿着长袍马褂，

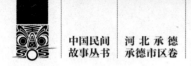

气度不凡。心里琢磨：这人说得在理，没钱请阴阳先生，尸首不能总放在院里，不如听他的话，抬出去埋了。想到这儿，孝子止住哭声，起身向康熙磕一头，谢他指点。康熙乐呵呵地，瞥了刘统勋一眼，走出门外。刘统勋明白康熙的意思，叹口气跟在后面。康熙出了院门继续往前走，过了十字街，又看见一家门前围着一帮人，吹吹打打地挺热闹。康熙跟过路的一打听，才知道是娶媳妇的。康熙心想：这村子不大，几十户人家，村南头死人，村北头娶媳妇，真是婚丧嫁娶，生老病死乃人之常情也，待我瞧上一瞧。君臣二人走到近前，细打听才知道是王寡妇家给儿子娶媳妇。有人告诉康熙："这女人可不简单，二十岁守寡，三十岁生儿子。如今娶了儿媳妇，大伙儿到这儿凑凑热闹。"说完嘿嘿直乐。旁边有一人接茬说："甭管咋着，人家儿子有了，还娶上了儿媳妇，日子混得不错。"

康熙听罢，觉得不对劲。二十岁守寡，三十岁生孩子，怀胎十年？这女人不正经呀，难怪外面围了这么多人？敢情是瞧热闹的。寻思一会儿，康熙说："既然王寡妇这么'贞节'，我送她一副对子。"

大伙儿一听，拍手叫好，有腿快的拿来了笔墨。刘统勋一旁站着，心里明白康熙的用意，急得直拿眼瞪他。康熙不理睬他，拿起笔，写了一句：老王婆子不是人。写罢，停住笔，琢磨下句。人们探头一看，"轰"的一声都笑了。刘统勋一见，吓出一身冷汗，心里暗暗叫苦。暗想：这还了得，人家乐呵呵办喜事儿，你给人家来这么一刷子，惹出事来，这旷野山村，我可怎么保驾？想到这儿，刘统勋赶紧拿笔对上了下联：九天玄女下凡尘。

人们一看，都愣住了。嘿，这俩人真不简单哪，一人一条，一反一正，合辙押韵，挺好。有爱凑热闹的，就把这副对子贴在王寡妇的门上。刘统勋怕康熙再惹麻烦，趁大伙儿没注意，急忙拉着康熙走了。俩人走后，人们都围着门口看对联儿。人群里有个老私塾先生，一看这副对子的字，觉得眼熟，猛然省悟，这不是康熙爷的字吗？再找人，已不见了。他忙对周围看热闹的众乡亲们说："这是康熙爷的字，此乃御笔亲书，皇恩浩荡啊！"乡亲们一听，"刷"地一下跪在地上，冲着康熙御笔亲书的对联叩起头来。王寡妇听外面闹哄哄的，出来一看，门口跪着一帮人，一问才知道，康熙爷给她家写了一副对子。急忙拉着儿子和儿媳妇跪下，面对对联叩头谢恩。为谢皇封，老私塾先生出面，各家各户捐凑钱，在康熙写对联的地方，修建了一座小寺。这个村也因此更名，叫双封寺。

打那以后，这村子里死了人，再也不请阴阳先生了。谁家娶媳妇门前都贴对子。日子长了，人们叫白了，双封寺便叫成了双峰寺。

大佛寺碑与达瓦齐

采录：李国良

在热河街边上有座大佛寺，大佛寺内的碑亭里有两块乾隆爷的御碑。这两块碑记载了乾隆二十年清朝平定准噶尔部叛乱的经过，用来纪念或以警后人。

这两块碑都记述了叛乱头子名叫达瓦齐，并记载了生擒活拿的经过。但是，达瓦齐被活捉之后又怎样了呢？这里讲的就是达瓦齐被活捉后押送进京以后的故事。

乾隆二十年，准噶尔部发生了叛乱。乾隆皇帝派定北将军班弟平叛，大军一到，叛乱即平。叛军头子达瓦齐被百姓抓住，交给了平叛大军。按照朝廷规定，把叛乱头子达瓦齐打入木笼囚车，押解进京，准备在午门前举行受俘仪式，然后凌迟处死。

这一天，卫士把达瓦齐押到了午门，乾隆皇帝在午门城楼上低头一看，达瓦齐蓬头垢面，面有愧色，深有悔意。乾隆又想到达瓦齐在新疆一带上层深有影响，不杀他是有好处的。为了团结蒙古各部，巩固大清一统江山，立即传旨特赦达瓦齐，命他沐浴更衣，到乾清宫候驾。

在乾清宫达瓦齐叩见了乾隆，并感谢乾隆对他的特赦。乾隆用蒙古语安慰了达瓦齐，并封为双亲王。这双亲王就是吃两份亲王的俸禄。当时的亲王大多都是王室成员，可见，乾隆是把达瓦齐当成兄弟对待的。而且赐居宝禅寺街。达瓦齐深受感动，泪如雨下。

达瓦齐在宝禅寺街的王府里，每日鸡鸭鱼肉三餐丰美，闲着没事练骑练射以求报效朝廷。可时间一长，达瓦齐觉得有点别扭，最不顺心的是北京城人多，没有草原，不见马群和牛羊，更不见那战马驰骋在伊犁河畔的欢乐景象。后来憋得实在没法子了，派人到市上买了一百多只鸭子，每日里一大早就把鸭子当成马放，轰到护城河里，自己也泡在水里和鸭子一块扑腾。这时有的大臣向乾隆奏报，说达瓦齐公然在紫禁城的护城河里放鸭洗澡，不成体统。乾隆只是一笑了之。

过了几个月，达瓦齐放的鸭子个个膘肥蛋大。一天，达瓦齐拣了一百个大鸭蛋，亲自献给了乾隆。乾隆觉得奇怪，达瓦齐哪里来的这么好的鸭蛋？一打听，原来是达瓦齐放养的鸭子下的蛋，觉得很有意思。乾隆见达瓦齐出自一片诚心，就高兴地收下了，并赐给了很多珍宝。从此乾隆对达瓦齐更加喜爱，更加关心了。

后来，乾隆见达瓦齐二十好几了，还没有老婆，总放鸭子也不是个事，于是暗暗打听，哪个亲王的女儿没出嫁，哪个郡王还有漂亮的妞妞没定亲。最后名单送上来了。乾隆亲自一一挑选，最后选中了诚隐郡王的孙女。于是乾隆出面做了媒，择良辰吉日为达瓦齐成了婚。

达瓦齐完婚后，更加感激乾隆，思量如何报答皇恩。于是他每日五更起、三更睡苦练拳术剑法，不久乾隆就把达瓦齐封为御前侍卫，和乾隆朝夕相伴，形影不离。达瓦齐还经常在王府接待来自蒙古、新疆的王公贵族，每当达瓦齐见到家乡的客人时，就感激地述说乾隆的为人和对自己的恩惠，称乾隆是文殊菩萨转世的大皇帝。这件事传出后，各族首领都说乾隆不记前恶，胸襟开阔，能把敌人化为朋友，是个英明的皇帝。

大佛寺

讲述：高喇嘛
记录：乔志明

乾隆初年，狮子沟有个甄员外，这人五十多岁，会观天象，看阴阳宅。

甄员外知道自己寿期有限，便四处寻找好风水的坟地，想让后辈出个帝王将相。他找了几个月，在狮子沟和二道河子两搭界的乱坟岗子上，选中了茔地。回到家，他用桃木做个开山大斧，叫来大儿子，对他说："今晚你到东头乱坟地，拉上排子车，拿着这把斧子，等到半夜子时，不管什么怪物，你甭怕，使劲给它一斧，天亮你再回来。"

大儿子是孝子，胆子也大，晚上到坟地守着，半夜子时，就见一个有一间房子大的怪物张牙舞爪地向他扑来。大儿子一惊，正要逃跑，想起他爹的话，鼓起勇气，照着那怪物就砍了一斧子，只听"哗啦啦"一阵响，怪物一阵风似的跑了，等到天亮一看，砍飞的竟是一堆烂铁。他收拾收拾装上车，整拉一排子车。

第二天，甄员外要二儿子去守着，老二和哥哥一样，也拉回一排子车。

甄员外用这些碎铁，找人铸了一副铁棺材。没过几天，甄员外感到自己不行了，把两个儿子叫到跟前，对两个儿子说："我活着你们俩是孝子，我死了你们能尽孝吗？"大儿子说："能，您老真有归天那一天，我们哥俩一定早晚给您烧香，到年节给您上供送钱。"甄员外摇头说："这不算孝，你们真要孝顺，我死后，别给我穿寿衣，要一丝不挂装进棺材。"俩儿子急了，跪下说："怎能让您光身走啊！"甄员外说:"你们孝顺就这样办,没孝心就算了。"哥俩含泪答应了。甄员外又嘱咐:"我死后,打坑人要找好,棺材埋得离地面整二寸,一分不能差。"

当晚,甄员外咽气了。哥俩按爹的嘱咐,没穿寿衣入殓了。可是员外的姑娘死活不让,姑娘说:"你们不做寿衣我给做。"哥俩说爹活着时有话,姑娘还是要给爹穿寿衣。最后,在亲戚的说和下,给甄员外穿了条裤子入殓了。

一年以后,乾隆下江南回来,在宫中听说了这事,便在上早朝时问群臣是怎么回事。一个大臣启奏道:"万岁,臣夜观天象,发现热河有个龙口,狮子沟甄员外坟头夜闪灵光,有龙升天迹象。"乾隆闻奏,大惊失色,要是真出一条龙,我的皇位就保不住了。近臣刘墉启奏道:"万岁,这次下江南,查出了几个赃官,抄得那几万两银子,依臣之见,不妨修建庙宇压住龙口。"乾隆准奏,下令修普宁寺。

据说,乾隆派人偷着掘坟时,挖开坟把掘墓人都吓坏了。里面趴着一条龙,除了裤子盖着的地方是人外,龙头、龙角、龙爪都长成了。

【附记】

大佛寺正名普宁寺,建于乾隆二十年,是仿西藏三魔耶寺建造的,它同山庄的园林一样,仿中有创,把汉藏建筑艺术完美地结合起来了。大佛寺山门前有哼哈二将,门内有幢竿,东西两侧是钟鼓楼。正面有座碑亭,碑文用汉、满、蒙、藏四种文字书写而成。过碑亭是天王殿,殿内主尊是大肚弥勒佛,两侧是四大天王塑像。天王殿还有东西两个配殿,东配殿原供大黑天、密集、大威德三尊密宗金刚佛,后因殿房漏雨毁坏。西配殿供奉的是释迦牟尼三弟子的塑像;南海观音居中,普贤菩萨在南,文殊菩萨在北。天王殿后是大雄宝殿,释迦牟尼居中,迦叶在左,弥勒在右;两侧是泥塑的十八尊罗汉座像。出大雄宝殿登上四十二级台阶,便是大乘之阁。大乘之阁通高 37.4 米,阁内供奉的是主尊千手千眼观世音菩萨。大佛身高 22.8 米,腰围 15 米,重量为 108.44 吨,是目前世界上最大的木雕佛像。关于大佛寺,民间传说不一,除上篇外,另两篇以异文附后。

【异文一】

采录:李亚德

清朝乾隆年间,在热河街东北部的山麓下,修建了一座寺庙,叫大佛寺。为什么要修建这座寺庙呢?在当地百姓中流传着这样一段传说:

相传建庙前，这里原是一座王府。王府的王爷对穷人狠毒苛刻，别说是被他敲诈勒索、重利盘剥的人恨他，就是百十里开外的人说起这个王爷，也都没有一个说他好的。

有一天，下起了瓢泼大雨，雨中，一个乞丐摇摇晃晃直奔王府而来，没等通报便闯进府中。这时候，王爷正在饮酒作乐。他一见满脸污垢、衣衫褴褛的乞丐进来，勃然大怒，立刻喊道："要饭花子，私闯王府，非偷即抢，还不与我拿下！"众家丁刚要动手，那乞丐马上施礼说道："小人不敢。我已三天不曾用饭，请王爷慈悲周济。"

王爷眼珠一转，冷笑一声："嘿嘿，你可知道这里的规矩？"

乞丐回答："不知道，请王爷指教。"

王爷说道："凡私进我府的，有钱的可以赎回，无钱的打死勿论。"

乞丐哀求道："我身无分文，举目无亲，哪里有钱赎身？求王爷大发慈悲，饶我性命。"谁知王爷听后凶相毕露，厉声喝道："为仁不富，为富不仁。我岂能便宜了你？左右与我将他拿下，打死喂狗！"

那个乞丐听了，哈哈大笑，高喊一声："看我来治你！"没等家丁围上，他转身便走，直奔后厅，进厅便把那些古玩珍宝砸个稀烂。王爷和众家丁将他团团围住，举刀欲砍之际，只听那个乞丐喊了声"长！"刹那间，乞丐变成一个四十二只手臂的巨人，每只手各执法器向众家丁和王爷砸去。随着王爷和众家丁的惨叫，巨人冲破屋顶，越长越高，越长越大，终于化为一尊大佛。

方圆百里的老百姓闻讯后，都纷纷前来拜佛，并说那王爷得罪了天神。天神变作乞丐下界显灵，惩罚了王爷……

这事儿传进乾隆皇帝耳朵，他略一思索，便以"不违天意，顺乎民心"为由，诏令调集工匠民伕，拆毁了王府，为大佛搭堂建庙，修建了大佛寺。

【异文二】

讲述：张文德
记录：徐维平　张淑琴

大佛寺的千手千眼佛是用木头雕成的，它的来历还有一段传说呢。

相传雍正年间，承德县安匠乡孟家庄二道营子庄外，有一棵五搂多粗的大槐树，阴凉很大，全村人在树下乘凉都遮得下。有一年这营子的庄主王老员外要扩大宅院，就想把这棵树放掉，用木材修房建屋。一天，他带领家人放树，用锯一拉，从锯口处哗哗流血。家丁愣住了，员外爷也不知所措。有个老阴阳先生，看到树流血，便对王员外说："员外爷，此树拉不得，它是镇庄之宝。你实在要拉，这木头也不能修房建屋用，应把它雕成佛像供起来，保证你荣华富贵，五业兴旺。"王员外一听，觉得老阴阳说得不错，虽不能修房建屋，但能保佑自己发大财，就对村民们说："众乡亲，为了保护我庄水土兴旺，把这棵树锯掉，雕成佛像供起来。"说罢率众家丁忙活起来，约有三个时辰才把树锯倒。树杈树枝砍掉，拖回庄去当柴烧，主干抛在庄外。几年来，王员外一直寻觅能工巧匠，想把它雕成佛像，无奈没找着能人，只好逢年过节对树干烧香磕头。到了乾隆年间，承德要修大佛寺。朝廷张贴榜文，征集天下独木。消息传到王员外耳中，他虽已年过花甲，修佛发财的心却没死，就想：这棵树干献给朝廷修成大佛，一来不用我花钱，二来还能领功受赏，说不定能弄个一官半职。想罢吩咐家丁套了七套大马车，用了十几天的工夫，才把树干运到承德献给朝廷。到承德卸车的时候，王员外在一旁指手画脚，不小心木头滚下车来，砸了辕牲口的腿，马惊了一跑，把他轧死了。人们都说王员外得罪了神树，遭了报应。

热河行宫

讲述：杨占坤
记录：徐　岭

你知道景色秀丽、驰名中外的避暑山庄是为啥才建在这儿的吗？嘿嘿，原来竟跟一只大白兔子有关。

据说，有这么一年，康熙带着文武百官和上万名清兵来到木兰围场打猎习武，赶到了喀喇河屯，天色已晚，便住在喀喇河屯行宫。

第二天，康熙用过早膳，带领众大臣和随侍官兵出外狩猎。他顺着滦河边御道，边走边四下搜寻猎物。忽然，道旁草丛"哗啦"一响，一道白光从马前闪过。康熙定睛一看，原来是一只毛茸茸的大白兔子，向远处蹿去。

康熙走了一早上了，这还是第一次看见的活兽，便忙拉开牛筋金角弓，冲着白兔儿连发数箭。康熙是马上皇帝，自幼习武练箭，百发百中，这一回却丢脸了，只见数矢落地，无一得中。那大白兔子却欢蹦乱跳，一个蹶子蹿出八丈远，一边跑还一边得意地回头瞅哪！

康熙气坏了，想起往日不知有多少飞禽猛兽，死在自己箭下，今日在众目睽睽之下，竟不能射中一只兔子，好不气煞人也！一怒之下，他提缰催马，紧追不舍。只见那大白兔子在前边不慌不忙，优哉游哉地慢慢跑着，可就是撵不上也射不着！

一直追过广仁岭，到一条小溪边儿，大白兔子突然不见了。康熙勒马环视左右，只见这溪水淙淙，溪头有泉水喷涌，雾气蒸腾。他下马迈步前看，原来是一眼热气腾腾的温泉。再看远处，西北两面的山上，古树参天，林木苍郁；南山山顶，恰似一尊罗汉面北祖坐；东山上，还有一个如槌似棒的石峰直冲云天。脚下，一片绿草茵茵的大平原，静静地躺在群山怀抱之中。东山下的一河碧水，清澈晶莹，宛如一条玉带，横缠在翡翠盘上。

康熙越看越喜欢，连声称道："宝地，真宝地也！"这时，随行的大臣和兵丁们也都赶到了。康熙高兴地对众人说："得遇如此宝地，也不负朕苦苦奔波一程！朕决意在此修建行宫，谓之热河行宫！"

康熙皇帝的话刚一说出口，就见眼前白光一闪，刺得人连眼睛都睁不开了。等康熙皇帝再睁眼细看时，那只刚才突然不见了的大白兔，正眨巴着珊瑚珠似的小红眼睛儿，高兴地蹲在他面前，冲着他直劲儿点头呢！又是一眨巴眼的工夫，大白兔不见了。康熙皇帝这才知道是神兔特意引自己来相看这块宝地的。

打那以后，清廷用了近百年的时间，终于在白兔引路选定的宝地上，修建起了举世闻名的热河行宫——避暑山庄。

【附记】

热河行宫正名避暑山庄，又名承德离宫。始建于康熙四十二年（1703），至乾隆五十七年（1792）完工，整个工程历时 89 年之久。热河行宫占地面积 564 万平方米，虎皮石宫墙总长为 9322.24 米。整个山庄分宫殿区和苑景区两大部分；宫殿区由四组建筑组成，苑景区分山区、湖区、平原区三部分，以山区占地最大。登山远眺，湖光山色，天然成趣，山庄佳丽，尽收眼底。因康熙、乾隆分别为山庄题了三十六景，人称七十二景。其实，山庄不止七十二景，实际共有一百二十组景观，是目前国内最大的皇家园林。

伊犁庙与香妃

讲述：王金山
记录：荣士弟

承德有座著名的伊犁庙。传说这座庙是乾隆皇帝特意为他的宠妃——香妃，仿照她家乡伊犁河边的固尔扎庙修建的。

乾隆三宫六院，妃嫔成群，怎么不曾听说他为别的娘娘修庙，单为一个偏妃修了座庙呢？其实，哪个朝廷的统治者，都有自己的小算盘。你想，清朝是满人当皇帝，他们才有多少人？要想一统天下，光靠他们那点人，再能耐也不行啊！所以，满人开始打天下时，就先把蒙古族笼络好了。怎么笼络的？把公主嫁给蒙古王子，再把蒙古的姑娘娶过来当娘娘，这不就成了亲戚了吗？这个办法还真灵，打天下的时候，蒙古骑兵可没少给出力。

乾隆登基坐殿以后，也娶了蒙古娘娘。后来，他看到伊犁那边儿总不安宁。乾隆就想结个亲戚吧，结成亲戚不就可以高枕无忧了吗？皇上要选妃，那还不好办？马上就有人告诉乾隆说有个回部少女，那容貌美丽还在其次呢，最出奇的是不用脂粉，身上自有一股香气。乾隆马上下了一道圣旨，就把这个少女选进宫来。

这个回部少女自打进宫以后，终日闷闷不乐，没个笑模样儿。乾隆挺奇怪，一盘问，才知道她想家。

这年夏天，乾隆带着香妃来到承德避暑山庄。他的意思是带她出来玩玩，消愁解闷儿。不承想看见万树园里的蒙古包见景生情，反倒更想家了，整天眼泪汪汪的，急得乾隆抓耳挠腮。有一天乾隆带香妃逛庙回来，看她又在那儿哭。乾隆急了，便问她："你倒是要怎么着？天天这么哭哭啼啼的。"香妃说："我想家！"乾隆问："你想家里谁了？"香妃说："我们家伊犁河边儿有座庙，我就想回去拜这座庙。"乾隆想：这迢迢数千里的怎么让她回去？不让她回去，她就天天这么哭，也怪可怜的，这可怎么好？要是能马上把庙给她搬来就好了。想到这里，乾隆有主意了。照样给她在这儿建一座不就是搬来了吗？对！就这么办！第二天乾隆就下了一道圣旨，派刘墉去伊犁画固尔扎庙的图样，限三个月回来交旨。

刘墉赶忙撩衣跪倒："臣接旨，只是这三个月……"

还没等他说完，乾隆就火了："平日高官厚禄养着你们，用着你们了竟敢推三阻四！"

刘墉赶忙磕头说："臣不敢！臣是说用不了三个月，我只用一个月就回来交旨！"

乾隆乐了，说："好！如果你一个月交来图样，重重有赏！"

刘墉为啥敢夸口一个月回来交旨呢？原来，刘墉平时闲散无事，常出去私访。他在北京的回回营，见有人拿着这座庙的图样看过。他只要回到北京找到这个人就行了。刘墉回到北京，才用了半个月时间就找到图样。乾隆接到图样，马上让香妃看。香妃一看到家乡固尔扎庙的图样，"哧哧"乐了。乾隆重赏了刘墉，立刻传下圣旨，召集十大作坊的工匠，马上破土动工。

几个月工夫，庙就修成了。这庙修得庄严肃穆：三层朱红围墙，中央是三层高高耸立的大殿，油黑油黑的瓦顶，确实与一般庙宇不同。这下香妃笑了。

后来，乾隆还在离宫东北角上，为香妃盖了一座梳妆楼，楼上安了一面大镜子，正对着伊犁庙。香妃每天早上在楼上梳头，就可以从镜子里看到伊犁庙，就如同回到了家乡一样。

行宫庙顶的龙为啥少了一条

讲述：王　勇
记录：王　琪

行宫的金顶跨脊应盘九条金龙，叫做"九龙盘顶"。可是这里只有八条，你知道那条龙哪去了吗？

相传，乾隆皇帝为迎接西藏的班禅活佛到热河朝拜，在狮子沟建起了一座和西藏布达拉宫一样的新宫——小布达拉宫。建宫时光殿顶的金瓦就用了黄金三万多两，把大殿装饰得金碧辉煌。乾隆看了很高兴，可是他发现殿顶缺少饰物。于是，又拨黄金万两，亲自画了九条龙，降旨照样制作"九龙盘顶"。这龙画得奇怪，像龙在腾云，又像大马蛇在房脊上跑。九条龙神态各异，一大八小，有的头仰天，有的头朝地，有的朝前追，有的回头看。工匠们花费了很大工夫才把模子造好。等往里浇铸铜水的时候，出了怪事：铸一条，是个铜疙瘩；铸一条还是一个铜疙瘩，三百多人铸了一年，一条也没铸成。眼看班禅活佛就要来朝拜了，龙还没铸出来。乾隆大怒，限期一个月，再铸不成，就把工匠都杀了。这一天，官兵又抓来一个老金匠。这个金匠看了看炉说道："动这么多的金，非得用一对一母双生的童男童女祭炉才能铸成啊！"可是谁也没有一母双生的儿女，只有老金匠自己正好有对亲生儿女，已经长到四岁了。老金匠为救大伙的命，横了横心，要把自己的亲生儿女祭炉。大伙听说他要用自己的孩子来祭炉，就一起给老人跪下了，说啥也不让老金匠拿自己那对儿女祭炉。老金匠无奈含着眼泪说："咱们再试一次，如果能成功就不祭炉了。"众人信以为真，就忙活着练起铜水来。老金匠看铜已在炉里化成水，偷偷地走到外边。一会儿，他拿了个大包袱回来，趁大伙没注意，把包袱投进了炉里。炉火突然变成了红金颜色，大家正奇怪，老金匠说："火候够了，开炉！"结果九条龙条条成功，镏上金水后，别提多漂亮了。

皇帝龙颜大悦，在新宫大排酒宴庆祝。可是殿后边，老金匠却跪在地上撮土为香，祭他的一双儿女，一边祭一边哭，流下的眼泪竟淌成一条小溪。皇帝正为自己画的九条龙举杯，突然觉得头上落下雨来，不由大吃一惊。红红的太阳，蓝蓝的天，哪来的雨呢？一个太监突然喊道："房上的龙活了！""龙活了？"原来，老金匠哭时，九条龙都悲伤地动起来，流着眼泪。皇帝大惊失色，忙派人去察看，才知道是铸龙的老金匠在哭。皇帝大怒，命武士把老人推出去斩首。这时，突然房脊上最大的那条金龙飞了下来，一尾巴把几个武士扫得连滚带爬，老金匠骑着金龙飞上天去了。所以，现在新宫庙顶上少了一条龙。

两斧一楔

讲述：王　勇
记录：王　琪

承德东南方有一座金灿灿、风格别致的庙宇，名叫普乐寺。寺中的圆形建筑叫"旭光阁"。整个建筑几乎天衣无缝，不过，你要是到旭光阁上仔细观看，会发现西北角有一根椽子上，有两斧和一个楔子的痕迹。这是怎么回事呢？据说，承德南菜园子住着个姓李的寡妇，她有一个十三岁的儿子名叫小秀，母子相依为命。建普乐寺的时候，皇家规定，八旗以外，凡十二岁以上的男子，都要出伕。有钱人家可以花钱买伕顶替。小秀家孤儿寡母又没钱，只好出伕抬石头。大伙儿看小秀生得矮小无力，人又很乖巧，就让他和姓李的老头儿烧水做饭，干些杂活。李老头儿七十多了，从前是个很巧的木匠。小秀非常尊敬他，亲热地叫他李爷爷。小秀喜爱李爷爷，因为李爷爷不但干活时照顾他，还常给他讲许多好听的故事。

再说旭光阁工程已近完工，上到阁顶上最后一根椽子时，却怎么也安不上去了。这个旭光阁本来设计得很精密，它上面椽子间隔都有一定尺寸，多一根则密，少一根则稀，并且上椽子全是木榫，不许用半个铁钉。上到最后一根椽子，怎么摆都不正，榫碰来碰去还掉了。一连上了三天，这根椽子也没上好。监工大臣急了，不但扣了大伙儿的工钱，还声称再有一天装不上，就把伏差工匠全部送进监牢。大家商量着返工重做椽子和椽底，可这旭光阁的木料根根相连，为一根椽子而拆下重建，至少要几个月时间。误了完工期限要杀头的。大家火烧眉毛，束手无策，可监工的却提着鞭子又打又骂，大家伙儿只好忍气吞声，暗暗着急。

李老头儿送水来了。他站在椽子那儿看了看，没说话就走了。他回到烧水棚子里，默默地坐在凳子上看着小秀劈柴火出神。小秀见一块板子像把宝剑，顺手抄起来用斧子砍了个把儿，没想到一斧子下去，把上的圆木节子震掉了，出现个圆眼儿。李老头儿一拍大腿拉过小秀说："有办法了！"小秀愣了，李老头儿又说："你不是要学木匠吗？来！"李爷爷拿过小秀劈的劈柴和斧子比画着，告诉小秀说："这是根椽子，你这样一斧，这样一斧，在圆眼儿上钉个楔子，就把椽子上上啦。你去，找监工要五十两银子。"小秀找到监工说："监工大人别骂人，各位大叔别着急，我有办法把椽子安上。"大伙儿紧忙问："小秀，你有什么好办法，快说出来！"小秀故意慢吞吞地说："上椽子容易！监工大人得答应我的条件！"监工问他什么条件。他说："监工大人给我五十两银子，再把扣大伙儿的工钱发出！"监工一听说要银子，像剜了心一样，刚要发火，可转念一想：上边催得这么紧，如果不能按期完工，我的小命也难保。想到这儿，监工咬咬牙，只好拿出五十两雪花银，又把扣大伙儿的工钱发了。然后揪住小秀的辫子说："你要是哄我，我就宰了你！"

小秀把银子揣到怀里，按照老爷爷教的两斧一楔，嘿！椽子端端正正安到了上面。

庙宇建成后，人们再也没见到李老头儿和小秀。有人说，李老头儿是鲁班爷的化身，把小秀收为徒弟带走了。

小　殿

讲述：云　山
记录：阎学仁

在避暑山庄的东北部，有座别具风格的安远庙。离安远庙不远又有一座小庙，人们都叫它小殿。传说，在乾隆年间，新疆伊犁河北岸金顶寺中，住着光蟒活佛。他武艺高强，力大无穷，能骑善射，在协助清军平定西北叛乱时立了大功。但是，他的小寺院却被叛军焚烧了。为褒奖他的功勋，乾隆皇帝特命热河总管在安远庙旁边平坦的山丘上，为他修建了单檐歇山顶的佛堂。光蟒活佛从新疆来到热河，乾隆皇帝召见了他，在万树园御幄蒙古包设野宴款待，并赐居于小殿。

乾隆皇帝每年来热河避暑都要去安远庙看望他。他俩还经常在一起研习武艺，练武习射。俩人所用的盔甲、武器都设专人保管，就存放在普渡殿三层楼上。活佛圆寂后，小殿就改为小庙，划归安远庙，内供奉三世佛。

都城隍庙的来历

采录：薛　理

乾隆在离宫看比武射箭，有个青年混在其中，借比武机会行刺，一箭就向乾隆射去。还怨他箭法不精，没有射中。这个青年只得骑着白骆驼越过宫墙逃跑了。乾隆立即派他叔叔带人去追拿刺客。哪知追了一阵没有追到。乾隆一怒之下，就把他叔叔给斩了。事过之后，乾隆后悔了，他想啊，我父雍正继位以后，为了争权夺势把同胞兄弟杀了好几个，弄得满朝文武离心离德，留下了臭名。这位叔叔幸免于死，多年来保着我，一片忠心，怎么能凭一时之错就把他给斩了呢？也许从此之后，我乾隆的好名声就要保不住了。一连几天，乾隆饭不进，茶不思，在宫里越发觉得烦闷，只好微服出去散心。在大街上逛了一圈，见到一队人哭号走过。他知道这是谁家死了人，去"报庙"呢。一个"庙"字把乾隆提醒了，随即想到，想挽回影响，只有建庙了。

回宫以后，下了一道圣旨，要在西大街建一座城隍庙。这庙的规模式样都是乾隆亲自设计的。很快庙就建成了。

这座城隍庙与众不同。里边供的不是县城隍，也不是州城隍，而是哪儿也没见过的都城隍。泥像的模样、打扮完全仿照着乾隆那叔叔塑造的。都城隍涂着金脸，坐在正殿。两旁偏殿左为寇准，叫主善司；右为包拯，叫主恶司；大门口是一个马童。更奇怪的是院里还有两个小屋，一间有门无窗，另一间叫更衣室。庙里干吗还设这种小屋呢？岂不知这和修庙的目的都是一个，笼络人心，表示忏悔呗。城隍庙开光这天，乾隆骑马来到。他默默下马，先进更衣室换上素服，走进小里屋禁闭自己一个时辰，然后去寇准那儿上香求得宽恕，再到包拯那儿上香请求处罚，最后去"都城隍"面前三跪九叩，口中念念有词，还要掉上几滴眼泪。自此乾隆每次来承德都先在城隍庙如此这般表演一番。后来到了嘉庆皇帝，每次来承德也照此办理，名曰替父忏悔。

承德五大奇景

讲述：刘文友
记录：柳　村

　　罗汉山、棒槌山、蛤蟆石、僧帽山及热河泉，是承德五大奇景，有关这五大奇景，还有一段动人的传说呢！

火龙出宫

　　东海龙王有十一个儿子，除了小儿子，那十条龙分别在东海所辖各江河湖泊降雨行云，各司其职，老龙王对它们都很满意，也很放心。

　　这最小的儿子是一条火龙，浑身鳞甲鲜红，脾气暴躁。它要发起脾气来，嘴里喷出的不是云，也不是雨，而是腾腾的浓烟烈焰。众弟兄们谁也不是它的对手，连老龙王也惧它三分。

　　这一天，老龙王登水晶宫王位，设早朝。十一子火龙闯上殿来，奏曰："父王在上，儿臣已然长大成人，为何还不封疆与我？"

　　老龙王答道："天下之水域共分四海，乃东海、南海、西海、北海，是我四兄弟各守一方，为父所辖东海。东海管内各处已有你十位兄长守卫，你就暂住龙宫，与为父共同镇守东海吧。"火龙不依说："父王，我已相中了一条河，那儿山清水秀，正可磨煞火性。请父王命我前去镇守。"

　　老龙王问："你相中了哪儿？"

　　火龙说："渤海之北，滦河上游的武烈河便是。"

　　老龙王大吃一惊，说："这万万不可，那是你四叔第九子、你九堂兄的水域，你可不许去胡闹哟！"

　　火龙见父王不允，顿时来了气，也不回话，转身怒冲冲闯出龙宫，一路霹雳闪电直奔武烈河而去。

火龙逞凶

武烈河归北海龙王第九子镇守。这位龙君体弱多病，恰好这武烈河水清澈碧绿，无风无浪，便于颐养身体，北海龙王就给了它。它虽身体孱弱，却很勤谨，行云降雨，从不误农时，使这一带风调雨顺，五谷丰登，百姓安居乐业，生活富足。所以，龙王庙鼎盛，逢年过节百姓都要杀猪宰羊祭祀一番。

这一日，九龙刚行罢雨回到龙宫，只见虾兵蟹将慌忙来报说：外面又有一位龙君闯进水宫！九龙听罢，忙来到宫外。只见火龙站在门外，双手叉腰，请它离开水宫。九龙不解其意，深施一礼说道："贤弟请我出宫可有我父王旨意？"那火龙从鼻子里"哼"了一声说："不用啰唆了！干脆告诉你，我相中了你这条河！二话甭说，卷铺盖回北海四叔那儿。"九龙一听，气得脸红一阵白一阵的。但它又一想，火龙毕竟比自己小，是堂弟，便强压怒火，对火龙说："兄弟，你若喜欢这个地方，就住在这儿，爱住多久住多久，咱弟兄共同在这里为百姓行云降雨，岂不更好，何必以武力相挟呢？"

火龙"噗"地喷出一口火，大怒道："呸！谁耐烦跟你啰唆！共同住这，谁享百姓香火？谁的功劳大？分得清吗？还是那句话，你快回四叔那儿去，不然，我可不客气！"

九龙再也压不住心中的怒火，指着火龙说道："你这人好无礼！我以好心待你，你却这么蛮不讲理！这河是我父王疆域，是父王令我做武烈河君，岂能拱手与你？"

火龙二话不说，霹雳交加，喷烟吐火，两条龙从水底打出水面，从水面杀到空中。九龙体力不支，被火龙一爪击落。用绳索缚住，囚在一汪冷泉里。

火龙霸占了武烈河水宫，当上了武烈河龙君。从此以后，它只管吃喝玩乐，日日设宴，让鱼美人、虾美人们给它跳舞唱歌，它高坐在龙宫王位上，饮酒作乐，根本不把那行云降雨的事儿放在心上。自从九龙被囚，承德一直还没下过一滴雨，庄稼都要旱死儿。火龙根本不管百姓的疾苦，百姓也不给它上供。"大胆草民！你们竟敢断了我的香火！我要给你们点厉害尝尝！"火龙在云雾中盘旋着喊叫。

在百姓震天的哭声中，火龙哈哈大笑，潜入河底龙宫，呼呼大睡。

金蟾和尚

武烈河东岸山腰上，有一座庙，庙里住着一个和尚。那和尚生下来时，其母梦见一个金身罗汉手里托着一个婴儿对她说："这孩子不是凡人，他本是西方乐土八百罗汉之首，我佛如来第一位弟子。只因他犯了佛规，佛祖震怒，将他贬入人间受苦。三十年后，我佛自然渡他回西方极乐世界。这孩子出生后，你可把他送进庙里出家。"说完，将婴儿往女人怀里一扔，金身罗汉化一道金光走了。然后女人就生了孩子，那孩子与梦中金身罗汉所托婴儿一样，长得又白又胖，实在惹人喜爱。全家都舍不得把孩子送到庙里。谁知那婴儿啼哭不止，一直哭了三天三夜，也不吃奶。到第三天头上，来了个化缘和尚，一不要斋饭，二不要金银，只要化一个小孩儿。女主人顿时心里明白是咋回事了，便对家人说："让那和尚进来吧。"那孩子见了和尚就不哭了，两只眼睛滴溜溜地看着他。和尚抱过咧着小嘴儿笑的婴儿哈哈笑着扬长而去。

光阴似箭，转眼这婴儿长大成人，在武烈河畔古庙里过了快满三十个年头。已经是远近闻名的一位高僧，名叫金蟾和尚。这金蟾和尚从小不食人间烟火，渴饮山泉，饥食松果。头年春天师父坐化前对他说过：三十年满他将成正果，明天正好是他来到人间第三十个年头。

第二天早晨，他点燃松枝，烧了锅山泉，沐浴净身，然后穿好袈裟，端坐蒲团之上，静候时辰到来。就在这时，突然听到空中大喊大叫，一条火龙喷烟吐火，张牙舞爪在空中大耍威风。金蟾和尚前些日子外出云游，回来后听人说武烈河来了条凶恶的火龙，喷烟吐火，伤害百姓。金蟾和尚又亲眼见到这一方沃野已变成一片焦土，庄稼枯死，百姓向他诉说今年没下过一滴雨。金蟾和尚十分气愤，只是还没见到这条孽龙。今日见它在空中吹胡子瞪眼，更加恼火。只见那火龙在空中盘旋飞舞，大吼道："热河百姓听真，明日乃是新河君生日，我要你们献出五头猪、五只羊、五匹马、五头牛，还要五两银子香火钱。若是稍有差错，我就把你们的庄稼和牛、马、鸡、鸭、猪、羊统统变成灰！差一根羊毛，全城百姓甭想活！"

火龙正在空中逞威风，忽听到一声大喝：

"孽龙休要逞狂！我来也！"

原来是金蟾和尚向火龙发出了挑战。

金蟾和尚镇火龙

火龙一看下界凡间竟有人向它挑战，真是气炸了肺！它张牙舞爪地向金蟾和尚扑过来，大喝道："你是什么人，胆敢与我龙王爷作对？"

金蟾和尚一手拿着他的磬，一手拿着他的金蟾（他的金蟾就和别的和尚手里拿的木鱼一样，当时师父给他起法号为"金蟾"，就是因为他手不执木鱼而以金蟾代之的缘故），从容答道："我的名字叫金蟾和尚。你这恶龙！不尽天职，不行云，不降雨，你没有看到千里良田一片焦枝？一方百姓叫苦连天？你还敢现形逼凶，勒索百姓，你是哪里来的恶龙？"

火龙一听哈哈大笑，报了家门。它根本没把和尚放到眼里，叫和尚立马滚开。

金蟾和尚扬起手中的磬说："臭泥鳅！我要你快快地放出武烈河龙君！再不下雨，我就捣毁你的庙宇，砸烂你的泥胎，直下水穴，踏平你的老窝！"

火龙一听大怒，从空中飞舞而下，张开利爪直向金蟾和尚抓来。金蟾和尚用那只磬锤猛地一挡，只见火光一闪，那火龙的爪被碰得生疼，嗷地惨叫一声盘旋着钻入云里。过了一会儿，火龙重新扑来，噗地喷出一口火，金蟾和尚手中的金蟾突然喷出清清的泉水，化作五彩水雾罩住火焰，那火咋也烧不着他一根毫毛。火龙气得在空中狂吼乱叫，左盘右旋，就是毫无办法！

就在这时，只听到空中传来音乐之声，有人喊道："金蟾和尚，你三十年尘缘已满，如来佛祖着我等迎你回归西天乐土。"

话音刚落，金蟾和尚就觉得身上闪光，低头一看，全身已经化作金身。金蟾和尚大喜，再看手中的磬锤和金蟾，也都闪出五色神光。火龙大惊扭头便跑。金蟾和尚哪里肯放，驾起祥云截住火龙的去路。火龙一看退路被截，使出最后一招，腰一躬，突然变得巨大狰狞，遍体冒火，瞪着眼睛，张着大嘴，猛扑上来，一爪把金蟾和尚的帽子打了下去。那帽子飘飘荡荡，落到承德东南方，变成了巍峨高耸的僧帽山。

金蟾和尚一看火龙如此凶恶，别人征服不了它。他就一手拿锤，一手拿磬，准备与火龙大战。却又听得空中叫道："金蟾和尚时辰已到，再不脱身就回不去了！"那火龙也气喘吁吁地说："你归你的位去！干什么总缠着我不放？"金蟾和尚也不答话，迎风一晃，突然变得顶天立地，遍体放光，手中的磬和锤都变得撑天挂地，金蟾和尚挥起磬锤，猛敲在火龙身上，红鳞纷纷飘下天空。又敲一下火龙头，火龙立刻开始变小，终于被金蟾和尚抓住，变成一条泥鳅，无可奈何地扭来扭去。就在这时，天上第二通音乐起，接引使者喊道："金蟾和尚，休管凡间事，再不归位就不能成佛，难成正果了！"金蟾和尚正要脱身，忽听到下方百姓一齐喊着："金蟾和尚，你不能走！你一走，这条孽龙又要逞凶，我们就没有活路了！"金蟾和尚望着下方百姓，又望着天上的如来使者，横下一条心，为了热河百姓，决意在此镇守这条恶龙，不回西天乐土了。

音乐渐渐远去了。金蟾和尚伸出巨手，把原武烈河龙君从冷泉里解救出来，又用那条铁索，把火龙绑上囚进冷泉。刚把火龙锁入冷泉，那冷泉的水就渐渐热起来，直到今天还热着，冬天也不结冰，呼呼冒热气，这就是有名的热河的发源地。为了使火龙不再重新坑害百姓，金蟾和尚就坐在原来的庙旁，变成了一座大山。人们尊敬地称为罗汉山。他的磬变成刺破青天的磬锤峰，他的金蟾也变成了巨大的蛤蟆石。

棒打蛤蟆精

讲述：姚　龄
记录：陆羽鹏

很久很久以前，承德北边的一个深山小村儿里，住着一对勤快、善良的小夫妻。乡亲们都叫他俩勤哥、善妹。

村儿里有个财主名叫梁财。此人心黑手狠、贪财好色。穷人们背后都叫他"狼崽"。他对端庄美丽的善妹久怀不良之心，多次嬉皮笑脸地调戏善妹，都被善妹骂得狗血淋头，悻悻而去。最后，他想出一条毒计，暗地买通官府，诬告勤哥偷盗他家珠宝，要将勤哥抓入监牢，然后霸占善妹。

"狼崽"正在客厅与官府中人策划，被一个好心的丫鬟听到了。她暗中告诉了勤哥和善妹，劝他俩赶快逃走。勤哥和善妹寻思难以逃脱官府追捕，抱头痛哭了一夜。第二天一早儿，乡亲们发现勤哥和善妹不见了。

穷哥们儿大骂"狼崽"欺人太甚，自动结伙儿，分几路寻找勤哥和善妹。其中一拨儿人，翻了九道梁，过了十道坡，来到一个大水泡子跟前。这水泡子，方圆几十丈，深不见底。打猎到过这儿的几个乡亲，这时都傻眼了。几天前，这里还是杂草丛生，水又浑又臭，泡子里不见一条小鱼；眼下这里，却是百花争妍草青青，水面明澈鱼成群。众人愣怔之际，忽然见到勤哥和善妹出现在水面上，众人同声喊叫起来："勤哥——善妹——"眨眼之间，人影儿没有了，却见两条大红鲤鱼跃出水面，好像朝着大家频频点头。一会儿，勤哥和善妹又在水面上出现了，刹那间又消失了。这样的情景反复了几次，众人这才明白：勤哥和善妹是投水自尽了，两条大鲤鱼，准是勤哥、善妹变的！

勤哥、善妹经常帮助村儿里穷人。老人们都把他俩当亲生儿女一样疼；姑娘、小伙儿都把他俩当同胞兄妹一样亲。全村穷人听到他俩的不幸，都哭得死去活来。有人说：水泡子那地方变得那样好，不如搬到那儿去住，既能和勤哥、善妹继续为邻，还可以打鱼开荒，不再受"狼崽"的欺压。不几天，好多穷人都搬到泡子边儿上安家去了。每次打鱼时，那两条大鲤鱼总是在离人不远处连连跳出水面。乡亲们从不向它俩撒网，可是网网都是满满的。说来也怪，打了六六三十六天，鱼不见少；又打九九八十一天，鱼还是那样多。人们把鲜鱼挑到集市上去卖，买回农具、食盐、布料、种子。人们知道这是勤哥、善妹给大家带来的好处。于是，一到月亮升起的时候，大家就围坐在泡子旁，年轻人唱歌跳舞，老年人唠家常儿，让勤哥、善妹分享他们的快乐。

每当此时，那两条大红鲤鱼好像也很高兴，不断跃出水面。中秋这天晚上，大家唠得更高兴，两条鲤鱼跳得也更欢，溅起的水珠纷纷落在岸边草丛里。人们整整一夜没离开这儿。天亮时，人们惊喜地发现草丛里，有很多很多像珍珠一样晶莹，像玉石一样洁白的玉米粒儿。大家高兴地捡起来，带回家去，留作种子。

第二年，布谷叫了，那些玉米粒儿也种下了。秋天时，玉米棒儿个个像胖娃娃大腿一样粗，玉米粒像马牙一样白、一样大。家家丰收，缸满囤流。据说，现在有名的优种玉米白马牙、白鹅蛋，就是那时候流传下来的。

稀罕事儿，传到了"狼崽"的耳朵里。狼眼珠子一转，带上一群打手，用车拉上五百条麻袋、五百只筐来到水泡子，逼着穷人给他打鱼。

左撒五十网，网网是烂泥水草；右撒五十网，网网是鼓眼儿腆肚儿的大蛤蟆，"狼崽"气急败坏，抓起个大蛤蟆狠狠地往地上一摔，"嗤"一股腥臭的污血溅他个满脸花。打鱼的穷人看他那狼狈样儿，偷偷直乐。

晚上，他想逼着穷人在水泡子旁唱歌、跳舞。可人们早偷偷跑掉了。"狼崽"没办法，只得和几十名打手围坐在泡子旁。为了让鲤鱼跳得欢，多溅出点变玉米的水珠儿来，他们一个个伸着脖子，像要挨刀的肥猪，发情的叫驴一样，死命地叫唤。鲤鱼根本没露面，倒是吓得一群癞蛤蟆在水中乱蹦乱跳，"呱呱"叫个不停。

"狼崽"累得一屁股坐在地上，无意中一摸脸，满是小疙瘩儿，冲水里一照，脸像癞蛤蟆皮。全是癞蛤蟆乱蹦时溅到脸上的水珠变的。玉米粒没得着，脸却变成了蛤蟆皮，"狼崽"伤心透了，刚想放声大哭，忽然发现满岸的水珠儿，不知啥时候变成了玉米粒儿。他不由得咧开驴嘴大笑起来。急忙喝令打手装满五百麻袋，高高兴兴地回家了。

第二年，他让长工把所有的地种上这种玉米。而且，卖出了库中全部存粮，腾出地方，秋后装新粮。到了秋头儿，玉米棒长得又粗又大。"狼崽"可乐颠了馅儿。谁料，秋后一打场，剥开玉米皮儿，看着鼓溜溜的粒儿，一捏一包水，没有一粒成熟。坑得"狼崽"拍胸跳脚，号啕大哭一场，几天几宿没睡觉，眼睛熬得像猴儿腚，想出个歹毒招儿，要对勤哥、善妹下毒手。

他从远方请来一个自称有捉妖法术的僧人。僧人听了勤哥、善妹变成鲤鱼的事，看着桌子上白花花一堆银子，连连答应捉鲤鱼。他怕"狼崽"不相信，悄悄地说："我有一个小鱼网，是割下九十九个初孕妇人的头，拔其长发搓绳织成，捉拿水中作怪精灵万无一失。"

其实，僧人就是一个妖僧。他不光是为了银子，而是另有一番打算：吃掉两条鲤鱼，就能长生不老。

第二天，"狼崽"带着打手，陪着妖僧来到泡子边上。谁料满泡子水不知怎么没了，锅底儿般的坑底儿，只剩尺把深的浑泥汤。里面趴着几只癞蛤蟆，仰脸向上，有气无力地叫着。"狼崽"气得在泡子边儿上直跺脚，一不留神，滑进坑底儿，砸得蛤蟆四处乱蹦。"狼崽"呛了几大口浑水，一口气儿没捯上来，伸腿瞪眼了。

妖僧一看水干鱼跑，眼看到嘴的两条鱼精逃了，比"狼崽"还着急，哪管得了他的死活，只顾搭凉棚，鼓起圆溜溜的小眼儿四下瞭望。忽然，他见东南方半空中，有一团雪白的雾霭，透出淡淡的红光，向前飘去。妖僧一见大喜，急忙纵身驾起一团黑雾，直奔白雾追去。

白雾向前飘，黑雾死命撵。在热河泉上空，黑雾追上了白雾，顷刻之间搅在一起。一道绿光和两条红光搅在一起，上下翻卷，直搅得热河泉上空混沌一片。

白雾渐渐下降。雾中两条鲤鱼紧紧贴在一起，淌下了大颗大颗的泪珠。黑雾中的妖僧现出原形，从腰中解下黑发渔网，一扬手儿，把网向两条鲤鱼撒去……

一位在小溪旁洗了一天衣服的老太婆，一直观看着这场混战。就在妖僧把黑网撒出之时，她不慌不忙，顺手把洗衣棒槌向上扔去。棒槌像长了眼，犹如闪电，直向妖僧飞去。妖僧正在得意忘形，猝不及防，棒槌击在后脑壳上，僧帽儿打飞了，被风吹出十里外才落下。这一棒，把妖僧打得头昏脑涨，跌落地上，现出原形，原来是一只大癞蛤蟆。

癞蛤蟆回头一看，只见一个比它大许多的棒槌立在身后，吓得缩起脖子直吸凉气，赶忙转过头来。两只圆眼滴溜儿一转，又施展法术，腮帮子一鼓一收，身子又涨又长。眨眼间个儿变得十几丈长、几丈宽，它才松了一口气，以为身后的那根棒槌，只能算根小草梗了。它洋洋得意地回头一看，吓得"咕嘎"一声怪叫，一伸舌头一挤眼儿，浑身一哆嗦，一下把舌头咬掉了，眼珠也挤流了，张开的嘴再也合不上了。

原来，蛤蟆长，棒槌也长，蛤蟆回头看时，棒槌已长得犹如一根擎天柱，直直地立在一块巨石上，居高临下，虎视眈眈地监视着癞蛤蟆。

就这样，天长日久，木棒槌和癞蛤蟆都变成了石头，就是承德闻名天下的奇山异景：棒槌山和蛤蟆石。

随风飘走的僧帽，因是妖僧之物，妖长帽也长，变得硕大无比，最后成了僧帽山，也是承德八大景之一。

鲤鱼得救后，见地上热河泉的西北方，有一片高洼不平的绿草地，周围林密草青，景致幽美。他们累极了，也不愿再返回原地，便乘着白雾，飘飘来至草地上空。顷刻，白雾化作倾盆大雨，降在几个坑洼内，形成五个相连的湖泊。这就是承德避暑山庄内总称塞湖的五个湖。

据说，现在湖中的鲤鱼，都是勤哥善妹的后代。离宫湖内的鲤鱼，总是一对对儿的，悠游碧水间。

【附记】

棒槌山与蛤蟆石，位于承德东北三公里处。棒槌山像根洗衣棒槌，上粗下细直插云天；蛤蟆石则像一只巨蟾，张着巨口，趴在棒槌峰南侧。两峰相对，相距约四百余米。棒槌山与蛤蟆石形态逼真，令人叹为观止。

奇峰异景必然要产生许多优美动人的民间传说。劳动人民追求幸福，渴望自由，希望生活在这个世界上的人们，都像勤哥和善妹那样纯朴、善良；希望有像禹王那样的首领，为人们降妖除怪，造福于民。《棒打蛤蟆精》、《棒槌山与蛤蟆石》，就是人们运用丰富的想象，精心编织出来的民间艺术花环。在编选过程中，我们把这类传说精选三篇，奉献给读者。除上篇外，另两篇以异文附后。

【异文一】

讲述：王　勇
记录：王　琪

相传，在很久以前，大地上洪水泛滥，庄稼、田园、房屋全部被淹没了。人们爬到山上、树上，连树皮、野草根都吃光了，真是饿殍遍地呀。后来，大地上出了个禹王爷，带着千百万人治水，把洪水导入大海。治到承德这个地方时，却发生了件奇怪的事。

承德四面是山，中间是大洼，像个大盆。白天大禹刚把水引了出去，可一到晚上，水又回来了，导也导不净。大禹觉得奇怪，就亲自沉到水底去察看。原来，有只大蛤蟆精在兴妖作怪。白天大禹带人辛辛苦苦地刚把水导出去，晚上蛤蟆精又偷偷地把水吸了回来。这下可把禹王爷气坏了。他蹿出水面寻找武器，正巧有个女人在洗衣服，便顺手抄过她的洗衣槌，又沉到水底去打蛤蟆精。蛤蟆精看见禹王爷气势汹汹地打来了，把大口一张，猛地吐出一股大水，这口水比山洪暴发还要猛，想把禹王爷冲跑。可是禹王爷的肚子里有颗镇海丹，多大的水也休想冲得动他。蛤蟆精一看这招儿不灵，一生气，身体立刻变得和山一样大，张开大口想把禹王爷吞下去。禹王爷才不怕这个哩。他一跺脚，马上变得比山还大，抡起大棒槌就打。蛤蟆精的招数使完了，跳出坑往陆地上跑，大禹紧追不放。治水的人们，看禹王爷追出个水怪来，都抄起家伙前来助阵。他们把这个蛤蟆精围到了中心，打得蛤蟆精浑身都是疙瘩。禹王爷的棒槌头硬，两棒槌就把蛤蟆打趴下了。这时蛤蟆精跪在地上，苦苦求饶，说只要饶了它的命，保证今后再也不兴风作浪了。禹王爷想了想后，就让蛤蟆精把水全吸光，再吐进海里。然后又让它爬到山上去，把它变成一块大石头。这就是现在的蛤蟆石。禹王爷怕它再跑出去兴妖作怪，危害人民，就把洗衣槌儿变个大棒槌立在蛤蟆石身后，蛤蟆一动就给它一棒槌。这就是现在的棒槌山。以后，承德再也没闹过水灾。

【异文二】

讲述：周延红
记录：周凯波

热河有一孤峰，上粗下细，像个洗衣服的棒槌，人们叫它棒槌山。在棒槌山东南，有座巨石，形状像一只大蛤蟆，面向南方，昂首而卧。人们都叫它蛤蟆石。再往南还有罗汉山和僧帽山。这四大奇景，还有一段动人的传说哩！

相传，南海观音菩萨有只把门的蛤蟆精。一天，趁观音菩萨去王母娘娘那儿赴蟠桃会，吸了一肚子海水，跑到热河猛吐，很快，这一带便被大水淹没了。黎民百姓淹死无数，尸首全被蛤蟆精吃掉了。观音菩萨知道后，便派昆仑山的面僧、峨眉山的五位罗汉，拿着一根降妖棒来到承德，降伏了蛤蟆精，让它吸干了海水。高僧临走时，把那根降妖棒直挺挺地插在山上，用来降伏蛤蟆精；蛤蟆精还想作乱，可是刚刚爬上山顶，那根降妖棒就晃动起来。蛤蟆精无奈只好趴在那儿一动也不敢动了，慢慢地变成了石蛤蟆。五位罗汉和僧冠也变成了石峰。

棒槌山

讲述：张德锤
记录：王宜亮

很久很久以前，承德还是个不起眼的小村子。住着十几户人家，靠砍柴、打鱼为生。村里有一个叫张福的人，为人厚道，力大无穷，箭法精绝。

有一年，山桃花刚龇嘴儿，从江南来了两个采药人。张福和乡亲们忙活了半天，帮两个采药客人盖了一间茅草棚子。日子长了，谁家摘了鲜菜或是打来了山鸡野兔也都邀请采药人尝尝鲜。

有一天，两个采药人正在南山采药，忽然听到树林深处刮起一阵大风，回头一看，只见一只猛虎趴在几十步外的山岩上，东张西望。两个采药人吓出一身冷汗，扔下手中的药篓子，爬上一棵大树。那猛虎听见动静，长啸一声，扑了过来。老虎"嗷嗷"叫着，围着大树打转转，震得树叶子都"刷刷"直响。老虎突然不叫了，张开血盆大嘴，"咔咔咔"地啃起树干来。两个采药人见性命难保，就拼命大喊起来："救命啊！救——命！"就在这时，从远处射来一支响箭，正射在老虎屁股上。那老虎猛地长啸一声，转身向站在悬崖上的猎人扑去。射箭人先是一步步后退，等他退到离悬崖边一二尺远的一块大石上站住了，一直盯着紧逼的老虎一动不动。那老虎猛扑过去，猎人在恶虎扑来的刹那工夫，灵巧地一跳，躲到大石头后面。老虎扑空了，摔到悬崖下去了。两个采药人下树一看，救他们的猎人正是张福。

转眼间到了秋天。两个采药人打点行装准备回江南了。临走的时候，他们来到张福家告别，感激地说："在您救我们那个悬崖旁不是有个石柱子吗？那里面有个金棒槌。就是因为有了这个金棒槌，你们这儿才山清水秀，风调雨顺。我俩来到此地，原打算把金棒槌弄走。乡亲们待我们这样好，我们也就不忍心弄走它了，把它留给您，也算我们酬谢您搭救我俩性命的一点心意吧！"

窗外有人，隔墙有耳。两个采药人跟张福说话的时候，同村的李宝、李财兄弟俩正在窗外偷听。采药人对张福说："用柳条编成笆篱，等到端午节那天五更前，您到石柱子旁边点着柳条笆篱，金棒槌就可以到手了……"李宝、李财听到这儿，再也忍不住地溜走了。这哥俩儿平时就好占小便宜。第二天就赶忙砍了柳条编好了笆篱。第二年端午节，不到三更就摸上了山。他们俩贪财心切，来到石柱子旁就点着了柳条笆篱。笆篱刚烧起来，这两个小子一步蹿过去拔那石柱子。石柱子纹丝不动。哥俩就用尽全身力气推。正在这时，只见那柳条笆篱越烧越旺，转眼变成浓烟烈火，直烧得那石柱子"嘎嘣嘣"山响，接着一方方山石裂开，一个金棒槌真的露了出来，闪闪发光。金棒槌在烈火中慢慢升高，最后变成了擎天巨柱。等到张福和乡亲们赶上山来，那李宝、李财哥俩儿已被大火烧死在顶天立地的金棒槌下。

原来，两个采药人告诉张福，取金棒槌一定要把笆篱拆开，一根根烧着才行。李家兄弟一心想独吞金棒槌，没听到后来说的话，结果贪财不成却丧了命。金棒槌至今还矗立在承德市的东山上，就是举世闻名的棒槌山。

鸡冠山

讲述：刘文友
记录：柳　村

承德的东南方，有一座大山，状如雄鸡之冠。说起这座山，还有一个很古老的传说哩。

从前，这里不叫鸡冠山，叫琵琶山。山上的蝎子特别多，常常成群结队满山乱爬，吓得猎人不敢上山打猎，樵夫不敢上山砍柴，农夫不敢上山种地，人畜常受蝎子害，吃尽了它的苦头。

这一年春天，北国金兵再次大举进犯中原。穆桂英挂帅领兵，两军在琵琶山下相遇。穆桂英抖擞神威，将金兵大将连斩十一员。金兵大败，宋军将士士气大振，摇旗呐喊，正要乘胜追击，不料想，琵琶山一声"呱喇喇"响，冲出一只军马，挡住宋兵的追击。穆桂英心中一惊，以为中了金兵埋伏，但定睛一看，却又不是金兵装束。只见为首大将面目狰狞，手持一条大枪，手下士兵也一律使枪，并不搭话，直向宋军冲来。那些人枪法神出鬼没，肉皮儿挨上一点儿就死。穆桂英大惊，赶紧鸣金收兵，紧闭营门。穆桂英召集部将商议对策，可大家都不知这是什么队伍，谁也拿不出个主意来。部将离去后，穆桂英闷闷不乐地坐在帐中。就在她蒙蒙眬眬、半睡不睡的时候，忽然从帐外走进一个小童，对穆桂英参拜道："我是天上昴日星官的小童，师父命我下凡来助大帅一臂之力。元帅明日尽管出战，我助你成功。这儿有两根鸡翎，元帅戴在头上，保你无事。"

穆桂英睁开眼睛，大帐里什么人也没有，只有异香满室和放在案头上的两根美丽的鸡翎，证明刚才那不是梦。

第二天，金兵又卷土重来，穆桂英再次出战，金兵又是兵败如山倒；穆桂英挥军追击时，那支军马又突然杀将出来。宋军将士一看慌了阵脚，穆桂英在马上大喝一声："休要惊慌，本帅在此！"

穆桂英催马上前，抖擞神威，舞动大刀，只见眼前一片金光罩体，真是神出鬼没，刀法如神，与那面目狰狞的大将战在一处。那大将的枪法也是疾如风雷，快似闪电，两人大战一百回合，穆桂英决心杀掉这个挡道的瘟神，便使了一招家传绝技：青龙抢珠。只见穆桂英卖个破绽，那大将一头撞将过来，却又见穆桂英手中的大刀似一条出海蛟龙，令人眼花缭乱。一道寒光直取那大将的脑袋，只听"当啷啷"一声响过，那颗斗大的脑袋随刀落地。穆桂英大喜，正要挥军出击，却又见那大将身子不倒，脖子上也不出血，晃一晃脖子，又长出一颗脑袋。宋军吓得目瞪口呆，慌作一团。那大将双睛亮如电光，从鼻子口中喷出毒烟烈火，霎时间天昏地暗，飞沙走石。宋军将士大惊，那支邪怪军却趁势冲进宋军队伍，挨着死，碰着亡。金兵元帅一看乐坏了，赶紧趁机杀将回来。穆桂英被毒烟烈火罩住，已知那大将是个妖精，但却不知是什么妖精。那大将还在喷烟吐火，哈哈大笑，要把穆桂英烧成灰烬。穆桂英自思没有活路了。正在这时，头上两根鸡翎忽然发出五色神光，穆桂英人马安然无恙。但她眼看自己的军队被妖精追杀，心里痛如刀绞。正在危急关头，只见昨夜梦见那神童不知从何而降，落在元帅马前："大帅，不要害怕，我来也！"

说完，立地化为一只五彩雄鸡，浑身羽毛射出耀眼的光芒，只见那只雄鸡抻着脖子，长啼一声，立刻烟消云散，现出蓝天红日。那只从琵琶山杀出的军队立刻乱了阵脚，现了原形，原来是一只只琵琶大小的巨蝎，飞快地向山里爬逃；那员将领变成一只牛一样大的蝎子，向那只小童变成的大公鸡冲去。那只大公鸡毫不惊慌，迎风一抖，长得像座小山儿，扑着翅儿，凶猛地追赶那些向山里逃跑的大蝎子，追上便啄成烂泥。老蝎子精拼全力和金鸡周旋，被金鸡一口啄下一只眼珠儿，惨叫一声转身就逃。金鸡紧追在后哪里肯放，蝎子精一看难以逃脱，便使出最后一招儿，越变越大，像一座大山，高高竖着毒钩，瞪着一只独眼，张开巨口要咬金鸡。金鸡扇扇翅膀，猛地跳到蝎子背上变得比蝎子的个儿更大更高，金鸡的双爪深深抓进蝎子背里，啼一声抓一下，蝎子精疼得往地下扎进几尺，就这样抓一下，扎进几尺，到太阳落山时，蝎子精已全部沉到地底下去了，可是还不甘心，在金鸡爪下拼命挣扎，想翻上来。金鸡唯恐那蝎子精日后再出来祸害百姓，就不停地一声声地啼叫，把那蝎子精越压越深，可是金鸡自己也一寸一寸地陷进地里，只剩下它那美丽的鸡冠留在地面上。

人们非常感激它，就把这座山叫鸡冠山。

为了纪念金鸡的帮助，从此穆桂英打仗出征总戴着那两根鸡翎。现在，人们看到大戏里的穆桂英还带着鸡翎，据说就是从那时传下来的。

【附记】

鸡冠山位于承德南部，距市区 15 公里；鸡冠山南依滦河，北与僧帽山遥遥相望。鸡冠山远望好似一只金鸡，山的左右两侧，各有一根巨大的石柱，像伫立的鸡腿；山顶五峰相连，酷似鸡冠。鸡冠山下原有一座灵峰寺，传说元世祖的国师大轮禅师曾在庙里留宿讲经，并立碑于寺内。这座元代寺庙规模较大，曾盛极一时（现已不存），是善男信女们焚香拜佛的地方。北宋时期，这里曾是宋、辽两国交兵的古战场。民间一直流传着穆桂英大战金鸡岭（鸡冠山）和杨家将抗辽的许多故事。有关鸡冠山的传说，民间众说纷纭。

天桥山上玉人来

讲述：王 勇
记录：王 琪

很久以前，热河周围的山上满是石头，石质很好。这里的人，不少是石匠。

有个名叫钟灵秀的著名石匠，他从小跟着石匠爹爹凿石头。十二岁那年，父母相继故去，他就四处帮工学艺。二十岁时他已是个膀大腰圆、力大无穷、手艺绝伦的巧石匠了。说他劲儿大，膀对膀的小伙子谁也不敢跟他比试。说也巧，他家房里使用的凳、桌、箱笼等全是石头做的，上边雕满了他喜爱的花草虫鱼。

一天，钟石匠到远处找活干。路过一个山村，看到一位白发苍苍的老婆婆躬着腰，拿石臼在舂米，累得四脖子汗流，半天才捣出一丁点儿米来。他走上前去问道："老妈妈，您舂米为啥不用碾子？"老婆婆回答说："他大兄弟，你不知道哇，做个碾子要十几两银子，穷忙一年也挣不回凿盘碾子的钱啊。"钟石匠是热心肠人，听老婆婆这么说，当时就答应为村里人凿盘碾子。他上山选了一块最硬的大青石，一面凿石一面唱起山歌来：

> 叮当叮当啰，
> 指山为磨，点石成碾，
> 整天叮当响，为了吃和穿。
> 指山为磨，画石成磬，
> 盖屋千万，我无房半间。

一时三刻，碾子就凿出来了。他把碾子扛到肩上，大步流星地送回村子。

钟石匠的名气虽大，可二十多岁了还没娶上媳妇儿。

这天，太阳刚爬上山冈，钟石匠又唱着山歌走进深山采石：

> 叮当叮当啰，
> 指山为磨，点石成碾。
> 人家穿绫罗，我穿粗布衫。

他把汗衫脱下，发现被树枝刮破了个口子，又唱道：

> 叮当叮当啰，
> 指山为磨，画石成磬。
> 衣衫扯破，自己缝连。

他把破衣衫挂在树上，就采起石来。过了一会儿，他一看汗衫儿不见了，找了半天，也没找到，心里非常奇怪。这时候，从不远的山谷里飘来一串清脆优美的歌声：

> 叮当叮当啰，
> 指山为磨，画石成磬，
> 哥的衣衫破，自有妹来缝。

钟石匠顺着歌声走去，只见一块青石板上坐着一个俊俏的村姑，手里拿着那件已经补好了的汗衫。村姑见钟石匠来了，便羞涩地转过脸儿把汗衫递到他面前，轻轻地说："补好了，你穿上吧。"钟石匠问："你是谁？为啥帮我缝汗衫？"村姑抿嘴一笑说："我呀，就住在这山里，叫玉姑。听说你本事很大，心肠好，常帮穷人做事，所以我也帮你补补汗衫。"石匠听了心里热乎乎的。他看玉姑长得像仙女那么美，满脸和气，心里很爱慕，不知说点啥好。过了半晌，他突然问道："你这样热心肠，愿意做我的媳妇吗？"玉姑一听，脸颊上顿时飞起两朵桃花，羞涩地低下了头，过了会儿，说道："我娘对我管得很严，不知她愿意不愿意。"石匠说："那你回去问问嘛。"玉姑点点头说："明天这个时候，你在这儿等我。"第二天，石匠早早起来，把脸洗了又洗，把新换的汗衫拉了又拉，太阳刚露头，就唱着山歌进山了。一会儿，玉姑也来了。她后边还跟着一位面目很慈祥的老婆婆。老婆婆拄着拐杖问道："小伙子，是你想娶我的女儿做媳妇吗？"石匠有礼貌地答道："是，老婆婆。"老婆婆又问道："你愿为我的女儿吃苦吗？"石匠说："愿意。"

老婆婆说："我女儿是仙女，要同凡人相配，必须从天桥上走下来才行。可现在没有一座通天的桥，你要真想娶我的女儿，就造一座这样的桥吧。"说完就走了。这下可把钟石匠难坏了。吃苦受累他都不怕，天是没边没沿的，怎么往天上架桥呢？他坐在青石板上愁眉不展，三天吃不下饭，睡不着觉。这时，玉姑飘然而至，她嫣然一笑，用手指点着石匠的额头说："你真是个傻小子。天哪有边呢？告诉你，我们仙女要嫁凡人，须通过天上的东华门，你就在东面的山上凿一座九十九丈高，九十九丈长，三十三丈宽的石桥就行了。"说完，留下一把金锤、一把金錾子和两颗樱桃就走了。石匠听后，高兴极了，飞跑到东山下。他用眼测了一下，这东山好似一堵天然屏风，少说也有九十九丈。石匠一高兴，想起玉姑给他的两颗樱桃，掬起脚下的泉水漱了漱口，吃了一颗，就觉得清香直透五脏六腑。又吃一颗，觉得又增加三千斤力气。对着泉水一照，见自己已经不是过去的黑铁金刚样了。他吐掉了樱桃核，抢起金锤开凿，整整凿了三个月，天桥凿成了——这就是现在承德东面的天桥山。石匠抹着汗走到天桥桥头，突然耳边响起一片仙乐声，只见一群浓妆艳抹的仙女簇拥着玉姑从天上飘然而下。到了桥上，仙女们告别，上天去了。石匠扶着玉姑慢慢地从桥上走了下来。走到泉水边，咦？怎么长了两棵大樱桃树？树上结满了红樱桃。玉姑告诉他，这就是他三月前吐的樱桃核长的。"有树，有泉，咱就在这安家吧。"玉姑笑着说。石匠高兴地答应了。于是他们在天桥山上凿石造屋，生儿育女，过着幸福美满的生活。

双塔山

讲述：赵淑荣
记录：张建宏

古时候，滦河东岸有一座小庙，庙里住着一个老和尚和一个小和尚。老和尚天天让小和尚上山打柴，自己却在庙里坐享其成。

这天，小和尚来到馒头山底下，正要打柴，看见一个穿红兜兜、梳朝天翘的白胖胖的娃娃在玩小草儿，不由得也走了过去，和胖娃娃玩了起来。不觉日落西山，一点柴火也没打，回到庙里，少不了挨了老和尚的一顿饱打。

第二天，那个娃娃又在那儿等小和尚玩儿。小和尚一走近娃娃，浑身的伤就都好了，一点也不疼了。小和尚忘了挨打的事，又和娃娃玩了一天，到了晚上又是两手空空地回去了。

老和尚见小和尚又两手空空而归，十分恼怒，撩起小和尚的衣服又打，却发现小和尚的伤全好了，还散发着一股幽香。老和尚觉得奇怪，忙问小和尚："你这两天干啥来着？"小和尚答道："有个小孩儿让我跟他玩儿，我俩玩儿了一天，忘了打柴，下次再也不敢了。"老和尚一听，忙问小孩儿的模样，穿戴，随后又问："那小孩儿的家在哪你知道吗？"小和尚摇摇头。老和尚拿出一根针和一团儿红线对小和尚说："明天你跟她玩时，把这根针别在她的红兜兜上，不许让她知道。办好了，往后就不用你打柴了，办不好回来我就杀了你。"

第二天，那胖娃娃又在那儿等着小和尚。他俩又高兴地玩了一天。太阳快落山时，小和尚才想起老和尚让他办的事儿，偷偷地把针别在胖娃娃的红兜兜上，然后放出线团儿。胖娃娃也没发觉，蹦蹦跳跳地朝山上跑去，一会儿就没影儿了。

晚上，老和尚领着小和尚顺着红线找了下去。红线顺着陡峭的山峰弯弯曲曲地延伸到馒头山顶上。老和尚好不容易攀上了山顶。只见红线埋在一簇绿油油的叶底下。老和尚忙把这簇叶子用白灰圈上，然后举起斧子照着山崖的后面砍去。"轰"的一声巨响过后，山被砍成两半儿——现在馒头山后面还有砍的大裂缝。这一斧子断了这叶子的后路，然后，老和尚便挖了起来。不一会儿，就把绿叶连根挖出。小和尚一看，是个二尺有余的人参。只见那人参跟那小孩儿一样，抱着手，盘着腿，胸前还别着一根针。小和尚愣了，这才知道上了老和尚的当。原来老和尚挖的就是他的伙伴儿，不禁放声痛哭起来。

再说老和尚抱着人参回到庙中，就命小和尚刷锅烧水，然后把白胖胖的人参娃娃放进锅里盖好盖子，对小和尚喝道："你好好烧火，什么时候烧开什么时候熄火，不许掀锅盖。你要不听话，我非打死你不可。"说完，便去找他的师兄去了。

小和尚见老和尚没影了，忙打开锅盖救人参娃娃。人参娃娃出水后慢慢醒了过来，又变成了一个小娃娃。人参娃娃对小和尚说："谢谢你，大哥。你赶快把锅里的水泼到庙的四周，不然你就没命了。"小和尚连忙泼水。刚泼完，就觉脚下颤动，小和尚一看，只见他泼水的地方正像竹笋一样上升。这时，就见老和尚拼命往回跑，见庙往上升，忙把手里的斧子向小庙甩去。斧子砍偏了，把正上升的山峰劈成了两半儿。老和尚跑到跟前时，庙已经在两个大石柱上面了。他跪在地上号啕大哭，人参娃娃把他点成了石头，就是双塔山底下的那块大石头，永远跪在双塔山脚下。小庙的院子被砍成两半儿，中间过不去。人参娃娃就从怀里掏出一双草鞋对小和尚说："这是腾云鞋，你穿上它，就可以腾云驾雾了。"说完，人参娃娃就不见了。小和尚穿上腾云鞋，飞到对面山尖，只见上面长满了绿油油的韭菜——这就是灵芝草，和一簇簇茶树，地面足有一亩见方，可在山底下看却不大。

每天，小和尚早上穿着腾云鞋飞过去，培育灵芝草和茶树，晚上飞回庙里，过着无忧无虑的生活。后来人们传说双塔山上有三宝就是腾云鞋、茶树和灵芝草。

【附记】

双塔山位于承德西南部，距市区 15 公里。远远望去，两根一粗一细的红色岩柱并肩而立，状如宝塔。双塔山两峰北高南低，上粗下细，无法攀登；但峰顶却有一座人工修建的砖塔（小庙）。民间传说，峰顶小庙内有一双草鞋，庙外有二畦韭菜；草鞋是腾云鞋，韭菜是灵芝草。这些传说无疑增加了这两个并峙石塔的神秘色彩。据《承德府志》记载：乾隆皇帝曾传旨派人到峰顶实地考察。发现南峰顶小庙内设石供桌、石香炉，还有一块石碑。北峰顶有一堆砖石，又有两畦韭菜。经专家考证：此塔为辽代墓塔，宋辽时期，双塔山是宋辽两国各民族进行经济、文化交流的必经之路。契丹族的风俗是：达官贵人若在途中病故，则就近安葬，并在墓地临近的山顶建塔纪念。也许，这就是双塔山顶部砖塔的由来。至于双塔山的来历，民间传说不一，还有异文。

元宝山

讲述：刘中秀
记录：张拯民

承德往西十五里的山上，有块状似元宝的巨石叫元宝山。

传说，在很早很早以前，山脚下住着十几户种田人家。其中有一家姓耿，家中只有母子两人，老母刘氏，年纪六十出头，是位忠厚善良的老人。儿子耿义，二十上下年纪，身体壮实，面目俊秀，是附近有名的乡医，终年靠采山药给村民医病。

有一天，天气阴沉得很，耿义从山谷里采药回来，在路旁的草丛里看见一只奄奄一息的黑狐狸，心里不由得一阵惊喜。他听老辈人说过：黑狐狸是稀世珍宝，价值千两银子。他急忙扛起这只半死不活的狐狸回到家，找来把杀猪刀子，就要动手剥皮。谁想到，狐狸仰着头，瞅着他娘儿俩"吧嗒，吧嗒"地掉眼泪儿。

耿义母子看它可怜巴巴的样子，心立刻软了。老母说："看它多可怜，不要剥了。"耿义叹口气说："唉，想不到山牲口也知道死。"说着放下刀，用手轻轻地摸着它身上的毛。忽然，他发现黑狐后背上，有一大片肉皮儿黑紫。凭经验，他断定这是中了蛇毒。赶紧回屋取来治蛇毒的药，在伤口上涂了厚厚一层，又给黑狐灌下五颗解毒丹。然后母子俩把伤黑狐抬到空屋子里，放好。耿义像是自语又像对黑狐说："好好歇着吧，用了我家祖传解毒药，保你死里逃生。"掌灯后，母子俩又给黑狐喂了一碗绿豆粥，才放心地回屋睡觉。

傍天亮的时候，母子俩蒙蒙眬眬听见外间有"刷啦、刷啦"的刷锅声，好像有人烧火做饭。母子俩都感到很奇怪，急忙穿好衣服，悄悄地从门帘儿缝偷看：见有位姑娘正往锅下柴呢！这姑娘，十八九岁，生得十分俊美。老人的心"咯噔"一下子，撩起门帘走出屋问："闺女，你是哪家的呀？干吗给我做饭？"

姑娘扭脸微微一笑，脸蛋泛起一对深深的酒窝儿，然后跪倒在地，说："大娘，事到如今，只有实话实说了……"姑娘把自己的遭遇原原本本地讲了出来。

原来这姑娘是那只得道成仙的黑狐狸，家住山里密林中，父母是那一带统管众仙的首领——黑狐大仙。母亲为了让女儿修炼道术，命她每年入秋夜里到滦河边炼丹。这天夜里，黑仙姑来到滦河边炼丹，把肚子里将要炼成的三颗丹向夜空喷去，只见金光闪闪，照得半个夜空霞光万道。天上的光环，被住在河北岸山洞里的花脖子蛇妖看见了，它要夺取这三颗宝丹，就刮起一股黑风，张开扑云网，"刷"

地网住仙丹。

黑仙姑见空中涌起一股黑风，有颗丹被黑风卷走，急得她出了一身大汗，赶快收回两颗丹，身子往起一纵，旋起一阵清风直奔山洞飞去。来到洞口冲着蛇妖大声喝道："好蛇妖，还不快快把仙丹还我！"

蛇妖听到喊声，忙把丹咽进肚里。黑仙姑这下可真急了，抽出宝剑刺了过来。高喊："我要剖开你的膛，取出我的丹！"

蛇妖抓起一根黑铁棍和黑仙姑交了手。俩人战了有百十回合也难分胜负。这时，东方天边开始放亮，蛇妖暗想：丹已经到手，何必恋战。用左手悄悄取出一根毒蛇刺，趁机打了出去。黑仙姑没有提防，飞来的蛇刺扎在她的脊背上，黑仙姑身子猛一震，眼前一黑，大喊一声："不好！"使出全身仙术腾空逃脱，也不知飘了多久，才昏昏沉沉地跌落草丛中，昏了过去……

耿义母子听了黑仙姑的诉说，又惊讶，又同情，便留黑仙姑住了下来。

打这以后，黑仙姑和耿义一起起五更爬半夜打柴、采药，回到家后又帮助老人做饭，缝补浆洗。两个人相亲相爱，感情越来越深厚。

再说，黑仙姑老娘多日不见女儿归山，放心不下，掐指一算：噢，原来女儿落到了人间。她很不放心，便驾着云头落到耿家院门外。"啪啪"拍了两下门。黑仙姑听到敲门声，出屋开了院门，她看见老娘，又惊又喜又难过，扑到娘怀里放声大哭起来。耿义母子听说黑仙姑老娘来了，急忙迎出来，将老人让进屋。黑仙姑把自己受害与遇救经过讲了一遍。仙姑娘听后，为感谢耿家母子救命之恩，便想回山取贵重珍宝酬谢耿家。黑仙姑跪在地上说："娘，耿家对儿恩重如山，用几样珠宝岂能报答得了？"

仙姑娘吃惊地问："你说该如何报答？"黑仙姑乞求道："娘，儿愿以身报恩。"

"什么？"老娘脸色顿时变了，两眼直瞪着女儿，"你咋不想想，咱是仙，他是凡人，仙与凡人怎能结合？"

"儿想过，为了报答耿家深恩厚义，愿在人间受苦受罪。"

"你……太浑了！你父本是玉皇大帝御史官，统管众仙，你要是做出超越天条之事，仙律神法岂能饶你？"

"儿主意已定，就是粉身碎骨也心甘情愿！"黑仙姑口气十分果断。老娘无法再说了。她疼爱女儿，也担心女儿日后遭报，深深地叹了口气说："过去有多少神仙女儿下界与凡人结成良缘，他们只能过百日夫妇恩爱日子，百日后都遭到天庭惩罚。有哪个白头到老的呀？"

黑仙姑说:"儿求老娘宽恕,儿若能和耿家哥哥做上一日快乐夫妻,也心满意足了。"

老娘劝不了女儿,只好顺从了她。辞别耿义母子,回山里密林去了。

黑仙姑送走娘,又开始忧虑父亲来了怎么办。她清楚老人是天庭吏官,对玉帝忠实无比,他这关最难过。她只有立刻与耿义完婚,生米做成熟饭,也就没办法了。她把自己打算一说,耿义母子听了乐得不知说啥好。第二天动手准备结婚用品,不几天俩人拜堂成了亲。婚后小两口儿和和美美,过着快乐美满的小日子。

不久,黑仙姑父亲黑狐大仙云游回山,不见女儿,便问老伴:"仙姑到哪儿去了?"

仙姑娘搪塞说:"她……她在山中修炼。"

大仙见老伴儿吞吞吐吐,便疑心起来。拿起观俗镜往山外一照,女儿和耿义亲昵的身影映在镜中。他全都明白了,痛骂老伴儿一通,驾起云头去找女儿。黑仙姑娘见老头子怒气冲冲地走了,怕女儿出差错,也脚踏云头尾随跟来。

耿家院里院外顿时狂风大作,电闪雷鸣。黑仙姑听到房外风声,知道父亲找上门来,赶忙出外相迎。黑狐大仙撒去风云,落到耿家院里。这时耿义母子也来到院中,瞧见有个头戴金盔,身穿金甲,黑脸庞的老人,手中横握八棱金鞭,怒气冲冲地站在院中。

黑仙姑战战兢兢地跪在地上。

"好你个奴才,你本是仙家之女,因何与凡人厮混?"

"爹爹息怒,耿家对儿有救命之恩,儿才以身相报。望求爹爹宽恕。"

"大胆,难道你就忘了仙律神法吗?快快随我回山,免你不死。不然,定叫你粉身碎骨!"

"儿与耿郎恩爱情深,离开耿家女儿实难从命!"

"好个逆子,再不听为父规劝,你来看!"大仙举起一只毫光刺眼的金钵,威胁道,"你不是不知道这法宝的厉害!"

黑仙姑看着金钵,吓得浑身颤抖。她知道这是惩治罪仙的法器,能将仙体化为灰烬。

这时,仙姑娘也赶到了,她大声喊道:"夫君手下留情!"

大仙看到老伴儿气不打一处来:"你有何话可讲?"仙姑娘说:"这事可不怪女儿……"她也跪在地上,把女儿如何受害,如何被耿家救活之事前前后后讲了一遍。耿义母子也跪地求饶。大仙听罢,这才消了气,忙将耿家母子扶起来,说道:"非是本仙不知情理。我身居仙位，受仙界管束，对女儿违犯天条之过，我也吃罪不起，就让我把她带回去吧。"这时黑仙姑想出一个难题，想用它来难倒爹爹，就对爹爹说："您老人家有生以来，总是大仁大义，让女儿回山不难，不知爹爹如何报答耿家救命之恩？"

大仙想了想说："这有何难，只要你同我回山，要啥给啥。"

"爹爹此话当真？"

"哪个骗你不成！"

"那儿可要啦？"

"随便要吧。"

黑仙姑说："儿要座金山留给耿家。"

大仙一愣，皱起双眉说："金山？你……这不是成心难为我吗？办不到。"

"爹爹若不肯给，女儿宁可一死也不离开耿家！"

其实大仙也把女儿当做宝贝疙瘩，十分疼爱，可他又不敢触犯天条仙律。他见女儿口气很死，又怕闹出意外，脑子转了几个弯儿，便想出一条妙计，他对女儿说："我若给耿家一座金山，你可要随父亲走啊？"

"女儿绝不食言。"

"好，明日清晨将金山运到耿家后院山顶。"说完刮起一阵大风，老夫妇回山去了。

耿义母子见大仙走后，忧心忡忡地说："孩子，你爹要真的给座金山，咱们这家人不就拆散了吗？"

耿义也流着眼泪说："你走了可叫我咋过呀？"

黑仙姑蛮有把握地说："不要担心。虽说我爹爹是众仙首领，他也无处弄来金山，是我给他出的难题。"

且说大仙回山后，召集众仙，指令他们连夜在耿家院后的山上造成一个元宝形巨石。他为了哄骗女儿，使出法术，在元宝石上喷镀了一层金膜儿。一座金光闪烁的金山造成了。天亮后，大仙来到耿家，对黑仙姑说："孩子，你要的金山为父运来了，就在你家院后的山上，你去看吧。"

黑仙姑听后，心里"咯噔"一下子，她半信半疑地跑到院外一看，果然有个金光耀眼的巨大元宝坐落在山顶上。她顿时惊呆了，望着山上巨大的元宝，泪水流淌面颊。她哭着跪在元宝山顶，自言自语道："我与耿郎白头偕老已无指望了……"想到这儿，她的心像被撕裂似的疼，一对对泪珠滴落在元宝山顶。

这时，大仙也脚踏云头来至元宝山顶，对女儿说："你提的条件我已答应，还不快快随我回山！"

黑仙姑知道想反悔已不可能了，只好央求说："女儿已有身孕，求爹爹允许儿生育后再回山。"

大仙说："不行！必须立刻回山！"

黑仙姑无奈，又乞求说："让儿再和耿郎见一面吧。"

大仙点点头。

黑仙姑回到耿家，婆母和丈夫见她眼皮儿红肿，面色苍白，知道她内心痛苦极了，都陪着她大哭。黑仙姑抹了一把眼泪说："我本想用金山难倒父亲，不料他真的搬来了金山，看来我不走是不行了。院后这座元宝山就是耿家财富，想你们几十辈子也花不完用不尽。要记住，每年的三六九月初一，我要来元宝山与耿郎相会。千万记住这个日子！"说完起身向院外走去。来到院门口，又想起一件事，转身对送出来的耿义说："婆母有咳嗽病，元宝山上有为妻流下的眼泪，日后会长出'八宝草'，你把它采回来熬成汤，给婆母冲鸡蛋喝，大病可愈。"

一晃来到第二年三月。黑仙姑怀着重身子来到元宝山上，等候耿义前来赴约。她万万没想到，原来金光闪闪的元宝金山，由于日久，大仙施用的法术脱落，露出石块原色。她立刻明白了，原来爹爹用仙术哄骗了她。她气得浑身颤抖。这时，耿义也登上元宝山来会见妻子。俩人会面后，拥抱着诉说离别之苦。

最后，黑仙姑把爹爹如何哄骗的事全对他讲了。耿义摇着头说："金不金的我稀罕，只要咱俩能常在一起，我就心满意足了。"

黑仙姑想了一阵儿，说："有啦，我爹既然不守信用，就别怪我不听从他的了。我决定不走啦，咱俩在假元宝下挖个洞，把娘接来，就隐居在这个洞里。看我爹能把我怎样！"说完俩人动起手来，在这块元宝巨石下挖出深洞。黑仙姑和婆母、夫君就住在这里了。

从此，这座无名山就根据这元宝形巨石起名元宝山。元宝山下边的那个洞，就是黑仙姑和耿义一家人隐居过的住处。

【附记】

元宝山是承德十大名山之一；它坐落在广仁岭和双塔山之间，离市内9公里。元宝山巨岩横卧，状似元宝；它长约140米，高约35米。据地质学家考证：元宝山属"丹霞地貌"，山的四周是红色砂砾岩石壁。经过地壳运动，岩石两侧推移，中段凸起，又经许多世纪的雨浸风袭，氧化和风化作用，才形成元宝的样子。关于元宝山，民间曾流传着"朝阳双塔藏仙子，元宝穴内长灵芝"的诗句。由此可见元宝山和灵芝草是紧密相关的，在民间流传极广。由于该篇讲了元宝山的形成原因，与其他一些元宝山的传说不同。因此，在编选中，我们把《元宝山》编入本卷。

文明福地半壁山

讲述：王　勇
记录：王　琪

承德东南部有座半壁山。离地三丈的峭壁上，刻着一幅大石匾。匾上刻有乾隆御笔亲题四个斗大方字："文明福地"，字刻得遒劲挺拔。你知道皇帝为啥要写这四个字吗？

相传，热河自从建立避暑山庄以来，每年皇帝都到这避暑。许多皇亲国戚，王公大臣也纷纷在热河建立府邸。单说西大街二道牌楼附近那座常王府，这常王是世袭皇亲，没儿子，只有一个侄子过继在家，名叫常如意。常王希望自己的儿子能学得文武双全，将来报效国家。所以为他请了很多文武教师。可常如意偏不争气，念了十来年书，光学会诌两句风月诗，引几句歪词儿，把工夫都花在同狐朋狗友们喝酒行令和寻花问柳上了。老常王没有办法，为面子上好看，花了万八两银子，给他捐了个举子。这一年，京里秋闱大考。常如意二十岁了，他早就想借口到北京玩几天，便对常王说要去应考。常王知道他去京中，无非是为了玩儿闹，但家里却能清静几天，就打发他带上家人和银两进京。常如意进京不到一个月，喜讯传来，说常如意中了状元。常王哪里肯信？以为报喜人是来骗银子的，一文没给，还叫太监把他撵了出去。没过几天，又有喜报传至王府，朝廷也派人送来喜报。这下可把老常王弄糊涂了。他心里说："莫非真的天上掉馅饼了？"

却说常如意进京以后，忙于到秦楼楚馆，吃花酒，办堂会，临考那天，才到考场应付应付。不大工夫，监考官把卷子发了下来，题目是《治世之计在于何》。举子们一个个皱眉咬笔，苦苦思索。常如意哪里会作文？连题目也弄不大明白。他看题目的后面三个字是："在于何"，突然心灵福至，想起平常在酒席上常拿来取笑的一句话："醉翁之意不在酒，在于山水之间。"于是他写道："在于山水之间。"但是，一大篇子纸就这么几个字未免太少点。他忽然"诗兴"大发，摇头晃脑地琢磨，居然想出一首解释这个"在于山水之间"的打油诗。第一句因为他是在热河长大的，对那儿的山很熟悉，所以写道："热河多奇山，"第二句怎么写呢？他又想起长年不断的热河泉，于是，又写道："山下淌热泉。"第三句和第四句居然想起不知何处曾用过的"灵秀锤一城，圣人出其间"两句。他把这段顺口溜抄在"在于山水之间"的后面。这时他感到非常困倦，就无心再看其他举子们答卷的种种神态，第一个交卷出场，一头钻到妓院吃喝玩乐去了。

举子们考试完毕，考官们把卷子粗判一遍，送到主考大人那里。这年主考竟是不学无术、专会趋炎附势，飞扬跋扈并深得乾隆宠爱的和珅。和珅装模作样地坐在案前，对各位考官说："今年万岁命我为主考。下官一定把真才实学的人选出来，才不负圣上恩典。"众考官都知道和珅乃是个不懂学问的庸才，看他装模作样之态，心中不禁暗笑。一个考官故意难为他说："请示主考大人，不知今年文章，何种答案为最优？"和珅哪知道这个。他想了半天也没想出来，突然看见中堂挂着一幅山水画儿，就说："嗯，要有山，有水……嗯，还要有人……"考官们忍不住暗暗发笑。和珅一看考官们的神情，心里十分恼火，喝了一声："就这么办。没山没水没人的文章就甭想考中！"考官们哪个敢惹和珅！只好查找这样的文章。谁知查了半天，一个考官终于在初判被剔出的卷子中，发现了常如意那首打油诗。于是双手呈给和珅说："下官遍查各卷，唯有这首诗里有山有水有人。"和珅拿过考卷一念，正合胃口，连说不错。众考官心里又笑又骂，这和珅昏庸到极点。这篇考卷诗不成诗，文不成文，非驴非马又非牛，他偏说好。皇帝瞎了眼，派了这么个混账做主考官。众考官哪个敢说出来呀，只好唯唯诺诺。一个考官试探着问道："和大人的意思，让这个举子中个进士吧？"和珅看这个考官说话有些轻漫，心里不高兴，鼻子"哼"一声摇摇头。又一个考官试探着说："我看这举子可中第三名，让他做个探花。"旁边的一个考官再也憋不住笑，急忙喝了一口茶，想压住笑声。谁知这口茶错进到气嗓儿里，"扑"地一口，把喝的茶水全喷出来。众考官再也憋不住笑了，于是借此机会笑个痛快。和珅看见众考官们在取笑他，心里更恼了，鼻子重重地"哼"了一声。这时，坐在和珅对面的一个考官站起来，郑重地说："我看可中第二名，做个榜眼。"另一个红脸膛考官站起来说："按和大人的意思，有山有水有人的文章只此一篇，我看做状元合适！"原来，状元、榜眼、探花都要经皇帝殿试。这些考官想把这篇最拙劣的答卷呈送皇帝，皇帝看了一定会重重地责罚和珅。和珅哪里会想到这儿，他一拍案子说道："好，就让他当状元。来呀，查查这个举子的祖籍何处？"一会儿，一个考官回禀道："此人系世袭皇亲——热河常王的螟蛉之子。"和珅得意起来道："历届状元都让江南汉人占了，今年我们旗人也要出个状元，明天就让他面君殿试。"

第二天，乾隆皇帝在保和殿亲自阅卷。和珅事先请人把常如意的卷子誊清一遍后，呈给乾隆，并奏常如意是皇亲常王的后代。乾隆一听皇族后代居然有人考上了前三名，心里很高兴。他接过卷子，细心批阅。当看到在《治世之计在于何》后，常如意写道："在于山水之间"，夸奖道："好！文章虽短些，然其中道理甚深。"又看下面的打油诗："热河多奇山，"想起热河十大名胜之山，点点头，"山下淌热泉。"这是乾隆从小就熟悉的，赞了声"不错！"又看下去，"灵秀锤一城，圣人出其间。"这正触动了他的心，乾隆早就听别人说自己出生在热河狮子园，他心中暗想：这"圣人"不正是说的朕吗？看罢，龙颜大悦。忽然看到这首诗还没题目，于是拿起笔在诗上方题了《文明福地》四个字。然后宣常如意上殿面试。这一面试可就露馅了，乾隆问什么，他一概答不上来。乾隆这才知道自己点错了人。但皇帝是从来不认错的，他依旧正襟危坐，在纸上面写了"文明福地"四个斗大方字说："赐给热河府。"并降旨刻在热河魁星阁下的石壁上。以后，就传下这么一句话说：状元错了，"文明福地"没错。

四面云山

采录：洪 勃

承德离宫南面有一座山，叫四面云山，也是避暑山庄的风景之一。山上白云环绕，风景秀丽。说起来这里还有一段故事呢。

从前有一个叫乐得书的书生，家里很穷，为了养活妻子和两个孩子，白天劳动，晚上读书。几年的工夫，写得一手好文章，还学会了书画。但由于权贵当道，考了几次也没考中，家里就更穷了。

这一年，阴历年来到了，别人家都杀猪宰羊，淘米磨面。可他家连锅也揭不开。乐得书躺在炕上发愁，屡考不中，日子又混不下去，活在人世还有啥意思呢？他越想心越窄，觉得没活路，于是，就跳下炕来对妻子说："你们娘儿仨在家等着，我去借点粮食，一会儿就回来！"说完，就到外屋拿了一条早就准备下的麻绳走了出去。

他家房后有一座山，十分险要，山前有一崖三丈多高，陡得像竖起来的石板，崖顶长一棵马尾松遮到崖前，崖下有一条石阶通到崖根，人们称这里为"仙人崖"。

乐得书来到这里，脑子就琢磨开了，上吊吧！妻子儿女没了依靠；不上吊吧，实在活不下去了。他想着想着，坐在台阶上昏昏沉沉地睡了。蒙眬中，忽然来了一个人，敲了三下石壁，不一会儿石壁开了，里边问："你来干什么？"答："去年年午夜借的粮食，还来了！""进来吧！"那个人进去一会儿又走了出来，石壁合上了。乐得书想：此事当真？是梦吧？活灵活现的；不是梦吧？心里又有点恍惚。管它呢，试试看！我也敲三下，看它开不开。

乐得书站起身，随手敲了三下，石门真的开了。又见里头走出一个白胡子老头儿来，问："你干什么？""我想借点粮食。""可惜你来晚了！别的粮食没有了，就剩麦子啦！""麦子也行！""那就进来吧。"乐得书走了进去，脱下内衣兜了一兜出来，石壁又合上了。

他回到家，就招呼妻子找家什倒麦子，边倒边告诉经过。结果：斗、簸箕、坛子、瓮里都倒满了，还剩一兜。两口子连夜淘麦磨面，第二天又开了个面铺，小日子红红火火地过起来了。

一晃到了第二年年午夜，乐得书又兜着一兜麦子去还。到了那儿敲了三下石壁，走了进去。看见里面一个红胡子老头儿和那白胡子老头儿在一个石桌上下棋，就说："师父，我来还粮食来了！"答："倒在仓子里吧！"乐得书倒完后，又回来说："师父，我没啥报答的，给您干点活吧。"白胡子老头儿说："东南角有一棵梨树，你去扫扫树叶吧！"说完又继续下棋。乐得书来到树下，只见地上很厚一层树叶，就拿起扫帚扫了起来。还没扫完，就见梨树开花、结果，又落叶了，这样扫了一遍又落一茬，扫了很长时间也没扫净。正扫着，那个白胡子老头儿忽然跑了过来说："坏了，你回不去了！"乐得书惊奇地问："怎么回不去了？"老头儿说："这棵树开一次花是六十年。你来时是明末清初，现在是大清康熙年间，家里下去好几辈了！"乐得书一听，吓得跪了下去："师父，救救我吧！"老头儿说："你别回家了，你的晚辈不认得你啦。我给你一支笔、一个砚台出去画画吧！以后自有出头之日！"

乐得书揣好笔砚，走了出来。一边走着一边想：真的不能回家了吗？我还是回去看看吧。于是，向家走去。抬头一看，地方没变，房子全变啦。眼前一片楼堂瓦舍，他愣住了。这时，一个老者走了过来，他上前问道："老丈，这家财主姓什么？"老者笑着说："看来你不是本地人，连这个名传百里的乐家庄园你都不知道！"乐得书谢过老者，向大门走去，远远看见"乐府"的红色门匾。里边人喧马叫，十分热闹。两个家丁把着门，他走上前说："禀报你们东家，说乐得书求见！"家丁传了进去，东家一听，可气坏了，大骂："哪来的无赖，敢冒充祖宗，给我赶出去！"

乐得书没进去院反挨了一顿打，只得流浪他乡。

这一天，他来到一个庄上，看见一个人正在雇耪青的，他就跟了进去。

乐得书来到财主家，吃完饭，就被撵到地里去。他耪着耪着，忽然看见前面一棵棒子上站着一只蝈蝈，不停地叫。他放下锄，掏出笔砚画了下来。回来把画贴在墙上，没事就看。过几天，他发现蝈蝈不停地挪动位置，有时在玉米叶子上，有时又跑到下面。在上面时，不管天气阴得怎么沉，也不下雨；躲到叶子下面时，天气晴得一丝儿云都没有，也会下起雨来。

一天，天气格外晴朗。财主看到这样的好天气，就叫乐得书出去多雇些短工耪一天。乐得书到了街上，对街上人说："别看今天一点云彩没有，一会儿就来雨。财主让我雇短工来了，大家都去，白吃一顿饭，还得开工钱！"这话一传俩、俩传仨，一会儿就传了好几个村，来了很多人。结果，早饭还没吃完，云彩就黑压压地下来了。不一会儿，下起了瓢泼大雨。人们吃完饭，老实儿地待了一天，领了工钱回去了，财主气个半死。

第二天，是半阴天，财主又对乐得书说："今天天气凉快，你去多雇些人来！"乐得书说："俗话说，半阴天，雨连绵。这种天气，一会儿就是大雨，不能雇！"结果，一连阴了好几天，一个雨点儿也没掉。一下把地耽误了，苗草一齐长，田里荒得像野地。财主急得如热锅里的蚂蚁。

乐得书这样做了几次，财主产生了怀疑，就派心腹观察，一下发现了画上的秘密。财主把画抢走了。从此，乐得书"神画家"也出了名。

康熙四十二年，大兴土木建造避暑山庄，并招募全国雕工画匠，为行宫彩画刻雕。财主为了发财，就把乐得书的事奏明皇上，也将那张画送去。康熙一见大喜，立刻传旨召乐得书进山庄作画。

乐得书带好笔砚进了山庄，皇上命他画正殿。康熙四十五年，正殿落成。乐得书按皇上旨意动手，在两侧画了奇花异草，松竹鹿鹤，景致幽雅秀丽。

剩下正殿没画了，乐得书心想：都说康熙爷胆大，我不如画只猛虎，吓唬吓唬他。于是，他挥笔画了一幅"猛虎下山"图。地上立着一块巨石，石上立着一只扑食的猛虎，虎头上一个大"王"字。

这一天，正是黄道吉日，康熙骑上马带着文臣武将来到正殿，见两侧所画景色不凡，心中大喜。皇上的目光慢慢移到中央，乐得书见机会到了，跳上椅子，用神笔一点虎头的"王"字，只听那虎大吼一声，好像半天空响个炸雷，文武百官都吓瘫在地上。康熙倒退了十来步，急问："乐得书，你想做什么？"乐得书一笑说：

"我主万岁！我是用虎提醒你，不要尽顾自己玩乐，忘了穷苦百姓！"接着用神笔一点猛虎说："我去也！"竟骑虎缓缓走出正殿。康熙从此记住了乐得书的话，经常出宫私访，惩罚贪官污吏，为百姓做了不少好事，这是后话。康熙见乐得书骑虎走了，急忙唤人去追，可哪里追得上？眼看着乐得书登上离宫南面的山顶，用神笔勾来白云，腾空而去。从此，这座山时常白云环绕，后来起名就叫四面云山。

僧佛把门

讲述：裴振武
记录：杨天在

当年，康熙北巡来到了热河，只见这里四周群山环绕，中间绿水长流，土地肥沃，气候宜人。康熙不住夸赞道："好地方！好地方！真乃文明福地也。"随即又环顾一下，感叹道："若再有个僧、佛把门，此地便不致受水火刀兵之祸了。"

为了求个"僧、佛把门"，康熙命人摆起香案，焚香祭天。康熙亲自拈香叩头，一直祭了七七四十九天，终于感动了上天。玉皇大帝命山神赐热河僧、佛二山，为之把守门户。到了第五十天，只一夜工夫，东边的那座山就变成了大肚子罗汉，南边的那座山却只变成了一顶僧帽。

那么，为什么只有一顶僧帽，而无僧人呢？据说，当时僧帽底下的人还没有变完，大家高兴地只顾手舞足蹈了，忘记了上香，所以就只留下一个僧人的帽子。

后来，人们就把那大肚子罗汉和僧帽叫罗汉山和僧帽山，它们还真像卫士一样守护在承德大门的两边呢。

自此，热河这地方人畜两旺，日渐繁荣，到了道光年间，热河都统英和根据这个神话传说，在半壁山上题了"文明福地"四个大字，摩崖勒刻，至今犹存。

会龙山

讲述：梁金明
记录：李怡荃

承德北山，特别像一条大鳄鱼！长长的躯干，拖着的尾巴，还有前后腿。"鳄鱼"的嘴角有一个山洞，洞口有山水流过的痕迹。

承德人习惯管这座山叫"会龙山"，那个山洞被称做"蟒金洞"。为啥叫会龙

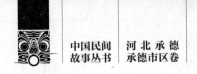

山呢？传说有一年夏天，天气奇热，久旱无雨。乾隆皇帝来承德避暑，住在离宫。一天，他出宫南巡，前呼后拥，好不威风。当队伍顺官道走到北山山根的时候，突然从半山腰山洞里爬出一条大蟒。它越过官道，直奔武烈河。那蟒可真长啊——头伸到武烈河中喝水，而尾部却还在山洞里没出来。大蟒一口气喝了大半条河的水，然后，扭回头来，挡住了乾隆的去路。

乾隆对身边大臣问道："为什么停下？"一个大臣奏道："回禀皇上，前面的道儿堵住了，过不去！"乾隆皱着眉，不快地问道："谁挡了朕的道？"

大臣说道："回禀皇上，是一条大蟒堵住了去路，它要讨个封呢！"

乾隆带人来到前面对蟒说："你要朕封你什么？"

大蟒答道："我在此洞修行多年，已成正果，请皇上封我为龙。"

乾隆闻听此言，勃然变色，道："你，一个蟒，也想成龙？朕才是真龙天子！"

蟒听了，低头不语，却仍拦在路上。

乾隆大怒，骂道："你个蠢虫！胆敢挡朕的道，还不给朕回洞去！"

大蟒纹丝不动，坚持讨封。

乾隆看看地形：北面是山，南面是河，只此一条通路，便强压怒火，厉声道："你挡朕的道，硬要朕封你。今天，朕豁出去——不走了，也不封你！"于是，命令打道回宫。

乾隆皇帝原路返回，路上空留一片烟尘。大蟒无可奈何，只好怏怏地爬回山洞，再也没有出来。

从此，这北山得名"会龙山"。当地人在乾隆返回处修了个庙，叫"会龙庙"，一度香火旺盛。山洞从此得名"蟒金洞"。据说，现在我们看到的洞口那道山水流过的痕迹，就是大蟒爬出爬入留下的印记。

疯魔岭

讲述：李　仁
记录：于　广

从前，热河西北面有座西云岭，岭下住着秀才张宝瑞，他单身独口，很有才学，就是屡试不第。但他人穷志不穷，科举不中，就自钻医学。那时，山乡小镇，十里二十里也找不出一个会行医的。张秀才刚有个半拉架，四乡八邻就找上门来。他呢，也没啥架子，总是热心去给别人消灾解难。天长日久，他真的练出了一手好医道。于是，前来求医买药的人越来越多。

邻居王大爷有个女儿，叫秀春。这姑娘从小在家中跟着父母耕耘播种，十分温和、善良。小时候，她就爱到秀才家里玩，秀才常教她识文断字。她也很爱学，几年光景，就能念《百家姓》《千字文》了。正当她学得起劲的时候，王大爷见闺女大了，怕外人传出闲话，便不让女儿到秀才家去了。可是，秀春碰到难题难字，就背着父母跑到秀才家来问。秀才为穷苦乡亲行医治病，秀春十分羡慕。这一天，秀才忽然得了病，躺在炕上不能动了，正好被秀春看见，她二话没说，抄起药锅就去点火，赶忙为秀才熬了汤药，给他灌下。

秀才醒来吧嗒吧嗒嘴儿，尝出了药味儿，睁眼一看是秀春，他惊讶地问："你怎么知道给我熬这种药？"

秀春答道："你不是教过我'甘草、黄芪味苦性凉，可以去热解瘟'吗？我就给你熬了这两味。"

秀才听罢，心里暗暗称奇，暗想：如果她能和我一起学医行医该多好！我也有个帮手。

从此，秀春到秀才家的趟数更多了，有时还背着乡里人和秀才一起上山采药。两个人好得像一个人一样。秀春父母都挺喜欢张秀才的为人，就把秀春许给了他。

婚后，俩人情投意合，甭提有多热乎了。谁料，热河有个都统早就垂涎秀春的美貌，总想抢秀春进府供其淫乐。他事先命人上山等候，待秀春和张秀才上山采药，把秀春强抢回府，把秀才打昏扔在道旁。

秀才醒来，不见了秀春，知道被抢走准没好儿，可是，又想不出搭救的办法，没过三天，就急疯了。秀春被关进都统府里，整天思念丈夫，加上狗官的威逼和污辱，也染上了魔怔。

一天夜里，秀才掖着一把菜刀，溜进了都统府。他要杀死这个狗官，报深仇大恨。谁知溜进内房，心慌手乱，刀下去只砍伤了都统的一只胳膊。举刀再砍时，卫兵就到了，他只好拉起秀春往外跑。他俩慌不择路，跑到西云岭上一看，前是高崖，后有追兵。无可奈何，俩人抱在一起，跳下了悬崖。人们为了纪念这两个曾为人们解病去灾的一疯一魔，就把西云岭改名叫疯魔岭了。

【附记】

疯魔岭即广仁岭，承德十大名山之一。它像一扇巨大的石门把守着西面。山顶原开凿的石壁上刻有"承德府界"四个大字。清朝时，这里是皇帝来承避暑，或北巡木兰围场的必经之地。站在疯魔岭上，可以远眺横跨苍穹，神奇钟秀的天桥山、挺拔的棒槌山以及傍武烈河而正襟打坐的罗汉山等，是观赏东部群峰的观景点。

松树梁

采录：丁治安

在避暑山庄东北角的群山中，有座叫松树梁的山。很早以前，这里住着十几户穷苦人家。其中一户，母子二人，老娘双目失明，小儿子乳名叫小松树。

小松树八岁就给一家财主放猪，每天放饱猪，就抽空捡柴、挖药，为的是多攒几个钱，好给老娘治眼病。他多么希望老娘能有一双明亮的眼睛啊！

有一天，小松树高兴地对他娘说："咱沟里二道坡上，有个小洼洼，洼里有院子那么大一块草甸子，嫩生生的绿草，猪咋吃也不见少。"老娘听了只"哼哈"地应着，没当一回事儿。后来，小松树总叨咕这新奇的事儿，老娘才感觉到这件事儿有点新鲜，让儿子领她一块儿去看看。

娘俩来到荒草甸子停下来，娘说："小松树呀，你就在娘脚下挖吧，这里一定有宝贝。"

小松树抡起镐，吭哧吭哧地挖起来，挖了好一会儿，地下露出一块石板。小松树小心翼翼地掏净石板上面的土，轻轻地把石板掀开一看，嗬！原来是小三盆那么大的一个铜盆，盆里盛着满满一盆水，清清凉凉的。

老娘伸手捧了一捧盆里的水，洗了洗眼睛，眼睛一下子就睁开了；又捧一捧水洗了洗，看见月亮啦；再捧一捧洗了洗，看见星星啦！又洗了洗，哈，两只眼睛什么都看见啦。小松树乐坏了，拉着老娘又是跳又是笑。

老娘高兴地说："小松树哇，这是个聚宝盆。聚宝盆的水能治各种眼病，把水倒出来再装别的东西，用多少拿多少，永远也取不尽，咱以后吃、穿、用再也甭发愁啦。"

自打小松树得了聚宝盆，就不再给地主放猪啦。他用聚宝盆里的水治好了好多穷苦人的眼病，谁家有困难他也肯帮忙。他还经常背着粮食，带着钱，去接济那些揭不开锅的穷户。街坊邻居都很感激他。

这事叫村里的老财主知道了，就起了歹心，要霸占小松树的聚宝盆。

　　这一天，听说一个新任知县从此路过，他眉头一皱，计上心来，命家奴抬上羔羊美酒，来到十字街亭为县太爷接风。他对县太爷附耳低语说了一阵子话后，县太爷就笑嘻嘻地跟他进庄了。

　　不多一会儿，老财主派一个管院的给小松树娘俩送去请帖，让他们进庄赴宴。

　　小松树娘俩一琢磨：老财是个吝啬鬼，外号"铁公鸡"，一大庄子人不请，为啥偏请咱娘俩？嗯，黄鼠狼给鸡拜年——没安好心。小松树把请帖递给来人，歪着小脑袋说："你回去告诉老爷吧，他家狗多咬人，我们不去！"

　　老财主无奈，只好厚着脸皮，陪同县太爷到小松树家看聚宝盆。小松树一眼就看透了老财主的鬼主意，说什么也不让看。

　　老财主拄着文明棍，捋着八字胡，站在人前，狗仗人势地说："这是新任的县大老爷，是众小民的父母官。俗话说：'藏宝不献，灭门九族。'咱县大老爷爱民如子，不咎既往，只求一观，尔等鼠辈别不识抬举。"

　　穷人有穷人缘儿，街坊邻居听说，都赶来观看动静。小松树见大伙儿在给自己助威，胆子就更壮了。他不管老财主怎么吓唬，他就是不给看。老财主恼羞成怒，用文明棍朝屋里一指，说道："给我搜！"众乡邻一见老财主要抢聚宝盆，齐呼啦上前，把老财主和县官围起来啦。

　　县官一见众怒难犯，急忙出来皮笑肉不笑地打圆场："莫误会！莫误会！既然不愿让看，本官不看就是啦。"说完转身就走。老财主一肚子气没发泄出来，狠狠地瞪小松树一眼，转身也蔫溜溜地走啦。

　　半夜，县太爷带兵把小松树家围个水泄不通，硬逼着小松树交出聚宝盆。小松树死也不交，县太爷就命兵丁、打手进屋去抢。小松树急啦，纵身跳进聚宝盆，任凭县太爷威逼利诱，就是不出来。县太爷没法儿，就让兵丁往外拖。可真怪，拖出一个小松树，盆里还有一个小松树。县太爷一见傻了眼，如果这样拖下去，小松树越来越多，甭用乡邻动手，就光小松树上前一围，官兵们就是长出三头六臂也蹦不出圈儿。因此，他眼珠一转，命兵丁抬起聚宝盆就跑。乡邻闻讯忙穿衣下炕，抄起叉耙、棍棒、锄头、镐把，随后追出庄子。

　　县太爷来到大梁顶上，见后面追赶的人越来越多，怕聚宝盆有失，命兵丁在松树下挖个深坑，把聚宝盆连同小松树一起埋了起来。乡亲们赶到梁上，官兵们早跟兔子似地跑得无影无踪了。

　　"小——松——树——"乡邻们大声喊着。大伙儿的嗓子都喊哑了，到底也没找到小松树。第二天，天刚一放亮，大家突然发现，原来光秃秃的山坡上长满了绿

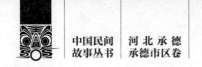

油油的小松树。

为了纪念心地善良的小松树，乡亲们就把这山梁改名叫松树梁，直叫到今天。

朝阳洞

讲述：于　秀
记录：于　广

离承德三十多里的东北面，有一座面东背西的天然古洞，这就是朝阳洞，洞内有十八盘石炕。人们都说，这个洞能通很远的地方。但究竟通多远，谁也不知道。

原来，早在秦朝的时候，秦始皇修万里长城，到处抓丁。单说长城脚下，有个石槽子沟，因为这里石料好，所以老辈儿出了不少石匠。自打朝廷修长城，很多石匠被抓走。可是，只见人走不见人回，去修城的人大都被累死在长城脚下，像石头一样填了城墙。百姓叫苦连天，可谁也没办法。

这一天，官府又派人来，要调十八名石匠去修长城。头一个就点了一个叫刘江的。这刘江已经五十多岁了，在村里很有名望。因为他经得多见得广，遇事有主见，人们都管他叫"二军师"。被点名的十八名石匠知道此去难回返，都愁眉苦脸，最后一齐聚到"二军师"家来，想找个求生的办法。"二军师"闷头儿琢磨了好半天说："我看咱们这么去送死，还不如凑伴上山去。生，生在一块，死，死在一起。"

大伙儿一听，眼下也没别的办法，只好如此。于是，十八个人趁夜深人静，悄悄地逃进了深山老林。

正赶上十冬腊月，大伙儿连冻带饿，觉得在大山里东藏西躲，日子长了也不是办法，总得有个住处。这天，大伙儿坐在一个阳坡儿上歇息，发现了个一丈多深的石洞。"二军师"对大伙儿说："咱们把这个洞往深凿凿，就先在这儿住下吧。"

大伙儿都说行。正好十八个人都随身带着家什，就一齐动起手来，不管白天黑夜，凿啊凿啊！也不知凿了多少个日日夜夜。这天，一錾子下去，忽然凿出个大窟窿，里面直冒黑水。大家仔细一看，原来底下是一条深不见底的地河。于是，他们就在河边上凿了十八铺炕，大家安顿下来了。因为这个洞口儿朝阳，大伙儿就给起名叫"朝阳洞"。白天，他们出洞采集野果草籽填肚子，晚上就在这十八铺炕上睡觉。

冬去春来，三年过去了，大伙儿都很想家，就派年龄最小的李三，回村探听一下消息。这李三，三年前和媳妇刚拜过天地，还没入洞房，就逃出来了，早就想回去。

李三悄悄地回到村子里，看到村里的房子都被烧光了，人也都没了。他找了半天，才找到一个老婆婆。一打听才知道，官府还是经常来抓人，青壮年死的死，逃的逃，一些妇女小孩也逃到山上去了。李三把他们十八个人的地方告诉了老婆婆，让她见着自己媳妇告诉一声，自己就又回山里去了。

李三回到山上，把情况一说，大伙儿都很悲伤，又问李三见到媳妇没有？李三痛苦地摇摇头说："没见着。可我告诉老婆婆，如果看到我媳妇，让她也上这儿来。我又想咱们就十八铺炕，她如果真来了，在哪儿住呀？"

"二军师"想了想说："不必着急，咱们在地河上搭个桥，在河那边儿再凿出一间房子，不就有你的新房了！"

大伙儿都说："好，就这么办。"

一晃，新房凿成了，说话中间，就过了半年工夫。有一天，李三媳妇真找来了。大伙儿正在高兴之际，官兵却顺着她的脚印儿追来了。大伙儿赶忙躲进新房，撤了独木桥。官兵见过不了河，就站在十八铺炕上开弓放箭。当时有两个人躲避不及，被乱箭射死了。

官兵走后，大伙儿又动工凿洞，一边加宽一边加深，防备官兵再来。果然，没过几个月，石匠们出来采野果，在洞口中了官兵埋伏。寡不敌众，经过一场血战，石匠全部身亡。从此，朝阳洞只剩下了李三媳妇。

又过了三个月，李三媳妇生下了一个男孩。母子俩靠洞中的积蓄混日子，又过了十几年，李三媳妇也死了，就剩下了李家这个后代。

慢慢地，这个孩子长成了一个棒小伙子，虽然靠吃野果子活着，可身体长得却非常结实。原来，他经常熬一些草药吃，这是他妈妈教的。他姥爷是个医道很高的先生，所以他妈妈也懂得一些医道，知道一些祖传秘方。她就把这些又教给了儿子。小伙子不但自己吃药补养身子，还常在朝阳洞口舍药济贫。大家吃了他舍的药，果然十有八九能见效。风声一传开，前来求医讨药的人就越来越多了。但人们很少能走近他跟前，就是偶然碰到他，也因他整天在深山老林里，不食人间烟火，谁也辨不清他的真面目。于是，人们都把他说成是天上下凡的仙子。后来，人们还在洞口为他修了两座小庙。现在小庙已经没有了，可洞口那两句不知哪位先生留下的诗句还在。那诗写的是：

热河风物最引人，

朝阳古洞天下闻。

仙子不知何处去，

唯见洞口点点痕。

【附记】

朝阳洞是古代湖盆沉积，经多年风化而形成的一个天然古溶洞。洞口石壁刻有"朝阳洞"三个大字；顶部岩石还刻有"洞天府地""大观"等字。洞外古松参天，尤显山岩险峻。朝阳洞，上有压顶巨石，下有百丈深渊。如果仰首观山，只见山岩陡峭，好似凌空开凿于石壁之上。朝阳洞高 5 米，宽 7 米，总长度为 62.5 米；洞内有小洞十八，称十八铺炕。主洞下层像楼房一样，还有二洞和三洞，二洞常有泉水溢出，三洞较小，据说是当年僧人坐禅的地方。北魏时，著名地理学家郦道元曾进洞游览。清康熙四十四年，在洞西口建庙，名博阅观，供有弥勒和南海大士像；后在东口外平台上建九神庙和关帝庙两座。乾隆时，又在洞内塑造了十八罗汉泥像和枣红马、马童各一对。奇峰古洞必然要产生许多优美动人的传说，在民间，有关朝阳洞的传说，人们众说纷纭。故事情节和人物各不相同。

热河泉

采录：王 舜

在很久很久以前，离宫一带只是一片荒滩。山脚下有间小马架房子，住着一个小伙子，以种植梨树为生。人们都叫他梨三。

一年春天，梨三在家东面的荒滩上挖梨树坑，挖了三尺来深儿，遇见一块大青石板。他踩着石板继续挖，石板怎么热乎乎的呢？撬起一看，下面是一眼清泉，蓝汪汪的，望不到底，向上冒着热气。用手一摸，水是热的。用它浇树，树长得快。结果这年秋天，梨个儿又大，又好吃，结得也多。

次年春天，他又到热河泉挑水。一天，他突然发现一条小白蛇浮在水面。它洁白的身子，通红的冠子，黑亮的眼睛，好看极了。他伸出双手想把它捧上来，小白蛇却钻进了水里。他缩回手，小白蛇又游出来。他抓了几次没抓着，只得挑着水走了。从这天起，他每天挑水都碰到这条小白蛇。

这天，梨三又去温水泉挑水，老远就见一只老鹰从空中冲了下去。他急忙跑向前去，小白蛇被老鹰抓着了。老鹰叼住小白蛇，小白蛇紧紧缠住老鹰的脖子。梨三扔下水桶，抢起扁担，照准老鹰的后身，"啪"就是一下。老鹰被这突然打来的一扁担，打得"嘎嘎"直叫，丢下小白蛇飞跑了。小白蛇浑身是血，躺在地上一个劲儿地哆嗦。梨三仔细一看，小白蛇脖子被老鹰叼了两个洞，身上挠破好几处。梨三打来一桶温泉水，轻轻地给它洗净伤口，然后撕下自己的褂子里襟，给它包扎。小白蛇一动也不动，任由梨三摆弄。包好后，梨三想把小白蛇放回温泉里，但那小白蛇摇摇头，两滴眼泪儿落在梨三手上。梨三好生奇怪，他哪里知道，小白蛇是东海龙王的三女儿。这温泉是海眼，一直通到东海。梨三看它伤重怕再出意外，便对它说："要不然你到我家去吧，等养好伤我再把你送回来。"小白蛇点了点头，好像有些难为情地答应了。

梨三把小白蛇带到家里，放在炕头上，把炕烧得热乎乎的，跟前放一碗温泉水。在梨三的精心照料下，没过多少天，小白蛇的伤就全好了。梨三想：我该把小白蛇送回去了。可他又舍不得送。梨三一个人在这里生活，孤孤单单，一天到晚连个说话的人都没有，这小白蛇给他带来了欢乐。他每天干活回来就守在小白蛇跟前，和它玩儿一会儿。小白蛇很通人气，也愿意跟他玩儿。可是，难舍也得舍呀，小白蛇是有家有父母的呀。梨三决定明天把小白蛇送回去。晚上，他捧着小白蛇，一遍又一遍瞅，眼泪围着眼圈打转转儿。小白蛇看出了梨三的心情，也扑簌扑簌掉下了眼泪儿。直到很晚，梨三才迷迷糊糊地睡去，连衣服也没脱。

梨三一觉醒来，天已大亮。咦？炕头哪来一位大姐呢？我不是做梦吧？揉揉眼睛，再看，还在那儿。咬咬手指，好疼，不是梦呀！"这位大姐，你——你别坐我的小白蛇呀！"姑娘抿嘴一笑，突然没了，她坐的地方正是小白蛇。梨三上前刚要去捧小白蛇，扑棱，小白蛇又变成了大姑娘。梨三被弄傻了，愣怔地看着姑娘。姑娘含羞地低下头，娇嗔地说道："看这么些天还没看够呀？""大姐，你……""我……"姑娘说了自己的身世，并委婉地表达她喜爱梨三的勤劳、勇敢和善良。她要报答他的救命之恩。梨三喜出望外。二人上拜天，下拜地，双双相拜，结为百年夫妻，过着甜甜蜜蜜的日子。

可是，好日子不长，这天，梨三正在温泉打水，突然不知从哪儿冒出一个怪人，长着三角脸，绿豆眼，像人又像兽，他非要跟着梨三到家里去。梨三无奈，只得把他领到了家里。

龙女正在纺线，见了这人，脸马上变了颜色。她站起身，连座也没让，没好气地问："你来做什么？"这怪人原来是龙王手下的大将，蛤蟆元帅。"公主，遵你父王之命前来找你，快跟我回去吧！""你回去告诉我父亲，就说我不回去了。""你父王要我非把你带回去不可。""不行，我不回去！"两人没几句话就僵了。一个就要带走，另一个就是不走。梨三站在一旁不知所措。僵持了好一阵儿，蛤蟆元帅想动武挟持她走。可是，她是个公主，又没法动手。蛤蟆元帅无奈，只好回去向龙王报告。

龙王听了蛤蟆元帅的报告，大发脾气，又命蛤蟆元帅二次前来，让它水淹承德，然后强迫女儿回宫。

蛤蟆元帅二次来到温泉。它跳上岸来，左右一望，便几蹿蹿上了泉东面的棒槌山尖上，然后口冲着山下的泉眼作起法来。只见泉眼的水立刻蹿起几丈来高，不大工夫，承德便成了一片汪洋。

蛤蟆元帅走后，龙女知道父亲还会派人来，就和梨三商量，想逃离此地。忽听到外面传来波涛声，龙女说声不好，拽上梨三就往外跑。跑出大门口一看，大水眼见就到了门口，两人拉着手赶紧往西山上跑。蛤蟆元帅见了，加紧喷水。两人刚上到山头儿，大水也跟着到了山头。梨三一看，无路可走了，拉着龙女的手，难过地说道："我的好贤妻，你快走吧，今生无缘，我们下世再会。"龙女给他擦去脸上的泪，坚决地说："爱郎，不能同生，就与你同死。"龙女变成了一条龙，梨三骑在她身上，双手搂着她扬出水面的脖子，一同向西游去。蛤蟆元帅一看公主背着梨三游水，就猛吸一口水，照着梨三的头喷去，接着又是几口。一条大河从空中而降。梨三被呛得不省人事。小龙女也经不起这猛力冲击，两人一同沉到了水底。龙女回过头一看，梨三虽然双手紧紧地搂着自己的脖子，可是，头已经耷拉下来，眼睛紧闭，脸色铁青，早已经被水呛死了。她立刻又变成人，不由得放声痛哭。"爱郎，我跟你去了！"龙女双手紧紧搂住梨三，一动也不动，决心以死相随。

蛤蟆元帅仍在一个劲儿地吸水，吐水。它知道，公主是不怕水的，怕的是公主把梨三给救出去。所以，它不见梨三的死尸，不见公主回来，就不停。

不知过了多少天，蛤蟆元帅吸不动了，也吐不出了，它想把吸出来的水再送回去，找一找公主。可是，它早累得筋疲力尽了，想收水已办不到了，只有回去让龙王另派人来了。它使尽所有力气，向前跳了一步，刚刚跳下山头，再也动弹不了了，现出了蛤蟆原形。

汪洋大海，淹没了村庄，淹没了树木，只有几个山头像小岛一样露在水面。一天，两天，一年，两年，不知过了几百年还是几万年，禹王爷来治水，才把水导进东海。可怜的梨三、龙女，已经化成了石头，变成了两座山峰，就是双塔山。那蛤蟆元帅，也同样化成了石头，永远地蹲在那里。现在人们叫它蛤蟆石。那眼温泉，就是"热河泉"。

【附记】

热河泉在山庄"香远益清"之北，湖畔伫立着一块自然山石，上刻清帝道光亲题"热河"二字。热河泉是避暑山庄的主要水源，泉北石砌长方形水槽是停放龙舟、帝后游湖的登船之处。热河泉水澄清碧绿，缓缓潺潺，点染了承德的旖旎风光。至于热河泉的来历，民间流传着各种传说，除前篇外，另一篇以异文附后。

【异文】

讲述：胡堂文
记录：丁治安

相传，很早以前，在一条山沟儿里有个祖传三代的老中医，姓济名众生。老中医多半辈子没儿没女，年过花甲才得一个儿子，取名善童。

济善童天生聪明伶俐，六岁开始读书，十一岁跟着父亲学医道，十二岁就会诊脉、开方儿，十五岁那年，天灾荒旱，瘟疫流行，老中医夫妻双双病故。济善童把二老发丧后，像父亲生前那样以治病救人为本。有一年，街上流行瘟疫，为了救活无数个染上瘟疫的穷人，他起早贪黑，天天给乡邻们治病。一天，两天，日子一久，邻近的山山岭岭、沟沟洼洼的中草药几乎被他挖完了，他就又往远处去找。一天，他来到一个悬崖石洞前，连日劳累，再也走不动了，坐下休息。谁知两眼一闭就呼噜呼噜打起鼾来。

蒙眬间，有一位白发老人，挂着龙头拐杖来到他的跟前。老头儿用手捋着白胡子，微微笑着说："小伙子，实话告诉你吧，单靠这山上的几味草药，是不能治好瘟疫，要治瘟疫非用'无根水'不可。这'无根水'是盘古开天辟地时，收日月之精华，采天地之灵气，精心苦练而成的，它有九九还阳之功。"说完，老头儿递给济善童一把金钥匙，告诉他："你带上它走吧，等见到车上墙、牛上树的时候就别走了，去问一个戴铁帽子的人，他什么都会告诉你的。"白发老人说完就不见了。济善童还想问个明白，一着急，醒了，原来是场梦。他揉揉眼睛站起来，见手中真有把金钥匙，知道所梦之事非假，就高高兴兴地背着筐子，扛上镐，去找那宝贵的无根水了。

他走啊，走啊，不知走了多远，来到一个山坡下，只见有一间茅草房，东山墙旁长着一棵大歪脖树，一搂多粗的树干紧贴着土坎子，一头小黄牛正在上面吃白菜叶子；西山墙上挂着纺车。善童一想，这不正是白发老人说的车上墙、牛上树吗！他立刻收住脚往四下一看，只见小屋前坐着一位光着膀子抓虱子的老头儿，一个讨饭用的小铁盆儿没处放，扣在脑袋上。济善童走上前，给老人施了个礼，说："老爷爷，您好！"老人瞟一眼善童，没吱声，又忙着抓虱子。济善童一看老人衣服上的虱子太多了，就坐下来帮老人抓。老人笑笑说："小伙子！你是问路呢？还是求帮呢？"

善童说明来意，老人指点说："过了前面的大岭，有一片望不到边的树林子，树林子中间有座四十九尺高、四十九丈长的土山，山上长着四十九种花，花丛中有九条毒蛇。你赶跑毒蛇，挖开土山，有两个石门，打开石门往里走四十九步，就会看到那里放着四十九个银盆，一口金锅和一座金灶。金锅里有四十九颗宝珠，一把金勺；再往里走四十九步，放着一只四十九个耳朵的莲花玻璃宝缸，缸里就是那取之不尽、用之不竭的无根水。你把那四十九颗宝珠，放在四十九个银盆里，把金锅安在金灶上，用勺舀上四十九勺无根水，烧开四十九次，先倒在第一个银盆里，再从第一个银盆倒在第二个银盆里……一直倒过四十九个银盆，滚开的无根水渐渐凉了，就可以送出洞外服用了。"

济善童谢过老人，按着老人指点的方向，果然找到了那座花山。突然风声大作，花丛中蹿出几条碗口粗的蛇，吐着信子向他扑来。济善童忙放下背筐，抢起镐头迎战。蛇喷射出一团团蓝色毒气围着善童，善童一阵阵头晕，鼻孔里流出了血，一头栽倒在地上。九条毒蛇见善童倒地，便一起拥上要吞吃他。这时，善童身上那把金钥匙放射出一道道金光，照得毒蛇狂扭乱蹦，不一会儿就都死掉了。善童醒来，照着土山抢起镐头就挖。挖呀，挖呀，不知挖了多长时间，他困倦得一点劲儿也没有了，身子不由自主地一歪，倒在地上睡着了。

这时，花脖喜鹊领来了獾子、貉子、田鼠、蚂蚁，帮着挖山。等善童醒来时，一个三尺宽、五尺高的石门已经挖出来了。善童还未来得及说话，花脖喜鹊一展翅飞走了。

善童用金钥匙打开石门，忽然一阵冷风扑出来。善童闪在一旁，定睛往里一瞧，一条海碗口粗的巨蟒横在洞口。善童抢起镐头就跟大蟒斗上了，整整大战四十九个回合，才把大蟒打翻在地——原来是一根四十九尺长的竹筒子。善童往洞里一瞧，与老人说的一般无二。他按着法子把水烧开，折腾四十九遍，把不凉不热的无根水倒进竹筒，人们在外边就可以取称心如意的药引子了。

乡亲们有了无根水做药引子，很快病就治好了。消息传遍了十里八乡，大家都纷纷来取无根水。用无根水治病的消息也传到了皇帝那里。贪心不足的皇帝要独霸无根水，就带上兵丁来抢莲花玻璃缸。善童堵在洞口不让进去，和兵丁打了起来。但寡不敌众，他在万不得已时，只得把石门关了。这下可惹恼了皇帝，他命令兵丁用土把洞口堵死。

从此，善童就再也没出来。善童被堵在洞里，他心里还是想着给乡亲们治病的事。他在洞里仍然不停地往外送无根水。无根水从洞里流出来，汇成一个热水泉，泉满外溢，形成一条热水河。后来人们把热水河和热水泉统称为"热河泉"了。

伴月池

讲述：王　勇
记录：王　琪

承德避暑山庄文津阁有一池碧水。太阳当空，池里却倒映出一弯明月。这是怎么回事？

清代乾隆年间，皇帝每年到承德离宫避暑，都要大摆宴席，与群臣同乐。这年六月，乾隆在避暑山庄问月楼设宴，同群臣开怀畅饮。酒宴上，乾隆眺望山庄里的湖光山色，心里很是得意，接连饮下几大杯美酒。群臣见皇帝高兴，也都跟着大杯大杯地喝起来。酒过三巡，乾隆已有些醉意了。日头偏西，夕阳照在问月楼的金匾上，闪闪发光。乾隆看着自己亲笔题的"问月楼"匾额，忽然想起李白的"把酒问月诗"，不觉轻轻吟诵起来："青天有月来几时，我今停杯一问之……"当他吟到："唯愿当歌对酒时，月光长照金樽里。"众臣都为他博闻强记而交口赞颂。只有大臣和珅喝得晕乎乎地说："可惜有黑天有白昼，月光不能长照金樽里。"乾隆这时已有八分醉了，他忽然想起唐朝武则天曾经令百花在冬天开放的故事。暗想：我乃当今天子，难道我就不能叫月亮长照酒杯里吗？于是他把酒杯往桌上重重一放，大声道："和珅听旨。"和珅吓了一跳，慌忙跪倒，口称："万岁，奴才在。"乾隆说："我要白天看到月亮，朕命你监办，不得有误。"皇帝的话是金口玉言，不得变更。和珅赶忙"嗻"了一声。

宴席散了，和珅可着急了：皇帝是酒醉说胡话，可是不照办就得杀头。平时在百官面前飞扬跋扈的和珅，这回也草鸡了。他搜肠刮肚也没想出个办法来，气得直冲人们发脾气。这时，管家笑着对他说："老爷何必发愁，奴才倒有一计。"和珅一听，忙说："快快说来。"管家说："白天看月亮，那是瞎话，不过，俗话说'百巧匠为先'，老爷不如令工匠们想法儿造个月亮，兴许能把万岁蒙混住；若造不出来，就说他们造假月亮把真月亮气回去了，让万岁爷拿他们问罪，岂不脱去老爷干系吗？"和珅大喜，当即召来百十个能工巧匠，说道："皇帝要白天赏月，命尔等两月内办到，如若有误，定斩不饶！"工匠们都知道和珅心黑手毒，说得出办得到，不敢违命。可谁有这本事呀！眼看限期已到，谁也没想出办法来。这一天，工匠们东倒西歪地倒在炕头上长吁短叹地发愁，忽听外边有人吆喝："卖月亮喽，卖月亮喽！"大伙儿跑出去看，原来是送水的疯老头儿，他一边吆喝还笑着问工匠："你们要月亮吗？"工匠们没好气地说："大伙儿快急死了，你还闹着玩儿！"哪知老头儿却认真起来："真有月亮，掉到那边的井里了。我用桶捞了半天也没捞上来，不信跟我去看嘛！"有两个工匠跟老头儿去看。原来是圆石盘井口倒映在井里，影子同月亮一样。他俩很惊奇，想问问老头儿，老头儿早没影了。他俩回来把这事跟大家一说，一个老木匠把大腿一拍说："这是鲁班爷给咱指路来了，咱们利用井台的道理修个水池，在水池边堆个太湖石的假山遮阴，把假山凿出个月牙形倒映在水池里，不就可以白天看月亮吗？"大伙儿一听都来了精神，当即在文津阁的荷花池畔动工，没三天工夫，"月亮"就造出来了。

乾隆皇帝看到倒映在池里的一轮月影，心里暗自惊奇。等他弄清原理，连连夸道："真乃巧夺天工也！"因为池里白天能见月亮，乾隆皇帝又下旨在假山上修建一个月亭，闲暇时就到这里来读书赏月。

九龙口

讲述：姚　龄
记录：陆羽鹏

有一年，康熙皇帝带着文武官员、后妃娘娘，昼行夜宿来到滦河行宫，连续几日行围打猎、游山玩水。

一日，有一大臣上前跪奏："启奏万岁，臣闻离此地四十里去处，有天生一怪石，上粗下细，高千丈，粗百丈，似擎天立柱，甚为壮观宏伟。有此奇景，万岁何不前往一游？"康熙闻听大喜，传旨明日驾幸棒槌峰。

第二天，一行人刚翻上广仁岭，果然远远望见一棒槌形怪石巍峨挺立。待来至离怪石十余里之遥的热河上营村时，嫔妃们已累得皱眉咧嘴，请皇上恩准休息片刻。康熙也有点累了，便传旨小憩片刻。

正歇息间，康熙忽然见村外远远的东山根儿，有一缕白烟直冲上九霄。他初以为是农家炊烟，没在意。这时，忽然起了风，这阵风刮得人打转转儿、马打磨磨儿，旗杆折了，旗撕了，连康熙住的帐篷也差点给刮跑。

待风稍小，康熙出了帐，众大臣忙跪地请安。康熙哈哈一笑，神色坦然地说："朕驰骋疆场，东征西杀。小小狂风何足为惧。"说话间，他无意中又看见那缕白烟，不由倒抽一口凉气。众臣见此不解，一大臣问道："一缕农舍炊烟，万岁何以惧而变色？"

康熙寻思了一会儿，说："朕观此烟绝非炊火之烟。"

"怎见得？"

"众卿看，此刻风虽减弱，仍刮得旌旗猎猎，树枝摇动，这烟却不被吹散，仍为一缕，岂不怪哉！"众人一看，可不，真是那么回事儿，不由个个口中称奇！

回帐后，一个宠妃悄悄和康熙嘀咕："皇上，出师遇风折旗，此兆非祥，又遇此怪物，何不请风水师爷前去察看？"

康熙一想有理，便派师爷去察看。约一炷香光景，风水师爷慌慌张张跑回，跪倒在地，神色紧张地说："启奏皇上……"他扭头看看两侧大臣。康熙会意，一拂袖儿，众臣悄悄退出帐。师爷这才结结巴巴地说："皇上，此烟冒自一坟。奴才观，那乃是一龙口宝地，恐怕要有真龙出世与皇上争天下。望皇上准旨掘坟，以破风水。"

康熙闻听大惊失色。待了一会儿，他为难地说："这掘人之坟使不得，按律是要问死罪的。朕若准掘此坟，岂不让庶民百姓唾骂。"师爷把两只母狗眼一眯缝儿，说："即如此，奴才倒有一计。"

康熙忙问："有何妙计？若真能为朕除此一害，必赐重赏。"

师爷"嘿嘿"一笑，说："万岁可传旨，就说此坟冒烟是妖孽作怪，命附近百姓即刻搬家，以便掘坟捉妖。这样，一可显皇上为民除害，二可免除二龙相争天下之祸。岂不妙哉？"

康熙一听大喜，赏师爷黄金百两，绫绸二十匹，然后，一行人返回滦河行宫，留下师爷和五十名兵丁办理此事。

两日后，师爷回到行宫，康熙传旨密室见驾。师爷乐呵呵地对康熙说："皇上放心，众百姓个个感恩戴德，一天之内全村迁净。转天我带几名兵丁扒坟一看……"他故作神秘地更加小声说："多亏皇上洪福齐天，坟内所葬之人，已成龙头龙身，只差龙尾没成。要不是皇上看破此烟，再过数日，此龙一成，就要与皇上争天下啦！"

康熙忙问："你如何处置的？"

"回皇上，我已命人把它烧掉。"

康熙听完这番话，又惊又喜，又半信半疑。师爷走后，他又叫来扒坟的几个兵丁来问，都说坟内真有一条半成之龙。康熙方信真。

其实，这都是师爷搞的鬼，至于兵丁，他早已用银钱给收买了。这样做，除了他能得到康熙一笔重赏外，还有另一个原因。

这个师爷常年在滦河行宫。平日里东游西逛，招猫斗狗、玩弄民女，不干一点好事儿。前些日子，他带着两个亲信游逛到热河上营附近，在河边见一妙龄村姑，长得貌美非常。他立刻起不良之心，嬉皮笑脸上前调戏。村姑吓得忙跑回家去。

村姑家只有年迈的父母，见女儿慌慌张张跑回来，后面还追来一个老头儿，对女儿拉拉扯扯，搂搂抱抱。老父亲一见，肺都气炸了，举起枣木拐杖冲师爷的脑袋就是一下。疼得师爷"嗷嗷"怪叫，抬腿就冲村姑的父亲心窝儿踹一脚，老人一口气儿没上来，死了。

村姑一见疯了般冲上来，伸手照师爷的猴脸上"咔咔"就是几把，嘿！给擦萝卜丝儿啦。疼得他捂着腮帮直打转转儿。几个亲信冲进屋，围住母女二人一阵拳打脚踢。眼看性命难保，多亏众乡亲及时赶来，师爷才带人逃走。

回到行宫，师爷摸着脸上十多条血印子，发狠要再出这口气。还没等他琢磨出鬼点子，康熙就从北京来了。

那日，康熙让他前去看那缕烟。他奔到山根儿一看，见一座新坟前边，不知是哪个淘小子捡了堆狼粪，给点着了冒的烟。这狼粪烟都是直立上升，不易被风吹散。古时边关就常用这狼烟向远方报警。

师爷一看好笑，刚想转身走，忽然想到：这坟准是那村姑父亲的坟。要是他，我非给他扒了坟，扬了尸不可，让他成野鬼。他派人到村里细一打听，果不其然。这时，他的眼珠一转，坏点子又出来了。他想，康熙一直迷信风水一说，何不趁此编造一番龙口宝地之谎，再替康熙破这风水，一来定可获重赏，二则可以借此扒坟来解心头之恨。于是，他就用金钱买通好扒坟的几个兵士，弄出这段玄虚来。

虽说除了此龙，康熙还犯嘀咕，他想，上营附近山清水秀、林茂花香，怪石颇多，风景宜人，确是宝地一块。既如此，肯定不止一处是出龙之地。于是，他又命师爷再去细细察看一番。

几日后，师爷回报，说小村附近共有九处成龙之宝地，这是一个九龙口福地。其实，还不是师爷想再多得几个赏钱，反正康熙又怕出龙之事。康熙听后还真的大为惊恐，忙问师爷如何办好。

师爷摸着几根山羊胡子，摇头晃脑地说："从地势上看，九龙口全围在一个热河泉四外，说明这热河泉是天下第一宝泉。依奴才看，皇上可在热河泉旁建一行宫，围热河泉于宫墙内。这样，当朝真龙天子守宝泉，既可破其他龙口风水，皇上又可延年益寿，龙位久长。"

康熙听罢大喜，决定修建热河行宫。没说的，师爷又得了一笔厚赏。

皇家一道令，天下都得动，天下所有能工巧匠都被抓到热河，几年光景，规模宏大的热河行宫已初具规模。

后来，师爷又出馊主意，在九龙口各主穴上，修建寺庙，以镇九龙出世。康熙一琢磨有理，就听从了。可是，刚在小村儿旁盖完"溥仁寺"、"溥善寺"两处，康熙就听到了一点风声，说这一切都是师爷搞的鬼，经反复查实，确有此事。康熙大怒，但是又不便挑明真相，因为这样一来，堂堂大清皇帝，竟被一个小小风水师爷骗了好几年，岂不让人耻笑？所以，只得暂咽下这口气。过了不久，找个罪名把师爷给杀啦。

九庙镇九龙

讲述：大　伶
记录：杨天在

相传乾隆皇帝出生在山庄西北的狮子园。后来，乾隆当了皇帝，在热河修了九座庙。他为什么不多不少，偏修九座庙呢？这里边还有一段故事哩！

乾隆很喜欢热河这个地方，差不多每年都来住上几个月。一天晚上，乾隆批完奏章，觉得眼皮儿发沉，就伏在龙案上打起盹儿来。迷迷糊糊中，他仿佛看见案头有几个绳头儿大小的虫子在那里蠕动，眨眼工夫，竟变成了九条小白蛇，头上顶着红冠子，嘴里吐着红芯子，都冲着乾隆来了。乾隆惊出了一身冷汗，回到寝宫睡下后，他又连续两次梦见小白蛇。刚到三更天，他怎么也睡不着了，心中十分烦闷。

第二天，乾隆便派太监四处打听，想找个有名儿的算卦先生给他圆圆梦。差人东察西访，终于请来个外号叫"黄半仙儿"的算卦先生。这个黄半仙儿其实也是个普通的人，念过两年私塾，人聪明，嘴又乖巧，平时又爱看闲书。古的、今的、天文、地理、看相、算卦、拉拉杂杂地懂得不少。干上算卦以后，不少人真让他哄住了。从此，黄半仙儿的名就传出去了。但他万万没有想到皇上会派人来请他。他想：给皇上算卦可不是闹着玩儿的，弄不好就得掉脑袋。但又不能推辞不去，他只好硬着头皮跟着太监进宫了。

乾隆召见黄半仙儿，把自己一夜连续三次梦见小白蛇的事告诉了他。黄半仙儿装模作样地用手指头掐算着，心里却在想主意。他忽然想起了"热河本是九龙口"的传说，又想起了关于"九龙闹海"的故事，于是他不慌不忙地说："九龙作怪，恐对万岁有碍。"乾隆听了一惊，而后愤愤地说："真龙天子只朕一人，岂容九龙作怪！"他急切地问黄半仙儿有什么办法能镇一镇。黄半仙儿顺口答道："九庙镇九龙，万岁得安宁！"乾隆听了心中大喜。心想：朕富有四海，修几个庙又有何难！于是便留黄半仙儿在宫中住了多日，并请他亲自看风水、选地方、查日子、破土动工。

几十年的工夫，九座大庙相继建成了。据说这几个庙底下镇着将要出世的九条龙。就因为这九条龙被镇住了，乾隆才平平安安地当了六十年皇帝。

钟鼓楼内有宝钟

讲述：姚 龄
记录：陆羽鹏

清朝同治年间，热河街上有个姓吕的人，排行老二，人们都称他吕二。

这小子，一贯坑蒙拐骗、吃喝嫖赌、打架斗殴、招猫斗狗；一句话，什么不拉人屎的事他都干得出来。

他赌瘾最大。要是赢了钱立马儿就要，要是输了钱，十回倒有五六回赖着不给。有时还学猪八戒——倒打一耙，反而吵吵赢家捣鬼捣神儿的。为此，没少挨别人的拳脚，身上经常见伤。

俗话说：打了不罚，罚了不打。每次挨打之后，输的钱也就不给了。他反倒觉着划得来。心想：伤点皮肉算啥，不请先生不买药，吐口唾沫一消毒，几天就好。不掏钱才是真格的。

可是，有一次他输得太多了，又想赖账，结果让人把腿给打折了。这回吐唾沫，揉香灰都不顶用了。街上人谁也不管他。后来，他爬进了钟鼓楼庙，躺在那里唉声叹气，疼劲儿上来，直吸溜嘴。

倒是出家人心慈面软，庙里道士见他如此可怜，动了恻隐之心，要替他治腿，并劝他今后别再赌博，吕二满口应下。

道士用刀在铜钟上刮下一点点铜末，用水煮个滚开让他喝下，用剩余的铜沫调稠，敷在断骨处的皮肉上。一顿饭工夫，吕二觉得伤处发痒，逐渐消肿。四天后，骨头自然接好，竟然又能行走了。

吕二赌瘾难去，离了钟鼓楼后，早把道士所嘱的话忘到脑后了，又去了赌场。

赌棍们纳闷：这刺儿头服了什么灵丹妙药！好得这么快？过不久，吕二的胳膊又被人打折，不出十余日，吕二的胳膊又完好如初。

从此，吕二更加浑横。动不动就挦胳膊挽袖子，和人厮打起来。

又有一次，他被赌棍打成重伤。这回，有心的赌棍留了意，随后盯着，见他半夜时爬进钟鼓楼。第二天赌棍找几个人进庙一看，正巧赶上道士给他刮铜末调药。这下，钟鼓楼内的铜钟是个宝钟的事，很快传扬出去。从此，无论谁家有了伤筋动骨之人，都到庙内求道士刮铜末，还真治俩保一双。

这事被同治皇帝知道了，他马上派人来到热河府，把钟鼓楼里的铜钟运到北京，珍藏起来。

后来，吕二脚脖子又被人打坏。这回没了铜钟末儿，他的人性又完蛋，没一个人管他，结果脚脖子烂得几年流脓淌水。

打那儿以后，热河街上的人又新创一句歇后语：

"不走正道——早晚烂脚脖子！"

避暑山庄的鼓楼哪儿去了

采录：朱彦华

晨钟暮鼓，有钟楼的地方，必有鼓楼。可承德避暑山庄里却只有一座钟楼，没有鼓楼。那鼓楼哪里去了？听老人们讲，这鼓楼搬家还有段神奇的故事哩。

承德西北方风摩岭下的小村庄里有个杨石匠，祖辈靠打石为生。石匠手艺远近闻名，只是年过半百，膝下却无儿女。

这一日，他上山打石，忽听到小孩儿的哭声。他顺着哭声找到一个石崖下，见一个石缝里放着一个木匣，哭声正是从那儿发出来的。他打开一看，嘿，一个胖乎乎的小小子，正踢蹬着腿哭哪。真是天遂人愿，正愁老来无子，却凭空捡了个儿子，杨石匠乐颠颠地把孩子抱回家去了。因为是从山上捡来的，便给他取名叫山郎。转眼间，山郎长到十来岁了，整天跟着老爹上山打石，把老爹的手艺学来了一大半，待到十七八岁，那手艺就赛过了老爹。

隔山有个姑娘叫石妹，心灵手巧也是远近闻名。她绣出来的鸟一撒手就能飞；描出来的凤，一撒手就能舞。保媒的人踏破门槛，石妹一个也不答应。原来她悄悄地爱上了山郎，山郎上山打石，她偷偷地把饭送到山上，山郎的衣服脱下来，她悄悄地洗干净。山郎知道石妹爱上了他，干起活来更有劲了。两家也挺愿意，便请人选了良辰吉日，就等给山郎和石妹成亲了。

这一天，宫廷里忽然来了几个差人，说是让一家出一个工匠，到宫里修建楼阁亭台。杨石匠想：眼看儿子的婚期到了，良辰吉日不好更改，还是自己去吧。当差的一听说老头儿要去，把眼一瞪说："不行，佝偻巴瞎的，要你吃饭去！"山郎本来也不愿老爹去，便说："还是我去吧，有个把月就回来了，到那时安安生生地再办喜事也不迟。"杨石匠一看没办法，也只好同意了。当下，山郎收拾行李，跟着当差的进宫去了。

到了宫里，监工的总管听说山郎手艺高，就派他去雕楠木殿前二龙戏珠台阶。山郎干活非常卖力，手也挺巧，乒乒乓乓，左边一下，右边一下，几天工夫两个龙身子出来了。乒乒乓乓，上边一下，下边一下，龙脑袋又出来了，就剩下龙眼珠了。山郎越干越猛，心想：用不了几天，就可以回家和石妹成亲了。

山郎走后，石妹天天想，夜夜盼，每天都到风摩岭上朝着宫里的方向看上几遍。这一天，偏巧碰上皇上出宫行围打猎走到这里。皇上本是个好色之徒，看见石妹，眼都直了，立刻吩咐手下的侍从将石妹抢进了宫，强迫当妃子。

石妹被抢进宫的消息，不知是谁告诉了山郎，直气得他咬牙切齿，拿起锤子就要砸那刚刚凿好的龙头。正在这时，忽听有人报：圣上驾到。原来皇上亲自率领文武大臣来看这二龙戏珠的台阶。山郎知道就是这个昏君抢走了他的石妹，顿时怒目圆睁，死死地，瞪着这个昏君，不由咬破了嘴唇。血滴在龙眼珠上，那龙忽然动了起来，只见尾巴猛地一甩，把皇上身旁的侍卫全扫躺下了。皇上吓得浑身颤抖。只见这条龙越动越厉害，龙尾巴左一下，右一下，"呼啦"一声，丽正门左边刚建好的鼓楼被扫塌了。所以现在只有钟楼没有鼓楼。再说那龙动着动着，忽然驮上山郎飞走了。人们都说，山郎救走了石妹，接上老爹，到别处安家落户去了。

陆合塔

讲述：寇瑞祥
记录：荣士弟

承德离宫中有座陆合塔，那塔修得好，天下闻名。要问这座塔怎么修得这么好？据说是因为修塔时鲁班爷曾经来指点过。

传说乾隆皇帝下了一道圣旨，要在避暑山庄永佑寺后边儿修一座宝塔。圣旨一下，造办处就召来了铁匠、木匠、泥瓦匠、石匠、民工，指日就要破土动工了。

消息传出，承德老百姓们七嘴八舌，纷纷议论说："听老人们说那个地方可是个大海眼，通向东洋大海，早年间水咕嘟咕嘟往外冒，那地方可万万动不得！"

可是皇帝是金口玉言呀，说修就得修。工匠、民夫先开槽打地基，垒塔座。开槽不久就见水了。塔座修一个，沉一个。连修三个，三个全沉下去了。这可把大伙儿给愁坏了，这可咋办呢？正在这时，有人说话了："甭发愁，有办法！"大伙儿一看，哟！打哪儿来这么个白胡子老头儿？这工夫谁还有工夫问他从哪来的，都盯着他问："您老说有办法？快说说怎么办啊？"白胡子老头笑眉笑眼地点点头，慢条斯理地拿下嘴上叼的小烟袋，在石头上"梆梆梆"磕了三下烟袋，装上烟吸了两口，看看众人，倒背着手走了。大伙儿气不打一处来，忽然有个师傅把大腿一拍："对！好办法！"这一声把大伙儿都说愣了，问他有什么办法？那位师傅说："就那位老爷子刚说的办法'扣锅'呀！你们没见那老爷子把烟袋锅子磕了三下吗？"大伙儿一下都明白过来："对呀！是让扣锅呀，这真是个好办法！"

大伙儿心上的愁云散了。一起动手安烘炉，化铜铸锅，一共铸了三口大锅扣在地基上，这下子水眼才给堵住。

九层塔身修完了，就差焊上那个铜镏金宝顶了。宝顶足足有二三千斤重，怎么焊上去呢？在下面化了锡水，不等提到塔顶就凉了。焊了好多天也焊不上。眼瞅着钦定的日子就要到了，上上下下的人都着急死了。

这天，白胡子老头儿又来了，笑着对拉风匣的小铜匠说："你们这么多人连个顶子都焊不上？"小铜匠正犯愁，就没好气地说："你说得倒轻巧，你能耐去焊焊！"老头儿笑了："我都土埋脖梗子了，还有什么办法？"说罢就走了。

老铜匠走过来，训斥徒弟说："你真不懂事，大伙儿都挺烦的，你还吵吵什么？"

小铜匠说："就怨那个土埋脖梗子的老头子呗！"他把老头儿的话跟师傅说了。师傅连忙问道："那老头儿长得什么样？"小铁匠说："就那么个白胡子干巴老头儿。"徒弟说罢，师傅想找老头儿，可老头儿早没影儿了。

老铜匠找到领作的说："这土埋脖梗不是让咱用土屯塔吗？土没到塔脖梗不就可以焊顶子了吗？"大伙儿一听，又是这个白胡子老爷子出的主意，都说："这个老头儿一准是鲁班爷，怎么咱们一有难处他就来指点呢？"这句话一传十、十传百，一会儿就传遍了整个工地。大伙儿那个高兴劲儿就甭说了。

领作的马上让大伙儿去运土屯塔。用的是哪儿的土呢？就是伊犁庙下坎的土，本来那个土坎子直通到武烈河边儿上的，就因为挖土屯塔，才开出那一片平地。土屯到塔脖梗，顺顺当当就把顶子焊上了。这样，一座八角九层的宝塔就修完了。

后来人们为了纪念鲁班爷，在喇嘛寺那儿修了一座鲁班庙。

陆合塔后的御容楼哪去了

采录：鞠成发

陆合塔后原有一座二层三间的御容楼，康熙死后的画像就供在此楼。等雍正和乾隆死后，父子俩的画像也跟康熙供在了一起。为什么人们现在只见陆合塔而不见御容楼呢？

民国二十一年，汤玉麟任热河都统。在热河历任十大都统中，他算得上是屎壳郎过大海——臭名远扬了。

一天，汤二虎到陆合塔下闲遛，一眼就瞧上了这非常精致美观的御容楼。在随从的带领下，他沿着楼梯上了二楼。楼里没什么值钱的东西，只有正中供着的三位皇帝画像。他心里琢磨开了：这几个老家伙死了，一个破画像还供在这么好的楼房里，等我有那天怎么办？上哪去弄这么好的楠木？得啦！我把这楼拆了算了。他一拍大腿，对，就拆这个。他一声令下，"拆！"挺好的一座御容楼就让汤玉麟给拆了个稀里哗啦。他把上等的楠木弄回去后，跟大老婆俩人一人做了一口棺材。其他的卖的卖，烧的烧，御容楼就毁在了汤玉麟这个败家子儿的手里了。

陆合塔的铜铃哪去了

讲述：孙文起

记录：鞠成发

陆合塔始建于乾隆十六年，塔高二百四十丈，分九层，塔身呈八角形，每层的塔角挂着一只铜铃。这些铜铃八面迎风，不管东、南、西、北哪个方向刮风，都能听到一阵阵悦耳的铃声。不过，现在的陆合塔上只有七只铜铃了，那六十五只哪去了呢？

民国四年，姜桂题任热河省都统。一天，姜都统打完牌，陪着姨太太在离宫里游园赏花。这姨太太原是戏子出身，不仅人长得漂亮，而且嗓子特别好，人称赛金铃。姜桂题平时最爱听这个姨太太说话，她呢，也就靠这金嗓子取悦于姜桂题。

俩人边说边玩，不知不觉来到了万树园，忽然，姜桂题停住脚步，说听到有什么响声。姨太太竖起耳朵一听，是隐隐的铃声，随声望去，瞧见陆合塔上有东西在晃动，声音正是从塔上传来的。姨太太见姜桂题听得那么入迷，连自己都忘了，醋心发作，说这声音她听了受不了，硬逼着姜桂题派人把塔上的铜铃摘下来。姜桂题也是心血来潮，想摘几个小铃儿玩玩，使派人用杆子往下捅。杆子虽够得着铜铃，就是捅不下来，气得姜桂题大骂手下人饭桶。

第二天，姜桂题叫自己的把兄弟，卫队长刘仁彪带人架梯子上了陆合塔，用钢锯锯开铁环，摘下了六十四个铜铃，还剩下八只，这八只在塔顶，越往上去越险，风还特别大，上去一个摔下来一个，吓得这些兵再也不敢往上爬了，直给队长磕头。刘仁彪摇摇脑袋，把眼珠子一转，说："从塔里边上人，用绳子往塔外续。"上到九层后，这些人留下几个在塔里拉绳，其余的人腰间拴上绳子爬出塔外。到了铜铃跟前，说什么也锯不开，不是锯掉下来，就是锯条断了。好不容易锯开一个，又没接住，掉下来摔碎了。另外几个人的绳子被磨断，都掉下来摔得粉身碎骨。刘仁彪见谁也不肯上去了，只好带着摘下来的铃儿，回去交差。自此，陆合塔就剩下这七只铜铃了。

金塔顶为啥变成铜的

讲述：孙文起
记录：鞠成发

一九一三年后任热河都统的姜桂题，是毅军军阀，说话侉了巴叽。他在任期间，知道金山亭的塔顶是金刚钻的后，那真是嘴馋手刺挠，恨不得一下就弄到手。他倒不是有收藏古董的嗜好，主要是在他担任热河都统期间，因军饷发不出，士兵哗变的哗变，开小差的开小差，再加上他常吃空饷，时间长了，他也怕一旦败露，被上峰追查，不好交代。所以，他就想换一换招儿，弄点宫里值钱物卖掉，做回大买卖，干一回也值得。于是，他和副官嘀嘀咕咕地商量了一个鬼主意。

这天晚上，姜桂题在家设宴，让马占魁找来了事先安排的"几个高手"。大家坐定后，姜桂题吩咐上菜，随着一声喊叫，几个丫环端菜的端菜，倒酒的倒酒，喝得是不亦乐乎。等喝到七分劲时，马占魁说道："别喝了，以免耽误了大事。"这几个人，还真听话！不但再没喝酒，连拿筷子夹起的菜，也没敢往嘴里送，老老实实地听马副官布置任务。末了，姜桂题的三姨太说话了："等事情办妥以后，每人赏你们大洋五十块，放假十天，到那时，你们可以随便喝，随便玩。"几个人一听这些，顿时来了精神头，齐声说道："谢三姨太。"说罢起身离座，转眼工夫就消失在一片黑暗中。

这几个人，你别说，就是马占魁，"马尾儿穿豆腐"提不得，其他的几位，个个身手不凡，没费劲儿，就上了金山亭塔顶。几个人用手搬了几下金塔顶，没动，又使劲儿搬搬，还是没动。只听一人说道："夜长梦多，干脆用斧子连根一块往下砍。"这塔顶底座是上等楠木做的，再结实也架不住利斧砍，只几下子，就给砍了下来。

金塔顶到手后，把姜桂题乐得差点鼻涕泡没出来，连忙找人带走，卖给了一个外国人，得了很大一笔钱。至于那几个人，除了放了几天假外，一个钱毛也没捞着。可他们屁也没敢放一个，只能躲到一边儿偷着骂几句"姜罗锅"出出气而已。

不久，这事被北京大清废帝宣统知道了。他气得够戗，就派了几名"大内"高手悄悄地来了热河，行刺姜桂题，几次都因都统府戒备森严，没能得手，最后，只好先把那几个夜盗塔顶的"能人"给杀了。然后，首级悬在头道牌楼上，以示对姜桂题警告，也算解了心头之恨！

　　新中国成立后，金山亭就像一个没头没脖子的死人一样，难看极了。这时有个老头儿出了一个主意，说大佛寺的旗杆是铜镀金的，可以锯下一截儿来安上。

　　最后，实在没有比这更好的主意了。政府就找人去把小街的一位铁匠师傅请来，把那旗杆锯下一截，尽量照着原来的式样稍作加工后安了上去。

　　直到现在，金山亭还是那个用旗杆做成的呢！

裘翠楼与留霞亭

讲述：戴维明
记录：李国良

　　乾隆年间，热河街有两座驰名塞外的酒楼，专门经营塞外野味名菜。一座叫裘翠楼，一座叫留霞亭。这两座酒楼，都坐落在西大街的御道旁，门户相对，买卖兴隆。当时来这里就餐的，多是随皇上去围场打猎的各族王公大臣和商贾大户。平日里，顾客迎门，座无虚席，楼上楼下，猜拳行令，十分热闹。

　　这年四月，乾隆又来到热河行宫。此时，正值口外的初春时节，乍暖还寒。阳坡上的桃树、丁香刚刚吐绿，山下的小河还结着一层薄冰。乾隆在宫里，顿顿鸡鸭鱼肉，美味佳肴。天天如此，他就觉得少滋无味，有点厌烦。随侍在他身边的小太监常升，见乾隆一吃饭就闷闷不乐，心中十分纳闷。有一天常升说："奴才瞧万岁爷饭量减少，怕是御膳房的奴才们伺候得不好吧？"

　　乾隆看了看常升，叹了口气说："我见你们吃起饭来狼吞虎咽，很香甜。可我怎么吃，也吃不出味儿来，越吃越没劲儿。"

　　常升说："奴才传旨给御膳房，叫他们拣万岁爱吃的，精心制作，小心伺候。"

　　乾隆摇了摇头："不必了，前几日热河总管从宫外弄来的小鸡炖蘑菇，绿豆饸饹，豌豆糕和八沟老酒，朕吃起来味道不错，不知何人所做。"

　　常升说："听总管大人说，是裘翠楼馆子里请名师给您专做的。您要爱吃，奴才传旨，叫他们再做一些送来。"

　　乾隆摆了摆手："不用了，这几天我在宫中闷得难受，你随我更衣出去蹓蹓，顺便到裘翠楼瞧瞧。朕早就听说过街上的馆子不错，今天就去尝尝宫外的野味。"

　　常升急忙摆手说："塞外地野人杂，我怕万岁……"

　　乾隆没等常升把话说完，脸子一沉喝道："如今太平盛世，路不拾遗，夜不闭户，还怕什么？不必啰唆，小心伺候。"

常升慌忙跪在地上，连连磕头："奴才该死！还是万岁明察秋毫，奴才这就伺候万岁更衣。"说着赶忙随皇上进了西暖阁。

乾隆带着常升，悄悄出了西仓门，来到街上。御道两旁，酒旗茶标，迎风飘摆。那卖柴的、卖菜的、卖鱼的、卖肉的吆喝声，就像唱歌一样悦耳动听。远处还有变戏法的、说书的、耍猴的。耍猴的敲着锣，猴子不断地换着帽子和花脸，引得人们一阵阵哄笑。乾隆挤在熙熙攘攘的人群中，东瞧瞧西看看，心里十分高兴。他转来转去，忽然想起了身后的常升，回头一看，哟！怎么没了？乾隆急忙在人群中东寻西找，也没找到常升，又苦于不能高声喊叫。乾隆恨恨想道，这小奴才从没出过宫，八成是让变戏法儿的把他迷住了，把我扔了，回宫非好好整治他一顿不可！等了一会儿他转念一想，没有这奴才，我玩得更痛快。

乾隆东游西转，眨眼间就到了晌午。他早上只喝了一碗八宝粥，这会儿肚子里叽里咕噜直叫唤。他赶忙向一个卖柴的老汉打听裴翠楼。那老汉用手指了指前面的三层小楼。乾隆便夹在行人中向裴翠楼走去。

裴翠楼，是个山西人开的，到乾隆年间，已有五十多年的历史。楼上楼下全是单间雅座，窗明几净，墙上挂满了名人字画。乾隆到楼上找了个僻静房间，还没坐稳，早有个小伙计满脸堆笑地送来了茶点和菜单："请爷过目点菜。"

乾隆接过菜单一瞧，每味菜都用汉、满、蒙古、藏、维吾尔五种文字书写。乾隆问道："你们这里的伙计，都会讲这几种话吗？"

小伙计恭恭敬敬地说："回爷的话，小的才来半年，只会讲四种，维吾尔族话说得不好。"乾隆惊异地点了点头，心里想：我以为天下就我一人会讲五种话呢，原来连个饭馆的小伙计都会讲五种话，真是天下之大，什么人都有哇。乾隆为了考考这个小伙计，立刻改用藏语和蒙古语打听了掌柜的姓名，店里有几个人上灶。那小伙计对答如流。乾隆越发高兴，立刻点了一瓶八沟老酒、塞外什锦拼盘、御士荷叶鸡、清炖鲫鱼、塞外家常豆腐和一个野味火锅。那小伙计看乾隆点完了菜，嘴里用满语唱着菜名，飞身下楼去了。这时又一个小伙计走了进来，只见他手里捧个食盒，送到乾隆面前，打开盒盖一看，盒中是四色豌豆糕、绿豆糕，中间还有一碗清水，一叠纸条，豌豆糕上洒了一层糖汁，油汪汪地散发出诱人的香味。乾隆丈二和尚摸不到头脑，刚要开口问，那小伙计打了个千儿，说："爷出门大吉大利，请爷抓彩。"

乾隆问："何谓抓彩？"

那小伙计笑了笑说："这里有一叠纸条，请爷随便抓一张放在水碗里，便有字现出，求个吉利。"

乾隆点了点头随手抓了一张，放在水里，忽然纸条上显出字迹："四平八稳，万事如意。"下角有一行小字："豌豆糕四块、绿豆糕八块。"那小伙计拍着手叫道："爷中彩了！四平八稳、万事如意，请爷吃糕。"乾隆乐得前俯后仰，随手又抓了一张，放在水里，见纸上现出"一路平安"，下写"豌豆糕一块"。那小伙计笑着说："祝爷一路顺风，万事大吉。"乾隆更加高兴，立刻从腰间解下一块玉佩，递给了那个小伙计。那小伙计千恩万谢地下楼去了。这时又有两个小伙计提来两个大食盒，所点的菜摆满了一桌子。乾隆早饿得不行了，一阵儿狼吞虎咽，越吃越香，转眼间风扫残云一般，只吃得盘碗溜光。这时，请乾隆点菜的那个小伙计又走过来，送上蘸水毛巾后，递给乾隆一张纸片，上面写着酒菜价码，共计白银一两五钱六分。乾隆这才想起身边没带银两，顿时慌了神，急忙对伙计说道："酒家，我今天匆匆外出，身边忘记带了银子，记上账，我明天派人送来。"

那小伙计一听，立即沉下脸来："不带银子就敢进裘翠楼？真是岂有此理？看你穿得溜光，原来是个无赖！你今天不给钱别想出屋，不然就随我去承德府辩理。"伙计正在吵嚷，掌柜走了进来。那小伙计赶忙把事情从头至尾说了一遍。掌柜的打量了一下乾隆，问道："你从哪儿来？"

乾隆支吾着说是从宫里来。老掌柜说："宫里人我全都见过，可从来没见过你，定是假冒官人，如不实说，我就把你送官！"

乾隆一听送官，心里直嘀咕：我是当今天子，被个伙计拉拉扯扯，途经闹市，日后传出去，岂不被人耻笑？于是苦苦哀求。这时只见常升气喘吁吁地跑上楼来，见乾隆就跪地上口称："奴才罪该万死，罪该万死！"常升抬头一看，见伙计们个个叉腰挽袖，满脸怒气，急忙问道："怎么回事？"老掌柜把刚才的事细说了一遍。常升赶紧拉了拉老掌柜的衣角，在耳边悄声地说："此乃当今万岁爷。你等竟敢胡言乱语，如果惊了圣驾，小心尔等狗头！"老掌柜一听，面如土色，顿时豆粒大的汗珠滚下额头，"扑通"一声跪在地上。那些伙计们见老掌柜跪在地上直磕头，也都跪下了。老掌柜连连磕头，嘴里不停地说："小民罪该万死，罪该万死！"浑身哆嗦得像筛糠一样。乾隆见此情景，不禁哈哈大笑："恕尔等无罪，快快起来，派一个伙计随我回宫取银子就是了。"

"只要万岁爷愿意吃，我们天天做好送进宫去，哪还敢和圣上要钱，真是罪过呀，罪过！"老掌柜一边说着，一边偷偷地看着乾隆的脸色。

他见乾隆笑容满面，正在看墙上的画，心中一动，说道："万岁爷驾临茅庐草舍，蓬荜增辉。万岁爷赐给小民几个御字，让小民永世不忘皇恩！"

乾隆正在兴头上，笑着说道："这容易，常升，笔墨伺候！"

刹那间，纸笔墨砚备好。乾隆大笔一挥，写了一副对联：

名震塞外三千里，味压江南十二楼。

乾隆写罢，常升对老掌柜说："这件事万万不可传扬出去，万岁爷忘了带钱，日后定会重重赏你。如果传出去，小心尔等身家性命！"说罢服侍乾隆下楼。老掌柜的早叫来了轿子侍候。乾隆、常升上轿扬长而去。

老掌柜见乾隆远去，立即吩咐小伙计请来著名工匠，把御笔对联刻成金字，挂在酒楼的门口。从此裘翠楼车水马龙，不用说过往客商必到裘翠楼尝鲜，就连朝鲜、老挝、越南等国的使节，也都纷纷慕名而来。裘翠楼从此就出了名。

俗话说：有发财的，就有倒霉的。裘翠楼对过，是山东人开的留霞亭。原先买卖比裘翠楼兴隆。特别有名的是荞麦粉做的龙须面，像头发丝一般粗细，根根透亮；那红烧野虾，也别有滋味。可自从裘翠楼挂上了御赐对联之后，留霞亭则日渐冷落，急得这山东人直打转儿。后来有人出主意，叫留霞亭做一桌上等酒席，贡献给乾隆，随后孝敬常升三百两银子，请他在乾隆面前说句好话，也给留霞亭题一副对联。乾隆因为自己舞文弄墨，富了一家，穷了一家，心里也有些过意不去，就给留霞亭也提了一副对联：

神仙留玉佩，王公解金裘。

对联的意思是说：神仙们常来此喝酒，因为酒好菜香，神仙便把随身带来的玉佩都送给了留霞亭；王公们为了喝这里的酒，把皮大衣都抵押了，也要喝个够。

从此，留霞亭也随之宾客盈门，名震塞外了。

魁星楼的冤案

讲述：王　勇
记录：王　琪

旧时候，许多古代名城都建有魁星楼，里面供奉着右手拿着如椽大笔，左手拿着状元簿的魁星神像。据说，他是玉皇大帝手下专管点状元的文官。承德的魁星楼与外地的都不一样。它建筑在承德市城东一座立陡悬崖的半壁山尖上。有烧香还愿的人，必须沿崎岖山路步行攀登，要流一身大汗才能到达。这座魁星楼始建于乾隆年间。到了咸丰年间的一天夜里，一场雷阵雨过后，只剩下半壁殿堂和一具无头神像。这是咋回事呢？

相传，有一年，承德一下子中了一名状元，一名榜眼，一名探花。从此名声大震。每次京城大考之前，到这里进香的人络绎不绝，庙中香火终日不断。

那时候，在承德市的粮草市上住着母子二人。母亲叫侯张氏，儿子叫侯文魁。侯张氏是个要强的人，丈夫早年死去，就靠她给人家浆浆洗洗，捡卖点破烂儿供儿子念书。侯文魁见母亲这样艰苦辛劳，更加发奋苦读，有时就伏在书案上过夜。转眼十年过去了，儿子长成了男子汉，而且文章满腹了。

说来也巧，离粮草市不远的佟王府山上，住着一个曾做过热河知府的侯员外。他的儿子也叫侯文魁，年龄与寡妇儿子相仿。家有万贯的侯员外望子成龙，请了好几个有名气的老学究教授儿子。可他儿子是个花花公子，整天斗鹰玩儿犬，寻花宿柳，根本没心思念书。过了十年，老员外的银子花了不计其数，可儿子连"三字经"还背不下来。侯员外就花钱给他买了个秀才文凭。

话说这一年京城就要秋闱大考。侯张氏用平时省吃俭用攒下来的钱，给儿子扯了一件蓝布长衫，又拿出仅有的一点贴己，东借西挪给儿子凑了盘缠，噙着眼泪嘱咐儿子：不管考上考不上，都要快去快回。儿子哭着给母亲磕了三个响头上路了。

这天，侯员外也把宝贝儿子叫到跟前，给他换上一身油光水滑的新衣裳，然后叫管家带足了银两，骑上高头大马离开了家。

两个侯文魁前后脚登上半壁山上的魁星楼，恭恭敬敬地拈上一炷香，磕了三个头，就风尘仆仆地赴京赶考去了。

六天以后，寡妇儿子赶到了京城，租了一间廉价小客店就温习起功课来。侯员外的花花公子马快，四天头上就赶到了京城。这小子在家就听说京城妓女院的姑娘长得俊俏，又会吹拉弹唱，心里早就馋得痒痒。一到京城，他就把管家丢在客店里，一头扎进一家叫"暗香院"的窑子里不照面了。

过了两天，考场大开。主考官命题之后，寡妇儿子侯文魁胸有成竹，略一思索，就一挥而就，早早地交卷退场。他因为腰里的盘缠已尽，不敢耽搁，为老娘买了把梳子，当天就往回赶。那个花花公子侯文魁，来到考场，连题目都看不懂，索性驴头马面地乱答一通，草草交了卷，又赶回那家妓院饮酒取乐去了。

不久，黄榜大开。寡妇儿子侯文魁考中了第十二名进士，那个给他报喜的名叫赵六，是个专吃杂拌儿的，一肚子鬼心眼儿。赵六骑了匹马，晓行夜宿赶往承德。谁知，他到承德一打听，这里有两个叫侯文魁的秀才进京赶考。一个是家缠万贯的侯员外之子，一个是只有两间草房，靠浆洗度日的寡妇的儿子。赵六眼珠儿一转，心里暗想：如果到穷寡妇家去报喜，了不起了，给几个铜子，连盘缠都不够。若往侯员外家送赏钱准多！反正俩人都叫侯文魁，都是进京赶考的秀才，送错了也没关系。先讨赏钱是真的！想到这儿，他便打马来到员外家。

老员外和夫人听说儿子中了进士喜出望外，立刻备酒给赵六洗尘，又赏了他纹银三十两。

再说，京城主考大人在发放文凭时发现承德有两个侯文魁应考，唯恐把文凭发错，就命一名副主考亲自拿着两份卷子，到承德勘实后再行发放。侯员外等赵六走后，也觉得事情有点蹊跷。待儿子回来后核对一番，心里都明白了。这可咋办？他左思右想没有主意。正巧副主考来家核对笔体，他一拍秃脑门儿，心生一计，忙叫来管家，咬了一阵耳根子，然后打开中门，把副主考迎到酒席桌旁。酒足饭饱之后，端上香茶，副主考大人要核对笔体，侯员外赶紧把儿子的笔体送上。副主考一看，大吃一惊，原来上边写的是赠雪花银五百两，另有珠宝玉器若干。他马上明白了是怎么回事，高兴得眉开眼笑，把文凭交给了侯员外。

翌日，侯员外家设席宴请亲朋好友，正喝得高兴，突然官府派差人传侯文魁到大堂对质。

原来，寡妇儿子侯文魁从京城回来，待在家里静候消息，没过几天，几个同窗好友上门来给他贺喜，还告诉他文凭很快就送到承德。两天之后，有人告诉他：报喜的跑到侯员外家去了。后来他又听说副主考大人验了笔体，把文凭给了侯员外的儿子侯文魁。承德的读书人为寡妇儿子侯文魁鸣不平，三十多名秀才联名到知府衙门告了一状。知府没法，只好下签传人。

侯员外是个官场中过来的人。他令管家封了三百两银子先从后门送进知府衙门，然后拉着儿子一起上了大堂。

承德知府一是侯员外的老同僚，二又收了银两，心里早有了谱儿。但这帮穷秀才也实在难对付，唬又唬不了，吓又吓不得。知府心生一计，上堂之后，他装模作样地听完双方申诉后，说："你们各有道理，一时难以断清，本府最主张公正。我想点状元乃是魁星爷的事，咱们一块儿去请示魁星爷，让他来定夺。他点着谁，就是谁，不得再争，若何？"那些秀才心想：魁星爷是玉帝手下的神仙，一定会主持公道的，就同意了。

在魁星楼上，知府率众人焚香磕头后，两个侯文魁当众立下文字。知府写了两个一样的纸团，放在漆盘里供到神像前。两个侯文魁上前祷告。就在寡妇儿子祷告时，侯员外在儿子耳边嘀咕了一句，旁人谁也没听清。两人祷告完毕，在供桌上各取一个纸团儿。寡妇儿子侯文魁打开纸团一看，头立刻"轰"的一声，人事不知了。众秀才看过，大骂魁星不主持公正。知府这时却变了脸，大骂秀才们无理取闹。下令把寡妇儿子侯文魁带回大堂，以诬告之罪，重打四十大板。侯文魁被打得皮开肉绽，鲜血淋漓。他被人抬回家，又气又恨，竟一病不起，没几天就死了。

侯寡妇实指望儿子有个出头之日，自己图个安逸晚年，哪料祸从天降，儿子的文凭让富绅巧取强夺过去，连命也搭上了。这哪有穷人活路啊？晚上，她在儿子灵前喝了两杯苦酒，就疯疯癫癫地上了半壁山。这天夜里阴云密布，侯寡妇一步三晃走进魁星楼，看到大殿里灯火辉煌，几十支蜡烛"吱啦啦"地燃烧着，供桌上摆满了酒肉。这是花花公子侯文魁还的愿。老太太想起魁星昧着良心把文凭断给了侯员外家的花花公子，就指着魁星大骂道："你这个脏魁星啊，欺俺贫苦的孤儿寡母！你受着读书人的香火，却不为读书人做主，真亏心啊！"刚说到这儿，突然一声霹雳，把侯寡妇震昏了。大雨哗哗下了起来。半夜，凉风冷雨把侯寡妇浇醒了。她睁眼一看，魁星楼的顶盖不知哪儿去了，魁星没了脑袋。她颤巍巍地站了起来，向外走去。

现在，那魁星楼的半壁堂殿和无头神像仍然孤零零地立在半壁山尖上。

采菱渡

采录：白鹤龄

避暑山庄七十二景中有一座草亭子，叫采菱渡。山庄内，别处的菱角都是深绿色或栗子色，唯独这里的菱角是黑色的。

传说乾隆皇帝完成了十大武功后，国家达到了空前的强大和统一，真是风调雨顺，国泰民安。这时乾隆扬扬得意，只想晚年享乐，于是在避暑山庄大兴土木，在康熙三十六景之外，征调了许多能工巧匠，又扩建三十六景。一天早朝，刘墉等大臣上书谏他爱恤民力，适可而止，让民工早还乡；和珅等一伙儿却主张继续扩建，颂扬乾隆完成了十大武功，赞其"精文通武、至尊至善、亘古纯皇帝"，并在避暑山庄采菱渡立一丰碑，流传万代。乾隆听了嘴上虽说："哪有至尊至善纯皇帝？"可心里十分高兴，并说："要立碑就题为十全老人吧。"于是就御批了和珅等人的奏折，命他继续向各地催讨银两，扩建避暑山庄，并诏令能工巧匠一律不许还乡。

这能工巧匠当中有个叫阿南的，太湖人氏，祖传工笔重彩，善绘雕梁画栋。他画龙腾云驾雾，画凤能引百鸟来朝。年方二十几岁，就远近驰名。阿南结婚刚三天就奉旨应召，与新婚妻子难分难舍，但皇命难违，不敢不从。新娘叫菱花，送了一程又一程，临别时阿南拿出两个石印，用阴阳二文刻着："生生死死永不分离。"将阴文石印留给菱花，同她挥泪而别。原定工期为三年，现在已满，盼望回乡，不料又传下圣旨：工期无限延长。阿南无奈落下思乡之泪，目送南飞鸿雁而叹息。

再说菱花等了三年不见阿南回来，也是肝肠寸断，空倚柴门。本村有个叫韩小俊的，她男人叫李义，早年因为抱打不平，得罪了财主，逃到热河，隐名埋姓，开了个二仙居酒馆。时过境迁，李义才敢回乡探亲，并给菱花捎来了阿南的信。菱花见信后方知工期无限延长，便决心来热河探望阿南。于是跟随韩小俊晓行夜宿，千里迢迢，来到热河。当时工匠们出入小南门，菱花便在小南门附近等候。直到太阳落山时分，工匠们才被监工押送出小南门。菱花一见阿南便喊："阿南哥。"阿南一见是菱花，喜出望外，上前抱住菱花双肩，互诉衷肠。这时，忽听鸣锣开道声，阿南急忙拉着菱花回避。

你道来者是谁？就是离宫总管和珅。和珅府就在小南门附近。他在马上抬眼一看菱花，不觉大吃一惊。三宫六院，宫娥彩女他见得多了，从来没见过这么漂亮的女人，真可谓落雁之容，羞花之貌。他眼珠一转，马上起了坏心眼。喝令左右将阿南、菱花带到马前。阿南、菱花跪在马前："民工阿南、民女菱花给老爷叩头。"和珅在马上阴阳怪气地问："阿南你来几年啦？""小的来宫三年。""来了三年还不懂皇家的规矩，宫墙外十丈之内不许行人停留，你违了宫禁条例，左右将阿南给我打四十皮鞭，将民女收为宫奴。"阿南、菱花齐喊冤枉。和珅哪里肯听，命左右架起哭喊的菱花就走。

说也凑巧，李贵妃正好从大佛寺降香归来，见和珅手下人架着一个美貌的女人，一股醋意涌上心头。她为什么醋意大发呢？原来和珅当乾隆的御前贴身侍卫时就和李贵妃勾搭上了，明来暗去，至今两情未断。今儿见他抢个美貌女人怎不产生醋意？和珅一见李贵妃驾到，不觉出了一身冷汗，赶紧滚鞍下马，跪到驾前请安。李贵妃在凤辇内冷笑说："和总管又另有新欢哪！"和珅随机应变地说："奴才不敢，只见此女美貌非凡，正准备孝敬皇上！"李贵妃知道他是随机应变，也就顺水推舟：

"好哇，那就把她送进宫吧。"和珅无奈，只好将菱花送进宫去。

乾隆听说和珅给他送来一个非常漂亮的江南女子，十分高兴。时值中秋佳节，便传旨在月色江声赏月，并召见美女。

菱花被和珅抢走时，心凉透了，现在叫她沐浴更衣，说皇上要召见她，又有了一线希望。她知道乾隆文功武治，是个有道明君，只要把原委说清楚，定能把她放出，让她夫妻团圆。于是她更衣打扮，随宫女来到月色江声，见乾隆跪下说："民女给皇上叩头。"乾隆借月光一看菱花如此美貌，顿时心飞神荡。他虽然已有四十多个后妃，却没一个能比得上这江南女子。他命菱花平身，问菱花会做诗否？菱花说做不好。乾隆说："朕命你以今宵月为题，做诗一首。"菱花想诉说冤情，又无机会，心想通过做诗表述愁肠，取过文房四宝，略加思索，一挥而就。宫女奉献给乾隆。乾隆在烛下一看字体潇洒流利，诗亦写得清新含蓄："磬锤峰上月，清辉照四方，愿借天河水，为我洗愁肠。"乾隆拍手叫绝，自己做了半辈子诗，也没写出这么一首好诗。可是他错解了菱花的诗意，以为"愿借天河水，为我洗愁肠。"是菱花暗示愿陪王伴驾。乾隆一高兴，便命菱花听封。菱花一听要封她，知道事不好，金口玉言，一封就改变不了了，于是立而不跪。乾隆问她为啥不跪受皇封。菱花说："民女乃有夫之妇，只求皇上放我出宫，使我夫妻团圆。"乾隆一听很不高兴，怎么是个有夫之妇？放她出去吧，才貌双全，实在难以割舍；留下吧，又是有夫之妇，左右为难，便扫兴地命菱花退下。宫女将菱花带走，乾隆问和珅为何选个有夫之妇？和珅急忙跪下说："奴才不知她是有夫之妇，以为是阿南的妹妹呢。"乾隆问："那怎么办？"和珅眼珠一转说："想那阿南，乃一民夫，多给他点银子，叫他写份休书也就是了。"乾隆说："给你纹银三千两，速速办成此事。"

和珅支出三千两银票，自己先贪污一千两，拿出两千两银票放在桌子上，传来阿南，命他休妻。阿南说："我夫妻生生死死永不分离，就是给我金山银山，我也不写休书。"和珅心想：你不写，我不会给你写份假的？于是把两千两银子也揣入腰包了。

话分两头，阿南挨了皮鞭，菱花又被抢走，和珅又强迫他写休书，他无计可施。便来到二仙居酒馆，找同乡李义、韩小俊商量。他们也没办法，只好拿出好酒好菜安慰他。正在这时进来一个大汉，正是离宫监作领班的魏义民。他原在京是个职务不小的官员，只因直言犯上，被贬到热河做了小小的领班。他一向器重阿南，也听说了阿南妻被抢之事，愤愤不平，想喝几盅闷酒，没想到阿南也在这儿。阿南把经过一五一十说了一遍，把魏义民气得一拳砸在桌子上，把杯盏碟子都震碎了。李义、韩小俊忙过来收拾残碟，劝解说："魏大人别生气，皇上看上了，谁也没法，别为这再丢了前程。"魏义民吃软不吃硬，越这么说越上劲："什么前程不前程的，脑袋掉了碗大个疤瘌，我要冒死搭救菱花。"大家围上来问有什么办法。魏义民说："我外甥女秋菊是皇后的贴身侍女，叫她把这事告诉皇后，皇后深明大义，一定开恩。"

几日后秋菊抽空儿跟皇后说了。皇后一惊，心想：皇上一世英明，怎么越老越糊涂了，这事传出去成何体统。于是皇后决定把菱花偷着放了，叫她夫妻远走高飞。人不在了，皇上也就拉倒了。皇后叫秋菊、魏义民后半夜从碧峰门把菱花放走，叫阿南在门外接应。谁知，这事被李贵妃听去了。她正想整倒皇后，自己爬上去。机会来了，她便派人给和珅送信，她又亲自找皇上报信。

魏义民、秋菊把菱花送出碧峰门，阿南、李义、韩小俊正在那里等候。阿南、菱花相见，悲喜交加，抱头痛哭。魏义民说："你们快走吧，防止有追兵。"阿南、菱花叩头，谢救命之恩。他俩跑出不远，后边灯笼火把就追上来了。李义、韩小俊有武艺，叫阿南领着菱花快跑，他们抵挡一阵。先头的几个人被他们杀退，可和珅带着大队人马又上来了，估计阿南等已经跑远或躲了起来，李义、韩小俊虚晃一刀，跳入山林逃跑了。

阿南、菱花没跑多远，后边就喊声大震。菱花估计逃脱不了了，家中还有二老爹娘，便对阿南说："他们主要抓我，你快跑吧，愿我们来世相聚。"阿南说："大丈夫不能保妻小，生而何用，我们生，生在一起；死，也死在一块儿。"领着菱花又跑，前面有一巨石，菱花说："跑不动了，先到石后藏一藏。"刚到石后，追兵就到了，菱花为了保护阿南，从石后挺身而出。阿南见菱花被擒便奋不顾身扑上抢夺菱花，被和珅一刀杀死。

次日，乾隆听说菱花被抓回，便传旨在龙舟上召见。召见之前，和珅将魏义民绑来。魏义民见乾隆立而不跪，骂他抢霸民女，无道昏君。乾隆大怒，传旨将魏义民处死。刚要推下，皇后高喊刀下留人。皇后跪下说："放菱花是我的意思，与魏义民无关。皇上励精图治几十年，完成了十大武功，号称十全老人，现在天下太平，万民称颂，如霸占有夫之妇，将被万民不齿，大清江山就会不稳。"乾隆怒气正盛，哪里听得进去！虽说是有夫之妇，但已被休，身为皇上，收一个小小民女何妨？你却心怀妒忌，私自将她放走，有意扩大事态，败坏朕的名声！俩人越说越僵。皇后见乾隆死不回心，便掏出剪刀一剪将青丝剪下，甘愿出家为尼。皇后剪了发，成何体统？乾隆大怒，传旨将皇后打入冷宫，随即召见菱花。菱花杏眼圆睁，立而不跪。乾隆问为何不跪？菱花说："多少人把你当偶像，一天三炷香，祝你万寿无疆，没想到你是个贪色残暴的君主，我满腔怨，满腔恨……"话音未落，转身跳入湖中。乾隆忙命人打捞，没捞上菱花的尸体，却捞上来一些黑菱角。

乾隆这时如梦方醒，悔恨不及。传旨在菱花投水处修一草亭，命名叫采菱渡，暗寓悼念民女菱花之意。

望鹿亭

讲述：王　勇
记录：王　琪

承德避暑山庄西山，有一个山花烂漫，绿树成荫的好地方，叫"驯鹿坡"，驯鹿坡上有个八角亭，叫"望鹿亭"。

有一年，乾隆皇帝骑马到元宝山附近打猎，一个采药老人回避不及，被带到了皇帝马前。乾隆看这老人胡子和眉毛都白了，可依然红光满面，大有仙风鹤骨之态，又见他手中的篮子里，放着各种草药。乾隆不禁心里一动，问道："见天子驾到不回避，不跪迎，该当何罪？"老人说："岁数大了，请万岁恕罪。"乾隆又问："你在山里采了多少年药啦？"老人说："自幼就跟着大人在山里转，记不清有多少年了。"乾隆冷笑了一声说："饶你也罢，但是，你得在三天之内给我采一棵灵芝草。"老人一听赶紧磕头说："万岁，虽听老人们说有灵芝草，但我采了一辈子药，还没见过呢。"乾隆心里不悦，鼻子"哼"了一声。老人又说："听说鹿能找到灵芝草，如果雄鹿受伤或病倒，雌鹿就会叼来灵芝草给雄鹿治病。"乾隆一听，心中大喜，立刻放了老人，打马回到避暑山庄。避暑山庄的西山上养着很多鹿。第二天，侍从们围到一对梅花鹿，当即剥了雄鹿。乾隆求仙心切，他撵走了侍从，披上鹿皮就趴在山坡上了。等啊，等啊，太阳已经偏西，雌鹿还没来。乾隆早就不耐烦了，他心里暗骂采药老人骗人，恨不得立刻把老人抓来斩首。他想爬起来回宫，可胳膊都压麻了，不得不一点一点地起，那样子真有点像"病鹿"了。正在这时，他突然发现远处来了只雌鹿，乾隆又赶紧趴下装死。雌鹿来到雄鹿跟前，用鼻子闻了闻，又用前蹄刨了刨！然后就飞跑而去了。不到一个时辰，雌鹿叼着根草回来了，越走越近，乾隆看得很清楚，是一枝朱红朱红、晶莹透明的草。雌鹿慢慢地把头低下，把草送到"雄鹿"嘴边，乾隆正美得不知如何是好，不等草到嘴边就伸手去接。这下可坏了，雌鹿突然发现鹿皮下伸出个人手来，吓得撒腿

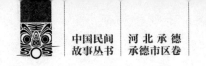

就跑。乾隆望着叼着朱草远去的雌鹿叹惜了半天，还不死心，又在地上趴了一会儿，可是雌鹿再也不上当了。

乾隆美梦没成，这才想起皇帝披着鹿皮趴在地上有失大雅。为了掩盖这段蠢事，他说这是在亲自驯鹿，把这个地方叫驯鹿坡，并在他披着鹿皮趴过的地方盖起个亭子，叫望鹿亭。现在这个亭子还在呢。

宝相阁中的文殊菩萨

讲述：杨　氏
记录：傅长和

承德须弥福寿庙的西侧，有一个殊像寺，寺内有一宝相阁，内供文殊菩萨。据说这文殊萨菩是看着乾隆塑造的。

有一年，乾隆皇帝七十寿辰临近，西藏活佛六世班禅要亲自到京给乾隆祝寿。乾隆传旨命章嘉国师为班禅活佛的到来做准备。章嘉可犯难了。他知道皇帝虽为天子，但班禅是在世活佛，活佛是不向皇帝叩拜的。怎样方能让西藏的这位活佛跪拜在天子的脚下呢？他苦苦思索，终于想起当年圣祖仁皇帝接见五世达赖时，达赖活佛曾称仁皇帝是文殊菩萨化身的事儿……

当天晚上他拜见了乾隆皇帝，大礼参拜口称："文殊菩萨大皇帝。"乾隆一时不解，章嘉国师便说出了自己的思虑和想法。乾隆大喜。此时恰逢承德正在修建一座文殊菩萨庙——殊像寺。工程已近尾期，章嘉国师说："前殿不动，殿后添假山曲径，小桥石洞，辟一处幽美净地，中设宝相阁，内供文殊菩萨，相貌要与圣上相同。班禅虽是再世活佛，但在文殊菩萨面前岂有不跪拜之理？"乾隆听罢点头应允，命章嘉国师照此办理。

宝相阁建成后，高大的文殊菩萨端坐在莲花盛开的须弥宝座上，身披一百零八颗珍珠，香烟渺渺，十分庄严肃穆。

六世班禅来承后，虽也看出章嘉国师的良苦用心，但在圣像面前也无可奈何，只得在乾隆面前大礼参拜。

乾隆大喜，对班禅更是厚爱，除亲自聆听班禅讲经说法外，还赏赐大量的金银等物。

乐成阁与蝈蝈笼

讲述：李占仁
记录：王　琪

在承德避暑山庄乾隆三十六景图上，紧挨着永佑寺陆合塔，有一处式样奇特的建筑叫"乐成阁"。但地方百姓都叫它"蝈蝈笼"，这是怎么回事呢？

相传，有一天，乾隆皇帝做了个梦，梦中他来到一处仙境，一个苍风鹤骨的老寿星，把他引到一所幽雅别致的楼阁里。这楼阁分上下两层，最稀奇的还是窗子，从外面看有窗棂镂花；可在里边往外看，却豁然开朗，好像没遮挡，真妙极了。乾隆看得眼花缭乱。老寿星见乾隆左顾右盼，问道："你喜欢这所楼阁？"乾隆点点头。老寿星微微一笑说："若喜欢就送给你吧。"乾隆高兴得嘴都合不上了。醒来后，便命令和珅，立刻寻找能工巧匠，照他梦里的样子，盖一所这样的楼阁。

和珅不敢怠慢，立刻把工程包给了承德最大的一家土木作坊，含含糊糊地把乾隆说的式样告诉他们就让动工。这下可把作坊的掌墨师难坏了。皇上梦中的楼阁既无图样，又说得含含糊糊，这可咋办呢？但圣旨已下，又不敢细问，急得直抓头皮。作坊主自作聪明地说："甭急，反正他也是梦里看到的，咱就把最好看的楼阁给他盖一所。料无大事。"就这样盖了整整一年，楼阁建成了。和珅请乾隆过目，谁知乾隆一看龙颜大怒，大骂和珅违反圣旨，下令把作坊主和掌墨师斩首。命令和珅再照他梦里的式样重建，如果再违反圣意，就把和珅官职罢掉。和珅这回可吓坏了，他真怕头上这颗红顶子保不住，但更遭殃的是老百姓。和珅下令把承德所有土木作坊都唤来，把乾隆说的样子告诉他们，限期完工，不然一律斩首。当时承德有很多有名的精工巧匠，但谁也没法盖这个楼。他们商量来，商量去，拿不出办法，都跑到茶馆哭起来了，哭得眼泪都快干了。这时，街上有人喊："卖蝈蝈笼，卖蝈蝈笼！"声音越来越近，一会儿，也进到茶馆里来了，进屋后还大声吆喝了两声。一个年轻的木匠心烦地说："人家都快急死了，哪还有心思买蝈蝈笼玩？"卖蝈蝈笼的老汉却不识趣地说："买一个给孩子玩嘛。"一提起孩子，又引起他一阵伤心，抽泣着说："我死了倒也没啥，可我老母亲和孩子咋活哟，杀我一个就等于杀我全家哟，呜呜……"他越说哭得越伤心了。卖蝈蝈笼的老汉走到一个老掌墨师的跟前说："你买这个蝈蝈笼吧，你买了大家就都不哭了。"老掌墨师奇怪地抬起了头，瞥了蝈蝈笼一眼，这一眼竟把他看呆了。这蝈蝈笼编得可真别致精巧，上下两层，门窗、栏、台俱全，像一所房屋一样，样式谁都没见过，里边还装着一只碧绿碧绿的大肚蝈蝈。老掌墨师心里一亮。他一看卖蝈蝈笼的老汉，就知是个老手艺人，便问："您的蝈蝈笼要多少钱？"卖蝈蝈笼的老汉微笑着说道："这笼多则千金，少则半两，碰到识货的，一个钱也不要，喝杯水就行了。"掌墨师赶紧请老汉坐下，倒了杯热茶递给他。大家看到老汉拿的蝈蝈笼别致，也都凑过来看。一个人忽然大声说："你们看，你们看，笼的横梁竖柱上都有字。"大家仔细一看，果然用蝇头小楷工工整整地标着尺寸：一丈六，一丈八。咦？蝈蝈笼哪有这么大呀？大伙儿七嘴八舌，回头要找老汉问个明白，可老汉早就不知哪去了，桌上只剩下杯茶还在冒着热气。老掌墨师猛地一拍大腿，兴奋地说："这是鲁班师傅救咱们来啦，照这样儿干，没错！"半年工夫，楼阁建成了，乾隆皇帝来了一看，哈哈大笑，说这正是老寿星送他那所。因为这是他笑中得楼，故命名乐成阁。

鼓肚子城

采录：荣士弟

驰名中外的承德避暑山庄，周围围着二十里长的宫墙。这宫墙，原来都是用土黄色的沙石砌成，青灰勾缝，叫做"虎皮石墙"。那时候，墙没有现在这么高，修时是随高就低，越涧跨峰，就像著名的万里长城一样，起起伏伏，蜿蜒曲折，倒也有点气势。后来，宫墙加高了，东北面一段也改为青砖砌的了。尤其惹人注意的是快到山根儿的那段围墙，还大大向外突出个鼓肚，这就是众口相传的"鼓肚子城"。关于它的来历，承德民间还流传着一个动人心弦的故事呢！

那是乾隆年间的事。这个乾隆皇帝，自称为"太平天子"，喜的是颂扬之声，爱的是游览之事。他年年出塞，岁岁围猎，今日西朝山，明日东谒陵，六下江南，游山玩水，银子花得流水似的。可银子从哪儿来？还不是从老百姓骨头里榨的油！老百姓恨透了他，背地里把"乾隆"叫做"干龙"，意思是说他是得不着水的龙，就是咒他死呗！

乾隆年年从围场打猎回来，都要在避暑山庄的万树园里召见、宴赏那些随着他行围打猎的文武大臣，蒙、回部年班的王子们。除了吃吃喝喝，还要赛马、摔跤、比武射箭，年年万树园都得这么热闹一回。

传说那一年，乾隆新纳了香妃，格外高兴，就下了一道圣旨，让多拿出点银子来，好好热闹热闹。皇上下令，谁敢怠慢，果然预备得比往年丰盛整齐，乾隆看了眉开眼笑。

话说这一天该比箭了。乾隆和那帮王公大臣吃饱了喝足了，来到比武场看射箭。乾隆刚在看台的龙椅上坐定，锣鼓就响了。文武百官，蒙、回王子们也都各自分班站好。参加比赛的弓箭手，一个个收拾得干净利落，左手挽弓，右手拿箭，齐刷刷地在乾隆跟前跪下。乾隆把手一挥，弓箭手起身散去，飞身上马，万树园里立刻战马嘶鸣，烟尘四起。弓箭手一个个打马如飞，弯弓射箭。乾隆因为今天心里高兴，所以只要射得挨着靶边儿的就给赏，没有射中的也不罚。那些观射的大臣们，全看着乾隆的眼色行事，只要他微微一点头，这帮子人就大声叫好；锣啦，鼓啦，也应和着拼命敲上一阵子，整个万树园简直闹翻了天。

眼看着骑射即将完毕，忽然从回部年班后边转出个青年人，一身维吾尔族打扮，仪表英俊。只见他急急走到乾隆跟前跪下了。乾隆低头一看，问道："下面跪的是何人？"侍卫大臣赶紧过去问明，回奏皇上："下面跪的是伊犁娘娘家乡来的人，要求下场射箭，讨点皇上封赏，好回去夸耀夸耀。"乾隆本想不准，可因为是香妃的娘家人，破格答应了："好！让他下场射三箭，射好了重赏！"大臣命人给要求射箭的青年牵来了马，他高低要骑自己的白骆驼。乾隆为讨香妃娘娘欢心，就一口答应了。只见那个青年人整好衣冠，骑着白骆驼慢慢向赛场走去，骆驼脖子上的铜铃"咣啷咣啷"地响着，吸引着全场的人。看看来到赛场，这地方离乾隆的看台也不过四五十步远。他慢慢抽出箭，拉圆了弓，两腿一夹，白骆驼四蹄翻飞，只见弓一举，"嗖"一箭射去，正中红心。那些存心讨好的人，拍手跺脚，扯着嗓子喊："好啊！好啊！好箭法！"在人们的欢呼声中，那青年不慌不忙兜转骆驼跑回来，"嗖"又是一箭，这一箭紧挨着头一箭，也正中红心。场内的人狂呼乱叫，锣鼓齐鸣，又是好一阵喝彩，乾隆也笑着连连点头。那青年早又抽出了第三支箭搭在弓上，看客们张着嘴，瞪着眼，全都盯着靶子。却见那青年突然一转身，箭"嗖"一声向乾隆射去。乾隆一见，猛地把头一低，只听"当"一声响，箭射在乾隆身后屏风的龙头上。台上台下的人一下子全呆住了，一个个同木雕泥塑的一般。青年射出第三箭后，两腿猛劲一夹，白骆驼四蹄生风，朝着东北跑去。真是慌不择路，原来那东北面并没有门，骆驼正好跑到宫墙之下。此时若再转回门口去，肯定来不及了。青年咬咬牙，狠命地抽了骆驼两鞭子。那白骆驼一跃而起，竟蹿出宫墙，飞也似的奔狮子沟那边跑了。

再说场上的人待了片刻，突然有人醒悟过来，大喊一声："拿刺客！快拿刺

客!"万树园里立刻像捅了马蜂窝一样,乱成一片:有的奔到乾隆身边儿保驾,有
的东一头西一头地找自己的马,有的撒丫子就跑着追了下去,真是人仰马翻。乾隆
呢,虽说当时把头一低,躲过了利箭,却吓得呆若木鸡,冷汗遍体。一见刺客跑
了,他气得七窍生烟,一眼看见他五叔来到身边保驾,便气急败坏地说:"快!快
骑上我的追风宝马去追,务必追回,我要把他碎尸万段!"

等他叔叔拼命地打着马追去的时候,白骆驼早已跑得无影无踪了。乾隆见他
五叔垂头丧气地回来了,这一肚子气可就全撒在他叔叔身上了。他大骂他叔叔:"废
物,你骑我的宝马还追不上骆驼?分明是与刺客串通一气,把他放跑了。来人啊!
给我推出去斩了。"不由分说就把他叔叔杀了。后来知道杀冤了他五叔,再加上他
五婶也不干,乾隆就哄他婶子说他五叔成神了,是全热河的都城隍,还在西大街头
道牌楼给修了座都城隍庙,此是后话。

杀了他叔叔,乾隆的怒气还不平,又问刺客是从哪个门逃的,下旨把守门的
全斩了。他的一个皇子吓得汗毛都立起来了,结结巴巴地说:"从……围墙跳……
跳出去的!"乾隆声嘶力竭地喊道:"来呀!给我把围墙推出斩了!"这一阵子那些
王公大臣、文武百官一个个吓得魂不附体了,不管皇上说什么,他们就会一个劲儿
地:"喳!喳!喳!"倒还是那个皇子大着胆子说了句:"围墙不能斩。"乾隆就咬着
牙说:"那就给我关起来!"看来乾隆也是连气带吓,昏头昏脑了。

大臣们奉了圣旨,就去关围墙。可这围墙怎么个关法呢?后来有人给大臣们
出主意,在东北边儿那段围墙的外面,再砌一道,里面修上一道女儿墙,派人昼夜
巡逻。这样放走了刺客犯了罪的那段围墙,就被圈在里面了,也就是关起来了。从
此,东北边那段宫墙就向外突出来个鼓肚,人们就叫它"鼓肚子城"。

同仁堂与乞丐将军

讲述:鲁 宽
记录:孔宪科

承德火神庙街的"同仁堂"老药铺在清朝嘉庆年间开设,比北京的"同仁堂"
还早二十八年。铺内栏柜两侧镶有"鹤随仙去寻芝草,龙化人来问宝丹"的抱柱楹
联。院里高耸举人高鹗亲书的十二米长的通天招牌,东面写着:"同仁堂拣选川广
云贵地道生熟药材",西面写着:"同仁堂遵古炮制丸散膏丹一应俱全"。但又有谁
知道,同仁堂的发达兴旺、远近闻名,却与一个乞丐有关系呢!

　　同仁堂门面原本不大。光绪年间第三任掌柜姓陈名兆瑞。那时小溪沟有一个姓卜的乞丐，人称小卜。这小卜出身旗籍，生得身材魁梧，自幼酷爱习武，也读了几年书。但他十五岁丧父，老母多病，只好依靠乞讨为生。陈掌柜见小卜虽然衣衫褴褛，却聪明伶俐，因而经常周济他。小卜也经常到同仁堂挑水、扫院，干些零活。

　　话说小卜二十九岁这年，正赶上北京考武举，小卜想去应试，但苦于没有盘缠，心中闷闷不乐。陈掌柜知道后，慷慨解囊，送给小卜五十两银子，让他进京赴考。小卜一去五年，杳无音信。

　　一天早晨，忽然有一大队头戴红缨帽，手持大刀的官兵，护送着一乘八抬大轿来到同仁堂前。从轿上下来一个头戴珊瑚顶大帽子、身穿武职朝服的军官，说请陈掌柜有事。柜上人找到陈掌柜，说："火神庙街满是官兵，有个坐八抬大轿的老爷请您出去有事。"那时买卖人最怕见官，陈掌柜一听吓得心突突直跳。他定了定神，强作镇静走出门去。谁知那军官见了陈掌柜，摘下帽子交给侍卫，双膝跪下，口称恩人。陈掌柜莫名其妙，忙把军官搀起，愣怔怔不知如何是好。

　　军官说："恩人不认识我了吗？"

　　陈掌柜说："我眼拙不敢相识。"

　　军官说："我就是当年要饭花子小卜。五年前您给我五十两银子进京考武举还记得吧？我那年考中，第二年便当了河南将军。此次回来省亲，特来拜望恩人。"

　　陈掌柜如梦初醒，寒暄了几句，便应卜将军之邀乘轿一同去拜访热河都统。卜将军对都统说："陈掌柜是我的恩人，以后还请多多关照。"都统答应同仁堂可以进宫割鹿茸，也可以到宫里做观音普济丹。卜将军又送给同仁堂一些白银作为谢礼。从此同仁堂便逐渐兴旺发达起来。

铜狮子显灵

采录：李国梁

　　在避暑山庄的阅射门外有一对身姿矫健，金光闪闪的鎏金铜狮。这对狮子錾铸得两眼有神，肌肉隆起，张牙舞爪，栩栩如生。每当游人到此，都亲昵地在金狮旁小照留念。这不仅是因为镏金铜狮惹人喜爱，主要是关于这对狮子，还流传着一段有趣的故事哩。

　　自从九一八日本占领东三省以后，不到两年铁蹄又蹂躏了热河。他们把避暑山庄作为大本营，开始了空前的洗劫，他们盗走了镀金佛、纯银佛一百多尊。殿内陈设、瓷器、匾额大部盗走，又盗走了镶嵌着珍珠金字的丹珠经、甘珠经一百多套。到了四五年山庄几乎被盗空了。后来他们发现宗镜阁铜殿是用榫接的，能拆能卸，就偷偷地拆下运走了。最后他们又相中了阅射门前的这对铜狮，于是就打开主意了。

六月的一天早晨，二十多个鬼子手拿撬棍、长杆、绳子来搬弄这对狮子。从红日初升到夕阳西下，撬的撬、拽的拽整整折腾了一天，累得他们连头都抬不起来了，可那对狮子呢？纹丝没动，可把那当官的气坏了。

第二天一大早，他们牵来了四头牛两匹马又折腾了半天，那几头牛和马也不知挨了多少鞭子，累得热汗直淌，那狮子仍是稳如泰山愣是不动，气得他们"哇啦哇啦"直叫。到了下午鬼子又拉来四头牛八匹马，外加上一个排的鬼子，直弄到月出东山那狮子还是纹丝不动，这回把那当官的鼻子都要气歪歪了。

其实他们哪里知道，建筑大师们在塑铸铜狮子时，屁股底下铸出丈多长大腿一般粗的两根铜柱。这两根铜柱死死地镶在数千斤重的大理石须弥座里。铜柱的尾部又伸入地下用重石条压住，上面砸上三尺多的三合土，然后又在地面上遍铺石条，严丝合缝。不用说这点人马，就是再来一个团也是瞎子点灯——白费蜡。可是鬼子们誓不罢休，非要弄个鱼死网破不可。

到了第三天，偏偏天公不作美，天刚蒙蒙亮，就升起了团团乌云。一阵阵狂风，松浪滚滚，云借风势布满天空。风声，沙打玻璃声惊醒了鬼子，他们立即起床决定抢在大雨的前头把狮子弄倒运走。于是他们开动了大吊车，几个士兵还扛来炸药。马达一发动转眼就到了丽正门前。几个抢在前头的鬼子放下炸药就抄起了镐。突然，咔！一个响雷，把这几个鬼子吓了一个趔趄。他们顺着闪电这么一看，"妈呀"一声就瘫倒在地上。另外几个鬼子一听叫声也不知发生了什么事，磨头就跑。这时那当官的刚刚进丽正门，几个鬼子气喘吁吁地跑了过来，他也不知前面出了什么事。他打开手电筒哆里哆嗦地摸到铜狮子前一看，顿时两眼发直，像一条装满了粮食的口袋一样重重地倒下了。跟在后边的鬼子一照那狮子，也都傻了眼，只见这对狮子在风雨中仿佛活了一般，眼睛全都红了。靠东边的那个狮子，两眼"滴滴答答"地还流着血呢！这群鬼子此时什么也顾不得了，他们摸索着找到了两个躺在地上的鬼子连拖带拽地逃到了看官门老人的屋里。那老人刚刚起床，见来了一帮鬼子，还有两个"挂彩"的，就问他们发生了什么事。一个鬼子就用不大通的中国话，边比画边说刚才发生的事情。老人听完叹了一口气，道："听老辈人说这狮子本是文殊菩萨的坐骑，据说乾隆爷就是文殊菩萨转世，没见他在狮子沟修了座殊像寺吗？听说他为了保护避暑山庄，就命工匠把自己的狮子照样塑在了宫门口，为的是看守官殿。这两天你们这样的搓弄它，瞧！把它气急了不是！眼睛昨晚儿就红了！这可是不祥之兆哇！你们如果再搓弄它，说不定要大祸临头呢！你们想想，外国人怎能和中国的神争斗比力气呢？"

这番话说得鬼子个个哑嘴吐舌，谁也不敢吱声了。好容易盼到了东方发白，一个个都悄悄地溜回了营房。

后来这件事就像插上了翅膀，越传越神，都说金狮子显了灵，咬死了两个日本大官，吓跑了一个团的鬼子。

前不久一个偶然的机会，我见到了那位当年看宫门的老人。他虽然白发苍苍年已百岁，但身板硬朗，满面红光。当我问起当年这件事的时候，他先是哈哈大笑，笑声过后他拽着我的耳朵悄声地说："那是我抹的猪血，那帮蠢驴……"

纪恩堂的来历

采录：李国梁

正值塞外深秋时节，这一天，在避暑山庄的月牙湖畔，有一位十几岁的少年正在聚精会神地注视着湖面。几个太监模样的奴才，不断地往湖里撒着鱼食。一根长长的钓竿，紧紧地握在少年的手里，他不时地挥动鱼竿，可就是不见一条鱼上钩，少年的脸上现出了一副焦急的神色。

一个老太监凑到了少年跟前，恭恭敬敬地悄声说："您太着急了，刚一咬钩您就甩竿，您等着看那鱼漂被拉下水后，再猛地一甩，就保您上来一条大鱼。"

"你胡说什么？看把鱼都吓跑了不！"那少年把竿一扔怒喝道，"先不钓了，用膳！"

几个太监赶紧提来食盒，放好龙案，那个老太监打开食盒一看，傻了眼了，只见食盒里只有十几品菜，忘了带饭。这太监赶紧跪在了地上，口称："奴才该死，奴才该死！"

那少年探头一看，就全明白了。他本来钓不着鱼正无处发火，此刻勃然大怒，令众太监全都趴在地上，挨着个地抽打，打得太监们哭爹叫娘，皮开肉绽，一直打得自己都抬不起胳膊了，才扬长而去。

这少年是何人，如此厉害？原来正是康熙皇帝的孙儿弘历，就是后来的乾隆。这一年他刚刚十二岁，康熙为了培养他，特意从北京带来热河，安置在万壑松风旁的鉴始斋读书。万壑松风殿是康熙读书，接见大臣的地方。每当接见大臣时，康熙就安排弘历立于侧，学习礼节和处理程序，并且常给乾隆讲解诗文和数学。可是弘历毕竟是个孩子，哪里受得了如此严格正规的训练？所以有时实在受不了，就假报不舒服，趁机和太监们玩耍去了。

今天就是这么回事。他打完了太监，就悄悄地溜回了鉴始斋，饭也没吃，就气呼呼地睡着了。

第二天康熙听说了这事，立即把弘历叫来，严肃地说："君子则严己宽人，人非圣贤谁能无过？岂能因微过而责人呢？这几天你已经看过了列祖列宗的实录，有何感想？"

弘历扳着手指头说："居安思危，不忘武备。先天下之忧而忧，后天下之乐而乐。淡泊为本。"

康熙点了点头说："不仅如此，君子治天下第一要像诸葛亮所云'鞠躬尽瘁，死而后已'。第二要惩贪任贤，赏罚分明。第三要兴农恤民，顺民意则得天下。此乃治国之道，像你昨天那样，怎能使人信服？"

一番话说得弘历连连顿首，面带愧色。事后，弘历常提起这件事，以己之过教训大臣。后来弘历继位后，专门写了一块"纪恩堂"的匾额，端端正正挂在了康熙常教诲他的万壑松风殿的中央。

这就是避暑山庄纪恩堂的来历。

楠木桌

采录：王守光

承德不产楠木，可为什么有久负盛名的楠木桌呢？

相传，修建避暑山庄的时候，从全国征来好多能工巧匠。完工以后，有一小部分工匠因无路费，只好流落街头，为人做些零工度日。其中有一个年轻的木匠，叫刘春。他手艺好，为人忠厚，有人给他说了一个媳妇。开始，男工女织，小两口日子过得还不错。后来，由于连年灾荒，人们都雇不起木匠了。他一连几个月找不到活干，家里渐渐揭不开锅了。

一天，妻子见他愁眉苦脸，想给他解闷心宽。她边织布边给他讲起了"孟母裂帛"的故事。当讲到"一丝而累，逐成丈匹"的时候，他一拍大腿"嘿"地站起，拔腿就往外跑。好大一会儿，才见他拉着一车碎木头儿，笑眯眯地回来了。原来，他把建楠木殿的边角料头讨了回来。他把这些碎木块根据形状大小，纹理疏密，分门别类，各放一处。他还留出了一小部分，把每一块都反复琢磨了一番，然后，把这些小木块精细加工，根据不同的形状，一块块，一条条地把它们镶嵌在一起。他还在一些较大的木块上雕刻些山水楼阁，花鸟虫鱼，四周还雕出了二龙戏珠。这样，一张质地优良，工艺精巧，独具匠心的楠木桌做成了。桌腿还是活动的，可收可放。

夫妻俩高高兴兴地把它拿到了市场。一下子围拢了许多人，交口称赞。有一个官员和一个商人还为这张桌子争执起来，最后那商人出七十两银子把这张楠木桌买走了。

从此以后，刘春就专门做起楠木桌，而且做工越来越细。前来订货的人也越来越多。后来，他收了几个徒弟，毫无保留地把自己的手艺传给了他们。做楠木桌的人日渐多了起来，楠木也不够用了，就有人用本地的榆木疙瘩和明开夜合等木料代替，质地也很不错。所以，楠木桌又有热河桌之称。

这样，楠木桌就一代一代地传了下来，成了承德有名的工艺品之一。

鲜花玫瑰饼

采录：张贵堂

相传，乾隆的生母是一名干杂活的宫女，住在狮子园的一间小草屋里。乾隆出生后被抱回宫里，他母亲却孤零零地留在了小草屋。其母勤劳善良，在茅舍的周围开荒种菜，栽种玫瑰花。每当玫瑰花盛开的季节，她随时采摘，或晒干或腌制，小院里的诸多坛坛罐罐都腌满了玫瑰花。尤以拌糖腌制后晒干的玫瑰花做的馅饼风味最佳，浓郁芬芳，入口香甜松软。

乾隆十几岁时，来避暑山庄。一天，他骑马来到了狮子园，因口渴难忍，便到小草屋找水喝。屋内主人是一位朴素端庄的中年妇女。她见了这位戎装素裹、扎巾箭袖的少年，不禁上一眼下一眼地打量了起来，越看越觉眼熟。她沏了一壶浓郁芬芳的玫瑰花茶，晾在树阴之下的石桌上，又递过一把扇子，接着亲自捧壶倒茶端给少年喝。她转弯抹角地询问少年来历，方知是当今太子、自己的亲儿子。她百感交集，却不敢相认。可是，母子隔绝十几年，她怎能让他匆匆离去，又怎能不让他

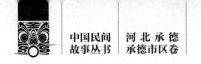

吃上一口娘做的饭呢？她含悲忍痛为他精制了几枚玫瑰馅饼，看着乾隆美美地吃了下去。

这位皇太子吃尽了宫中的各类糕点，却没有一种能胜过这风味独特的玫瑰馅的饼食。当他问明配料及做法之后，便命名为"鲜花玫瑰饼"。

从这以后，鲜花玫瑰饼进了北京紫禁城的御膳房，成为宫中最好佳品之一。

酸辣疙瘩汤

讲述：杨志民
记录：李国梁

乾隆皇帝每次来热河，很喜欢民间传统食品。

一次，乾隆狩猎时正追逐一只狍子，恰遇一猎户在草棚外架火煮疙瘩汤。一个个小黄疙瘩在汤内翻滚，汤面上飘着碧绿的菜叶儿，黄绿相间，十分诱人。乾隆顿时被吸引住了。猎户热情地请乾隆品尝。乾隆吃了几口，觉得满口生津，浑身发热，便问猎户这是什么汤。猎户说："这是热河一带满族的传统吃法，雅号叫'金豆翡翠汤'，俗称'酸辣疙瘩汤'。做法十分简单，猪肉或羊油烹锅，下酸油芯、红辣椒、羊肉丁，然后加盐，兑汤，开锅后拨小米面榆树皮面的小疙瘩。宽汤旺火烧开后，加上小虾米，再加点香油，就可以吃了。"

乾隆赶忙命侍从记下制作方法，并赏赐了猎户。回宫后，即传旨御膳房照谱烹制。以后乾隆几乎每隔几天就要吃上一顿酸辣疙瘩汤。不过可能是由于小米面和榆皮面吃起来不大习惯的缘故，后来改用白面，有时加些菠菜和醋。从此，这道汤膳正式纳入御膳。据《御膳档》记载，酸辣疙瘩汤还经常赐给大臣和宠妃们吃呢。

二仙居碗钛

讲述：杨志民
记录：李国梁

二仙居的碗钛——煎透了。这是承德流传的一句歇后语。意思是说承德的碗钛，属二仙居做得好，油多，煎得透，佐料全。后来，人们因"煎"与"奸"谐音，又用来比喻"奸商"和"不老实"的人。

　　承德制作碗饦早在清代就十分有名，至今已有二百多年的历史。据说有一位叫王老三的制碗饦艺人在当时颇有名气，他制作的碗饦，选用的是一百家子的好荞面和绿豆粉；再加上五香面、花椒面，采用点水洇湿法和面，熬煮时直至插勺直立不倒方出锅。煎时，两面煎透带翅，浇蒜汁、麻酱、醋、香油等多种佐料。吃时，每人一把小铜叉，一叉一块，边品味，边欣赏，十分有趣。乾隆年间，皇帝巡幸热河时，后妃们常偷偷地派小太监来二仙居买王老三的碗饦。后来王老三的买卖越做越大，就雇了两个小伙计，把碗砣装入精制的小盒子里，到避暑山庄周围叫卖。受到了后妃们的欢迎，名声与日俱增。其他卖碗饦的小贩出于妒忌心里，都说王老三真是煎（奸）透了。

　　到了民国年间，王老三的后代曾被热河都统汤玉麟请进都统府传授技艺，并赐予了"碗饦王"的称号。

塞外三鲜

讲述：杨志民
记录：李国梁

　　有一年，康熙出承德离宫在马市街一带微服私访，正午时来到了一家酒楼门前，忽觉腹中有些饥饿，便走进酒楼，拣一静处坐下，点了一道"隔山焖肉"、一张"驼油丝饼"和一盘"麒麟蒸饺"。堂倌将饭菜端上来，康熙吃了几口"隔山焖肉"觉得奇怪，第一口分明是细嫩的山羊肉，可第二口竟变成了肥而不腻的猪肉。再看那饼，外层黄白透明，里层竟是橘红色。那麒麟蒸饺更是与众不同，咬一口香气四溢，全无肥腻之感。康熙立即把堂倌叫来问其原由。堂倌说道："您点的这三样都是我家祖传手艺，人称'塞外三鲜'。您看那'隔山焖肉'，坛里装的是两种肉，为了不混味，中间用蛋清相隔，用小火煨炖，所以风味独特；那饼是用驼油煎烙，味道与众不同；水饺乃是用驴肉做馅，加鲜韭菜，包的时候皮要薄，使人能看到绿色，白绿分明；吃起来必然肥而不腻，别有一番滋味。"康熙听了哈哈大笑道："你们应该在门口拴上一头驴，上写鲜驴肉馅饺子，货真价实，岂不比那绿韭菜更吸引人？"

　　后来，这家饭馆果真在门口拴了一头毛驴，堂倌不停地在门口吆喝着："驴肉肥！"久而久之，人们便给这家酒楼送了个绰号"驴肉肥"。至于这家掌柜姓字名谁，也就没人打听了。可一提"驴肉肥"，热河街没有一个不挑大拇哥的。

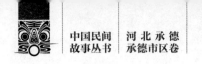

溜三才与烧三丁

讲述：杨志民
记录：李国梁

承德有一道地方名菜，叫烧三丁。这道菜原名叫溜三才，为什么改名为烧三丁呢？这里还有一段故事。

乾隆四十三年中秋节这天，权相和珅邀请《四库全书》总编纂官、大学士纪晓岚和户部尚书梁国治一同到热河街的裴翠楼赏菊饮酒。三人坐定后，堂倌即前来唱菜名。当唱到"溜三才"的菜名时，不想却激怒了和珅。和珅想：我们三个都是全国闻名的大才子，这道菜名不是有意冲着我们来的吗？好哇，想羞辱我们，于是拍案怒斥堂倌，叫他说清楚什么叫"溜三才"。这堂倌不慌不忙地答道："山鸡善飞，其肉代天，野猪地跑，其肉代地，参肉喜人，其肉代人。乃寓意天、地、人三才也。这是本楼名菜，无人不晓，不知有何差错？"一席话说得和珅张口结舌，无言以对，刚要发作，纪晓岚站起来说："这道菜名字起得好，好就好在这'溜'字上，寓意极深呀！"和珅、梁国治一时摸不着头脑。和珅问道："这溜字怎么个好法？"纪晓岚笑道："民间有副对联，不知二位记得否？"和珅摇了摇头。纪晓岚拈了拈胡须，说道："溜须拍马也是才，红烧锻打乃成丁。"和珅一听，知道是骂自己靠给皇上溜须拍马当官，但又不好发作，只得暗暗咬牙切齿。但身为一朝宰相，不能丢了面子，于是冲着堂倌喝道："你们听见了吗？这位先生叫你们把'溜三才'改成'烧三丁'，如果明天不改，就封了你们的馆子！"说罢，拂袖而去。

炸玉簪花筒

讲述：杨志民
记录：李国梁

民国初年夏季的一天，热河商务会长尹某宴请热河都统姜桂题。尹深知姜都统见过大世面，山珍海味已常吃不鲜，所以设宴之前，特地召集厨师制定以素菜为主的食谱。这可难住了厨师们。大家正为这事伤脑筋时，一位姓裴的青年帮灶站了起来，自告奋勇做第一道菜，名曰"玉簪花筒"。厨师们你看看我，我看看你，都摇着头，投以不信任的目光。可又没有别的新招，谁也不愿意先出头做这头一道菜，就只好让他试试看了。

到了宴会这天，小裘在避暑山庄殿前殿后采集了一大把玉簪花。掐根去花，切成小段，沾上蛋粉糊，炸成金黄色儿，盘上放一小碟椒盐，一边放白糖。菜一上桌，姜桂题和太太蘸着白糖刚吃了头一口，就叫了个满堂好，问尹某这叫什么菜，何物所做？尹某赶忙叫来小裘，小裘说道："这道菜叫'炸玉簪花筒'，是小民的家乡菜。承德一带的百姓大多喜欢种玉簪花，花纯白，茎嫩且甜，听说乾隆爷最喜欢它。"

"好！好！"小裘的一番话使姜都统和尹会长异常高兴，都夸这孩子有出息。后厨的师傅们本来捏着一把汗，一听说小裘在前面"露了脸"，都十分高兴。宴会散了以后，厨师们还特意备了酒为小裘庆贺了一番。

本来玉簪花筒是乡间百姓待客的一道俗菜，没想到从此登上了大雅之堂，成了热河餐馆的一道地方名菜。小裘师傅也从此出了名，后来还有人专门给他写了小传呢！

二仙居的羊肉馅包子

采录：杨　野　彦华

清末时，承德市二仙居有个马记饭馆，制作的羊肉馅包子驰名关外。这羊肉馅包子咋就出了名？这里还有段来由。

有一年，慈禧太后来热河，住上没几日，一时心血来潮，忽然一心八火地想吃天津的"狗不理包子"。热河离天津那么远，上哪儿给她弄"狗不理包子"去？这事可急坏了御膳房的厨师们，最后还是最会讨太后欢心的大太监李莲英想了个应急的法，在当地找个馆子仿做一种"狗不理包子"，让太后吃吃看。

李莲英对热河地面的馆子挺熟悉，因他经常到这些地方白吃。他觉得二仙居马记饭馆的面食做得还不错，就寻上门来。

马记饭馆掌柜的叫马宝山，小本经营，因手艺不错，生意还算红火。这天李莲英走了进来，马掌柜认识，知道他是官里的大太监，以为他又是来吃酒，不敢怠慢。

"公公大人有暇，光临敝店，不知公公大人想吃点什么？"

李莲英挺着个肚子，也不落座，在店里转了一圈，边走边说："咱家早吃过了。今天来是给你找个好差事，太后要吃天津'狗不理包子'，因路途遥远有所不便，你就做做吧！明天午时以前送到宫里。做好了嘛，太后高兴了有赏，可若做坏了，太后怪罪下来，就得小心你的脑壳。"说完，一摆蝇甩子，大模大样地走了。

"我的妈，八成要大祸临头了。"马掌柜的一屁股跌坐在椅子上。这狗不理包子只听说过，见都没见过，更不用说做了。这不是拿脑壳开玩笑的差事吗？马掌柜的也没心思做生意了，唉声叹气地回了内宅。

他媳妇刘月英见男人这个样子，就问他："当家的，啥事把你愁得眼眉皱个大疙瘩？"

"唉！别提了。刚才宫里的李太监来过了，说西太后想吃天津的'狗不理包子'，因道远弄不来，让咱们给做。明天午膳前送到宫里，吃着好有赏，吃着不好，我这个吃饭家伙就得搬家。这'狗不理包子'咱见都没见过，怎么做得出来？"

这个刘月英是个心缝大又有胆识的人，她问男人："这'狗不理包子'高明在什么地方，值得这个西太后想着？"

"唉！这个'狗不理包子'咱倒是听说过。说是在天津侯家后刘库蒸食铺有个学徒的叫高贵友，他出生时，爹妈怕他不好养活，给他起了个乳名叫'狗不理'，人们觉得这个名字好玩，便没有人叫他的大名，都叫他'狗不理'。谁知这个狗不理后来有了出息。出徒后，和别人合伙在南运河侯家后三岔口开了个包子铺，专做沿河来津商贩客人的生意。这人很精明，懂得做生意创名。他就在这包子上下开了工夫。据说他这包子选料精细，加水打馅，嫩面做皮，包子蒸出来，让你看着样子美观，吃着鲜嫩多汁，满口生香。果然这包子便出了名，后来他的包子铺做大了，便给店铺起了个名'德聚号'，谁知没叫出去，人们仍叫它'狗不理包子铺'。听说袁世凯当直隶总督时，有一次觐见西太后，带了些'狗不理'包子送给西太后。西太后吃得开心，曾下过一道圣旨，让天津给她送'狗不理包子'，这包子从此成了贡品。你说我和灶上的伙计谁能做得出来这作为贡品的包子？"

刘月英听了男人的一席话，不但没吓住，反而有了主意，她安慰当家的说："进贡的包子又有什么了不起，让我来做，不怕撑不破那老太婆的肚子。"

马掌柜的一听脸都吓变了色，忙上去捂媳妇的嘴："哎呀我的祖宗，你吃了豹子胆了，是太后娘娘，太后娘娘。""看把你吓的，你就等着领赏吧。"

到了这份儿上，也只好由她去了。刘月英说做就做，选料备面，忙得不亦乐乎。刘月英如何做这包子，咱不细说。单说第二天午膳前，这包子还真做出来了。

马掌柜把这包子找个大红食盒装了，带上两个伙计，提拉着一颗心，给西太后送包子来了。

李莲英早就在那候着呢，其实他的心也悬着哩，不知能不能得到老佛爷的欢心。他命两个小太监把食盒抬到了西太后的房中，自己上前献媚地说："老佛爷，你要的包子来了。"李莲英心里没底，不敢直说是"狗不理包子"，怕犯欺君之罪。他命两个太监把食盒打开，立刻一股香味直冲鼻孔，就连西太后也连抽了两下鼻子。再看那包子，雪白雪白，上面一层还用红绿颜色写了个盘肠字：慈禧老佛爷，万寿无疆！西太后果然高兴了，拿过一个包子咬了一口，嗒！鲜嫩可口，油顺着嘴角往下流。这下太后的食欲大开，狼吞虎咽地饱餐了一顿。李莲英在一旁见了，悬着的心立刻放了下来，不用说，太后又要赏些银子给李莲英，李莲英便从这些赏银中拿出一小部分给了马掌柜。马掌柜也不在乎赏银多少，这拿脑壳开玩笑的差事总算搪塞过去了。

你知道这包子好在何处？原来刘月英用的是木兰围场的肥羊肉，菜是大萝卜、香菜，也可谓三鲜。她在做的时候，也学"狗不理"的做法，用水打馅，嫩面做皮，所以这包子格外鲜嫩。

打这，马记饭馆专门做这种羊肉馅包子卖。因为西太后曾经吃过，再则这包子也确实好吃，二仙居马记羊肉馅包子便在关外出了名。

叫花子鸡

采录：王　琪

承德有座著名的饭馆叫"裘翠楼"，大厅正中有一副对联：

名震塞北三千里，味压江南十二楼。

据说，这副对联是乾隆御笔亲题。

相传乾隆每年在热河离宫避暑，常带个贴身随从微服私访，察询民情。这一天，他从小南门出了离宫，走到二仙居，时近晌午。乾隆这时感到肚子咕咕直叫，不由自主地走进门前挑着"裘翠楼"幌子的饭馆。乾隆上楼，看到楼后小院居然还养了几株北方罕见的翠竹，心里增添了几分快意。跑堂的上楼抹罢桌子倒上茶，接着递上菜单。乾隆一看，不但"南烹北炒"俱全，还有"蒙古烧"、"新疆烧"等

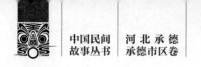

异乡风味。更奇怪的是,有一道价值十两银子的菜,称为"叫花子鸡"。不觉笑道:"叫花子岂能吃得起鸡?就吃它吧!"一会儿,跑堂的先端上几样时新果品和下酒凉菜,又捧上一壶陈酒。乾隆两杯酒下肚,食欲大开的时候,只听楼下像唱歌一样喊道:"叫花子鸡!"一个跑堂,在桌中央摆了一个扁长青花瓷盘。又一个跑堂的用铜盘端着一个三四斤重的大泥蛋走上楼来。乾隆吃了一惊,心中暗想:这跑堂的难道敢戏耍我不成!刚要发作,只见跑堂的把泥蛋往铜盘上一摔,泥蛋立刻碎成四瓣儿,一只热气腾腾、白里透黄、香气扑鼻的肥山鸡就露出来了。两个伙计一走,乾隆先撕下一条鸡腿送入口中。这鸡五味俱全,肥而不腻,真是又烂又香。别看皇帝成天在宫里吃一百样佳肴,这道菜却是第一次尝到。乾隆胃口大开,这只"叫花子鸡"除了翅膀和爪子赐给那个随从外,都让他给吃下去了。等他吃够了饱了,才想起问跑堂的:"这么好吃的鸡,为啥叫'叫花子鸡'呢?"跑堂的笑着说:"客官不知道,这种鸡的做法,起源于叫花子。一个叫花子在山上拾到一只冻死的野鸡,没有锅煮,就用黄土和泥,把山鸡裹了起来,然后拾了些柴来烧。等泥团烧得有了裂纹,去掉泥皮就能吃了。谁料,这泥团烧鸡竟别有风味,比馆子做得还香。后来,他的做法,传进了饭馆,又加放各种佐料,就成了一种别具一格的风味食品。"乾隆听完,高兴地抹了抹嘴,同随从站起来就要走。跑堂的赶紧拦住说:"客官还没给钱呢!"乾隆出门哪带过钱?只带了一支笔,就说:"小伙计,我今天吃得很高兴,可是没带钱,这样吧,我给你写副对联,你可以卖一千两银子。"伙计看乾隆气宇轩昂,穿戴不俗,不像是骗饭吃的。可又不信他写的对联能值一千两银子,就说:"除了皇帝,谁的字能值一千?"乾隆说:"我的字和皇帝的字差不多!"老掌柜听到楼上吵吵嚷嚷,赶紧跑上楼来,他瞧出这里边大有文章,让伙计预备了笔墨。乾隆提笔在手,饱蘸浓墨,一挥而就。落款一出,人们惊得面如土色,"哗"的一声跪倒一片。乾隆一笑,拂袖而去。

慈禧太后吃烫驴肉

采录:朱彦华

慈禧太后有个最得宠的贴身太监叫李莲英,这家伙最会讨太后的欢心,所以人家背地里都叫他小叭狗。李莲英不管什么小叭儿狗、大叭儿狗,只要能让慈禧吃得好,玩得开心,他什么好招、坏招、鲜招都想得出来。这一年来热河,他想出个新招，让慈禧太后吃了顿"烫驴肉"。

　　原来，有一天李莲英带着四名小太监骑着马由离宫出来要到那热闹的市面上开开心。一行五骑来到南营子大街，只见人来车往，人声喧哗。一打听，原来正赶集市，那叫买叫卖的到处都是。什么卖米的、卖面的、卖葱的、卖蒜的、好不热闹。嘿！来得正是时候。

　　李莲英正神气活现地往前走，忽听一处叫道："买来，买来，快来买呀！天上的龙肉，地下的驴肉，滋味鲜，味道好，保你吃不够！"李莲英一听卖驴肉的，挺新鲜，自己在皇宫里，整天山珍海味，可这驴肉还真没吃过。他回头问小太监说："孩儿们，你们吃过驴肉吗？"四个小太监说："回爷爷，我们没吃过。""咱家也没吃过，咱们下马，我带你们尝尝这毛驴肉是什么味道。"

　　五个人下了马，小太监把马拴好，五个人进了驴肉馆，跑堂的一瞧来的是宫里的公公，不敢怠慢，忙叫着"贵人到啦"。一嗓子把掌柜的喊出来了，打躬施礼，把五个人让到雅座。跑堂的赶紧递过手巾，沏茶敬水。

　　没等掌柜的问，李莲英就要上了："掌柜的，咱家山珍海味吃腻了，今天到你这换换口味，什么龙肉、驴肉的，只管端上来。"

　　掌柜的忙道："公公，龙肉我这柜上实在没有，若是驴肉保你吃着满意。"

　　"那就上驴肉。"

　　嗨！不大一会儿，四大盘驴肉端了上来，李莲英先夹了一块放在嘴里，四个小太监这才敢动筷。五个人吃着吃着，李莲英又看出点事来。咋？这四盘驴肉味道不一样，他又仔细看看，发现肉的颜色也不一样：两盘煮的嫩些颜色浅，两盘煮的烂些的颜色深。这李莲英啥事都要问个明明白白，把跑堂的叫了过来。

　　"小伙计，你这驴肉为何两种颜色两个味道？"

　　"回公公大人，每个人的口味不同，有爱吃嫩的，也有爱吃烂的，因此我们煮上两种，那煮的嫩是口岁小的驴，煮的烂的是口岁大的驴。口岁小的含血多，所以味道也香。给公公打个比方，就像那鹿肉、狍子肉，最好不放在水里泡。因含着血和不含着血味道就不一样。"

　　"嗯，有道理，有道理！"李莲英说着又特意夹了块嫩驴肉放在嘴里，他边吃边转眼珠子，果然他又来事了，一回头又把那小伙计叫过来了。

　　"我说小伙计，照你这么说，煮活驴岂不味道更香？"

　　小跑堂的一时语塞，不知如何回答是好，"这……这……"

　　"去，把你们掌柜的叫来，我要尝尝活驴肉的味道。"

小跑堂的转身朝后边跑去，一边跑一边心里打鼓：这下怕是惹了祸了，这活驴肉如何煮法，听也没听说过。见着掌柜的如此这般一说，掌柜的也傻了眼，可硬着头皮还得出来。

"公……公公大人，这活驴肉，小……店没有做过。"

"哈哈"，李莲英大笑了一阵又轻蔑地"哼"了一声说道，"量你也做不出来。拿文房四宝来。"

掌柜的纳了闷了，这文房四宝跟活驴肉有啥关系？可人家既然要就得侍候着。一转身从账房取来了文房四宝。

小太监也不知李公公葫芦里卖的啥药，都大眼瞪小眼地瞅着。只见李莲英一没题诗，二没写字，竟做起画来。画的啥？一个大锅台，前边安了个大锅灶，后边安了个小锅灶，大锅台四边还添了四个圆洞洞，画了个烟筒冒着烟。这是啥子玩意？围观的人你看我，我看你，谁也不解其中意。李莲英公鸭嗓"嘿嘿"了两声，说道："这就是煮活驴肉的灶，两个锅先烧好开水，把活驴抬到大锅上，四条腿插到这四个眼里，这样驴肚子正好煮在锅里，另外准备一张大羊毛毡子，搭在驴背上和头上，从小锅里舀开水浇在驴身上的毡子上，驴受热挣扎，血自然都集聚在驴身上，直到烫熟了为止。然后揭去毡子，皮毛自然脱落，这时再去掉五脏，只留肉。我这叫做'活驴肉'。"说完把笔一扔"哈哈"大笑起来，掌柜的赶紧奉承："公公大人高见，我这个笨蛋下辈子也想不出此法来。"小跑堂的却在心里骂着：好个缺大德的主意。

李莲英也为自己能想出这么个新招着实高兴。这一高兴也大方起来，他吩咐小太监拿出五十两银子，对掌柜的说："这五十两银子，连饭钱带本钱，三天后，我们爷们来吃你做的'活驴肉'。"掌柜的忙跪在地上谢赏。李莲英也不理他，带上四个小太监扬长而去。

一晃到了第三天，李莲英和四名小太监准时来到了驴肉馆。掌柜的赶忙过来见礼，把他们让到雅座，又吩咐跑堂的好生侍候着，自己又跑去照顾那"活驴肉"去了。

过了有个把钟头，李莲英刚要不耐烦，一声吆喝，四大盘"烫驴肉"端了上来。李莲英急不可待，赶紧夹了一块放在嘴里，就见他咂吧了一会儿嘴，脸上露出了笑容，连说："味道果然不错。"掌柜的开始那心还提拉着哩，生怕味道不对，得罪了公公大人，虽说是他出的法，可若真的不好也得自己顶着。这会儿听说李公公直夸好吃，一颗心算是放下了。可他心里明白，若真的味道不错，也并非完全是这种做法的驴肉如何好吃，自己在调料上也着实用了一番脑子哩。

　　五个公公吃足了喝足了，抹抹嘴要走了，李莲英把掌柜的又唤了来。掌柜的以为公公们吃高兴了，又要给银子哩，谁知李莲英让他再烫一个肥一点的毛驴，晚饭前送到宫里的御膳房，让太后也尝尝鲜。掌柜的一听，就那五十两银子，还要烫一个，自己这小本经营可贴不起的，不由地脸上露出了难色。李莲英也不傻，立刻猜出了掌柜的心思，"嘿嘿"了两声说："太后若吃得高兴，定会重重赏你的。"掌柜的一听有重赏，高兴了，连连应承着。

　　晚膳前，驴肉馆准时把"活驴肉"送到了御膳房，李莲英亲自端着送到了慈禧太后的房里，并献媚地说："奴才为了让老佛爷您换换口味，特意想出个'活驴肉'来孝敬老佛爷，请老佛爷过过嘴，若是吃着好，也不枉了奴才的一番苦心。"慈禧太后一听这名就觉得挺新鲜，又是小李子孝敬来的，忙夹了块放在嘴里品了品，还真是另有一番口味。太后一高兴，吩咐下去：赏小李子白银千两。李莲英谢恩出来，从赏银中取出一百两给了驴肉馆。

　　从这以后，这家驴肉馆经常给宫里送"活驴肉"，慈禧太后也着实爱吃。后来太后喜欢吃"活驴肉"的事不知怎么传了出来，这家驴肉馆的生意一下子红火起来。

厨师巧做"倒霉菜"

采录：乔志明

　　抗战时期，热河街有首民谣："热河街有两害，周青抢、刘通诈，天王老子没办法，雷公打雷快劈他。"当时连大人哄小孩都说："你不睡觉，周青、刘通就来抱你啦。"

　　这两害在日本鬼子特务队里当个小头目，整天在热河街上横行霸道。在哪个店铺、小卖摊拿东西不但不给钱，还不让你露出一点不满意的神情，否则，就打你一顿。

　　这天，周青、刘通又凑到一块儿，来到振兴楼饭庄，大模大样往雅座上一坐。跑堂的上前问要啥，周青阴阳怪气地说："酒嘛，来坛烧千盅，菜嘛，你们振兴楼都有啥？"伙计说："天上飞的，地上跑的，江河湖海游的全有。"刘通掏出手枪"啪"地往桌上一摔，冷笑道："好，老子今天就要一道菜——'倒霉'。端上来多少钱咱掏，端不上来，老子让你们倒霉倒霉，把你们振兴楼的牌子砸了。"

　　伙计一听这话，脸都吓白了，他知道这俩小子又来敲竹杠。伙计跑到后灶，跟厨子们一说，厨子全傻了眼。旁边一个管择菜剥葱的小老头儿闷声闷气地说："我试试。"因这小老头儿又矮又胖，振兴楼的人都管他叫"小武大郎"。干杂活是把好手，可平时连厨刀都没见他摸过。唉，火烧眉毛顾眼前，大伙儿七手八脚把他推上灶，几个厨子在一旁打下手。

这会儿，周青、刘通坐在那儿，盘算着菜端不上来时，哥俩借机砸牌子，以便诈几个钱儿花。正想着，伙计一声吆喝："菜来了。"话到菜到。一个八寸盘上放着一个不大不小紫红油亮的棺材。周青、刘通可傻了眼，拿着筷子不知怎么下箸。伙计随手把一碗热气腾腾的汤汁浇在棺材上。"嚓"，棺材开了，里面躺着两个豆腐拼成的死人，白赤拉骨一看就恶心。周青、刘通把筷子一扔，骂道："真他妈倒霉透啦。"扭头就走。厨子伙计们一看俩小子凉锅贴饼子要溜，可不干了，拿着菜刀擀面杖围上来，要他们交完钱再走。周青、刘通掏出枪刚要撒野，小武大郎从人背后走出来，站在桌前，把盘子里的棺材一倒，冲着盘子一掌下去，"啪"的一声，盘子粉碎，抬起手来，整个手掌形的盘子碎块，嵌在桌子面上。小武大郎讥笑道："你们的脑袋比这盘子硬多少？"周青、刘通一看吓坏了，扔下钱，灰溜溜地跑了。

后来，周青、刘通想再找回面子，又听说振兴楼有警察署朱署长的股份儿，闹也得不到甜头。只好自认灶火坑烧王八——憋气带窝火。

从那以后，周青、刘通这两个家伙，不管到什么饭庄捣乱，再也不敢提要"倒霉菜"了。据说，这个"倒霉菜"也没有一个厨子再试做过。

康熙吃萝卜条粥

采录：张国军

一日，康熙皇帝微服带几个太监出了行宫。他骑马沿武烈河上行，想探察一下武烈河源头。行至高台西沟河口，康熙忽然闻到了从河沿飘过来的一阵饭香味。他抬头一看，河边蹲着个老头儿。走到跟前，见老头儿正淘金子，攀谈一会儿，康熙觉得淘金子挺有趣儿，就跟着老头儿一块儿淘金。淘了一会儿，康熙觉得腰酸腿疼，看看已近中午，直起腰要走。老头儿说："大兄弟，吃口便饭再走吧。"康熙看了看支在河滩锅里的粥说："老弟说得也是，老哥还不曾吃过淘金人饭呢。"说完，就坐在热沙滩上喝起了不凉不热的粥。他越喝越香，不知不觉喝进肚里两大碗。临走前，他咂着嘴说道："老哥，我走南闯北还不曾吃过这样的美餐，远胜过宫廷里的山珍海味。"老头儿说:"这就是我一年四季顿顿离不开的萝卜条粥。"康熙感叹道:"福分呀,福分。以后有机会我还来喝你的萝卜条粥。"康熙皇帝说完就走了。

自从康熙皇帝在高台西沟河边上吃了顿寻常的民家便饭后,回到宫里不到三天,又想吃那个味的粥。就命令太监去请那个淘金人。淘金人见皇帝要传他,吓得他连忙给太监磕头。太监见他不敢见皇帝,又怕他直个祷告误了时间,就命令下人把他绑上了马。

把淘金人带到行宫松了绑后,他趴在地上半天不敢起来。听了一会儿,那皇帝说话的声音挺熟,等他抬头一看,原来是跟自己学淘金子的那个人。他"腾"地从地上站了起来说:"老哥呀,你竟捉弄人,一会儿装老百姓,一会儿当皇帝,可把我吓坏了。"康熙"哦"了句:"上茶,先给老弟压压惊。"他见老头儿一口气喝完茶说:"只因那天吃了你一顿萝卜条粥,如今让宫里的御厨做,谁也做不出那个口味。朕想宣你进宫当御厨如何?"淘金老人眨巴几下眼说:"小民不敢造次,我在山野散漫惯了,宫廷我可待不了。"康熙沉默了一会儿说:"你淘金一年刚挣个工钱,你进宫来,朕发你双份俸禄。"淘金人说:"这俸禄小民不敢要。承蒙皇帝抬爱,不如我教给御厨如何熬做就是了。"

淘金人一边教着御厨,一边对康熙说:"皇帝那天吃的只是脆萝卜粥,还有辣的、甜的、酸的、咸的好几种。只要皇帝想吃就挑着样选一种,可有一样,皇帝最好隔半个月一个月吃一顿。"从此,康熙用膳的单子上就加上了萝卜条粥。可是,康熙吃了几次,就再也不想吃了。

乾隆吃荞面

采录:张瑞林

乾隆没登基之前,一次随康熙去木兰围场行围狩猎。路过承德北一百家子时,他抬头往西山坡一望,见两只黄羊低头吃草,一下子来了精神。张弓搭箭,刚要射出,两只黄羊却跑了。乾隆打马跑上西山坡,三追两追不见黄羊。这时天已过午,他肚子也饿了,信马由缰回到一百家子街头,只有贴身的林太监跟在身后。乾隆看街上还挺热闹,街中心,挂着幌子的阎家饭馆内有人高声吆喝,招徕顾客:"白荞面,一文钱一碗,又热又香又好吃呀!"乾隆把马拴在门前木桩上,冲太监说:"咱

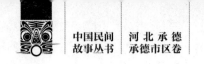

家饿了！"阎掌柜迎了出来，问道："里边请，客爷里边请！"乾隆问："都有什么饭？"阎掌柜说道："白荞面大碗饸饹。"乾隆说："那就来两碗白荞面饸饹吧。"阎掌柜一看俩人不是一般人打扮，立时对灶上的伙计说："闹好着点，有赏！"伙计在两碗荞面饸饹上另加了不少调料卤子，才端了上去。乾隆吃着顺口，连吃三碗。乾隆问："掌柜的，这是什么面做的，这么好吃？"掌柜说："白荞面。"乾隆未听懂又问："什么面？"掌柜的答："白荞麦面。"乾隆自言自语地说："一百家子白荞面真好吃。"乾隆付了钱，两人出来骑上马走了。

　　从这，一百家子的白荞面受了皇封，才出了名。

　　乾隆从木兰围场回到北京官里，又吃那些山珍海味就觉着没什么滋味了。乾隆登基坐殿后。一天，他看着一日三餐总是满汉合席有点腻烦了，突然想起年少时在一百家子街上吃的那三碗白荞面饸饹，就吩咐太监说："我要吃白荞面！"林太监到御膳房吩咐说："万岁爷要吃一百家子白荞面。"御膳房首领太监说："一百家子白荞面怎么做呢？甭说吃过，就连听说也没听说过呀！"这下可把太监们难住了。最后，面案上一个姓赵的说："还是找林大爷问问，哪儿有白荞面。"刚出御膳房，就遇上林太监。赵太监说："皇爷要吃一百家子白荞面，你看谁去买呀？今儿中午吃，现买也不赶趟呀。"林太监说："一百家子是热河北边一个村庄，那里产白荞麦。"赵太监问："这离那儿五六百里，这可咋办？"林太监说："你们就用北京荞面做嘛，调好羹，我去送膳。"赵太监说："谢谢你老啦！今晚我请客！"

　　中午，赵太监把白荞面饸饹做好，就等林太监来了，谁知左等也不来，右等也不来，御膳房首领太监都着急了。这时，林太监迈着四方步，一步三晃地来了，赵太监说："你老可来了！进晚了要治罪的。"林太监说："都准备好了吗？走！"林太监头前走，御膳房太监抬着食盒进了御膳房厅，把浇好卤子的荞面饸饹放在御案上。乾隆皇帝端过来吃了一口，觉着不对滋味儿，问林老太监："一样东西，怎么不一样滋味儿呢？"林太监说："因为那天陛下打猎正饿，饿了吃糠甜如蜜；如今陛下一日三餐，饱了吃蜜也不甜。"

乾隆吃雪花菜

采录：丁治安

　　有一天，乾隆到热河临近的一条山谷里打猎。折腾大半天，连一个野兽影子也没见到，心里很不高兴，一恼性，带着几个御卒又登上了一个高坡。这时，一只失群孤雁在头顶上长鸣不止。乾隆一见，取下宝弓，搭上雕翎箭，只听一声弓弦响，那只孤雁应声坠落到对坡的沟谷里。乾隆拔腿便往谷底跑。

原来，那只箭只射在大雁的腿上，并未伤着要害处。等乾隆跑到跟前，大雁"咕呱咕呱"叫着又飞了起来。乾隆哪里肯舍，尾追不放。也不知追了几个山洼，一直到雕翎脱落，大雁重新飞上高空，方才收住脚步。他定神一看，已是月上柳梢头的傍晚时节，不觉腹中一阵咕咕叫。他正感到饥饿难挨时，忽然发现前方树林中有一人家，忙带众人奔人家而去。

这户人家只有老夫妻俩，守着一间茅草房，一盘磨，终日靠卖豆腐过生活。这日夫妻俩卖完豆腐，正在灯下炒豆腐渣做晚饭。一股香喷喷的菜油香远远地飘过来，乾隆一闻，馋得直咽口水，忙吩咐御卒，进去通禀，他要用膳。

两位老人听说皇帝要吃饭，吓得连忙走出小屋，双膝跪倒："启禀我主万岁，小民家境贫寒，无有海味山珍，只有那……"老两口刚要说出"豆腐渣"，觉得这个名字太难听，便灵机一动说："只有那雪花菜不知圣上可食用？"

乾隆说："菜也好，饭也罢，只要能充饥，尽管做来。"

老夫妻俩见乾隆一定要吃，只好重新刷锅点火。把家中仅有的一小瓶油倒在锅里，把老葱花切得细碎，把盐面擀得细细的，精心为乾隆炒了一大盘豆腐渣。

乾隆常年吃美味珍馐，胃口早已腻了。乍不愣子吃些豆腐渣倒觉得十分香甜。他一边吃一边叫好。几个御卒不敢乐，只是随声附和。

从那以后，乾隆吃雪花菜的故事不仅作为趣谈流传至今，而在一些名气很大的饭庄、酒店里，为了招徕主顾，也把味美价廉的雪花菜列为自家的菜谱之中。也别说，热河的雪花菜还真是别有一番风味呢！

姜罗锅吃炸棒笋

采录：朱彦华

过去，热河省有一届省长叫姜桂题，老百姓都叫他姜罗锅子。据老人们讲，这姜罗锅也不是什么好官，除了敲诈勒索，吃喝玩乐，没为热河人做啥好事。

说是有一年，姜罗锅省长跑到丰宁县视察去了，那会儿丰宁县县城还在凤山哩。县官听说省长来了，不敢怠慢，赶紧吩咐找来个全县最有名的厨师赶做酒席款

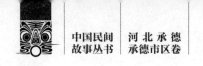

待省长。这下可忙坏了这位名厨师，亮出了自己的全部本事，各式名菜做了一道又一道。做来做去，觉着差不多了，谁知一数出了个单。这儿摆酒席有个规矩，上菜上双不能出单。老厨师抓瞎了，没玩意儿了，这搁啥闹一个哩？急得他在厨房里直走溜儿。

这厨房有个后窗，从这窗户望出去，外面是一片玉米地。这时正值旧历六月二十几，地里的玉米正卖花花线，老厨师走着溜儿，忽然看见了这吐着红穗穗的嫩玉米，脑瓜一动，忽然有了主意。就见他"噌"地从窗户跳到玉米地里去了，到那掰了几个嫩玉米跑来了，剥了皮往案板上一搁，拿刀"啪"一拍，"当"一剁，"哗"一下到油锅里一炸，炸得焦黄倍儿酥，拿漏勺捞出来，上盘子里摆了朵花，抓把白糖往上一撒。嘿！没耽误工夫，最后一道菜端上去了。

姜罗锅那也是个大人物，整天鸡鸭鱼肉都吃腻了，下来就是想尝点新鲜玩意儿。这最后一道菜一上来，就引起了他的注意。一尝，嘿！香、甜、酥、脆，别提多好吃了，不一会儿，这盘菜都让他搂了。搂了还不算，还让厨师报菜名。这又让老厨师着了急啦。那是棒子瓤做的，报啥啊？老厨师脑瓜转得还算快，他现给起了个名"炸棒笋"。姜罗锅吩咐当差的："去，就凭这炸棒笋赏厨师十块大洋。"老厨师这回心掉肚子了，偷着磨叨哩：没承想这炸棒子瓤还闹着了。

姜罗锅在下边逛荡够了又回到热河府，吃了几天府里厨师做的菜又吃腻了，忽然想起那个"炸棒笋"来了。他立刻吩咐下去，让府里的厨师给他做"炸棒笋"。这可把几个厨师难住了，谁也不知道这"炸棒笋"是个什么样。姜省长不管你知道不知道，做不上来就打。有个厨师大着胆子问了句："省长大人，您在哪吃过这菜啊？""在凤山。"

得了，上凤山求师吧，打发人去了，到那还真把老厨师给找着了。来人说："得了，老哥，您辛苦一趟吧，姜省长又想吃那个'炸棒笋'了，我们都做不上来，所以让我请您来了。"

老厨师一听，说："哎哟，我的老弟，我会做这会儿也做不上来了。那就是炸嫩棒子瓤撒点白糖。那嫩棒子瓤是有季节的，就是六月二十几那天行，过了那个时候，再有手艺也做不上来了。"

金鸡坠子茶

采录：王 琪

相传，乾隆年间，热河府鸡冠山下住着一位勤劳善良的张老汉。他早年丧妻，无儿无女，只有三间草房和一个小园子，靠种药材维持生活。

有一天，张老汉家来了个南方客人。这客人上了鸡冠山，傍晚回来就头痛。老汉把他扶到炕上，到药园子里找了一把解热草药，捣烂了服侍他喝下，寻思第二天就能好。谁知客人烧了一夜，第二天连话都说不出来，可把老汉急坏了。他四处求医找药指望客人快点好，可客人竟一病不起了。一晃过去三年，张老汉为伺候病人，荒了药园子，积蓄也花光了，最后又卖了三间草房，家里只剩下两分药园子和一间柴棚，客人的病才渐渐地好起来。这天，客人要回家，为了报答张老汉的救命之恩，他打开行囊，把探宝用的金针、银勺、罗盘、小镜一样一样地都拿了出来，可又觉得这些东西不太值钱，摇摇头儿，又一样一样地放回去。最后他把拴在行李带上的一根大拇指粗、二尺多长挑行李的干树枝儿解下来，郑重地捧到老汉面前，说："我一个行路人，没啥报答您。这是我们家乡一根茶树枝，插在地上，您每天浇一桶武烈河水，树长起来，光采茶就可以供温饱。"

张老汉是个实心眼人，等南方客人走后，就插到柴棚前，每天跑到河边提一桶河水浇上。三个月后，干树枝长出嫩芽。过了一个月，树有一人多高了，嫩叶满枝绿油油的，像金鸡坠子。老汉开始采第一茬叶。一动手，怪事出现了，掐尖长尖，掐了叶长叶，采也采不尽。

张老汉本来会制药，制茶也懂行。几天工夫，他制出了十斤油黑碧绿的小茶卷，等热河街上庙会一到就拿出去卖。

张老汉有个远房侄女，突然得了大肚子病。家里没钱治，肚子越胀越大，她爹知道堂哥有个药园子，想求点草药吃，就领着闺女来了。张老汉叹了口气说："我的药园子早荒了，就剩下这棵茶树。"堂弟一听，失望得几乎掉下泪来。老汉没有什么招待的东西，就拿出两个大瓷碗，撮了点茶叶，提起吊子里翻开的武烈河水沏上。父女俩一路劳乏，口渴得很，一人喝了一大碗，都说这茶又好又香，把满满的一吊子水喝了个底朝上。喝完不到半个时辰，侄女说出去解手，就到屋后的药园子去了。过了半个时辰，闺女还没回来，哥俩不放心了，正要去找，她回来了，鼓胀的肚子消下去了。侄女说："肚子不胀得慌了。"从此，张老汉的茶算出了名儿。

以后，邻里有个头痛脑热的，都到老汉这讨片嫩茶叶贴在太阳穴上，再喝上一碗茶水。你说怪不怪，病也好了，比吃药还管事儿。

有一天，热河街庙会，张老汉带着金鸡坠子茶来到了街上。那时候，热河街上有个全国闻名的云峰茶庄，茶庄大掌柜叫曹如海，是当朝权臣和珅的大舅子。云峰茶庄门面大，包销全国名茶，除了接待王公大臣和豪门富户，还供应皇宫御用。张老汉图热闹，借了个条案，就在云峰茶庄旁边摆起茶叶摊来。豪门富户自然瞧不上眼儿，只有几个穷秀才，看货色好，价儿便宜，才买点尝尝。到旁边的茶摊上买上一壶水沏上一喝，觉得实在太好了，又跑到老汉茶摊上买茶叶，边喝边在茶庄门口品评。一会儿招来一大群人，谁尝都说好。不大工夫，老汉的茶叶卖出去一多半儿。这时，云峰茶庄的曹掌柜回来了。他一看有人在茶庄门前卖茶，顶他的买卖，气儿不打一处来。他怒气冲冲凑了过去，一看，货色不错，捏起几粒放到嘴里一嚼，知道是上乘茶叶，又叫伙计沏了一杯品品，清香沙口，妙不可言，胜过自己茶庄里最好的茶叶。他马上叫伙计把老汉的茶叶全部包了，然后问老汉家住哪里？茶叶是哪来的？张老汉一一照实说了。曹掌柜一听本地也有茶树，断然不信，非让老汉领他去看看不可。憨厚的张老汉只好把他领到家里。曹掌柜看着茶树一时目瞪口呆，又羡慕又眼馋，就把这棵茶树包了。

以此以后，张老汉的金鸡坠子茶就由云峰茶庄包销了。他日子越过越富裕，慢慢地盖起了三间青砖大瓦房，拴了头毛驴，买齐了一应家什。金鸡坠子的名声也越来越大。曹大掌柜从打看见茶树那天就琢磨：我在北京、天津、热河，空有十几号茶庄，都得买别人的茶卖。这回有了自己的名茶（他认为，这棵茶树早晚得归他），得好好显摆显摆，在全国闯出个牌子来。他绞尽脑汁，终于想出了个主意。

当天，他把妹夫和珅请来，献上一杯"金鸡坠子"。和珅一品，果然不错，曹掌柜请和珅做东，下帖子请全国各地著名茶商、茶主到热河开赛茶大会。

帖子一下，各地著名茶商、茶主纷纷带着自己的名茶和沏茶的水，来到热河。

赛茶大会那天，云峰茶庄高朋满座。安徽茶商带来了"铁罗汉"用"黄山滴泉"的水沏上；云南茶主带来了"普洱茶"，用"蝴蝶泉"水沏上；贵州茶主带来"乌龙"茶，用"白龙潭"水沏上；江西茶商带来"碧螺春"茶，用"柏泉"水沏上；浙江茶商带来"西湖龙井"，用"虎跑泉"水沏上。另外像川南的"明尖"啦，广西的"萌芽"啦，湖南的"状元红"啦，也都用自己带来的水沏好，依次排在品茶案上。东道主云峰曹掌柜也请张老汉把"金鸡坠子"用热河泉水沏好。一时香茗齐沏，浓香直透窗棂之外。

和珅做主裁，各地茶商为仲裁，逐杯品尝。"铁罗汉"香茗爽口；"普洱"以力大压众；"龙井"香远益清；"乌龙"以提神扬名，不一而是。最后曹如海才拿出热河的"金鸡坠子"请众商品尝。安徽茶商当先。当他一打开碗盖，顿时一股透鼻清香直冲脑门，使他精神为之一振。茶一沾唇，就有清爽沙口感觉，先微苦后甘甜。等到一口茶进了肚儿，就觉得一股清气直透五脏六腑。他连连点头称赞："好茶，好茶。我的铁罗汉甘拜下风。"普洱茶主品尝之后，也连连称好，但又有点不甘心，说道："好茶还须力大。我的'普洱'片刻就能把肥肉化成油。"张老汉听了笑了笑说："前两天曹掌柜不小心将一棵核桃大的象牙球掉在碗里，因为'金鸡坠子'刚沏好，舍不得倒。等把茶叶喝完，象牙球就剩下杏核那么大了。"大家都似信非信，当场要试试。曹掌柜立时取出一颗核桃大小的象牙球，放在刚沏上的"金鸡坠子"茶的盖碗里。一会儿，大家倒了茶一看，象牙球就剩下黄豆粒那么大了。用手一捏，软得像棉花团儿。湖南茶商说："我看这茶恐怕连铜钱也化了。"大家一听，都嚷着再试试。曹掌柜又沏上金鸡坠子茶，扔进一枚新铜钱。过了片刻，捞出来一看，只剩下纸那么薄了。大家惊讶不已，一致推"金鸡坠子"为茶状元，纷纷出高价订货。

"金鸡坠子"夺了茶状元，曹掌柜恨不得立时把宝茶树夺到手里。

赛茶大会罢，曹掌柜和张老汉商量：用云峰茶庄，加一处四合大院换那棵茶树。张老汉呵呵一笑，说："不换!"

曹掌柜便施展出更毒辣的一招。他知道老汉善良好义，就预先给承德知府送了银两，做好了套子。一天早晨，张老汉刚起炕，一个小媳妇找上门来，说肚子疼，讨杯茶喝。张老汉就沏了杯茶水，递给她。小媳妇喝完茶，嘻嘻一笑，说："好了。"挤眉弄眼地非要认老汉为干爹不可。老汉慌忙推辞。小媳妇说着就往老汉怀里扎，老汉就往外推她。这时候，小媳妇恼羞成怒喊道："快救人呀!"埋伏在院墙外的官兵一拥而进，把张老汉五花大绑，带到了承德府衙门。原来这个小媳妇就是曹如海的三姨太太，是受曹如海指使来坑害张老汉的。承德知府受了曹掌柜的十万雪花银，审也不审，把张老汉打了四十大板便押入死牢。

可怜淳朴善良一辈子的张老汉，气恼交加，没几天就病死在狱中了。曹掌柜霸占了宝茶树，心里特别高兴，亲自包了一斤"金鸡坠子"茶，孝敬承德知府，报答他帮衬之恩。

这天晚上，曹掌柜喝得醉醺醺的，喜滋滋地踱到茶树下。看着碧绿如伞的茶树，满满一树"金鸡坠子"般的叶子，越看越爱，便伸手摸去。谁知茶树像是活了，往后一躲，曹掌柜闹了个嘴啃泥。曹掌柜摇摇晃晃爬起来说："你……是认生还是……害羞，让我摸……摸一下吧。"他往前跨了一步又去抓茶树。茶树真的活了，往后又退了一大步。曹掌柜来气了，恨恨地说："你是……是我的，我非摸你不可。"快步往上追。茶树连连往后退，就这样追呀，退呀。一直退到了鸡冠山的悬崖边儿。曹掌柜冷笑着说："这回看你往哪退！"一下子扑了过去，想抱住茶树。茶树猛地往旁边一闪，曹掌柜扑了个空，掉到悬崖下摔得粉身碎骨。再说承德知府自得了"金鸡坠子"茶，每天腹泻不止，什么药都吃了，就是治不好，最后拉稀跑肚拉死了。

"金鸡坠子"茶树回到了张老汉的药园子里。因为和别的树长得一样，寻常人认不出来。只有勤劳、善良，肯为穷人办事的人来了，茶树才肯出来，让他采几片"金鸡坠子"。

观音普济丹

采录：于 广

承德有三宝，这第一宝，就是观音普济丹药。

很久以前，在热河泉的西边，有个大财主叫王荣。这家伙虽然年过五旬，但依然贪花好色，想着法儿坑害良家女子。他家的一个年轻的女仆人，名叫刘云慧。这刘云慧从不大一点，就给王家当了仆人。由于她常吃热河水，常用热河泉洗脸，还常到热河里洗澡，人长得分外俊俏。她刚满十六岁，狗财主就像馋猫见了鱼，馋得哈喇子直流。一天，他把云慧"请"到他的客房，先拿出几身贵重衣服，又摆上一桌酒席。云慧早看透了他葫芦里装的什么药。但因为有财主的女儿做陪客，她索性就吃了个酒足饭饱。果然不出所料，快要散席时，财主故意耍起了酒疯。陪席的一个个悄悄溜走了，云慧也想走，可她刚起身，就被王荣拦腰抱住了。她想挣脱，无奈身小力弱，被按倒在一条春凳上。叫天天不应，呼地地不灵。就在狗财主得意之际，谁也不知怎么闹的，忽然他身下的凳子四脚朝天，自己翻了个儿。狗财主被翻在凳下，砸了个鼻青脸肿。他以为云慧搞了什么鬼，便把她吊在房梁上，狠狠地毒打了一顿。从此，云慧连气带伤，气血双亏，病倒在炕头上。眼看一朵鲜花就要被折磨死了，多少人为她叹惜，落泪。可是，最着急的一个就数王财主家的小牛倌黑娃。云慧像亲姐姐一样关怀黑娃，黑娃也把云慧当知心人。随着年岁增长，俩人都有了爱慕之心。自从云慧病倒以后，黑娃急得抓心挠胆。可又没啥解救的办法，只好在晚上独自一人躲在牛棚的一角，点上炷香，面对南天，暗暗祈祷菩萨保佑云慧。说来也怪，这天夜里，南海观音果然给他托了一个梦。黑娃高兴得了不得，深更半夜就跑到了云慧家，对云慧妈说："大妈，云慧有救了，前半夜我做了个梦，观音菩萨对我说，云慧姐的病用白草灰和观音水可以治好。"

云慧妈十分惊喜："孩子，你到哪儿去寻观音水？"黑娃答道："我梦见菩萨将一钵金水洒进了咱们后山那个砬子窝里了，这想必就是观音水了。就是白草灰无处去找。"

大妈忙说："孩子不必犯愁，前些年我听说梅花鹿吃了灵芝草，拉出的粪掺在乱草里一烧，就是白草灰。都说这东西有用，我就把它留下来了。"

第二天，黑娃找来了观音水，掏出白草灰，又配几种草药，和云慧娘一块儿精心炮制成几个粗糙的药丸。为了感谢菩萨的恩德，他们将此药取名为观音普济丹。云慧连续两天服了两丸后，果然能起床下地了，精神也提起来了。正在全家人高兴之际，不料狗财主知道了这消息，要来抢亲。幸亏黑娃听到风声早和云慧连夜逃难去了。

十五年后，他们带着一个满身武艺的儿子返回热河边，杀死了狗财主。并在热河边开了一个小药店，专门炮制观音普济丹。这药真够灵的，十拿九稳。天南海北，都有人慕名而来，小药店越来越兴旺。后来，他们用开药店积攒下的钱，在热河边修了一座观音庙，并把当年取水的地方叫观音池。

人物传说

康熙三请高鹗

讲述：鲁　宽
记录：李国良

早年，热河城有一座财神庙。庙虽然规模不大可香火旺盛，每日里前来朝拜财神的香客熙熙攘攘，络绎不绝。

康熙末年七月的一天，财神庙前新贴了一副门联，引来了香客们的围观。这副对联写的是：

> 颇有几文钱，你来烧香，他来烧香，给谁是好；
> 全无半点福，早晨磕头，晚上磕头，叫我为难。

门联运笔有神，幽默诙谐耐人寻味，霎时间轰动了热河城。恰好这时康熙正住在避暑山庄疗养腿疾。中午就传到了他的耳朵里，康熙立即传旨召来热河总管满福前来问话。满福来到了依清旷书屋，行过大礼之后，康熙问道："热河城内有个高鹗你可知道？"

满福眨了眨眼，道："回万岁的话，奴才听说过高鹗，平素并无来往，他是个明末文人。"

康熙点了点头又接着问："他平日为人怎样？"

"平日倒还本分，不过……"

满福停了一下又接着说："不过听说高鹗有些才气，深孚众望。但才高气傲，心术不轨，在诗文中常常流露出怀明的情感。听说他早年在京城曾写过'圈地论'，对先皇旧章恣意谤侮。为此，万岁虽然广招贤才，设立博学宏词科，奴才也未敢举荐。"

"他是哪里人氏？"

"听人说高鹗祖籍江南，崇祯末年得中状元。李贼作乱，避居塞外，声称一臣不侍二主。奴才曾如实把高鹗狂妄之言禀报总督，可至今尚无下文……"

康熙摆了摆手，道："这些朕已经知道了，你去召他进宫，就说朕要见他。"

"喳！"总管叩了头退出了书屋，急速而去。

这一天高鹗正在书房习练宋徽宗的瘦金书，忽见孙儿慌慌张张地跑来说道："爷爷！总管大人求见，正在门外等候。"

高鹗放下笔，立即迎出了门外拱手问安。总管落座后便把皇帝要召见的事说了一遍。高鹗听罢连连摆手，道："仆乃一布衣寒士，无才无德，怎敢贸然惊动圣驾！还劳大人美言几句，就说小民年老多病，唯恐言多语失惊了圣驾，拜托！拜托！"

说罢命孙儿敬茶送客。

总管碰了一鼻子灰，灰溜溜地来到宫里奏报康熙。康熙笑了笑，道："果然在我意料之内。"

满福本来就一肚子气，他见康熙不但不怒，反而笑得自然，于是满福便添油加醋地说道："高鹗乃布衣草民有何德能，竟敢藐视圣躬，抗旨不遵，乃大不敬也。奴才派人把他抓进宫来，重重治罪，圣上意下如何？"

康熙摇了摇头，道："你身为父母官应爱民如子。何况高鹗乃读书之人，有识之士，岂能草率行事，有负朕招贤爱才之意，下去吧！"

"喳！"满福不敢多言，谨慎地退了下去。

第二天清晨，康熙只身带了一名侍卫乔装出了避暑山庄，直奔高鹗家而来。到了门前，侍卫上前叩门，道："圣驾到！"

高鹗此时正在书房读书，忽听圣驾到，他赶忙拉了一床被子倒在了床上，又立即吩咐孙儿出门迎驾。小孙儿推门一看，只见一位老者静候门外，旁边的侍卫厉声喝道："圣驾到还不叩头！"

小孙儿"扑通"一声跪倒在地，道："皇上万岁，万万岁！小民祖父昨日偶感风寒，至今卧床。小民代祖父迎驾来迟，罪该万死！"

康熙朝里屋望了望，笑着说："朕知你祖父年迈，进宫多有不便，特来登门拜访，既然如此就罢了。告诉你祖父好生将养，塞外天气多变，老人又不堪风雨，朕改日再来。"说罢转身离去。

康熙的一番话全被高鹗听到了，他躺在床上思绪万千。他想起了自己从十二

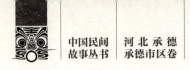

岁起就告别乡亲父老赴京赶考，怎奈无钱行贿，纵有满腹锦绣也终是名落孙山。到头来自己虽然中了状元，又偏偏破船偏遇暴风雨：闯王造反，皇上归天，改朝换代。在那兵荒马乱中只好隐居塞外。他本想安安静静度晚年，不求荣华富贵，不图名利高官，谁想到一副门联惊动了康熙皇帝。虽然听说康熙是一代英主，可自己身为明朝状元，岂能效忠二主？想来想去只有一条路，那就是带领全家到乡下去，免得再惹麻烦。

康熙回到宫里心中闷闷不乐，明知高鹗有意回避，但是心里总像丢了什么东西一样，不得安宁。这时恭候在身边的满福说道："奴才又多嘴了，那高鹗竟敢如此无理，拒门不出还不算，竟敢叫其孙儿迎驾，真是胆大包天了！不用说万岁，就是亲戚朋友也早就拂袖而归了，可圣上您……"

没等满福把话说完，康熙严肃地训斥道："至圣有越世之爱，君子有度，君子有见机之作，庶民有可格之诚。昔日萧何月下追韩信、刘备三顾茅庐请诸葛，为的是兴国强邦，至今传为佳话。如今国家正值用人之际，身为国君莫过筹边与任贤。边陲安则敌莫入，任贤才则国家兴，遇贤不请，良将不用，何以为君？明日随我三请高鹗！"

一番话说得满福连连叩头："奴才无知，奴才无知，还是圣上英明！"

第二天一大早，康熙就乘一顶小轿来到了高鹗的门前。只见高家门前停着几辆花轱辘车，邻里乡亲正在忙里忙外地搬弄东西。总管满福走上前去问道："高老先生可曾在家？"

一挑帘从屋里出来一位老叟，他见总管躬身立在一旁，就知道准是皇上又到了。高鹗知道已回避不及，赶忙跪在了地上。康熙立即双手搀起高鹗，道："快快起来！"

高鹗这时仔细地打量着康熙，一时说不出话来。康熙拉着高鹗的手，笑着说道："朕听说你近来身感风寒，特从御医那里要了洋参和洋人制作的'金鸡纳'。你吃着看，如果见好朕再派人送些来，只是洋参不可多服。另外我身边有一名膳正，擅长软食流食，就让他留在你身边伺候。至于病嘛，朕明天叫太医院来人，凡所需之物尽管叫总管去宫里取，只望你好好将养身体，能为国为民出力。朕宫中还有官员候驾，就不久留了。"说罢上轿而去。

高鹗跪在地上送驾，此时他泪流满面，泣不成声。他望着渐渐远去的康熙，嘴里叨念着："臣永记皇恩，为国为民效力，誓死报效朝廷！"

康熙的宝刀

讲述：葛峰香
记录：王　琪

康熙有一口心爱的宝刀。白天佩戴在腰上，夜里睡觉也悬在伸手可拿到之处，真是形影不离。每天清晨他总要亲自把宝刀擦拭一遍，然后舞弄一回，连服侍他的太监、卫士也休想动一下。康熙为啥这样爱惜这口宝刀呢？这里还有一段传说哩。

有一年，康熙住在滦河行宫，闲着没事溜达到双塔山前，见这山有两根粗大奇异的石柱，一南一北，比肩而立，形似宝塔。奇怪的是，南面石柱的峰顶，还建有一座砖塔。究竟谁在这几十丈高的擎天巨石上建的砖塔？康熙心里纳闷，想要亲自登上双塔山，揭开砖塔之谜。他命行宫总管构木为梯，一层一层往上搭。石柱上粗下细，木梯搭到石柱的多半截时，想啥法也搭不上去了，康熙无法，只好命人向外倾斜着卡一根几丈长的木杆，好在康熙幼时练过攀登之术。他浑身上下收拾利落，腰系着飞虎铁爪的长绳，攀到木梯顶后，又抛出飞虎爪，借绳攀杆，费了九牛二虎之力，总算爬上了山顶。

上了南峰顶，眼前是一座三层砖塔。进塔门，里边有石床、石桌、石凳。石桌上摆着许多小方木匣，康熙定了定神，把桌上的木匣轻轻打开一看。哦！竟是满满一匣拇指大的珍珠；又打开一匣：有玲珑翠玉的小宝塔，有镂金雕玉的龙凤戏珠，有琥珀游龙戏水爵；打开最后一只木匣，却是失踪多年的传国玉宝金镶玉玺。康熙惊呆了，口中不住念叨："真乃天赐吾也，天赐吾也！"他正发愁如何把这许多宝物带回去，忽然发现桌子里边还供着一片小石碑。上边有字，康熙用手抹去了碑上的尘土，一念碑文：只许取一物贪者休出门。康熙领悟这是神仙所嘱，不可不遵。取件什么呢？他想：这金镶玉玺乃是传国的稀世珍宝，还是拿这件吧。他把玉玺装进木匣，刚要往怀里揣，转念一想：不可，古来多少帝王将相、英雄豪杰为这东西大动干戈，它不能帮我安邦治国，说不定还会惹出祸来，不能要这个！他放下玉玺，看着这么多宝物，犯愁了。一抬头，见墙上挂一口禅刀，就登上石床摘了下来。一看鱼皮鞘已经干裂，刀鞘上的箍也早已绿锈斑驳。他慢慢把刀抽出来，只见青光闪闪，寒气逼人。一试刀刃，锋利无比。康熙平日喜武，看到宝刀，就挪不动了，哪还顾得看那些珍珠玉玺？他喜滋滋地转过身来向石碑鞠了一躬，然后拿刀出了塔门，从原路下到地面。哪知，脚刚沾地，突然一阵狂风骤起，飞沙走石，吹得人睁不开眼，耳中只听得"咔吧咔吧"的响声。风过之后，大家一看，登塔的木梯已被风刮倒了。群臣见此，暗暗为康熙捏了一把汗。康熙倒不以为然，暗想：此乃天意。

说来也怪，这口宝刀不仅轻重适中，削铁如泥，更兼它通灵性，一遇敌情，便"呼呼"作响。有一次，康熙率文武官员在木兰围场演武露宿，忽然军营里有了刺客。刺客一接近康熙的御帐，宝刀就"当"的一声，从帐壁掉到桌子上。康熙惊醒操刀在手，刺客刚挑开帐帘，就被康熙一刀给斩了。

从此，康熙更爱这宝刀了，行则随身，卧则做枕。

过了几年，沙俄挑唆北部准噶尔部葛尔丹叛乱。康熙率队亲征北上迎敌，双方在克什克腾旗乌兰布通展开激战。

准噶尔部有员猛将，名叫敦布尔丹。此人生得虎背熊腰，不仅武艺精熟，力大过人，使的宝刀寻常的刀只要碰上，马上被削为两截。这家伙已经斩了十几员清军将领，诸将望而怯阵。康熙无奈，只好高悬免战牌。这一天，康熙十分烦躁，召集文武大臣，问谁有破敌之策。一位蒙古王爷正好从京城赶来，他推荐一名叫希克丹的达斡尔猎人做大将前去破敌，康熙准奏。

第二天，两军排开阵势，康熙亲自观阵，一声炮响，希克丹手舞单刀上阵。双方战了十几回合不分胜负，正当难解难分时刻，只听"嚓"的一声，希克丹的刀被敦布尔丹的宝刀削去半截。清军立刻放箭，掩护希克丹退了下来。希克丹两眼通红，换了口刀又冲上阵去。双方只战了三个回合，兵刃相撞，希克丹的刀又被削断。敦布尔丹哈哈大笑。康熙观后大怒，一勒胯下宝马，箭一般地冲上阵去。恰遇希克丹拨马退回，康熙大叫道："爱卿，休要慌张，我给你送刀来了。"说罢，将自己腰间宝刀单手掷去。希克丹接刀在手，顿时斗志百倍，返身又奔向敦布尔丹。

敦布尔丹一见对阵黄伞盖下冲出一个戴金盔的人，料想定是康熙皇帝，自忖："若能将其生擒，岂不是首功一件？"想罢，撇下希克丹，催马直取康熙，挥刀便砍，只听得"当"的一声。原来希克丹早已飞马赶到，把敦布尔丹的刀返手挡回。这一挡，只震得敦布尔丹虎口发麻，招法稍慢了一点被希克丹一刀逼到面前。他赶忙用刀挡，"当"一声响，敦布尔丹的宝刀被削成两截，希克丹乘势再进一刀，把敦布尔丹斩于马下。康熙一挥手，清军冲杀上来，只杀得葛尔丹的兵将丢盔弃甲，落荒而逃。

凯旋后，康熙论功行赏，封希克丹为四品带刀御前侍卫。谁知希克丹摇头不受；又赏黄金万两，希克丹还是摇头不受。康熙问希克丹到底要什么。希克丹跪下奏道："只求万岁把宝刀赐给臣仆。"康熙沉吟了半晌，把宝刀赐给了希克丹。

重赏典吏

讲述：戴维明
记录：李国良

康熙五十二年九月，避暑山庄的皇宫主殿澹泊敬诚殿和河东的喇嘛庙竣工。康熙帝从木兰狩猎回来决定举行开光仪式。这一天，热河城内张灯结彩，锣鼓喧天。沿街搭起数十座彩门，御道上遍洒清水，大街上人群熙熙攘攘好不热闹。

当！当！当！一阵铜锣，只见一队人马走来。为首的典吏高声喊道："官民商贾听着，总管大人有令，万岁爷驾幸热河，所有人等各安其业，一律在御道两侧行走，画线为界，凡闯入御道者严惩不贷！"接着又是一阵锣响，马队渐渐远去。霎时间，马路两旁人头攒动、伸头探脑，都想瞧瞧皇上的模样。这个说："听说当今万岁龙颜虎目，身材魁梧，是位英主，咱们得好好看看。"那个说："听说皇上身经百战，为民除害，六下江南，兴修黄、淮，为民造福，咱们得准备点地方土产孝敬孝敬。"众人七嘴八舌，议论纷纷。

天将中午，忽见一位头戴孔雀翎，身穿黄马褂，大腹便便的官员骑马沿御道走来。只见他坐在马上，手提马鞭，一手拉着缰绳，扬扬得意地左瞧右看，神气十足。这时又是一阵锣响，一队人马拦住了他的去路。为首的典吏喝道："哪里来的官员，竟敢违令擅闯御道，还不快快下马改道。"说罢上前拦住了马头。

那官员冷笑一声，一挑大拇指骂道："你真是瞎了狗眼，咱家乃万岁爷的贴身太监，哪个大胆敢拦咱家。还不快快滚开！"

典吏看了看那油头滑脑的太监，厉声道："哼！国有国法，县有县章。总管通令早已家喻户晓。你既是皇家命官就该知法守法，你竟敢藐视法规。"说着，他巡视了一下随从，喝道："来人！将他拖下马来重打四十，游街示众！"

那太监挥起马鞭想要抵抗，怎奈寡不敌众，早被几个兵丁拖下马来，掀倒在地，当众打得皮开肉绽，不住声地哀求饶命。典吏命人将太监绑了起来，让他跪在二道牌楼的旁边示众，自己骑马前去禀报总管。总管大人这时正在万寿亭迎驾，忽见典吏飞驰而来，没等他下马，总管忙问道："万岁就要到来，你不在街上巡视到此何干？"

典吏就把太监违令的事说了一遍。那总管一听说打了御前太监并当街示众，

早吓得面如土色浑身颤抖。立即命人将典吏绑了，放在头道牌楼一旁示众，待迎驾后再行议处。典吏高喊冤枉也是无用，被拉到头道牌楼示众去了。

过了不大一会儿，只见旗幡招展，远处传来了马蹄声和銮铃声，渐渐由远而近。走在前面的是一位官员，他骑坐着一匹高头大马，飞奔而来。来到亭前高声呼道："圣驾到！"这时总管大人、府、县知事早已趴在了地上高呼万岁万万岁。康熙来到亭前翻身下马，只见总管们还是一个劲地磕头，便问道："你们这是为何？"

总管连连叩头回禀道："奴才罪该万死，罪该万死。"

康熙不解地问："你有何罪？"

总管就把典吏绑打太监的事，从头到尾细说了一遍，康熙听罢忙问："那典吏现在何处？"

"奴才早把他拿下，锁上重枷放在头道牌楼示众去了，就等圣上驾到再作发落呢。"

康熙听了脸色一变，道："快快随我前去！"说罢回身上马直奔头道牌楼。他来到近前，见一伙人正围着典吏给他送茶，为他擦汗。康熙立即下马走上前去，命令侍卫打开枷锁，并为那典吏亲自取下重枷，微笑着对典吏说："让你受苦了。"

那典吏站了起来，惊恐得正不知如何是好，只听身后的总管悄声地在耳边说："万岁爷亲自为你开枷，还不快快谢恩。"

那典吏一听说是皇上，顿时泪如雨下，"扑通"一声跪在了地上，康熙赶忙扶起，道："你做得对呀，执法无私、不怕权贵、刚正不阿，看到你，我很高兴。只可惜天下似你这样的官员太少了！"说罢又转身对府台说："你办事好坏不分，良莠不辨，真是糊涂！"康熙又对身边的吏部官员说道："传朕旨意，提典吏为四品知府。总管太监目无法纪，削去总管，罚俸仨月，以示惩儆！"当天这件事就传遍了热河城。人人都说：康熙帝赏罚分明，重用贤能，是个有道的明君。

康熙巧惩噶礼

讲述：戴维明
记录：李国良

康熙四十二年修建避暑山庄的时候，在御花园周围建起五尺高的虎皮石墙。十年之后宫墙多有破损，常有虎豹猛兽跳入苑内伤人。特别是康熙五十二年的三月到八月的半年时间里，猛兽五次跳入宫墙伤人害鹿，闹得宫内官员兵丁个个提心吊胆，日夜不宁。一天深夜，康熙正在纳景堂读书，一只黑熊摸到康熙窗前，把侍卫常宁按倒在地啃了个半死，多亏康熙搭救才免一死。为此，康熙决意整修加高宫墙。但是由于连年用兵，国帑趋于紧张。康熙考虑到如果拨款修缮行宫，朝野上下恐有议论，所以举棋不定。

一天，康熙正在翻阅吏部呈文，当翻到山西巡抚的奏折时，眼睛一亮，立即提笔写了一道谕旨："速召山西总督噶礼来热河行宫。"这噶礼是什么人呢？康熙幼年时京城天花病流行，康熙被送往宫外清静之地避疫。当时噶礼之母和曹寅之母，均是护理康熙的奶母。此后噶礼和曹寅均被恩赐为伴读，养育宫中。康熙继位后，噶礼和曹寅都任御前侍卫，在擒拿辅政大臣鳌拜时都立了功劳。后来曹寅调任江宁，噶礼升任山西总督，深受康熙的赏识。

再说噶礼突然接到圣旨后，心里就像十五个吊桶打水——七上八下，不知是福是祸。他不敢怠慢，昼夜兼程，几天以后就来到了避暑山庄。康熙立即传旨，在依清旷远屋候驾。噶礼行过大礼后，康熙询问了山西的年景、灾情和吏治，紧接着话锋一转，道："朕不远千里调你来热河，是因为有件事叫你去办。"

康熙话音刚落，噶礼连忙接茬，道："只要圣上看重奴才，奴才愿效犬马之劳。"

康熙微笑着点了点头："朕自辟建山庄以来，戎马倥偬，无暇顾及修缮。近年来常有猛兽跳进宫内伤人，不得已朕决意修缮宫墙，加高三尺。朕再三思量，必须选一干练官员督修，以期朕的六十寿日前完工。为此命你兼任避暑山庄总管，监修工程不得延误工期。"

噶礼连连叩头："奴才一定按期完工。"

"好！还有一件，近年来战沙俄，修黄淮，国帑已不充裕，朕听人说你家近年颇富，朕想借用一些修缮宫墙，想你不会不同意吧？"

"这……"噶礼刚要分辩，康熙冷笑一声，摆了摆手说："只许干好，不许干坏。如有迟延……哼！跪安吧！"

噶礼一听跪安二字，哪里再敢多嘴，悄然退了出去。

说实在的，二十里长的宫墙都建在蜿蜒的山顶之上，加高三尺谈何容易！不用说石料的开采，就是运进山庄后从山脚下搬到山顶，没个三万两万的银子也办不到，这康熙是不是有点太不近情理了？

其实不然，这里边还有一段隐情呢！原来噶礼自从到山西以后，自以为山高皇帝远，母亲是皇上的奶娘，自己又给皇上做过伴读，所以在山西结党营私，鱼肉

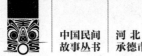

百姓有恃无恐。甚至把朝廷拨来的救灾恤银，也全部装入私囊。百姓们叫苦连天，有的甚至为匪为盗，铤而走险。虽然也有胆大的官员不断上书弹劾，但多为噶礼所害，连朝廷大员也无不对噶礼惧怕三分。后来噶礼在山西闹得实在不像话了，百姓联名结伙进京告御状，吏部才不得不呈报康熙。这一切康熙早有耳闻，这次见到奏折，才决心惩罚噶礼，以平民愤。

噶礼回来以后，自知事露，只得暗暗叫苦，心中怨恨康熙。几个月后宫墙竣工，噶礼通盘计算了一下，所贪污的救灾恤款全部用尽。后来康熙以延误工期把噶礼交刑部议罪。又因其母控告噶礼伙同老婆投毒欲害亲母，终于处以绞刑。噶礼死后，从他家中抄出赃银四十万两。康熙巧惩噶礼，百姓无不拍手称快。直到现在，每当游客看到那加高三尺的宫墙时，就不禁想起了这段有趣的故事。

乾隆出世

讲述：孙延臣
记录：丁治安

据说，乾隆是雍正的私生子，出生在狮子沟。有关他的身世，还有段动人的传说哩！

雍正身边有个宫女，名叫香珠，她聪明伶俐，长得十分美丽，雍正坐卧起居总离不了她。一日不见香珠，就觉得心里空荡荡的难挨。后来，香珠怀了孕，悄悄禀知雍正。雍正一听，又惊又喜。喜的是驾前正没太子；惊的是没封宫就陪床，既不体面又犯律条。咋办呢？若把香珠赐死，于心不忍；遣送出宫，让她远走高飞，不恋大人还恋腹中的娃娃。他思来想去，只好派心腹之人偷偷把香珠寄养在狮子沟一位姓杨的寡妇家。这寡妇母子二人。丈夫早年去世，留下一个孤儿，叫麻虎。长辈叫她麻虎妈。临行，雍正赐给香珠一副紫金白玉镯，让她精心保管留作信物。

杨妈为人厚道善良，自从香珠到她家后，朝夕相伴，寸步不离。家中一应外出的零星事儿都叫麻虎去。麻虎虽在童年，却很懂事儿，把香珠看成是自己的亲姑姑。不知底细的人都以为香珠是杨妈妈的远乡至亲。杨妈妈也就坎骑驴，默认了这门亲戚。

香珠在杨妈妈家，好不容易盼到临产，生下了一个男孩儿，取名叫阿宝。娃儿一落生，雍正知道了，暗暗庆幸自己有了接续。想马上封宫立太子，又觉得不好说话。等孩儿长大再说，又担心杨妈妈不会抚养。思来想去，未等孩子过百天就强行抱回行宫。母子分别时，香珠把雍正赐给的紫金白玉镯拿出来，自己戴上一只，另一只交给主事宫女宝珠说："好姐姐，咱俩从进宫后就像亲姐热妹一样相处，你就是我的亲姐姐。我不敢望高求远，只希望姐姐把这只宝镯好好带在身边，等日后阿宝成人你再转交给他，并望姐姐将我的苦衷和小冤家投胎情由讲给他听。阿宝若有心，日后我们母子相认就凭此镯。"香珠说罢，跪在宝珠面前泪如雨下。宝珠急忙跪倒，眼里扑簌簌流下了同情的泪。她发誓说："好妹妹，不要过于伤情，要多多保重，姐姐一定替你分忧，不负妹妹所托，如若有半点差错，永生永世不得为人！"说罢，二人携手挽臂磕了三个头，结为金兰之好。

就这样，没过百天的小阿宝，离开母怀，被抱进宫里。

小阿宝立为太子，该由谁抚养呢！那自然是正宫了。可那小阿宝一到娘娘怀，不但喂奶不张嘴，还一个劲地闭着眼睛哭。至于那东西二宫、六院，以及众多嫔妃挨个轮，哪一位也哄不了。最后无奈还得由宝珠来哄来抱。那小阿宝像懂得事体一样，在宝珠怀里不但不哭，吃起奶来小嘴一鼓，吱咂吃得可香甜啦。吃饱了就蹬弹着小脚丫，攥着小拳头，咿咿呀呀地玩得还挺欢呢！雍正见宝珠侍奉得好，龙心大悦，封宝珠为"御儿养娘"。

冬去春来，小阿宝已经七岁啦。长得水灵喜人，说话梆脆逗人。雍正把他视为掌上明珠，而娘娘却把他当成累赘，没少在背后说小阿宝的闲话。

有一天，小阿宝正在花园看花扑蝶玩，见娘娘和一个人说话，隐约听到阿宝长阿宝短地说个没完，机灵的小阿宝撅着小屁股，来到娘娘背后的丁香树下偷听，听说娘娘不是自己的生身之母，小阿宝愣住了。跑到宝珠身边问，吓得宝珠面色更改，赶紧用话把他支出去。结果这件事还是被雍正知道了。

雍正训斥阿宝："娘娘千岁就是你的生身之母，你胡闹什么？再要胡缠，当心朕怪罪你！"说罢，给随从宫女丢个眼色。几个宫娥过来把小阿宝哄走了。雍正余气未平，又转向宝珠。宝珠跪下请罪，雍正并未施威，只是半嗔半怪地说："小贱人，看在多年伺候殿下的份上，朕不怪你。但有一件你要守口如瓶，不准透露一点有关香珠的风声。否则，定斩不饶！"

自从小阿宝询问生身之母的事发生后，阿宝就被雍正以习文练字为名软禁在书房，宝珠和小阿宝就不相往来了。阿宝虽小，但心里比玻璃灯还亮。他明白雍正为啥这样做，所以，他学得比以前更乖啦。在正宫面前，无事皇娘长皇娘短地叫得可甜啦，再也不闹着要母亲。雍正这才把一颗提吊的心渐渐放下来。

宝珠忍辱负重，苦熬岁月，等阿宝长到十二岁时，一天傍晚，宝珠瞄着书房没旁人，就悄悄跟阿宝说明宝镯的来历和他母所托之事。刚要细讲其中情由，忽听雍正派宫女呼唤她，只好慌忙离去。阿宝还想听个究竟，可宝珠已经走远，望着她的背影，阿宝默默地想：父皇为啥那样冷酷无情，把母亲驱逐宫外不管？他想啊想啊，一直想到很晚很晚才恍恍惚惚地睡去。次日醒来，日头已老高了。他刚穿好衣服就听外面有人轻声细语，悲悲切切，不知发生了什么事儿。他趿拉上鞋出去一问，说是宝珠落水，淹死在荷花池里。阿宝一听，失声痛哭……

　　傍晚，阿宝不见了。宫中一下慌了手脚，灯笼火号四下寻找。原来，阿宝在宝珠死去的地方，独自一人偷偷地哭泣。

　　宝珠一死，阿宝心里甭提多难受了。时常一人坐在荷花池旁呆愣愣地出神。

　　雍正见阿宝如呆如痴，日益消瘦，心中也有几分明白，但又奈何不得。只好一方面着太医精心医治，一方面吩咐宫人，每天要陪伴太子在外边多游逛一会儿，以解胸中郁闷。阿宝见雍正允许他游玩，就暗暗打定一个主意。

　　阿宝在行宫内玩了几天后，说玩腻了，要到行宫外打猎散心。雍正起初不肯，后来怕阿宝病势加重，只好允许他在指定的地方玩上一时半晌，不得远去。

　　阿宝走出行宫，像出笼鸟一样自由自在地游玩。有一天，阿宝来到宫外的一个山梁冈上，不知从什么地方飞来一只大雁，在他头顶上长鸣不止声音凄凉悲伤。阿宝一时心情烦躁，抽出雕翎箭，搭弓上弦，对准大雁猛然射去。大雁听到弓弦响，鸣声戛然而止。它见雕翎来之切近，让过箭头，衔住箭杆，向对面山坡飞去。

　　阿宝一见，大吃一惊，世上哪有会躲箭衔箭的大雁啊？这其中必有缘故。他略一犹豫，盯住大雁飞去的方向拔腿就追。跑过山坡不见大雁去向，只见山洼里有一农妇正躬身拾柴，忙跑到近前："请问婶婶在此拾柴，可曾见一只大雁吗？"

　　农妇转过身，仔细打量一眼阿宝，摇摇头，说："哪有什么大雁，只不过凭空落下一只御用雕翎箭。"那农妇一边说出"御用"二字，一边偷看阿宝的神色。阿宝听到"御用"二字，一下瞪大眼睛，惊奇地望着农妇。忽然，农妇将腕上戴着的一只紫金白玉镯举到胸前，故意擦拭着，仿佛特意让阿宝看。

　　阿宝一看宝镯，心里一愣。刚要开口，后边宫人已到近前，他急中生智，忙用手往远处一指："大雁飞到那边去了，赶快去追，还愣着干什么！"宫人一听，哪敢怠慢，急忙撒腿跑去。

　　阿宝见宫人们跑远了，忙躬身一礼，说："这只宝镯是家传，还是他人所赐？缘何是单不成双呢？"

　　"你问这宝镯吗？"那农妇脸一红，欲言又止。

阿宝见此情形，断定是生母无疑。他认母心切，忙道："母亲，我乃是十二年前被人抱进行宫的小阿宝。"

那妇人听阿宝一说，猛地脸色一沉，故意嗔怪道："凭空认母，好不害臊！"

阿宝一听，这才想起怀中宝镯，"扑通"一声跪到那农妇面前，双手将宝镯往上一举："母亲请看！"

那拾柴农妇正是阿宝生母——香珠。香珠见到了宝镯，又惊又喜，她认真端详一番后，猛地把阿宝搂在怀里，母子二人抱头痛哭。边哭边诉说各自的苦衷。最后，香珠告诉阿宝说："十二年来，为娘含羞忍悲，苦熬岁月，就盼着这一天，今日见到我儿已长大成人，为娘放心一桩大事儿，只是那杨家母子二人的大恩大德未报，娘在九泉也不安宁呀，此事望儿切记在心。"

阿宝说："母亲训教，孩儿谨记在心，没齿不忘。日后孩儿若能接替皇位，定接您和那杨家母子进宫，共享荣华富贵。"

他们母子正叙说肺腑之言，忽听山梁那边吵吵嚷嚷闹个不休。原来是寻找大雁的人，找遍所有沟洼坡谷也没找见，相互抱怨着跑回来了。

香珠一见，忙推开阿宝说："孩儿赶快离去，若被官人发觉，多有不便。"

阿宝一听言之有理，忙把宝镯归还香珠。"母亲在上，请受孩儿一拜。"阿宝拜罢，又深鞠了一躬，"母亲，多多保重！不孝孩儿去啦！"

乾隆登基后，第一件大事儿，就是大礼迎接母后和杨家母子进宫。谁料香珠为了乾隆的声誉，在他登基前不久已投井身亡，沉冤井底。

杨妈妈受香珠生前所托，将宝镯交与乾隆，让他睹物思亲，招贤纳士，积德于民，做个有道的明君。

乾隆把香珠之事重新料理完毕，要加封杨家母子。谁知杨家母子一不做官，二不喜财，乾隆无奈，只得用黄柏草蘸桐油，给杨妈妈翻盖三间草房。

寻 父

采录：辛 静

乾隆皇帝是个很有作为的君主，不仅文治武功卓有建树，而且平素也经常效仿其祖父康熙皇帝，微服私访，体察民情。

一次，乾隆在独自私访中，听到有人议论说当今天子不是满人所生，而是某某汉臣之子，说得有根有梢。乾隆听了，又惊又恼。想把那些议论之人捉拿治罪，又怕倘若情况属实，妄杀无辜；若不拿问，任其议论，又有损自己的尊严。他左思右想，犹豫不决，最后只得默默回宫，心中闷闷不乐。他的乳母李氏见此情景，就探问他有何心事。乾隆猛然想起，是乳母李氏把他从小抚育大的，对自己的身世一定知晓，何不问问她呢。想到这儿，乾隆就把自己在私访中听到的有关自己身世的街谈巷议一一对乳母讲了，并恳求乳母说出真情。乳母知道，自己年迈将终，若再不说出真情，恐怕乾隆皇帝一辈子也不知道自己的身世了。在乾隆的再三恳求下，乳母李氏向他讲述了如下一段故事。

那是康熙年间，在避暑山庄北边有个叫狮子园的地方，修建一座王府，是四太子胤禛的住所，叫雍王府。每年夏季，胤禛随康熙到山庄避暑，都住在这里。胤禛三十四岁那年，他的妻子（称福晋）有喜，暂不能回京，就住在府里了。恰好随从的一个汉族大臣杨林，也因妻子有喜临产，留在了热河。事也凑巧，就在同一天，胤禛妻子生了个女孩，杨林妻子生了个男孩。胤禛盼儿心切，可偏偏生了个女孩儿，这使他非常焦虑、懊恼。可他听说杨林家生了个胖小子，心里就打定了主意。他马上命王府上下对外宣称自己得了男孩，不准任何人去内室看望。转眼间，孩子满月了。胤禛派人到杨林家传信，说要看看杨家的孩子。这下可把杨林乐坏了，赶紧亲自把孩子送到雍王府。王府太监接过孩子送往内宅。杨林就在客厅等候。足足过了两个时辰，太监才把孩子抱了出来，说是雍亲王夫妇很喜欢这个孩子，赏金千两以示祝福，并让杨林好生抚养。杨林听了，喜出望外，感激涕零地叩头谢恩。等他接过孩子回家一看才傻了眼。原来送去的是男孩，送回来的却是女孩。杨林吓得不敢吭声，和夫人一商量，觉得这件事弄不好必有杀身之祸，只有隐居林下才可避去风险。不久，杨林就借故辞官，回江南老家去了。

乾隆听了乳母这番真情话，惊魂动魄，难过异常。他原以为自己洪福齐天，想不到还有这样的不幸身世。天底下，人人皆有父母，自己虽身居帝位，至高至尊，却不能与双亲团聚，岂非人生憾事？若把双亲找到，接进宫来，自己身世真情大白，那皇亲国戚，满朝王公大臣岂肯罢休？自己的帝位就不稳了。若置双亲于不顾，任其流离，又违背人伦，于心不忍。他苦苦思索，寝食俱废。乳母李氏知道他的心思，就劝道："圣上何不借南巡之机，暗地察访，将双亲妥善安置奉养！"

乾隆听了，觉得有理。他向李氏详细询问了杨林的年貌、特征，以及可能隐居的地点，并一一牢记在心。南巡的时候，乾隆四处打听，终于得知自己的生母早已去世，女儿已长大出嫁，杨林更名换姓到镇江金山寺出家为僧了。乾隆兴奋异常，立即启驾来到金山。金山寺的大小僧众在长老的率领下，列队于码头岸边接驾。龙舟靠岸，乾隆皇帝舍舟登陆，故意压住脚步，缓步而行。挨个地打量众僧人，揣测他们的年纪，端详他们的相貌是否与杨林相符。结果，二百来僧人一一看过，并无一人与杨林相似。乾隆仍不甘心，问长老："金山寺的僧众是否全数来到？"

长老躬身合十道："阿弥陀佛，敝寺除了一个疯僧留寺烧茶炉外，其余皆来恭迎圣驾。"

乾隆道："朕今天要看看这个疯人是何等模样。"

长老引乾隆来到寺内茶炉房。只见一个衣衫褴褛，面容污秽的老僧，一双鞋倒穿着，双目紧闭，盘腿打坐在茶炉旁。

长老忙上前叫道："圣上驾到，还不快起身接驾？"说着，伸手拽疯僧。

乾隆挥手制止，亲自问道："你叫什么名字？"

那老僧双眼紧闭，依然不动。长老急了，拽他说："圣上问你姓名，你为何不答话？"那老僧还是不理。长老急忙向乾隆解释道："禀圣上，此人疯得厉害，真是罪孽。"

乾隆听了却不在乎，又问道："请问师父，尊姓大名？"

只见那老僧双目微睁，泪珠滚落，双唇颤抖，说："我叫八 ×。"

众人吓得目瞪口呆，乾隆听了哈哈大笑，说了声："果然疯癫，朕不怪罪！"随即转身离去。

乾隆回到京城，乳母李氏问起他寻父的结果如何。乾隆摇头叹气道："朕好不容易打听到他在金山寺出家为僧。朕把金山寺全数僧人挨个儿看来，并无一人相像。不过，却遇一怪事，甚是可笑。"

李氏问："什么怪事？"

乾隆便把金山寺茶炉旁遇见一个疯癫老僧的事情叙述了一遍。乳母听毕，"哎呀"一声，吃惊道："那个疯僧人正是圣上的亲父。"

"这，怎么见得？"乾隆惊问。

乳母说："万岁爷，您真是聪明一世，糊涂一时啊，您难道不知道南方人把鞋子叫'孩子'吗？他知道您到了，故意把鞋倒穿着，意思是'孩子到了'。还有，您再三追问他的姓名，他不是回答叫八 × 吗？其实，八 × 不就是父字吗？他隐姓埋名，是故作疯癫。如果真疯了，那他见了你为何还掉泪呢？"

听了这番话，乾隆恍然大悟，细细地回想那个疯僧人的年貌，与乳母所说果

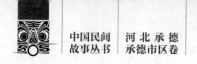

然相符。他立即诏令，再次南巡。又来到金山，寻找那个烧茶炉的疯僧人。谁知此人早已失踪了。乾隆懊悔不已，只好望江兴叹了。

乾隆虽然没找到他的父亲，但从此对金山更加眷恋。不但每次南巡时定要莅临金山寺，而且还把承德避暑山庄的金山亭修饰一新。每逢夏季，乾隆到山庄避暑时总要在金山亭游玩，有时竟然流连忘返。别人都以为他喜欢这里优美的景色，岂不知他是在想念自己的父亲呢。

发　配

讲述：志　功
记录：辛宝志

乾隆要在避暑山庄建造楠木殿，可当时没有那么多楠木。他听说明朝的一座陵墓是楠木造的，便下令拆毁。于是，工匠们拆的拆，卸的卸，把一座完好的陵墓，毁得七零八落。满朝文武大臣私下议论纷纷，但谁也不敢当面对乾隆说。

有一天，刘墉上朝，对乾隆说："万岁，如果有人犯了掘坟之罪，应该怎样处置？"乾隆想也没想，便说："应该杀头！"刘墉又说："但是，此人至高无上，无法治罪。"乾隆问："此人是谁？难道朕都不能处置他吗？"刘墉回答说："此人正是圣上。圣上拆陵修殿，难道不是犯了挖坟之罪？"乾隆一下子明白原来是自己犯了王法。但是，因为他身为皇帝，不能杀头，所以就要求三次发配江南，以代杀头之罪。据说，有一首七律诗，就是乾隆发配江南时写的：

金川竹影几千秋，云锁高峰水自流。
万里长江飘玉带，一轮明月滚金球。
远望湖北三千里，近看江南十二州。
美景一时观不尽，天缘有份再来游。

夜　巡

讲述：德　乙
记录：李国良

乾隆继位初年，国内无战争，天公又作美，风调雨顺，国泰民安，老百姓的日子还算凑合。只是朝中大臣和八旗子弟都渐渐骄逸自安，平日里养蝈蝈，斗蛐蛐，上朝也是点卯充样子，回到家里狂嫖滥赌，吃喝玩乐，朝廷的事全不放心上。虽然乾隆也常派官员四下察访，可是有几个向皇上说真话的呢？大多数接受了贿赂，报喜不报忧。乾隆心里有数，也十分明白，所以决心抓几个不肖之徒，以示惩戒，重振朝纲。

乾隆五年中秋节这天，避暑山庄传出谕旨："宫内放假一天，夜间各部留一名官员，分别在万壑松风、卷阿胜境、勤政殿、澹泊敬诚、四知书屋等殿堂值夜，各安职守，谨慎小心。凡热河本城有家口者，不论杂役、苏拉、宫女、大小官员人等，一律准予回家过节。"

这天晚上乾隆用罢御膳，易服便装出了烟波致爽寝宫，在月下漫步。只见万里无云，月朗星稀。乾隆穿过了十几间朝屋，就来到了四知书屋。忽见屋内透出微光，唧唧喳喳地有人说话。乾隆心中纳闷，暗暗生疑。他来到窗下偷偷一看，好家伙，所有值夜官都在这里围着一张桌子打牌哪！每个人身边堆着一堆枫树叶，输赢以枫叶为凭，最后再以树叶算账。乾隆一见大怒，可又不得不压住火气。他瞅准了机会，趁众人正在伸着脖子看点儿的时候，蹑足潜踪地溜了进去，从桌角偷几片枫叶，又悄悄地溜了出来。乾隆站在院中面对一轮明月深深地叹了一口气："长此下去，国将不国，祖宗大业危矣！"他一边走一边想，不知不觉地来到了丽正门。忽然外五朝房东边的堆拨房里，传来一阵清脆的读书声。乾隆心里想：什么人不回家过节？这时候还在用功？于是紧走了几步，推门就进了屋。只见一个二十多岁的小伙儿，正在灯下背诗：

> 桂树清光挂碧天，
> 云开万里塞无烟。
> 远人向背由敷政，
> 唯在筹边与任贤。
> 隐隐山头皆古戍，
> 中原民力尽边城。
> 曾闻父老经年战……

那青年背到这里就想不起来了。乾隆一听，这不是我爷爷圣祖仁皇帝康熙爷做的诗吗？他见那青年还是想不起来，就念道："回首生灵血泪盈。"

那青年只顾背诗，没想到身后还有一个人呢。他回过头来见是一位壮年人，赶忙请安让座。乾隆坐下后问道："你知道这首诗是谁做的吗？"

"是圣祖仁皇帝做的。"

"你是从哪学来的？"

"我小时候常听我爷爷念，后来我就记住了。我爷爷年轻的时候，常跟康熙爷到围场打猎，巴图鲁们个个都会背几首，后来谱成曲还常在行军时唱呢。"

乾隆点了点头问道："你叫什么名字？"

"奴才姓王名升。您贵姓？"

"我？哦，我姓龙。"

王升想了想，问："姓龙！我怎么没见过您？"

乾隆笑了笑说："我常在后宫，很少到前边来。你是哪里的人？"王升说："祖居盛京，自从我爷爷当差吃了皇粮，常驻热河后，我家就搬到这里来了。我爸爸去世以后，我就顶了他的差，进宫都快十年了。"

"家里还有什么人？"

"家里还有老母、兄妹和一个老婆两个孩子。"

乾隆点了点头问道："今天是中秋佳节，宫内又放假，你怎么不回家过团圆节？"

王升摇了摇头说："正因为宫内放假，全都回了家，我才不能回去呢。"

乾隆不解地问："为什么？"

王升叹了一口气说："您没听见我刚才念的诗吗？每当过年过节，我就想起那些边陲将士，他们这时候可能正在爬冰卧雪，也许断水断粮。难道他们无妻儿老小？不想家人团圆？当年为了保卫边陲，有多少将士战死沙场，他们为了什么？想起这些我就精神百倍。特别是节日的时候，万一边疆发生战事，或各省有紧急公文，都走了有谁奏报朝廷？我虽然是个百姓贱役，深知生我是父母，养我是国家，家事小，国事大呀！所以十年间，凡宫内放假我都没回去过。"

乾隆听了这番话，连连点头，深受感动。他想了想又接着问："你如此忠心，将来想当个什么官？"

王升摆了摆手说："我从来就没想过当官的事，只盼着国富民强，天下太平。如果有那么一天，皇帝能叫我到全国各地走一走，看一看，瞧瞧全国各府州县的官儿们，到底在当地怎样，是一心为国为民克己奉公，还是欺压百姓贪赃枉法。我就把好的禀报皇上立即嘉奖，坏的严厉惩治。只要赏罚分明，天下的官员都想着国家百姓，也就国富民强了。"

乾隆听到这里站起身来，拍着王升的肩头笑着说："好！有志气，假如皇天有眼，一定会叫你去的。"说罢起身回宫。

第二天早朝，乾隆传旨："文武百官全部到澹泊敬诚殿候驾。"到了卯时，乾隆升殿入座后传旨："召王升见驾。"

领侍卫内大臣出班奏道："经奴才查问，王升是堆拨房的杂役，并无品级，不能见驾。"

乾隆传旨："赐王升四品顶戴朝服，速来见驾。"

不一会儿，王升奉命跪在丹墀下，行过三跪九叩礼后，乾隆命人赐座。接着乾隆就把昨晚见王升的事向大臣们说了一遍。众大臣称赞不已。这时乾隆又命昨晚值夜的大臣出班回话。众大臣礼毕，高呼万岁。乾隆这时把脸一沉问道："昨夜你们值班，可有公事？"众官员齐声奏道："天子英明，天下太平。"乾隆手拍龙案，手中捏起一片枫叶厉声喝问："这是谁赢的？"

众大臣偷眼一看，全吓傻了。一个个哆哆嗦嗦汗流满面，一边磕头一边口里说着："臣罪该万死，罪该万死。"

乾隆厉声训斥道："尔等身为国家重臣，每天只会喊万岁，竟不顾国家大事，醉生梦死，玩鸟赌博，还想活吗？王升虽为官中贱役，深知国家事大，想的是富国强民，强你们十倍！今日本应把你们交刑部惩治，念你们年长有功，暂不加罪，摘去顶戴花翎，发往打牲乌拉军前效力。王升一心为国，年轻有为，特恩准提为四品巡抚，代朕巡察，所经各府州县，无论品级，有功则赏，犯罪则罚，任凭调遣！"说罢一甩袖子退出了大殿。

从此满朝文武，各尽其职，再也不敢胡作非为了。

出　游

讲述：戴维明
记录：耘　铧

乾隆皇帝在承德避暑山庄住得有些腻烦了，想到乡下游玩游玩，可是又觉得带着校尉随从，人多不便，便与三朝元老刘统勋换上便服，备好马匹，悄悄地走出了离宫后门。

走出不远，一道山梁挡住去路。刘统勋问乾隆："万岁，是翻山行走还是绕山而行？"乾隆说："翻山而过。"二人把丝缰一抖向山根儿奔去。要上山了，乾隆问刘统勋："如今上山主何征兆？"刘统勋暗想：常言说伴君如伴虎，一句话说错，轻则罢官，重则被杀，甚至灭门九族。现在虽是和皇上闲谈，也得谨慎从事。他脑筋一转，答道："此为步步高升。"乾隆听了甚喜。

走到半山腰，乾隆见满坡乱石，道路难走，一时即兴，向刘统勋说："朕有一联，请爱卿属对。"随口说出："半山稀烂棒硬。"这样的俗话要对对子，刘统勋也有些犯难了，他站在半山坡，向山下望望，远远看到武烈河水，在群山中滚滚流过，即刻灵机一动对道："一河翻滚冰凉。"

过了山梁，要下山了，乾隆皇帝暗想：都说刘统勋是有名才子，才高七步，出口成章，上山时他说"步步高升"，现在要下山了，我倒要看他如何答对。想到这里，问刘统勋道："如今下山主何征兆？"刘统勋早料到这一手，已成竹在胸，立即答道："后背总比前背高。"乾隆知"背"谐音"辈"，不禁叹服。

正走着，忽见迎面来了一个小媳妇，年纪不过十八九，容貌端庄秀丽，面带泪痕，神情疲惫，行踪仓皇。这引起了乾隆皇帝的注意，便示意刘统勋上前问问，到底是怎么回事。

原来这个小媳妇在去年由父母之命媒妁之言结了婚。过门后，才发觉婆家就是爷俩，公公四十来岁，女婿才七岁，这时姑娘已经十七岁了，却嫁了个不懂人事的毛孩子。头年里结的婚，过年不到两个月，这个小女婿就得暴病死了。公公没安好心，就想霸占儿媳，儿媳不从，即遭痛打。回娘家告诉父母，而她父亲因为图了人家的钱财也不敢管。所以这个小媳妇就偷偷逃出家门，想去告状离婚。自己又不会写状纸，正彷徨无计走投无路时，碰到了乾隆君臣二人。这个少女一看这二人的行动举止，不同凡俗，答过问话之后，就双膝跪倒，恳求代写状纸。

刘统勋听了当即取出纸笔，给她写好了一份状纸，交给乾隆审阅："爷，您看如何？"乾隆接过状纸一看，上面写道："十七婆，十八孀。公父在，婆母亡。一间屋，半铺炕，恳青天，做主张。"乾隆反复看了几遍，越看越觉得刘统勋可称才华盖世，不愧才子称号，仅寥寥二十四字，简洁明晰，论据充分，堪称一篇绝妙的辞。不觉颔首叹服。他怕知县对此状理解不透，对离婚有阻，随手接过笔来，在状尾做了御批："黄花女，绿叶翠，哭哭啼啼马前跪。只应十七嫁十七，哪容十八配八岁！八龄幼婿命夭亡，翁父狼心欲扒灰；儿媳不从遭鞭笞，亲父贪财不顾女。公爹亲爹杖八十，长舌媒婆加一倍。敕令汝县即准状，判决此婚当堂退。"写完，又在状纸上盖上了御章。

这少女谢过二人，就到县衙告状。知县一见状纸，大吃一惊，哪敢怠慢，立即传来被告人等，当堂按照御批做了判决。后来，这个少女被刘统勋接走，另择良配，此是后话。

乾隆买布

讲述：蒲中孚
记录：唐兆宏

热河街火神庙三道牌楼有一家绸缎店，五间门面房，货架上绸缎品种繁多，琳琅满目，虽说赶不上京城大绸缎店"瑞蚨祥"、"谦祥益"，但在热河街还是首屈一指的。当时，宫里人也经常到绸缎店买货。

这一天，门市顾客很多。掌柜、伙计们应接不暇。此时，进来一个宫内太监。伙计迎接稍稍迟了些，太监便大发脾气，吼叫着说："买十色绸缎，要在每匹中间扯一寸。"伙计为难地说："我们卖绸缎，从来都是从一头往下撕，没有从中间扯的。这样做买卖，我们损失太大了。"太监听罢，破口大骂："好猴崽子，你们等着！俺家非叫你们买卖关门不可。然后再将你们掌柜掐监入狱，让你们这帮猴崽子全回家抱孩子去！"他边走边骂，出门去了。晚上关门后，照例由伙计们把白天做了多少笔买卖，收入多少，遇到什么事儿，向大掌柜汇报。大掌柜听伙计说太监来店买绸缎的事儿之后，吓得浑身颤抖、面如土色，半天才说出话来："这可糟了，倘若这个老官向皇上添油加醋奏上一本，我们就全完了。我备不住要掉脑袋呀！唉！有道是'是福不是祸，是祸躲不过'。从明儿起，我亲自站柜台，无论顾客怎样要求，怎样不讲道理，我们都耐心、热情、和蔼、殷勤接待，不准还嘴。"过了几天，来了十几位顾客，个个衣着华丽，气宇轩昂。大掌柜加着十二分小心，赶忙迎了上去，带领着伙计们，让座沏茶装烟，跑前跑后，十分殷勤。顾客中一个精神饱满红光满面的老头儿说："把你们的所有绸缎都拿来，我要逐匹挑选购买。"顿时，柜台里忙乱起来，伙计们把所有绸缎一种一匹，摆满了柜台。十几个顾客乱翻乱抛，弄得乱七八糟，扔得满地都是。在场的其他顾客都看不过眼儿，可大掌柜却依然和颜悦色，应酬接待。老头儿说："每种买二寸，都要由中间撕下！"掌柜满口答应，命伙计一一办理。老头儿等把绸缎包好算清，付了银子，挟着绸缎包儿，带人走了。大掌柜又率伙计们恭恭敬敬送出门外。老头儿回头看看牌匾，说："真是百问不烦，百拿不厌。"那老头儿就是乾隆皇帝。他回去惩罚了太监，责打四十大板。从此，太监和这家绸缎庄结下了冤仇。第二天，热河街上就传出乾隆在绸缎店买绸缎的事儿。绸缎庄大掌柜一听，乘势在三道牌楼搭台，演了三天大戏，歌颂乾隆功德。

太监受罚后，对绸缎庄更加恨之入骨，就买通一个从外地来承德的喇嘛，到这家绸缎店订购喇嘛黄、红缎袍各五千件、帽子五千个、靴子五千双。大掌柜一算，合计白银一万五千两，觉得这是一大笔交易，当即满口应允，并写了契约文书，谁知做完无人取货，遍问宫内外及热河街上各庙，均不知此人此事。大掌柜无奈，又花了些银子请承德府查找，结果银子白花，也查无此人。大掌柜因有文书契约，又不敢轻易处理。再说，那偌大数目的喇嘛袍，又有谁买呢？因此，资金周转不灵，光支不收，大掌柜硬撑了一年，仍无人取货，只有宣布关门倒闭。绸缎庄大掌柜由此得病，不久就气闷而死了。

乾隆避雨

讲述：刘文友
记录：柳　村

这一日，乾隆皇帝闲得没事，又和刘罗锅子搭伴，换上老百姓的衣服，出了离宫，走街串巷，很想碰到点儿什么新鲜事儿解闷。

天气十分闷热，空中堆着大朵乌云，可这君臣二人谁也没在意，只拣那市井繁华之处走去，沿街看到叫买叫卖、看相卜卦、变戏法卖膏药、卖茄子卖大蒜……真是热闹非凡。大街上人很多，乾隆君臣二人在人群中挤挤撞撞，也冒了一身热汗。

君臣二人走着走着，忽然一阵狂风，紧接着便下起雨来。那雨又密又急，二人赶紧找地方避雨，跑到一个店铺廊檐下时，衣服已淋湿了。乾隆看到刘罗锅子的衣服贴在驼背上，头上的雨水还顺着脸和脖子往下淌着，刘罗锅子正用衣袖东一下西一下地抹着。乾隆看他这狼狈样，便又想拿他开涮解闷儿。他慢条斯理地开言道："刘爱……啊，驼总管，我有一联，汝能对否？"

刘罗锅子知道乾隆又要拿他的驼背做文章了，但凭着满腹经纶，胸藏万卷，不信皇帝能难住他。就微笑着对乾隆说："龙掌柜，不知您这上联是何？请赐教。"

乾隆把头摇了一摇，信口吟出："风雨不遮破罗锅。"

刘罗锅子一听，正是冲这条道来了，于是拈须微笑，从容对道："锦绣乾坤一背驼。"

乾隆听罢，非常欣赏刘罗锅子的机智和才华。这时，同在这个廊檐下避雨的几个人听他俩对对儿挺有趣儿，一位书生模样的年轻人对乾隆、刘墉作揖说："适才二老对对，真是活泼风趣，又有气魄，令人耳目顿开，受教不浅。在下也想凑个趣，即兴出一上联，不知二位老人家可肯赐教否？"

那乾隆皇帝自恃聪明有才，哪里把他看在眼里，所以毫不在意，只是催促道："你说！你说！"

书生看着眼前的狂风暴雨、电闪雷鸣，略一凝神，随口吟出："雨做箭，闪做弓，玉皇发下百万兵。"

乾隆皇帝乃是个绝顶聪明之皇帝，平时爱出点刁钻古怪的对联让刘罗锅子对，以此开心。不想今日竟被难住了，不由有些不自在。随即对刘罗锅子说："驼总管，你快快与他对上！"

刘墉见皇上那又羞又恼的样子，也觉可笑。其实他心里有了，但还是故意装出一副凝神思索的样子。想了一会儿，才轻轻吟出："雷做鼓，风做旗，天子自古一条龙。"

"好！妙极！真使晚生佩服之至！"那书生一拜揖地，恭恭敬敬地说。

过了一会儿，乾隆又不甘心让这么一个年轻后生难住，便说："我也有一联，你能对吗？"那书生一拱手说："长者请说。"

乾隆拈须吟道："风凌采菱渡。"

那书生一听，采菱渡是什么地方？噢，听说避暑山庄里有这么一处景观，必是指那里无疑。但这两个人是什么人呢？……想着，下联随口而出："雷击棒槌山。"

乾隆大喜："好！好！"称赞不止。那书生谦虚地说："惭愧！惭愧！"

说话之间，雨停了。那雨来得迅猛，走得也利索，霎时间便露出一个晴朗朗的蓝天，太阳也亮晃晃地照在当顶。避雨的人一看雨停了，早已各奔东西。那书生也对乾隆和刘墉揖了揖手，告辞转身欲走。

"且慢！"乾隆拦住问道，"请问你是本地人吗？"

"小生正是。"那书生恭恭敬敬地回答。

"所操何业？"乾隆又问。

"小生在一家当铺做账房先生。"那书生一点不嫌乾隆啰唆，认认真真地回答。

"似你这等学问，岂能甘心做个账房先生，为何不去京城赶考？"

"小生一是家境贫寒，备不起进京的盘缠鞍马；二是家有七十老母。古人云，父母在，不远游……"

乾隆见这晚生文才过人，且又知书达理，知孝知义，甚是喜爱，不觉看着刘墉道："刘……"那刘墉又咳嗽了一声，于是乾隆又赶紧改口说道："驼总管，似这等人屈居当铺，岂不埋没人才，你不能给他谋个能发挥才智的差事吗？"

刘罗锅子早就明白乾隆皇帝是要重用他。其实刘墉对这个书生的印象也不错，因此急忙答道："启禀万……龙掌柜，老夫倒是有个差事于他合适……"

"好极了！"乾隆不等刘墉说完，转身对那书生说，"明早你去宫门前石狮子旁等候，这位……驼总管自会给你安排！"

"谢主隆恩，皇上万岁万万岁！"那书生说着就跪下磕头。

那书生又不是傻子，这两个人装神弄鬼地一会儿刘爱卿，一会儿龙……还说启禀万……他早就听说过乾隆皇帝爱带着一个驼背大臣人称刘罗锅子的，扮成老百姓到市井去游逛，体察民情，关于乾隆皇帝的相貌也有所耳闻。今日见到的不是乾隆皇帝和大臣刘墉又能是谁？

待那书生抬起头来，乾隆皇帝和刘罗锅子已经说说笑笑走远了。

怒贬假国丈

讲述：刘文友
记录：柳　村

乾隆皇帝最爱和他宠爱的大臣刘墉微服私访。这一日，乾隆又和刘墉各乘一匹逍遥马，不带随从，离宫出游。君臣二人说说笑笑，信马由缰，不觉已近晌午，都觉得肚中饥饿。那刘墉将马鞭向东南方向一指，说："万岁，你看那里烟霞袅袅，犬吠鸡鸣，必是一大村镇，我君臣何不去那里走走？"乾隆答道："正合朕意。"

君臣二人扬鞭催马，沿平川大道直奔炊烟而去。

二人走到近前，果然是一个人烟稠密，市井繁荣的热闹大镇，只见铁匠铺、木工坊、丝绸店、小茶馆、大饭庄，客来客往，出出进进，热闹非常。

君臣二人指指点点，边走边看，不觉来到一大饭庄前，只见飞檐雕梁，气势不凡，红漆镂金雕花大门两侧，立一副对联：天上玉皇常来坐，海中龙王是陪客。横匾高悬：不是吹牛。

君臣二人看了这大言不惭的对联和滑稽的横批，暗暗好笑。刘墉问乾隆道："万岁，我们何不进去，看他是不是吹牛呢？"

二人进了大门，却不见一位客人，好生奇怪。走进后厨，却见里边煎炒烹炸，阵阵香味儿钻进鼻孔，引得二人一阵阵饥肠如鼓，更觉得饥饿难耐了。

一个小伙计见他们在门口探头探脑，便把炒勺颠了一下，问："二位可是想吃点什么？"

刘墉随即搭腔道："正是，我们想尝尝这不是吹牛的酒菜。"

小伙计把一盘大虾倒进锅里，抹了一下鼻子尖说："这还不容易，可是今天不行了，二位明天再来吧！"

乾隆好生纳闷，随即搭言道："今天为何不行？"

小伙计无可奈何地笑了笑，说："二位没有看到座位上一个客人也没有吗？"

乾隆问道："却是为何？"

不待小伙计说，饭庄掌柜的走了过来，闷闷不乐地说："不瞒二位说，今天我们这儿的国丈娶亲，包了我们这饭庄，这酒菜都是为他准备的。"

小伙计又插话道："不但一两银子不给，我们还得另备三千两银子的贺礼！"

掌柜的呵斥小伙计道："别胡说，这是国丈大人对咱们的恩典。"

小伙计气愤地说："恩典恩典，再这么恩典几回，咱们都得典进当铺啦！"

掌柜的不安地看了看两位身份不明的客人，对小伙计说："别瞎说了，让国丈听见，小心你的脑袋搬家！"

乾隆越听越纳闷，问掌柜的："请问这是什么地方？"

掌柜的答道："我们这叫烟柳镇。"

乾隆看着刘墉，故意问道："请问什么叫国丈啊？"没待刘墉回话，那小伙计指着乾隆笑道："客官，你偌大年纪，却不知何为国丈！我告诉你吧，国丈，国丈，就是当今乾隆皇上的老丈人嘛！"

乾隆故意揖手说："噢，领教！领教！"

刘墉在一旁拈须微笑。

乾隆又对刘墉说："没听说这儿有位国丈啊？"

掌柜的说："客官，快不要说了，自打去年我们这儿刁老财主的女儿被选进宫里，说是做了贵妃。刁老财主便像气儿吹似的腰粗了起来，在这方圆几十里欺男霸女，横行霸道，勒索民财，谁敢说个'不'字！如今这老东西年已六十岁了，还要娶十八岁的黄花闺女！唉……"掌柜的说罢，不住地摇头。

旁边小伙计搭茬儿说："索性与二位客官实说了吧，这位新娘就是我们掌柜的独生女儿！可国丈的年纪比我们掌柜的岁数都还大呢，你说这事损不损？哼！他就是看中了我家掌柜的这两层楼大饭庄。地势好，客人多，日进斗金眼红了！就想出这又阴又损的招儿。还托知县大人做媒人，仗着他是国丈，强娶民女，还要我们掌柜的备办贺礼，包办筵席，这世道上哪说理去？"

正说着，一个丫鬟慌慌张张从后院跑来："老爷！不好了！小姐把自己一个人关在屋子里，拿着剪子想寻死，老夫人怎么叫也不开门……"

"哎哟！二位客官，失陪！"掌柜的吩咐小伙计，"给他们俩好酒好菜伺候，吃完趁国丈还没来快快走吧！"说完，慌慌张张赶进后院去了。

乾隆君臣二人听罢，哪里还有心思吃饭呀，后院要出人命，岂能眼睁睁看着不管呢！随后也赶到后院去了。

后院里已经闹得人仰马翻，掌柜的、夫人、老夫人都围着小姐的绣楼走马灯般乱转。丫鬟、仆人、听差黑压压站满了半院子。那小姐任凭父母和众人苦苦相劝，说什么也不想活了。

正难解难分之际，乾隆上前搭言道："小姐，我担保不让那国丈娶你，可否？"

小姐听见陌生人的声音，止住了哭声，问道："你是什么人？"

乾隆刚要回答，刘墉抢先答道："我们乃是过路的看相先生，我观你府上瑞气上升，你不要寻短见，待那国丈来时，必有贵人救你。"小姐见他二人所讲不像戏言，虽然是将信将疑，却也渐渐止住哭声。

这时，君臣回到饭庄一个洁净桌旁坐下，小伙计忙端酒布菜，二人也不客气，慢慢喝起酒来。

正喝得兴起，忽听外边唢呐冲天，笙管震地，响起一片喜乐声。只见本地的官吏豪绅，富贾大户，举子秀才，有钱有势、有名有望的人均衣冠楚楚，备着厚礼，鱼贯而入。走进饭庄，有人吼喝道：

"国丈大人到！"

"知县大人到！"

如狼似虎的衙役两旁排列。那知县穿官服，与那国丈大人携手进入正厅。知县忽然发现，除了肃立两旁恭候他们的众人之外，竟有两人对坐饮酒，一边喝，还一边说说笑笑，全不把众人放在眼里。他不由大怒，厉声喝道：

"呔！尔等何人？竟敢在国丈大人面前如此放肆，来人哪！将这两个狂徒轰了出去！"

谁知那二人就当县官的话是一串臭屁，没当回事儿。那国丈见他俩大模大样只管饮酒，毫不理睬，早把老脸气成猴腚了，冲着乾隆和刘墉喝道："你俩是什么人？胆敢搅我国丈的婚酒宴！不念今日是个喜日子，图个吉利，定然要你两个的狗命！"

掌柜的原来还巴望着他们二人能救女儿呢，这会儿看他俩毫无动静，以为是两个混饭吃的骗子呢。他忙不迭地劝道：

"客官，你俩快走吧！你们怎么惹得起国丈大人呢？"掌柜的一边劝他俩走，一边流泪小声埋怨说，"你们吹什么有贵人不贵人的。想要吃顿饭实话实说，我也不会慢待二位的。既然无贵人救小女，我求二位还是快走，免得你们也招大灾。"

乾隆见掌柜的急成这副模样，才不慌不忙地对掌柜的道："你不要害怕，我说保她无事就无事。看他们谁敢动你女儿一根汗毛！"

国丈见他二人不但还在杯来盏去，赖着不走，而且还口出狂言，不由怒喝一声："还不快把这两个放肆的东西给我抓起来！"

刘墉一看那群衙役虎狼般扑过来，大喝一声："蔡知县！你知罪吗？还不与我跪下！"

那知县一愣，"什么？你们……是什么人？敢在我面前口出狂言！"

那刘墉见旁边桌上放着现成的笔墨红纸，随即挥笔写道：

> 知县你休猖狂，睁开你狗眼看，
> 国丈是假国丈，皇上是真皇上！

写完，将纸甩给蔡知县。

那知县接过纸，念着纸上的字，看着看着，膝盖骨就像被人抽掉了，"扑通"一声跪在地上，磕头如捣蒜，连连说道："皇……皇……皇上开恩，小……小人不知皇……上驾到。"

一听是皇上，那国丈早吓得仨魂丢了俩，其他人也吓得一个个抖簌簌地跪在地上。

就在这时，外边马蹄踏踏，人喊马嘶，接着，有人高喊：御林军到。霎时间，金盔银甲，金瓜武士，两边排列。

乾隆皇帝仍然坐在那中间桌上，问那刁财主："你是哪一官的父亲？你是哪一位皇上的丈人？说！"

那刁老财主磕头道："万岁恕罪，小女去年委实选进宫里，不过不是皇妃……是一个小宫女……"

乾隆拍案怒道："你只是一个宫女之父，便胆敢冒充国丈，鱼肉乡里，坏我皇家名声！我宫里宫女如云，都似你这样，岂不毁我江山社稷，朕如何以治天下！"

那假国丈磕头如捣蒜，连声哀求："万岁饶命，皇上饶命吧！"乾隆皇帝沉吟片

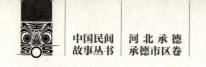
刻："也罢，念你满头白发，姑且饶你不死！将你财产充公，发配云南！"

那假国丈当即披枷带锁，被押了出去。

那个县官被剥掉官衣儿重打八十大板，削职为民。衙役们早就恨透了这个赃官，这回可捞着机会了，举起大板，一五一十，狠狠打了八十大板，打得他皮开肉绽，鬼哭狼嚎。打完像狗一样拖了出去。

这时，那得救的刘掌柜带着女儿，还有夫人，老夫人纷纷赶到前厅，跪在皇帝面前磕头谢恩。

乾隆此时再细看刘掌柜的女儿，发现她确是俊俏异常，不由多看了几眼。

刘墉早已看出皇上有爱慕之意，便对刘掌柜说："皇上若是收你女儿为妃，你愿意吗？"

那刘掌柜一家欣喜万分，慌忙磕头谢恩。当即套车送女儿随皇帝进离宫去了。

后来说书人做打油诗一首说道此事：

> 假国丈遇上真皇上，
> 真皇上怒贬假国丈。
> 真与假皆为黄花女，
> 假国丈引出真国丈。
> 真真假假俱是老夫，
> 终不如俊俏少年郎。

乾隆怒贬纪晓岚

讲述：张　岩
记录：彭　坎

一天清晨，乾隆皇帝突然在离宫澹泊敬诚殿召见纪晓岚，怒气冲冲地喝道："纪晓岚，你可知罪？卢雅雨为何逃跑了？"纪晓岚听罢顿时出了一身冷汗。

原来，纪晓岚与盐运使卢雅雨是儿女亲家。卢雅雨自任盐运使后，任意增涨盐价，克扣百姓，贪污盐款。前几天，乾隆在批阅各地呈来的奏折中发现了此事，不由勃然大怒。立即在奏折上批道："速速查实，据实严办！"正在这时，太监禀报纪晓岚求见。

纪晓岚，当时任侍读学士，此人博览群书，文思敏捷。他经常与皇上饮酒答对，品诗论文，颇得乾隆的宠爱。

纪晓岚进屋后，忙向乾隆跪地叩拜，乾隆命太监赐座。纪晓岚谢恩起身落座，在与乾隆闲谈中，无意间发现龙书案上状告卢雅雨的奏折，不由暗吸一口凉气。他忙推说肚内疼痛欲辞，乾隆允其退出。他急急忙忙回到文津阁，心中犯了掂算："卢雅雨是我的亲家，如今他犯了大罪，万岁已批折查办，我若不搭救，岂不无亲家之情？我若将此事告诉给他，圣上知道必办我泄露朝廷机密之罪，这便如何是好？"他在屋内踱来踱去，搜肠刮肚也想不出一个万全之计。他拿起茶杯刚要饮茶，忽然心里亮堂了。于是立即命人连夜给卢雅雨送去一信，在这封信里一个字也没有写，只在信封内装一小撮茶叶和几粒盐。

卢雅雨接信后，拆开一看，初时不解，待细细琢磨一阵后，顿悟其意，几乎吓得三魂出窍，忙命家里人赶快收拾细软、珍宝，连夜逃跑了。

原来，那封信的隐意是："盐案，纸（知）白、茶（查）抄。"

纪晓岚知道事情已经暴露，便向乾隆连连叩头，请求宽恕。乾隆怒斥道："你身居要职，不为黎民百姓着想，竟以私情为重，泄露国家机密，本应严加惩办。朕念你尚有前功，贬谪新疆，降职赎罪。"

众文武官员一听，面面相觑，纪晓岚连叩谢皇恩，满面羞愧出殿去了。

机房听歌

讲述：雒振玖
记录：雒瑞萍

乾隆下江南来到苏州。他老早就听说，苏州的丝绸很有名。但那些色彩鲜艳、质地考究的绸是怎样织出来的，他却从未见过。因此一到苏州，他就关照内侍：要到机房去。内侍带上圣旨马上到织造局，对织造官说："明天万岁爷要下机房看织绸，你要小心接驾。"小小织造官，平素哪里见过皇帝？今听说乾隆要亲来，真有点喜不自禁、惊恐万状。他跪地边叩头边想：只要皇帝赞声好，升官发财稳牢牢。

内侍一走，织造官便喜不自禁地命令手下人打扫内外，张灯结彩，把机房里所有织机都换上色彩绚丽、花样繁复的织物。

织造官一向对织司们颐指气使、非常苛刻，改机换丝，从未给过"挂纱钱"。今天织造官又来镇威鬻武，不但让大改大换，而且立时三刻完成。织司们哪个不怨，哪个不恨？但又都慑于威势不得不做。

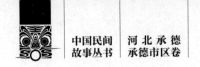
织司们忙碌一夜，才准备停当，织造官便睡眼蒙眬地来检查了。他一本正经地对织司们说："诸位，今朝万岁爷要到这里来看织绸，大家脸上光彩。你们要织出好花好锦让万岁爷看，还要用我们苏州有名的机房山歌，把花样的名堂唱出来，要唱得有声有色。只要万岁爷高兴，有你们的好处……"织司这时方才明白：原来这瘟神官排场如此之大，是想奉迎皇帝。好啊！你平时颐指气使，今天还想拿我们穷织司垫脚攀高枝？世上的事没有这么便宜！这一回非拔拔你的短儿不可！等织造官一走，织司们便在织房里七嘴八舌地商量对付的办法。

过了两三个时辰，只见织造官一步三鞠躬地领着一个人走进机房。这人身着大袍阔服，模样做派像个乡绅。织造官又喜又慌地对织司说："当今万——"他想说当今万岁爷驾到，不料"万"字刚出口，就被乾隆白了一眼，吓得头颈一缩，连忙改口说："京里万大人到这里看苏州贡绸的花样，大家不要慌，把花样名称唱出来给大人听，懂了吗？"

乾隆点着头，说道："我听说苏州机房山歌，很新颖、很有趣……"话没说完，只听得机顶上方突然发出清甜圆润的歌声来：

哎——呀——来——哎，姑娘嗓子脆啰……

乾隆没想到头顶上会有声音，吃了一惊。抬头一看，见花楼上蹲着一个姑娘，正在牵拉花丝。他心想：我是一国之主，上至文武百官、下至庶民百姓，哪个不在我的脚下？怎么这个女流之辈，敢居我之上？心里一阵不悦，立马黑虎起面孔。但又一想，若这姑娘不在花楼上牵花，丝绸的花样就织不出，那么今朝也就没有什么看头了……正思忖，忽听那姑娘又唱道：

世世代代（来）爱鲜花，闭（仔）眼睛能画画。

下面的织司马上接唱道：

啊呀——哎，姑娘要上哪档花，为啥画花笔勿拿？

乾隆听着倒蛮有意思，不禁在心里说：对呀，没有笔怎画出好花样来呢？这时，姑娘又唱道：

笔勿拿来墨勿磨，锦上要开瑶台花。

织司把梭子轻轻在花丝中一掷，身朝后一仰，用力将扣座一拉，绸面上的一朵红花增加了一梭，显得更加色彩艳丽。接着又得意扬扬地拉长了嗓子唱道：

> 瑶台鲜花王母种，姑娘动动被她骂！

这意思是说，瑶台鲜花是我织出来的，你这个牵花的休得随便乱动。谁知那姑娘机灵至极，接口唱道：

> 王母虽凶我不怕，还要叫她听我话。
> 我要红花随便采，我要绿叶随便摘。

乾隆听了织司和牵花姑娘针锋相对的唱词，不觉哈哈大笑："苏州贡绸如此好看，原来是边唱边织出来的，有趣，真有趣！"织司们见乾隆的兴致被引发，横一个"有趣儿"，竖一个"有趣儿"，心想：如此让你"有趣"下去，大家商量好的事就要"泡汤"了。于是，歌头一转，唱道：

> 织贡绸呀，织贡绸，十人见了九摇头。

这一唱，乾隆脸上的笑容果然敛去了大半。他暗自思忖：为皇家织贡绸应该感到很光彩，为什么她们却不情愿？我倒要弄个详细。于是，竖起两只耳朵细听。

旁边的织造官，早已吓得面如土色，汗流满面。心里暗骂：穷贱人！真是不识抬举，叫你们好生伺候皇帝，怎么可以如此胡言乱语？如果龙颜震怒，你们送命，我也得跟着倒霉……他偷偷地瞥一眼皇帝，龙颜还没有怒色，便拿豆荚眼恶狠狠地瞪织司们，叫她们好自为之。谁知牵花姑娘嘴一撇，自顾唱道：

> 皇帝穿的滑滑溜溜，织司汗流几笆斗。

乾隆并不知牵花姑娘的用意，摸了摸身上的蓝袍锦服，捋了捋胡子，微露笑意，点点头说："你们却也辛苦。"织造官见皇帝非但没有生气，且对织司说了好话，心里一块石头落了地。连忙凑上去，前倨后恭地说："织皇家的贡绸嘛，辛苦一点，应当，应当！"乾隆并未理睬，他的目光集中在提花的"通丝"上，这几根雪白的"通丝"，整整齐齐排列在一起，随着织机往上翻滚，从花楼直泻而下，好像九天飞瀑，煞是好看。乾隆看得正奇，上面的牵花姑娘似乎看透了他的心思，唱道：

> 高高山上一条河，河水哗哗通天河；

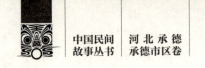

引得天子朝上看，也想插翅上天河。

听到"天子"二字，乾隆一愣。但容不得多想，织司的歌声已响彻了机房：

天上河，天上河，天河本是锦绸做。

我织锦绸似彩虹，天子错看当天河。

昔日乾隆在朝，臣下称"天子"，都是双膝跪地，毕恭毕敬。这帮穷织司，却如此放肆无礼，岂不乱了天经地义？他正待发作，织司们又唱起来：

前世勿修织贡绸，三顿苦饭日日愁。

花楼上的牵花姑娘，也恨恨地唱道：

老牛耕田倒吃草，雪白米饭喂黄狗。

可恨黄狗贪婪相，三顿吃饱四处溜！

乾隆越听越不是滋味。他万料不到，苏州百姓会这样恨他，连一个织绸的姑娘也敢指桑骂槐。他气得面色苍白，浑身哆嗦，恨不得把她们统统杀掉，才解心头之恨。可他细一想，此次出京南巡，就是为了笼络民心，树自己之名，扬自己之声。如果大开杀戒，反失民心，又与自己的意愿背道而驰。乾隆有火只好往肚子里咽。他恶狠狠地瞪了一眼织造官，拂袖悻悻而去。

织造官长跪在地上，早已吓得面如土色，体如筛糠，不敢抬起头来。

织司们却背地里在笑。

君臣署对

采录：蒲　仆

一日早朝后，乾隆回到纪恩堂，闲着无事，想到街面上走走，便召刘墉、纪晓岚、和珅三人和他一起微服私访。君臣四人经火神庙来到流水沟街，见街上铺面一个挨着一个，买卖非常兴隆，心里都很舒畅。过流水沟到二仙居，乾隆有点饿了，见胡同口北边有一家饭馆，门前挂块横匾，上写"天然居"三字。乾隆说："咱们到里边喝点酒，尝尝民间风味。"要了酒菜，乾隆举杯吟道："客上天然居。"说罢，眼睛瞧着纪晓岚，纪晓岚会意，接口吟道："居然天上客。"乾隆一听，这两句合在一起，正是"客上天然居，居然天上客"。无论顺念、逆念均是一样的诗句，龙颜大悦，四人禁不住"哈哈"大笑。四人从"天然居"出来，乾隆游兴不减，又要去普宁寺朝拜大佛。他们在东车市雇了两辆轿车，到了大佛寺，乾隆边看边吟道："人过大佛寺。"纪晓岚又对道："寺佛大过人。"乾隆听罢，随口说道："人过大佛寺，寺佛大过人。请和爱卿对上这两句？"和珅正拍手叫好，听乾隆让他对，可犯了难，整得脸红脖子粗也没对上下句，眼睛一个劲儿溜刘墉。刘墉知道和珅一肚子大粪，对不上来了，向他求援，根本不理不睬，装看不见。乾隆说："既然和爱卿对不上来，刘爱卿你呢？"刘墉不假思索答道："僧游云隐观，观隐云游僧。"乾隆一听大喜。四人走进寺庙，由大喇嘛引入殿堂待茶。乾隆见室内正中墙上挂一中堂壁画，画上画着一塘清水。水面荷花亭亭玉立，含苞欲放，画得惟妙惟肖，情景逼真，落款是老纳远志涂鸦。乾隆暗想：可惜这样的好画，没有对联陪衬，实觉美中不足。乾隆叫准备文房四宝，御笔亲题上联："画上荷花和尚画。"下联一时想不起来，灵机一动，有心要难难刘墉，说："刘爱卿可续上下联吧？"刘墉才思敏捷当即续上："书临汉贴翰林书。"写罢，把笔一甩。乾隆暗暗点头。喇嘛僧众知道是当今万岁和三位大臣到了，赶紧跪倒，山呼万岁，乞恕怠慢之罪。乾隆摆摆手，君臣四人坐车轿回宫去了。

乾隆给鞋匠写对联

讲述：鲁　宽
记录：孔宪科

　　有一年腊月二十八，乾隆微服私访时，见一个胡同口儿有个掌鞋匠在掌鞋，便上前问道："别人都回家过年去了，你怎么还在掌鞋？""不掌鞋吃啥呀！"攀谈之后，乾隆得知他家境十分贫寒，不由产生恻隐之心，遂问道："你家写春联了吗？"

　　"我家哪年也没贴过。"

　　"今年我给你写一副好不好？"

　　掌鞋匠听说要给自己写春联，满口应承，收起活计，领乾隆回家。乾隆在掌鞋匠家提笔挥毫，写道：

锥锥锥锥出穷鬼去，

拽拽拽拽进福神来。

横批是：

乾隆御笔。

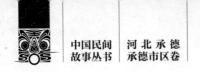

掌鞋匠把对联贴在大门上。有钱人见了当今皇上亲笔写的春联，以为掌鞋匠是通天人物，都想巴结奉承，纷纷前来拜年送礼。这一来，掌鞋匠不但过了个肥年，而且由此富足起来了。

第二年年根儿，满街筒子都是掌鞋的。这些人大都是游手好闲的人装扮的，可这些人再也没碰上乾隆。

只能盛东西

采录：鲁　宽

乾隆和刘墉到粮食街的耳朵眼胡同闲逛，看见一家铺子门口吊着一只柳条筐，乾隆便问跟在后面的刘墉："这是干什么的地方？"

"这是一家铺子，专卖筐箩、簸箕。"刘墉一边走一边答道。

乾隆抬头看了看筐又问："门口吊个筐是什么意思？"

"那个柳条筐是幌子，铺子关门后还能取下来盛东西。"

乾隆听到这里，便又打趣地问道："盛东西可以，盛南北不行吗？""不行。"刘墉说。"为什么不行？"乾隆又接着问。刘墉知道这是皇上有意考问自己，稍一思索便爽快地答道："东方甲乙属木，既是一块木头那筐里一定能盛。西方庚辛属金，是一块金子那筐里也一定能盛。"

"那南北为什么不能盛呢？"乾隆眼望着刘墉，继续问道。

"南方丙丁属火，那柳条筐若是装上火，一定会把筐烧个大窟窿；北方壬癸属水，如果向筐里倒一瓢水，那一定会漏光的。"

乾隆听刘墉能就这样一个小小的玩笑问题，把金、木、水、火、土相生相克的道理运用上，说明他确实广博多识。

乾隆登双塔山

讲述：赵　禄
记录：赵淑军

有一年夏天，乾隆爷来承德避暑，听手下大臣们说，这里的双塔山上有座庙，人却上不去。出于好奇心，乾隆爷就命手下大臣找来能工巧匠，为他搭设梯子，整整干了一个月才搭好了。也怪，工匠们想踩着上去，可一迈腿，眼前一片漆黑，慌忙退回。

这一天，乾隆爷吃罢早饭，在文武百官的簇拥下来到双塔山下，他脱去了龙袍，穿着锦衣，登着梯子爬到了山顶。

山顶确实有一座小庙，是用石板搭成的，庙不大，倒很别致。他走进一看，香炉里的香还在着，上边有一石碑，上写"王先生在此"。他很是纳闷儿，走出来一看，庙前有一把扫帚，看看庙里脏了，他就用扫帚把庙里打扫一遍，又放回原处。他向左一看，还有一双破草鞋，更奇怪的是庙后还有两池子鲜嫩的韭菜，蹲下一闻，香气扑鼻。乾隆爷便从中掐了一叶，放进衣袖里，顺着梯子下来了。文武官员忙问："陛下，您都看见什么了？"乾隆爷一摆手说："今天累了，明天再说吧。"

第二天，乾隆爷早早上朝了，对大臣讲述双塔山上的奇景，并拿出那叶韭菜给大臣们看。正在这时，忽然有人报："有一老者求见。"乾隆爷说："让他进来吧。"说话间，一位银白须髯的老者已经进来了，没有施礼，只用右手在眼前一摆，说道："你身为一国之君，为什么窃取我家东西？"乾隆爷说："老汉，我只掐了一叶韭菜。"老者看了乾隆爷一眼，生气地说："拿来！"说完抢过乾隆爷递过来的那叶韭菜，转身就走，走了几步又回头看了乾隆爷一眼，"看你对百姓很好，给你半叶吧！"随手扔给了乾隆爷。乾隆用手捧着吃了下去，顿觉心胸开阔，喉咙清亮，堂上出现了阵阵清香，抬头一看，老者已不见了。

正因为乾隆爷吃了那半叶韭菜，所以他活了八十四岁，是所有皇帝中年岁最大的一位。

乾隆品茶论水

讲述：文　言
记录：杜　江

有一次，乾隆皇帝正和王公大臣们在避暑山庄烟雨楼赏景，吩咐太监赐茶。太监们捧上精制的粉彩盖碗，顿时茶香四溢。大臣们啜饮一口，其味甘美，胜过平日所用之茶百倍。这时，乾隆放下手中脱胎影青瓷盖碗，缓缓地说："尔等可知此茶何名？"众臣摇首不知。乾隆说："此茶是福建建宁所产大龙团茶。"接着又说："茶佳还得泉水好，卿等可知泡此茶的是何处之水？"众臣皆说不知。乾隆说："这是承德伊逊河上游之水。朕驻跸山庄，饮上伊逊河之水，也可算是乐山乐水了。"乾隆为了炫耀学识渊博，兴致勃勃地说："朕所说的好水，就是水质要轻，你们知道哪

里的水好吗？"有的大臣虽然知道，但也不敢轻易开口，学识再渊博，表面上也不能超过皇上，所以个个摆手说不知，齐说："请皇上赐教！"

乾隆饮了一杯茶，环视了一下众大臣，说："朕曾经制作一个小银斗，把全国各地的名泉佳水，称量后进行了比较。水质最好的是北京玉泉山之水和承德伊逊河之水，在银斗里重量都是一两；济南珍珠泉重一两二厘；镇江金山泉重一两三厘。此外，惠山，虎跑泉都比伊逊水重四厘。像虎丘和香山碧云寺之水则比伊逊水重一分。"众臣频频点头。乾隆说："有没有比玉泉山和伊逊河还轻的水呀？"众臣面面相觑，无一人回答。所以乾隆又接着说："那就是雪水了，把雪收集起来烹之，每银斗比伊逊水还轻三厘。但是，雪水不能常得。还有一种比雪水还轻。"乾隆抬手指着烟雨楼四周的荷花说："清晨荷叶上的露珠收集起来，水质最轻。每月初一、十五的时候，外庙的喇嘛都要进宫来给朕诵经，祈祷国泰民安。同时，喇嘛也收集荷叶上的露水，装入甘露瓶内，献给朕泡茶。因为这露水是僧人所收，所以，不但水轻，而且极为洁净。"

乾隆告诉众大臣："皇祖修建避暑山庄，除了承德具备景色优美、群山壮丽、气候宜人以外，还有泉甘土美，常饮伊逊之水，顿觉饮食倍增。当时圣祖曾以承德'土厚登双谷，泉甘剖翠瓜'的诗句来赞赏承德土肥和泉甜。在京城可饮玉泉山之水，真可谓避暑塞外与紫禁宫中无甚区别。"

皇帝金口玉言，众大臣无不随声附和。至于对与不对，更无人考证。

罚银变赏银

采录：孟 阳

清乾隆年间，有一位大学士名叫纪晓岚，他懂古通今，知识丰富，才思敏捷，能说善辩，智慧超人，很受乾隆皇帝的信任和赏识。

有一年，乾隆任命纪晓岚为编纂《四库全书》的总纂官。晓岚接旨后，便带领五百多名文人学士在承德避暑山庄的文津阁编纂《四库全书》。一年夏季的一天中午，纪晓岚正在书馆中编书，不知什么时候乾隆皇帝走了进来，正在一声不响地翻阅已编完的《四库全书》的部分篇章哩。

纪晓岚忙站起身，向皇帝请安，乾隆皇帝"哼"了一声，用手指着全书中的《杨子法言》部分说："这里对于晋、唐及宋人的注释人名，你为什么漏掉了呢？"

纪晓岚一看，果然漏掉了，深知大事不好，忙跪拜道："皇上，是臣我……我一时疏忽了。"

乾隆喝道："这里就算你一时疏忽，难道朕亲笔写下的那篇《御制杨子法言》没有编入《四库全书》之中，也是你的一时疏忽吗？"几句话问得纪晓岚恐慌不安，强作镇静地说道："皇上，只因臣粗心大意，甘愿请罪。"说着，急得纪晓岚满头大汗。

乾隆平时对纪晓岚十分信任和宠爱，又不忍治他什么罪，说道："书中所漏掉的内容，朕限你按期补编上。"纪晓岚赶忙答应一声，磕了个响头，站起身来，忙着就要动身去京师查找漏掉的资料时，乾隆又喝道："站住，朕有话对你说。"

纪晓岚吓得全身一抖，转身"咕咚"一声，跪在皇帝面前，低头说道："臣候旨。"乾隆说道："此次漏编的资料和文章，返工所花费的银子由你来赔。"

"喳！"纪晓岚答应一声道，"皇上，要臣赔银多少呢？"

"十天内完成，罚纹银百两。过期完不成，惩银加倍。"

纪晓岚接旨后，心中好个不快！心想，唉！我纪晓岚为了编纂《四库全书》，夜以继日，废寝忘食，费了多少血汗啊！只因漏编了一点儿资料，皇上就如此动怒罚银，也太不尽情理了！

纪晓岚不敢怠慢，便骑马用两天两夜的时间，赶到了京师，饭顾不得吃，水来不及喝，忙到文津阁和文源阁详检图书。当他把《御制杨子法言》和漏掉的资料找到后，日夜兼程返回承德避暑山庄的文津阁。到了第九天头上，他终于提前一天，把《四库全书》漏掉的部分内容补编好了。这一夜，纪晓岚难以入睡，又仔细将补编的材料检查一遍，直到万无一失，才放下心。

第二天，天气更是闷热，纪晓岚肥胖的身子，更是大汗淋漓，热得他"呼哧呼哧"喘不过气来。他脱掉上身衣服，挽起裤角，盘起头上的辫子，端坐在椅子上，倒是凉爽多了。

万没想到，乾隆皇帝就在这时来到文津阁。纪晓岚一听，来不及穿衣服，光着脊背钻进书案下边的空当里，用布帘儿将自己遮挡好，单等皇帝走后，自己再从书案下边钻出来。

纪晓岚听到皇帝的脚步声一直向自己房间响来，更是一动不动，连大气都不敢喘。乾隆皇帝一看房间无人，觉得奇怪，纪晓岚哪里去了呢？乾隆低头一瞧，哟！见书案下边的布帘儿微微抖动，立刻就猜个八九不离十啦！

乾隆暗想：你纪晓岚倒算个机灵人，朕看你藏到何时能钻出来。一屁股坐在纪

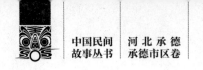

晓岚的书案旁等起来。

纪晓岚在书案下藏了好大一阵子，早就汗流浃背了，暗想道：皇上走没走呢？唉，再多等一会儿，万一皇上没有走，发现我钻在书案下边，事情可就糟啦！想到这儿，他也只好"心"字头上一把"刀"——忍一点吧。不过，时间长了，也真是汗水煮石头——难熬啊。纪晓岚又闷又热，一时焦躁起来，侧耳听听房中，没有任何动静，琢磨着乾隆兴许是走了。但又不大放心，于是他撩开书案下的布帘儿，探出个汗淋淋的头来，向其他房间的人们大声问道："喂，老头子走了吗？"问完扭头一看，天哪！乾隆正在书案旁的椅子上坐着呢。

乾隆一听叫他"老头子"，气得他眼珠子一瞪，喝道："纪晓岚，你好生无礼！"

纪晓岚吓得浑身一哆嗦，只好由书案下边爬出来，忙穿好衣服"扑通"跪在乾隆面前，道："皇上，方才我……"

乾隆看他那样子，气更不打一处冒，喝道：《四库全书》所漏掉的部分全补编上了吗？""臣全补编好了。"

"嗯，朕有旨在前，一百两罚银准备啦？"

"备齐了，书案上红布包包里便是。"

乾隆大气未消，问道："刚才，为何把朕称做'老头子'呢？"

"这……这……"

"说得清，朕恕你无罪，说不清，朕赐你一死！"

文津阁其他房间的文人们听皇帝这么一说，都为纪晓岚捏着一把汗，心想，糟啦！编纂官的脑袋要搬家了。一霎时，人们在乾隆面前跪了一片，为纪晓岚请求开恩。

乾隆哪肯依从，一定要纪晓岚说明白为什么叫他"老头子"。

这时，纪晓岚却镇静下来，奏道："皇上啊，据臣所知，这'老头子'三字，乃是京中人对皇上的尊称，并非臣信口开河，胡言乱语，请皇上容禀。"

乾隆"哼"了一声："讲。"

纪晓岚笑道："皇上称万岁，岂不是老？皇上身居万民之上，岂不是头？皇上就是天子，所以称子。这'老头子'三字，就是这么传颂下来的。"

乾隆听罢，满肚子的怒气，一下子全消了。只见他把头点了数点，捻着胡须，笑道："哎呀，原来如此。纪爱卿，快快平身，是朕屈待你了！"说着便把纪晓岚搀扶起来。

纪晓岚连说："谢主隆恩。"扭头见书案上那个红包包，奏道："老头子呀，臣被罚的这一百两罚银请收走吧。"

乾隆笑道:"纪爱卿,此事已成教训。朕念你《四库全书》告竣,又将'老头子'三字解释得合情合理,已使老头子心悦诚服,这罚银做我老头子对你的赏银吧。"

纪晓岚再次跪拜谢恩。众人都喜形于色,暗暗称赞纪晓岚能说善辩的聪明才智。待乾隆皇帝满意地离开文津阁后,纪晓岚悄悄对众人说:"嘿!那老头子是脑袋上顶娃娃——抬举人哩!"

众文人学士听了,都"嘻嘻哈哈"地笑起来,齐赞大学士纪晓岚随机应变,聪明过人。

斩卫士

采录:李本明

乾隆每年都要到承德避暑,离宫门口的护卫兵每四个小时换一班。这天,乾隆身穿便服,抽着旱烟,正在一个花池旁赏花,突然一个老人站在他的身后,他回头问:"你是何人?"

老头儿回答:"我是布谷沟的一个读书之人,进京考试回来,顺便到这看看。"乾隆又问:"考试何题,你如何答的?"老头儿把如何答的说了一遍。乾隆说:"行了,你考上了。"老头儿十分高兴,要出花园,乾隆说:"出不去了,门卫已经把门守上了。"老头儿一听:"这如何好,几时我才能出去?"

乾隆将衣服解开,从腰上解下链子刀递给老头儿:"你拿着这把刀就可以出去了,等到午时十二点,你要把刀送到小南门。"

到了午时十二点,老头儿拿着这把刀,来到小南门,只见那个给他链子刀的人坐在龙椅上,阶下站着四个被绑的护卫。老头儿一想,这人穿着龙袍,分明是皇帝,吓得他一下子跪在地上。

乾隆说:"你起来吧,这事与你无关,多亏你是个文弱的老秀才,如若是刺王杀驾的刺客,朕不是其身难保了吗?"然后他指着被绑的四个护卫:"这等卫士怎能称职,推出去斩了。"说完将老头儿送回的链子刀扔在阶下。两旁大臣拾起刀,将四个卫士推出去斩了。

磕头的风波

采录：李国良

乾隆五十八年八月十三是乾隆皇帝八十三岁寿辰。英国首赴中国使团，奉旨来避暑山庄觐见朝贺。在寿日之前，因为一件小事，引起一场风波。这场风波不仅载入史册，而且成了当时热河城街谈巷议的趣话。

风波的关键是洋人见中国皇帝行什么礼、磕不磕头，故事就从这里说起。

八月塞外碧空如洗，万里无云。塞湖粉荷醉卧，两岸金菊盛开。山城披红挂彩，人群川流不息。

忽然，号角齐鸣引来两辆绿色邮车。那车前的吹鼓手个个深目高鼻，红发碧眼鼓起的腮前扬起一支支"嘀嘀嗒嗒"的洋喇叭。转眼间这支队伍就进了避暑山庄外的和王府。

此时，中堂、大学士和珅正危襟端坐在迎客厅里。一声传报，一阵脚步声，英使马加尔尼、副使司当东走进了客厅。和珅微微地欠了欠身子示意请坐，接着呷了一口茶，道："贵使一路上辛苦了，此来可有公事？"

马加尔尼答道："卑使接到贵国皇帝的邀请后，前不久已将有关朝见之礼节文件，呈送大人，至今未见回音，还请中堂大人指教。"

和珅点了点头，道："贵国皇帝致中国皇帝的书信副本可否带来？"

"只因两国相距甚远，礼节不同，唯恐书信中有失礼节的地方，只等中堂大人把我国有关礼节的文件阅过批复，卑使才能把书信面交大人。"

和珅满脸的不高兴，站起身来，道："关于朝见礼仪一事，可与金大人、王大人细谈，本中堂尚有公务要见皇上，就失陪了。"

和珅刚一起坐，英使也站了起来："那么卑使也告辞了。"说罢英使转身而去。

这天下午，尚书、大学士金简率领礼部、吏部官员来到了英使下榻的公寓。双方礼让之后，言归正传。金大人首先开口，道："我等奉中堂大人之命，一来表示问候，二来通知贵使，见中国皇帝时照中国礼节行三跪九叩礼，不得例外。"

马加尔尼听罢，道："本使乃西方独立大国派来的特使，与称臣纳贡的属国有所不同，请金大人回禀中堂，行此大礼本使不能从命。"

金简见英使执意不从，只好起身告辞。英使送出公馆。金简率领众员乘轿而去。

　　第二天，金简奉命率领众官员又来公馆协商。这次落座后开门见山，金简道："昨日贵使之言本官已如实向中堂大人禀报。中堂大人命本官转告贵使，非三跪九叩礼不能见皇上。以本官之见，贵使还是勉为其难，行中国礼吧，也好完成贵使之使命，否则岂不前功尽弃了！"

　　马加尔尼微笑中略带出骄矜，沉默了片刻，道："谢大人一片好意。试问贵国使臣到外国见他国君主时，所行之礼重于本国君主，贵使可答应？本使想贵使肯定不能答应，还是烦劳金大人回禀中堂，细细思量才好。"金大人见英使仍固执前议，无奈，摇头叹息而归。

　　金大人走后不久的中午，英国使团发生了一些异常的变化：使团驻地周围增派了绿营兵，加强了巡视警戒。使团人员被告知，不准擅离宾馆。此前每日午餐正副使均为二十四个菜，按中国三八席式，饭后尚有干鲜果品若干。这天中午全都变了。正副使各四菜一汤，使团随员、杂役一律一菜一汤。一连三天全无变化。这下子马加尔尼可有点沉不住气了。他赶忙召集了副使司当东、陆军少佐彭森、大副、神父等召开了一个紧急会议。会议上马加尔尼述说了几天来有关礼节方面出现的僵局。参加会议的使团官员做出了一致的决议：第一，不行中国的三跪九叩礼；第二，不管以任何方式威胁，绝不做有损大英帝国尊严的任何事情；第三，加紧协商、保持联系，尽快摆脱困境；第四，不惜任何手段达到会见中国皇帝的目的。最后法学博士、副使老谋深算的司当东提出了两条妙计，众人喜笑颜开地散去了。

　　在英国使团的前院，住着一位负责英国使团行动起居的官员，此人姓王，是军机处派来执行特别使命的官员。由于始终和使团生活在一起，所以对使团所有人都十分熟悉。使团的人常常送些小礼物，表示友谊和感谢。这一天王大人正在屋里摆弄前几天大副送给他的望远镜，忽然听帘一响，司当东笑着走了进来。王大人赶忙起身让座，道："再有三天就是皇上的万寿节了，贵使一切都准备好了吧？"

　　"唉！"司当东叹了一口气说道，"船要搁浅了。贵国中堂要我们见皇上时行三跪九叩礼，时间紧学也来不及。我们坚持行英国礼，中堂大人不许，看来只好不见了。"

　　"噢！这恐怕不是皇上的意思吧。皇上根本不知道这件事，接见的事皇上早已定下来了。"

　　"噢！原来是这样。"司当东一边点头沉思了片刻，尔后笑着站起身来，道，"那就不打扰王大人了，告辞！告辞！"司当东一挑帘大踏步走了。

　　一夜秋风吹来了一个冷飕飕的黎明。片片枯叶在秋风中游来荡去，落在墙角里。风卷着尘土弥漫在使团驻地的上空。马加尔尼一夜没有睡，两眼充满了血丝，不停地喝着英国葡萄酒。门"吱"的一响，司当东走了进来，道："大使阁下不必着急了，昨晚我已探得明白，关于磕头一事中国皇帝根本不知道，全是和珅等人为了讨好皇上故意献宠。我们只要坚持前议是稳操胜券的。"

马加尔尼眼睛一亮，差点叫出来："真的吗？"

"您想，后天就是万寿节，最迟明天必须把皇帝召见的名单、礼物呈送皇上过目。我们是首赴中国使团，又是乾隆特许来热河的，乾隆能不过问？大使阁下，您尽管放心，今天他们必定派人来。为了慎重，一旦华官到，由我接待，您退避三舍观战吧，这也是给他们点颜色看看。"

果然上午金简等来到了使团驻地。司当东仍然坚持行英国礼。无奈，金简问道："英国见女皇行礼是什么式样，贵使能赐教否？"

司当东笑了笑，道："那容易。"说罢司当东单腿点地，伸手引颈一下子拉过金大人的手亲了一口。

金大人被这突然的袭击吓懵了，猛地抽回了手。众大人哄堂大笑。金大人先是一愣，后来也不自然地笑了起来。这时众官员一边笑一边窃窃私语："还有这样的礼？皇上能让外国人拉住手啃一口吗？"

金大人也直摇头，他立起身来，道："本官实在不敢做主，待回禀中堂大人后再做定夺吧！"

"还望中堂大人从速议决，本使团也好早做准备。"

众大人拱手告辞而去。

下午，穿梭式外交又开始了。金大人一见司当东就说："中堂大人已同意行英国礼，只是稍有改变，免去拉皇上手亲嘴，改为双腿屈膝不必磕头。"

司当东脑袋摇得像个拨浪鼓，道："本使再三阐明不行中国礼，双腿下跪岂不还是中国礼？本使万万不能答应。"

金简实在不耐烦了："好吧！单腿双腿且不去管它，反正拉着我们皇上啃一口的礼节，必须免去。"

"要免是大人们的决定，与本使无关。本使应该行全礼，现在改为行半礼，一旦引起外交失仪本使不负任何责任……"说罢司当东一摆手，一个英仆捧过一个金盒，道："这里是英国国王致中国皇帝书信的副本和礼单，使团人员名单，请转交中堂大人过目。"

金简接过盒子后，道："明日上午中堂大人在府上接见贵国使团全体人员，请届时过府候见。"说罢众人告辞乘轿而去。

八月十三这一天，乾隆皇帝在万树园接见了英国使团全体成员，并分别赐予了各种礼物，进行了友好交谈。会见后举行了大蒙古包宴，宴会上表演了各种精彩的节目，傍晚又观看了五彩缤纷的烟火。第二天英国使团又在和珅等官员陪同下游览了避暑山庄和外八庙。避暑山庄演戏十天以示庆贺。至于英国使团后来为什么被驱逐北京，没有达成任何协议就灰溜溜地走了，那就是后来的故事了。

英国使团此行在中国为第一次鸦片战争窃取了重要的各类情报。然而英国使团的间谍活动，始终没有引起清政府的警觉。反而在对皇上磕不磕头，行什么礼上反复交涉，十分认真。由此可见，乾隆末年宫廷官僚的腐败无能，已达到何等惊人的程度了。

乾隆建九庙

在避暑山庄的外围，武烈河东岸和狮子沟北沿的山丘地带，分布着十一座宏伟壮丽的喇嘛庙，俗称外八庙。其中有九座是乾隆年间修建的。为何建九庙？在民间流传着一个有趣的故事。

传说乾隆初年，国势昌盛，中原等大部分地区都比较安定。但热河以北的蒙、藏等少数民族部落之间，还时常发生争斗，当地人民被搅得不得安宁。乾隆召集文武百官商量对策。武官主张用武力消灭这些部落；文官认为以金银赏赐求平安。这两种做法，乾隆都觉得欠妥。这时有人说峨眉山洪晨九道士德高望重，可共议大事。乾隆传旨请洪晨九下山。然而洪晨九不肯下山。在朝文武要治洪晨九抗旨之罪，乾隆说："众卿不必多言，此事朕自有主张。"

打这以后很长一段时间，皇帝不上朝。原来此时乾隆早就离开京城，往峨眉山去了。乾隆带着一名随从，打扮成普通百姓登上峨眉山与洪晨九交谈。当乾隆得知洪晨九拒绝进京，是为了看看自己能否像刘皇叔那样，做到"三顾茅庐"时，便挑明身份，讲清了来意。皇帝私访峨眉山，使洪晨九深受感动，他跪拜请罪。乾隆将其扶起，共商大计。

洪晨九说："以贫道之意，最好是化干戈为教化，因势利导。人常说，蒙藏多以喇嘛教为信仰宗旨，热河乃京都之后大门，是军事要地。圣上何不依其特点，于避暑山庄东北面，连建几座喇嘛庙，用以表彰少数民族英雄的功绩，和各族首领的聚会交流，久之，兵戈自灭。"乾隆闻言大喜，夸这是个好办法。回京后便"敕建"了位于山庄外围的九座喇嘛庙：普宁寺、安远庙、普乐寺、普陀宗乘之庙、须弥福寿之庙、殊像寺、广安寺、罗汉堂、普佑寺。寺庙的位置选择，规模大小，形式布局都是乾隆亲自裁决，寺庙的题额、匾联、碑文等也都是乾隆亲自撰写，而且多用汉、满、蒙、藏四种文体。为了显示出清王朝对喇嘛教的尊崇和国家的富裕强盛，寺庙的主体全是殿式建筑，主殿都使用琉璃瓦，或者铜制镏金鱼鳞瓦。乾隆要求九座庙的门面，都向着皇帝居住的避暑山庄，以其为轴心，在东面和北面整齐排列，形成一种百川归海、众星拜月的态势，形象地象征着边疆各少数民族对清中央政府的向心力，也象征着清代多民族国家的强大、巩固和统一。

九庙建成后，蒙、藏等少数民族部落，按照自己的习惯，主动挑选本族最好的男子，进庙当守寺喇嘛。他们感激朝廷对喇嘛教的尊崇，从而倍加归顺，久而久之，不仅使他们精神完全寄予喇嘛教之上，而且，在繁多的朝拜聚会过程中，使部落首领们无暇再考虑争斗之事，各民族的大融和日益加强。所以人们称这些寺庙是"康乾盛世"的特定历史产物。

乾隆作画赠画

采录：张德成

乾隆皇帝不但习文善武，还会画画。

有一年，他到承德避暑山庄去，在滦平县的长山峪行宫休息时，微服出了行宫，见有个小孩聚精会神地画行宫的图景。乾隆悄悄来到小孩背后，看他如何做画。只见小孩手笔迅速，不一会儿便把行宫和外景画了出来。乾隆称赞说："画得不错。"小孩一回头，见是一位身穿长袍马褂的老头儿，就乐呵呵地说："画得不好，功夫还差得远呢。"乾隆问："你多大了？"小孩说："十二岁了。您也喜欢画画吗？"乾隆早已来了兴头："我像你这么大年纪时，也喜欢画画，不过现在不画了。"小孩高兴地说："那您给我画一张好吗？"乾隆连连说好，就拿起笔画了起来。

小孩站在乾隆身边，看他画山画水，手笔十分娴熟。不一会儿画出来了连绵起伏的群山，闪亮发光的一条长河，还有成行的柳林，再衬上一处村庄，淡雅之中透着光彩。小孩边看边不断喝彩。乾隆画完了画，递给小孩说："你喜欢，就送给你吧。"小孩像得了宝贝一样接过来，高兴地问道："大爷，您贵姓？家住在哪儿？等以后我好找您请教。"乾隆闷了一会儿说道："我姓龙，家住宫里。你姓啥？你父亲是干啥的？"小孩答道："我姓王，叫王石，我父亲是行宫差役。"乾隆又与小孩闲谈了几句话就走了。

王石把画拿回家去，给他妈看："妈，你快看这张画，画得真好。"他妈接过一看，吃了一惊，说道："傻孩子，这是当今皇上乾隆画的，你是从哪里得来的？"王石把画画的经过向妈妈细说了一遍，妈妈就把画锁在柜里保存起来。后来这张画成了他们家的传家宝，一直传下去。到后来国家征收古画，才把这张山水画献给了国家。

咸丰买凉粉

讲述：戴维明
记录：李国良

咸丰十一年的夏天，从北京逃到热河避暑山庄避难的咸丰皇帝，带着长龙般的太监队伍去湖边乘凉，忽然听到东宫墙外有人吆喝："谁吃凉粉，解暑消热，冰凉香哟！"

咸丰一听这清脆的声音，心里就嘀咕：这凉粉是什么样？既能消热，我何不去受用一番？想罢，打发了那些太监，自己悄悄地换了便衣就溜出了便门，直朝吆喝声走去。咸丰见几个人正围着担子连吃带喝，便凑上去要了一碗。这碗凉粉进肚，果然清心爽口，霎时热汗全消。咸丰一连吃了两碗，仍觉不足。他见那卖粉的正收拾东西，准备起程，才知已经卖光了。他无可奈何只好转身回宫。这时那卖粉的一把拉住咸丰说道："爷吃了粉没给钱呢！"

咸丰觉得奇怪，我吃东西从来就没人向我要过钱，今天是怎么啦？于是问道："所有吃粉的人都要交钱吗？"

那卖粉的上下打量着咸丰笑道："客爷开什么玩笑，不给钱我们一家老小喝西北风去呀，天下哪有白吃不给钱的买卖？这又不是施舍的粥棚！"

咸丰一看那卖粉的汉子又冲又硬，还瞪着一双虎眼，心想：这人可真厉害。咸丰忙摸了摸身上，哟！分文没有，他笑着对那卖粉的说道："你看，真是大意失荆州。今天出门太急，光顾想着吃粉却忘了银子，明天多给你一些也就是了。"

那卖粉的一听这话一叉腰喝道："你们这帮富家子弟，只知道骗吃骗喝耍无赖，我这小本经营怎经得起你们三番五次地折腾。如不给钱，哼！咱们承德府说理。"
说罢上前就拉住了咸丰。咸丰一听要打官司，心里可就嘀咕上了：我乃一朝天子，
大街上被个卖粉的拉拉扯扯，日后叫人知道岂不有失体统。想到这儿，他一边挣
脱一边将身上的黄马褂脱下来，对那卖粉的说："今天真的忘了带钱，这马褂暂
作抵押。明日你去宫里找内务府管事的，这件衣服可换五百两银子。这总算行了
吧！"

那卖粉的接过黄马褂，里里外外地仔细看了一遍，觉得还值钱，就挑起担子
骂骂咧咧地走了。

第二天卖粉的真的来到了宫门口，那卫士一见这黄马褂，立即将卖粉的捆了
起来。他大喊大叫口喊冤枉，那值日官赶忙向上禀报。咸丰接过这件黄马褂才想起
昨天吃粉的事，他"哈哈"大笑了一会儿，传旨内务府赏卖粉的五百两银子。那内
务总管奉旨取了银两，找到那卖粉的一问，才知道底细。这位总管拿出了二百两送
给了卖粉的，自己留了三百两。卖粉的明知这总管趁火打劫，也不敢再说什么，千
恩万谢地捧着银子走了。

后来这件事传遍了山城的大街小巷。那卖粉的怕皇上翻脸不认账，性命难保，
全家人都回了山西榆次县老家。据说在县城里他隐名换姓开了个杂货铺，买卖十分
兴隆。

咸丰点菜

采录：杨达庄

英法联军进逼北京时，咸丰以"秋狝"为名，带领后妃、近臣仓皇从北京逃到
热河避难。这期间，由于受外侵内乱的困扰，他忧患成疾，病倒在离宫里。什么饭
都吃着没味。他动不动就摔盘子砸碗，吓得御膳房内的高厨名师每次进膳时都提心
吊胆的，唯恐一不小心丢了吃饭的家什。

一次，有位在山庄干了多年的名厨，为咸丰切了一盘长短一样，粗细均匀、
晶莹剔透的猪耳，外加各种佐料，端给咸丰。咸丰见这菜挺新鲜，夹起来尝了一
口。觉得又爽口又好吃，还不时地发出"咯吱咯吱"的响声，便问御厨："这是什
么菜？"御厨回答说："这叫玛瑙镶玉拼盘一品。"咸丰听了，连连点头，称赞不已，
并说："朕自登基以来，未曾吃过这样的好菜。"当即给厨师赏赐，众臣见后非常高

兴。为此，在咸丰驻跸山庄期间，曾多次上这道菜，咸丰也不止一次地点这道菜。但是，咸丰并不知道这道菜的名称，只是说："就是一咬"咯吱咯吱"响的那个菜。"

从此，咸丰点菜（猪耳）——一咬"咯吱咯吱"响的典故，就在承德一代流传起来了。

咸丰与"驴肉肥"

采录：李国良

咸丰十年初秋的一天傍晚，咸丰皇帝出了丽正门沿御道前行。当来到马市街时，见一家饭馆门前贴着一副对联：七仙女宴前多嫦娥；八仙人席上少阁老。咸丰一边看对联一边犯心思：七仙女宴会嫦娥怎么去了，八仙聚会为啥张阁老不来？他觉得这副对联不合情理。正想的时候，酒保出来让客："客官您请。"

咸丰信步进屋找了个雅座坐下了，酒保递过手巾把儿之后问道："客官点什么菜？"

咸丰正琢磨那对联，就顺口说道："要你们这最拿手的饭菜。"

不大一会儿酒保端上来四盘凉菜。咸丰喝着酒又上来四盘热菜，最后又端上来四小盘月饼一碗汤。

咸丰一尝这八种菜，味道各不相同，酸、辣、麻、甜、咸五味俱全。再尝这月饼，有火腿馅、有五仁馅、有玫瑰味、有哈密瓜味。咸丰越吃越爱吃，不一会儿吃饱了。临走的时候忽然想起那副对联的事，于是问酒保为什么多嫦娥少阁老。酒保笑了笑说："您刚才没吃出来吗？"

咸丰摇了摇头，大为不解："我问的是门口那副对联。"

酒保说："您吃了半天白吃了，这里的凉热菜全是驴肉做的，那月饼是专为嫦娥做的，哈哈……"

咸丰恍然大悟："啊！张阁老不敢来，原来是怕你们把他的驴给宰了呀，哈哈……"咸丰乐得前仰后合，又说："那你们应该在对联上边加一副横联，叫'驴肉肥'。那所有赶驴车的不就都不敢来了吗？哈哈……"

酒保说："听老人们说，我们这馆子是康熙年间建的。当年康熙爷来吃过饭，曾经御书了一块驴肉肥的金匾，到嘉庆年间被人给偷走了，一直也没找回来。打那以后就这么空着，谁也不敢续写。"

咸丰笑了笑，道："怕什么，来，我给你写。"

酒保一看这位胆真大，还挺热心，也不好意思驳人家面儿，就拿来笔墨，咸丰大笔一挥，写了"驴肉肥"三个大字扬长而去。

据说这掌柜的看了这几个字后说写得不好，始终也没挂。也有人说他不敢挂。后来承德知府听说了，就把这幅字要走了，临走时说了一句："你这小子是个睁眼瞎，这是御笔，真没有福气！"

伊似娘娘种草荔枝

采录：杨　野

围场县城东五十里，有一座大山叫广顶山。听老人们说，这山过去叫大观井，还是康熙皇帝起下的名字呢。据说这大观井山风景美极了。山顶上有一个老大老大的大草滩，草滩里长着很多很多的奇花异草，五彩缤纷，蝶恋花，蜂采蜜，不知是哪位花神在这里安了家。可是最奇的，还是山上长着一种鲜红的草果。这果像桑葚般大小，清香可口。人们都说这是康熙皇帝的爱妃伊似娘娘种下的。

说是有一年七月间，康熙皇帝又带领王公大臣来木兰围场行围狩猎。他的宠妃伊似娘娘也跟来了。伊似娘娘长得秀美伶俐，聪敏过人，能骑善射。诗、词、歌、赋，五音六律，丝竹管弦，样样精通，所以很受康熙的偏爱。而且她这个人好动，不像"何舍里氏"皇后静默寡言。这次听说皇帝到塞外行围，非常高兴，她早就想出宫玩玩了。

这天晚上，康熙刚在松林里临时搭起的行宫里坐定，忽然想起一件事来。原来伊似娘娘有个嗜好，每年七月十五这天必要尝尝鲜荔枝。每年都是江南地方官差人在七月十五这天送到宫里。今年却赶在了塞外。这里离江南万余里，眼看七月十五没剩几天，恐怕来不及了。康熙本想免了这事，可又怕扫了伊似娘娘的兴，最后还是下了一道旨：命州、府、厅、县建快马传送站，于七月十五将鲜荔枝送到大观井山，如不按期送到一律治罪。

再说伊似娘娘到了这里以后，每天带领宫娥彩女在山林里追鹿射雁，采花扑蝶。晚上在月光下弹琴赋诗，日子过得非常快活，早把七月十五吃荔枝的事忘记了。

转眼七月十五到了，早晨落了一场毛毛雨，洗过的千花万树，水珠晶莹，金黄色的太阳光一照，千娇百媚。伊似娘娘见这情景，不等水珠落尽，又带上宫娥上山了。这时从山下的小路上忽然跑来一匹马，马上一个武将打扮的兵士，背上还背个竹筐儿。只见他满头大汗，那马也和水洗得一样。这兵士刚一翻身下马，那马忽然倒下，四腿踢蹬了几下，死了。原来这兵士是承德府的千总，叫那焕山。奉知府差遣专门前来传送鲜荔枝的。因为怕误了期限，所以一路上挥鞭紧跑。宫娥带他见过了伊似娘娘，伊似娘娘这才想起已到了七月十五。可是当她看见面前的死马，又听说从江南到这里已跑死了八匹马，不觉心中一动。回到宫里，伊似娘娘立刻去见皇上，当下命宫娥打开竹篮，立刻一股幽香扑鼻而来，一颗颗荔枝水灵灵的就像刚从树上摘下来的。原来竹篮四周都有珍珠封篮，不然早烂了。伊似娘娘拿起一个荔枝忽然问皇上："北方为什么不产荔枝？"

"北方的气候寒冷，因而不产。"

"说不定北方也能种呢。"

康熙听了哈哈大笑说："江南的橘子到了北方，可就成了柿子，爱卿不妨试试看。"

伊似娘娘痴呆呆地沉思了一会儿，忽然眉开眼笑说："那我就试试看。"说完就左一个右一个地吃起来，吐出的核儿命宫娥用托盘收起。

第二天，伊似娘娘真的去种荔枝了。她们在大观井山上选了一块比较平缓的山地。两个宫女托着托盘，伊似娘娘像天女散花似的，向草丛中、百花中，由山顶向山下撒开了荔枝核。

说来也怪，第二年七月间，在伊似娘娘撒荔枝核的地方，长出来一种草果。那果子长在一种草上鲜红鲜红，虽然和江南树上结的荔枝不一样，可味儿比那还好。伊似娘娘给它起个名字叫草荔枝。每年到了七月十五，就去采草荔枝，再也不让江南转运了。

围场县直到今天，也只有广顶山有这种草荔枝，别的地方都不产。

香妃和老槐树

讲述：刘文友
记录：柳　村

香妃从新疆来到承德，住在离宫畅远楼。据说乾隆皇帝让她住在这里，是因为地势较高，站在二楼窗前，可以透过离宫的林梢、城墙，一直望到武烈河对岸山坡上的伊犁庙。那伊犁庙是新疆王子来朝上贡时住的地方。皇上让香妃住在畅远楼，望着伊犁庙，便可稍慰香妃的一片思乡之情。谁知香妃越看伊犁庙，越思念家乡的草原、天山和大马群，常长吁短叹，暗洒几滴思乡泪。

畅远楼前有一棵老槐树，也不知活了多少年了。粗大的树干三四个人也抱不过来；树冠像把巨伞撑在畅远楼廊前的楼顶上。每到春天，老槐树都开出一树雪白的槐花，香气传得很远很远。

那一年春天，槐树花又开了，白花花一片，在月光下特别好看。微风轻拂，那甜甜的香味儿一阵阵钻进香妃的肺腑，嫩绿的树叶儿沙沙地响，好像在和香妃说着悄悄话儿。香妃睡不着觉就让宫女搬一把竹椅坐在楼台上赏槐花。花儿离楼台近，有几枝索性伸到楼台上。香妃抚着那白花花的槐树花儿流下泪来。她自言自语地对老槐树说："老槐树呀老槐树，你知道吗？这时节，我家乡的沙枣花也该开了，你要能让我闻到家乡沙枣花的香味儿，我该多么高兴啊！"说罢，掐一朵槐树花儿，放在嘴边亲吻着。微风一阵一阵地吹，月光越来越明亮，香妃突然站起来，望着那老槐树，心情激动而又紧张地闻着，仿佛闻到了家乡沙枣花的香味儿，而且那香味儿越来越浓，几乎像是在家乡散发着浓郁香气的沙枣林里奔跑着。她的心完全飞回了故乡。她大口大口地吸着那老槐树散发出来的沙枣花的香气，陶醉了。

从此，香妃感到心情愉快了好多，因为这沙枣花的香气处处都在，使她犹如生活在故乡的土地上。香妃不但晚上坐在楼台上看花，吸吮那老槐树给她的神奇的香味儿，白天也不愿离开那把小竹椅了。皇上驾到时，看到香妃心情愉快许多，自是庆幸。因为乾隆皇帝特别宠爱香妃。香妃的身上有一种天生的香气，那香气使他陶醉，但是却说不出那香气是什么香。

那棵老槐树如今还长在离宫畅远楼前，只是更粗、更高，树龄更大了。每年都长出满树的绿叶，开出香馥的花儿。你要是有兴趣，可以在开花的季节到那树下走走，去闻闻那浓郁的花香。如果你再仔细辨别，就会惊异地发现这棵老槐树的花香和别的花香不一样。这就是由于老槐树总以为香妃还活着，每年春天总把家乡的沙枣花儿的香气给她带来。

香妃对老槐树说那么几句话，怎么就那么灵验呢？原来香妃本是天上百花仙子中司沙枣花的仙女，在一次蟠桃盛会上因言语冲撞了王母娘娘，老太婆一发怒，就把她贬到人间来了。要不，香妃为什么一生下来就带着香气呢。皇上和宫里的人都说不清香妃身上的香气是什么香，是因为他们没闻过沙枣花的香味儿，所以，他们不知道香妃身上的香味儿正是沙枣花香。至于为什么贬到凡间的香妃对老槐树把槐花儿香变成沙枣花儿香，那是因为司槐树花的仙女念在过去姐妹情分上，给这个贬落红尘的姐妹送去一点儿安慰。

【异文】 香妃与畅远楼

采录：李国良

避暑山庄的松鹤斋是乾隆爷的皇太后和妃嫔们居住的地方。在松鹤斋的最北面有一座二层楼阁，前后设廊，楼梯是用太湖石砌造的。登上二楼推窗远眺，十里澄湖，远山古刹全可看得清清楚楚。乾隆为什么要在这修一座这么漂亮的楼呢，这里流传着一段有趣的故事。

乾隆登基以来，天下还算太平，只是新疆一带回部总是出事。于是乾隆想了一个主意，在新疆回部选一名妃子，这样，结"甥舅"之亲不就成一家子了吗？一家子有事总是好办的，就这样没多久从伊犁选来了一位美丽的姑娘。因为这姑娘的身体天然有一股香味，所以人们就都尊称她为香妃。

香妃进宫后虽然受到乾隆的百般宠爱，但总是闷闷不乐。于是乾隆就常带着香妃到热河避暑山庄来散心，因为这里的武烈河边上有一座仿伊犁金顶寺兴建的喇嘛庙叫安远庙，还有人叫它伊犁庙。香妃娘娘一来到这里，脸上就露出了笑容，心想：这里多么像我的家乡呀！山下的武烈河就像是伊犁河，河边上的庙和金顶寺一个样，还有那河边上的羊群、骆驼，这里就是我的家呀！

乾隆见香妃笑了，知道她喜欢这个地方。可一回到宫里香妃的笑脸儿就不见了。后来乾隆的宠臣和珅听说了这件事，就给乾隆出了个主意，在避暑山庄南边离湖不远的山坡平地上建一座楼，把香妃安置在这座楼上，推开窗户就能看见武烈河和伊犁庙，这样随时都可以看到自己的家乡了。

乾隆按照和珅的主意办了。果然香妃高兴了。从此每天早起梳妆的时候香妃就对着伊犁庙做礼拜，借以寄托思念家乡和亲人的幽思。

这就是畅远楼的来历。

避暑山庄的荷花

讲述：刘文友
记录：柳　村

避暑山庄的荷花为啥从夏开到秋，能开那么长时间呢？这里面还有一段动人

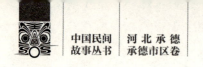
的故事哩。

慈禧发榜寻仙方

慈禧这个老妖婆子心又黑、手又毒，到了老年，就更没人性了，像个吃人的魔鬼。

慈禧最怕的就是死，眼看着脸上的皱纹像老树皮一道一道地密起来，一天比一天衰老，一照镜子就发愁，一发愁就来火，一来火就摔镜子，也不知摔了多少块镜子。这年夏天，慈禧又到承德避暑。她在离宫里想了好多日子，终于想出一个鬼主意：张榜求取长生不老的仙方。告示云：谁能减缓老佛爷的衰老，赏金十万两；能停止衰老，赏金百万两；能返老还童、还她美貌青春，赏半国之富。除老佛爷外，可以随心所欲，要啥给啥。

阴阳先生乔半仙

皇榜贴出，举国震动，也真有那财迷心窍、利欲熏心的蠢汉痴人，钻深山，觅古刹，妄想访到神仙，求得那长生不老之方，好献给老佛爷，求个半国之富。

却说热河街上有一个阴阳先生叫乔文的，人称"乔半仙"，专给人看坟茔地风水。谁家闹鬼儿，也请他去给驱邪，跳跳大神什么的。他是一个又狠又毒心术不正的家伙，装神弄鬼的也着实发了几笔横财，可惜人心不足，每日变着法儿坑人赚昧心钱还觉得不过瘾。他看到慈禧可天下遍求长生之方、不老之术，不禁"嘿嘿"一笑，心说老佛爷呀老佛爷，你真是老糊涂了呀！世上要真有长生不老的仙方，那皇帝老儿就轮不到你坐了。可叹你一国之君，倾国之富，闹了半天也怕死呀！好，你不是要仙方吗？跟你逗逗闷子儿，不图混个纱帽翅戴，先弄点儿钱花花吧！

乔半仙昼思夜想，终于想出了一个鬼主意。他知道和老佛爷打交道就是和魔鬼打交道，这是拿脑袋瓜当赌注，拿生命开玩笑的事。不过要想赚大钱，不冒点风险哪行呢？他决计要闯闯这龙潭虎穴，从老佛爷手里抠出这百万赏金来。

乔半仙进宫

皇榜贴出，不见有人献方。慈禧正在着急，那专管接待民间献方的太监来报说："有一人要亲自见老佛爷，要把长生不老、返老还童的仙方献给老佛爷，臣观此人仙风道骨，来历不凡！不敢擅自决断，故请老佛爷旨意。"

慈禧一听，心里一动，但她还是眉不抬，眼不睁，把手上的长指甲"咔嘣儿"弹了一下子，说："让他进来见我。"

"喳！"太监退了出去。

不一会儿，太监把那人引了进来，他就是乔半仙。慈禧睁眼一看，此人披件长袍、不僧不道，稀疏几缕胡子，却也有些道貌岸然。乔半仙睁着一双怪里怪气的眼睛跪在面前："给老佛爷叩头，祝老佛爷万寿无疆！万寿无疆！"

慈禧那两只吉凶莫测的眼睛在乔半仙身上打量两遭。乔半仙虽说在江湖上闯荡多年，可是在这两道阴森森的目光注视下，也禁不住暗暗筛糠，心怦怦直跳，脖子凉丝丝，每个汗毛孔都往外冒冷汗。

"你有仙方？"慈禧仍然剔弄着自己的手指甲，眼皮猛然往起一撩，"大概不会拿你脖子上顶着的那个肉球开玩笑吧？"

"不敢！不敢！小民愿以全家老小三十六口的生命作保。"乔半仙吓得撅着屁股，磕头虫一样给老佛爷磕着响头，但他心里却想：等我拿到百万黄金，逃到天涯海角，享尽天下富贵，姬妾成群，家里那个黄脸婆子和那几个猴崽子都死了算个啥，合算！值得！

"你从何处得到仙方？"

"小人自幼遍访仙山琼岛，在蓬莱仙岛得遇仙人，传我长生不老之方。小民不敢半句有谎。"乔半仙边说边用眼角偷偷观察老佛爷的脸色。

"嗯。"慈禧也不知信也未信，又好像自言自语地说，"你没有跟那神仙学点别的吗？"

"小人还学了一些，不敢在老佛爷面前放肆。"乔半仙已经恢复了平静，心里一点儿也不怕这个杀人不眨眼的老婆子了。

"无妨，你给我演练几招儿。"

"是。"那乔半仙自幼也确曾和游方道人、挂搭僧人学过一些魔术幻术，世所罕见。他立即表演了火里种莲、袖里乾坤，并且离地一人多高在空中走了几步。

"好！"慈禧一见大喜过望，果然是仙家路数，这不是腾云驾雾吗？忙说："你下来吧，看座！"乔半仙一听赐座，知道事情大有希望。接着慈禧又吩咐："速给仙人收拾客房，让御膳房备斋。"

乔半仙心里真是美滋滋的，住上了皇上的宫殿，吃上了皇家的饭，真是上了天堂一般哪。晚上，他躺在床上，那山一样高的黄金堆在他跟前，他爬上金山，乐得直捆腚。醒后，方知是做了一夜黄金梦。

老佛爷的恩赏

第二天一早，一个小太监毕恭毕敬地来向乔半仙禀报："老佛爷有请。"一个"请"字，早把乔半仙美得不知姓啥了，急忙起身跟在小太监后边美滋滋地去朝见。

左旋右转，前盘后绕，小太监领着乔半仙来到一座僻静小院门前等候。他心想，那老奸巨猾的八大臣都斗不过这花狐狸，让她罢官的罢官，砍头的砍头，今天可要栽在我乔半仙手里啦！

正寻思着，里边又一声招呼："有请乔仙人！"哎哟！这一下就封他为仙人了！乔半仙这回一高兴差点晕过去，晃晃脑袋，赶紧进殿，撩衣刚要跪倒磕头，那慈禧袖儿一甩："免礼平身，仙人请坐。"顺手指了指身边披着龙套的椅子。乔半仙称："山野村夫，不敢无礼。"慈禧满脸堆下笑来："我虽是人间帝王，也管不了神仙啊，快坐，快请坐吧。"

乔半仙挺胸腆肚地走到那把椅子旁，大模大样地坐下。心想：这包着龙套的椅子肯定是皇上坐过的，我这屁股今儿个不也坐上了？再抬眼仔细瞧瞧老佛爷，只见老婆子一脸褶子好像三秋的老茄子，又打了一层脂粉浓霜，活像个妓女院里没人喜欢的老婊子。心说：怪不得这老婆子不惜重金寻觅长生不老药方呢，毕竟到了叫真格的时候。终归是做贼心虚，乔半仙不由有点紧张，显得坐卧不宁。还好，那慈禧求方心切，没注意他神情上的变化。

"仙人，你的仙方也该拿出来啦。"慈禧心里着急，可那口气，却好像根本就不是她的事。

乔半仙装得更是煞有介事，望着慈禧的脸说："老佛爷，仙方乃仙家之宝，只可言传，怎能见诸文字呢？您以为是民间庸医开的草头方哪？"

话里有嘲讽之意，但慈禧只当不知，装聋作哑。她挥挥手，身边的人全都像影子一样隐退了，小偏殿里只剩他二人。慈禧有些担忧地问了一句："仙人，仙方没有传与别人吧？"乔半仙故作神秘地一笑："天知、地知、我知，马上老佛爷也知！"

慈禧太后这才松了一口气，又四处看了一眼，把脸凑近一些，"仙人，你只管放心说吧，此地绝不敢有人窃听。"

"老佛爷，我的赏金？"乔半仙在这关键时刻卖了个关子。

"一文不少！"老佛爷回答得咔嘣响脆。

"好，那我就传授与你！"乔半仙假意警觉地看了看身边，然后，正襟端坐，双手合十，目露一丝余光，好像神仙附体一般。口中念念有词："此乃仙家秘术，汝若泄露他人，定遭五雷击顶！慈禧听好：垂帘听政，乃是受命于天，诅生戮死，本是人君之道。今汝老迈，上天垂像，命我将长寿不老之方，返老还童之术传授与你。你可谨记于心，不可泄露世人！下面传方于你，你可牢记仙方秘诀：千颗童心千颗莲，合成千丸千日晒，人间灵物日月精，永驻芳颜在人间。切记、切记！"

"请仙人明指点。"慈禧太后虔诚地说。

乔半仙继续用念经似的声音说："取五百童男、五百童女之心即千颗童心，取一千颗莲蓬之子，两样均研成粉末，用莲根水即湖水和童心之血团成一千颗药丸，再在日光和月光下照晒一千日，缺一天不可，阴天补晒，此乃取日月之精华。晒一千天后，每日服一丸，用莲根水服。一千丸服尽，然后每日吟诵一遍长生咒语，不可遗忘，吟诵一千天后，自会功满成仙，白发返黑，芳颜永驻，长生不老。"说完这些话，乔半仙怕再多说要露馅儿，赶忙装模作样地双手垂下，睁开眼睛，从神又变成了人。

"多谢仙人指教，赏金定不会少。"慈禧说罢起身，向前走了两步，离开乔半仙坐的椅子几步，轻轻用左手拂了拂右衣袖，好像在轻轻掸去上边看不见的灰尘。这时乔半仙只觉得身子突然陷落，随同那只椅子"扑通"掉进陷阱里。乔半仙心知不好，刚要施展学的两招左道幻术，只见红光一闪，一桶犬血兜头浇来，道术再也施展不出。几个武士进来把他绑缚起来，乔半仙拼命挣扎着，哪里挣扎得脱？

慈禧微微冷笑着说道："你不是说此乃仙家之秘方，不可泄露于他人吗？天底下，有两个人知道，就会有第三个人知道，现在你可以放心地去死啦，因为你死了，世上只能有一个人长生不老！你不要担心，我绝不会再告诉别人的！"

"难道老佛爷说话不算数吗？"乔半仙大喊大叫。

"皇家说话是算数的！只因你是仙家，不归君管，所以对你例外。"慈禧笑嘻嘻地说。

"真是忘恩负义、过河拆桥的小人！可惜，我那仙方全是假的，你吃了也没用！只会损寿！"

"如真是假的，那你一家三十六口的性命，也就甭要了。这个方嘛，我还是要试试！别说了，推出去斩喽！"

乔半仙为贪财，竟然出此假方，不知要有多少百姓家的儿女丧命。真是缺德透了，可他万万没承想他的狗命先玩儿完了。

慈禧效法武则天

慈禧见乔半仙已死，寻思这天下再没有人知道长生不老的仙方了，她要世世代代活下去，儿子死、孙子死、玄孙死……只有她不死，多好，多有意思。她要永远活着，永远当中国的女皇帝，像活神仙一样统治这个国家。她越想越兴奋，当天就派下人马到避暑山庄外去抓民间五百童男、五百童女，说是宫里要成立一个大戏班。那些官兵如狼似虎，谁惹得起？不到两天工夫就把这一千童男童女抓齐了。慈禧命心腹大将将这一千小孩严密看守，任何人不得接近，只等千颗莲蓬子凑齐就开膛取心，配制长生不老药丸。慈禧虽心黑手辣，也怕此事传出激起民愤，天下大乱，又设下一条毒计，只等方一配成，配方的人连同乔半仙的家属一齐开刀，一个不留，斩草除根。

慈禧正急不可耐地等待采齐一千颗莲蓬籽，那负责采莲蓬的前来禀告："禀老佛爷，出了怪事，宫里各个湖都找遍，搜不到一棵成熟的莲蓬，只有满湖荷花正开。"

"什么？"慈禧皱皱眉，暗暗吃惊，"每年这时，不是荷花早落，莲子成熟了吗？"

"是，老佛爷，可今年不知怎么回事，荷花久久不败，莲蓬幼小无籽儿。"

慈禧估摸太监不敢说瞎话，但又觉得不放心，便命人伺候她亲去各湖察看。登上御舟，绕着各湖转了一圈儿，真没看见一棵成熟的莲蓬。气得她浑身发颤，呆呆地站在岸边，一阵秋风吹来，撩拨着她的衣裙，一缕灰白的头发吹到脸前，慈禧百感交集，想当年由一个满族小官吏之女熬到今天这个地位，多不容易！如今一缕秋风吹动一缕白发，人生多像一场梦啊，当年风流一世如今怎么变成老太婆了？如果配不成仙方，早晚还不朽烂，变成一抔黄土。只有长生不老，才能永远享受帝王之乐……大臣、太监、宫女一个个敛气屏息，谁也不敢出声，他们都知道，谁要在这会儿稍有让慈禧看着不顺眼的地方，说掉脑袋那是她一句话的事儿。

这时又一阵荷香扑鼻而来，满湖莲花在秋风中摇曳煞是好看。慈禧弯腰折起一朵伸在岸边的莲花，用手抚摸，真是冰肌玉骨，清冽幽雅之花。然而它却在该结果实的时候不结果，这不是成心跟我过不去吗？她突然想起武则天雪天赋诗令牡丹开花的故事，心想：她武则天敢下令让牡丹冬天开花，我慈禧太后就不能让这满湖莲花一夜结籽吗？于是突然双眉一皱，喝道："拿笔来！"手下人赶紧备好御用文房四宝，小太监跪顶着准备赋诗的纸，慈禧提笔疾书：

寄语荷花仙子知，吾要蓬籽一夜实。

若敢违抗太后命，天下莲花尽除根。

写罢，把手中那朵可怜的荷花扔在地上，踩成一团烂泥。然后将那诗赋点火燃着，对那采莲太监说："明早吾与你共来采莲蓬，看哪朵莲花敢不结籽！"说完，率领手下人汹汹而去。

荷花仙子惩慈禧

第二天清早，慈禧太后就率人前呼后拥来到岸边，命令心腹大将带领准备剖取童心的屠夫，把那一千童男童女带到岸边，准备采莲剖心，配制仙方。

那五百童男童女被带到岸边，看见那明晃晃的尖刀、杀气腾腾的屠夫，都吓得号啕大哭，一时哭声惊天动地。这时，负责采莲的太监战兢兢跪到地上："老佛爷，怪、怪！莲蓬不但没有一棵成熟，反而连一棵小莲蓬也不见了！求……求老佛爷开恩，恕小人之罪。"

慈禧恨不得一头扎进湖里，又羞又臊，差点儿没臊死！多丢人哪！那武则天是醉后写诗命牡丹一夜全开；我慈禧太后可是没有喝酒，明明白白写的诗。武则天的牡丹不开，她还可搪塞，说是酒后胡闹，她却没有一丝借口。武则天的牡丹第二天在雪地里开得姹紫嫣红，她的莲花却不但不理她，反而把已结的小莲蓬都收回去了，真是可恼可恨！我慈禧难道不及武则天！她咬咬牙，一挥手："把这几个湖的荷花全都打落，连根拔起！一棵不剩，斩草除根！"

慈禧怒冲冲下完旨意，就一下瘫坐在一个小太监送来的椅子上。刚坐下，不由又惊骇地站了起来，只见那奉命下湖打花拔藕的人都昏然倒在岸上。太阳照散湖上的晨雾，照得满湖荷花娇美无比。就在这时，慈禧太后忽然见那荷花丛中，升起一朵巨大绝美的荷花，上边站着一位美妙无比的仙女，头顶戴一朵莲花的花冠，穿着莲花瓣织成的粉红色的裙子，她的脸像莲花一样美丽，光着脚，藕一样白的脚趾踩在那朵巨大的莲花上，缓缓升起在空中，向慈禧的眼前飞来。慈禧吓得目瞪口呆，手下人也一个个似木雕泥塑，连那些孩子都止住了哭声，望着飞过来的仙女。

只见那仙女驾着莲花，站在慈禧眼前的空中，指着她说："你本是九头鸟转世被贬落到人间，你作恶作孽，杀人如麻！如今你又听信刁民乔文的一派胡言，杀害儿童，故此我才让荷花一直开到很晚，不让结籽，使你不能作孽。谁知你却执迷不

悟，效法武则天，乱下旨意，招来天下刀兵四起，百花仙子谪落凡尘。你以为我荷
花仙子也似牡丹仙子一样没有主意吗？你想把我荷花斩草除根，你做得到吗？你这
样做，绝不能延长你的寿命！要想延年益寿，劝你速速放下屠刀……"

"大胆！快快与我将这妖女拿下，捉住者赏金十万两！"慈禧被数落得脸红一
阵，白一阵，恼羞成怒，决心要活捉这个站在莲花上的仙女。慈禧心想：这个仙女
比一千颗莲蓬子可管事多了，捉住她，就把她与一千颗童心配成仙方，供我享用，
定可长生不老！

手下众将眼睁睁看着荷花仙子，谁忍心往她那莲花瓣一样娇嫩的皮肤上动兵
刃呢？没人动，一个个都变成了泥塑木雕一样。

慈禧一看没人动手，大怒："我的话都不灵了！快给我放箭！有敢违旨者，全
家抄斩！"

将士们不是没长耳朵哟，都听得明明白白，明摆着的事，不放箭，全家都死！
活捉或射中，或许还能领赏。这些大将本来也不拿杀人当回事，如今也只好将那一
片怜花惜玉之心抛进湖底。一个个从箭壶中取出箭、搭在弦上，拉开弓，只管往荷
花仙子身上射去。

慈禧一听见弓弦连响，忍不住开心地笑出了声，再向荷花仙子一望，又不禁
目瞪口呆，虽然只有几尺距离，那些箭，都像秋天吹落的柳枝一样软绵绵扎进湖
里。荷花仙子微笑着看着她，连一根汗毛也没伤着。再看那些将士，没有一个不用
力射箭的，累得气喘吁吁，大汗淋漓。

"够了！"荷花仙子用衣袖轻轻一拂，那些如狼似虎般的将士都瘫坐在地上，
一动不动，真的成了泥胎了。连慈禧也呆若木鸡，心里明白，手脚却不会动弹，喊
也喊不出声来。

荷花仙子微嗔双目，含怒说道："九头鸟！我要惩罚你，让你吃点苦头。"说罢，
她用手指着慈禧的脑门儿点了三下，慈禧动不能动，躲不能躲，只觉得像有几只钻
子钻透脑门儿、越钻越深，一直钻到脑袋里去了。

那荷花仙子不再理会慈禧，轻轻一挥袍袖，只见那碧绿的湖水轻轻涌上堤岸，
湖面上浮过一片又一片巨大的荷叶，每一片荷叶托起一个孩子。荷花仙子落入湖面
带着这一千片荷叶上托的孩子飘飘荡荡，从五孔闸流出避暑山庄，到墙外去了。

却说那被抓的孩子的父母，天天守候在宫门外，哭哭啼啼，把守宫门的官兵
怎样打骂也不走。他们都听说了慈禧要用他们孩子的心配制长生不老仙方，都急坏
了，都要一起去见慈禧要回孩子。这一天，这些孩子的父母正哭得昏天黑地，突然

看见五孔闸流出的水不再往前流，一个劲往高涨，水位一直涨得和大坝一样高。那些荷叶托着孩子，像有人划一样顺序排列在岸边。父母们发疯似的冲上来认领自己的孩子，那些荷叶，谁也碰不翻。眼看着最后一个孩子也被他的父母抱在怀里了，水才慢慢落下。荷叶也变得和普通的一般大小，随着河水流走了。

慈禧被人抬回宫里就觉得头疼，像有无数小虫在里边乱钻乱吃乱咬，疼得她"嗷嗷"直叫，正好疼了一千天，才不疼了。

从那以后，承德避暑山庄的荷花就一直开得很晚很晚。

慈禧覆舟

讲述：戴维明
记录：李国良

节过中秋，避暑山庄正是莲、菱飘香的时节。

这天咸丰皇帝身穿团龙锦袍，面色苍白，一副病态。

这时树丛中跑来一个小太监，趴在地上手指湖面说："龙舟早已备好，只等万岁登舟。"

数只龙舟迎面划过来，舟上一群太监跪着候旨。懿妃说道："奴婢自幼生在江南，常随乡人乘船采莲。今日万岁游湖，奴婢愿为荡桨。"

咸丰眉毛一挑，高兴地说："好！好！可千万小心，万万不能累坏了身子。"

霎时间一叶轻舟驶离了采菱渡，荡过了如意湖，转眼间来到了澄湖的青莲岛。叠石成山的翼亭脚下，有一片盛开的红莲煞是喜人。那莲花在烟雨楼前亭亭玉立，有的低垂粉面，有的张开笑脸，千姿百态，气象万千。

咸丰拉住懿妃的手，温情地说："自从你生下皇儿以后，风言风语实在不少，我也没放在心上。你以后要千万小心。肃顺等老臣，对朝廷还是忠心的，有时有些怠慢你，也不必斤斤计较。你和皇后也要真心相处，不可骄横自恃，以免众人议论。"

"万岁的话奴婢全都记住了，万事全靠圣上做主。"

懿妃妩媚地一笑，又荡起双桨，轻舟划进了荷花深处。左摇右晃的荷花，遮住了船上的咸丰和懿妃。

不知从什么时候起，天边的片片乌云又悄悄地飞来了，转眼间布满了天空。突然一阵寒风袭来，远处电光一闪，就响起"轰隆隆"的雷声。霎时间，瓢泼大雨铺天盖地而来，懿妃的小船在风雨中摇晃着，挣扎着。懿妃和咸丰，这时像一对落

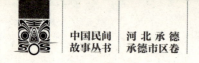

汤鸡似的趴在船头呼叫。懿妃的双桨拼命地拍打湖面，可是，前进一尺，卷回一丈，小船在湖心滴溜溜地打转儿。这时一只龙舟飞速驶来，站在船头的是协办大学士、尚书肃顺。他一面指挥太监们靠近小船，一方面递过一根丈把长竹竿。肃顺呼喊着叫咸丰、懿妃抓住竹竿向龙舟靠拢。懿妃抓了几次之后，终于把竿头抓住了。龙舟上的太监们一起往怀里拽着，小船渐渐靠拢龙舟。突然，一件祸事发生了：当懿妃紧紧地抓住竹竿的时候，小船已经倾斜，咸丰吓得趴在船上哆里哆嗦地直叫。懿妃见小船倾斜得怕人，十分危险，就想跳到龙舟上边去，她用力一蹬船帮，身子就悬在了两船的空中。只听"哎呀"一声，那小船就翻了过去。太监们见皇上落水，一撒手都跳进了水里。

狂风、暴雨、呼喊声乱成一团。水面上人头滚动，龙舟上人人惶恐。足足折腾了有半个时辰，闹剧终于结束了。咸丰被救到龙舟上，犹如落汤鸡一般上牙磕打下牙，浑身抖个不停。

咸丰落水后一直昏睡不醒。御医们看过后个个摇头。从昨天起咸丰腹泻不止，便中带血大大伤了元气。偏偏在这个时候，江南各地奏折纷纷告急。洪秀全、李秀成、陈玉成、石达开等义军在山东、江浙、四川等地连破数城，避暑山庄内外、朝野上下议论纷纷。

没过几天，以协办大学士、尚书肃顺，亲王载垣、瑞华、景寿、穆荫、匡源、杜瀚、焦佑瀛为首的外八大臣给咸丰上一道奏折，大意是说：自从皇上落水后，朝野上下议论纷纷。都说此乃不祥之兆，龙落水既要归天，女人掌舵意味着篡权，覆舟寓意覆"满洲"。万岁应早做安排，以利安邦定国，万万不可稍有滞怠。

这纸奏折就像一道催命符，没过几天咸丰就留下了八大臣辅佐朝政的诏书一命鸣呼了。

这以后才引出了八大臣和懿贵妃一场鱼死网破的权力之争，最后以那拉氏慈禧垂帘听政而告终。这就是历史上有名的"辛酉政变"。

懿贵妃与鲜鲜汤

采录：李国良

据传承德的鲜鲜汤是慈禧还是贵妃娘娘的时候亲手创制的。

那是咸丰十年秋天的事。那一年洋毛子炮轰大沽口，八国联军要进北京，咸丰皇帝带着妃子们往热河离宫跑。那一天来到长山峪行宫时，忽然有个姓赵的小羊倌跪在路旁，手捧着一包用倭瓜叶包着的小果子，非要献给皇上尝鲜。太监们接过来递给了咸丰。咸丰打开一看，那小果果红的似玛瑙，白的像珍珠，个儿比樱桃稍大，晶莹剔透，十分诱人喜爱。这位万岁爷一路颠簸，又乏又渴，随手捏了几个放在嘴里。哈，甜酸甜酸的，满口生津。咸丰大喜，立即命人把小羊倌带到近前，问道："这是什么果，这么好吃？"小羊倌说："这是山里头长的，我们都叫它'欧李'，也叫'乌喇李'。"咸丰点了点头，命人赏了小羊倌一颗金豆，并笑着说："这个小豆豆可不能吃呀，只能留着玩，哈哈……"说罢大队人马进了行宫。咸丰回到宫里把那包"欧李"分成了几份送给了几个心爱的妃子，其中懿贵妃兰儿赏赐得最多。懿贵妃尝了几个也确实觉得好吃，就偷偷地留了一小碗，等到大队人马来到避暑山庄后，懿贵妃就把留下的"欧李"叫自己的膳房厨师们做了一大碗汤膳，亲自端给了咸丰。一进屋咸丰就闻到了一股香味，接过来一看，乳白色的奶液里漂浮着红、白色的"乌喇李"，喝一口奶，又香又甜，吃个"乌喇李"酸甜可口。咸丰问懿贵妃用什么方法把这汤做得这么好喝。懿贵妃笑了笑，说："贱妾怕皇上生着吃闹肚子，所以用开水把果子余了一下，然后放在煮开了的鲜奶里，装碗时又撒了些白糖、青丝、木樨汁。皇上如果喜欢吃，以后贱妾可以天天做给皇上吃。"咸丰高兴得直往前凑合，不知怎样感激才好。懿贵妃娇嗔地接着说："皇上既然说好，就给这汤起个名字吧。"咸丰看了一眼碗里的牛奶和鲜果，自言自语地念叨着："鲜牛奶、鲜'欧李'。好！就叫'鲜鲜汤'吧。"从此御膳的汤膳里就多了一品"鲜鲜汤"。

从这以后，每年到"乌喇李"成熟的季节，咸丰就传旨组织人力收集，后来就成了承德府的贡品。据说，这汤的配方就是奉旨采集"欧李"的差人传出来的，从而也传到了民间。

慈禧盗遗诏

采录：李国良

咸丰自从来热河后就一直拉肚子，上吐下泻折腾了好些日子，病情刚刚见好，又被懿贵妃把船给翻在了水里，惊吓带着凉一病不起了。他整天想着肃顺的话，"覆舟即覆满洲，女人掌舵，寓意必当篡权。"他越想越怕，决定让肃顺再立一份遗诏，以备后患。

遗诏一式二份，上边有慈安、恭亲王奕祈的签字。一份放在咸丰这里，一份放在慈安那里，就等咸丰归天后宣读了。

不料咸丰的这份遗诏被侍奉咸丰的太监安德海看到了。遗诏上是这样写的：

咸丰十一年七月十六日奉

> 朱笔皇长子现立为皇太子。著派载垣、端华、景寿、肃顺、穆荫、匡源、杜翰、焦佑瀛尽心辅弼、赞襄一切政务。皇太后照例不得干预政务，违者诛杀。特谕。

安德海背下了遗诏之后，匆匆赶奔烟雨楼，把这一消息告诉了正在赏荷的懿贵妃。懿贵妃大吃一惊，立即赶奔咸丰处，昼夜守在咸丰身边，直至咸丰咽了气，懿贵妃才从枕下找到了遗诏，并立即将遗诏烧毁，一切收拾干净后才大哭一场。等八大臣赶到时再三询问遗诏，懿贵妃只是哭得死去活来，不说一句话。八大臣也毫无办法，只好请懿贵妃节哀，送回西宫去了。就这样，另立的一份密诏被懿贵妃给毁了。

放在慈安那里的那一份，后来也被懿贵妃用软硬兼施和苦肉计的办法毁掉了。

慈禧骗遗诏

采录：李国良

我小的时候，听看官门的老人讲过一段懿贵妃使苦肉计骗遗诏的故事，故事是这样的：

咸丰在临死前，怕母以子为贵的懿贵妃将来篡权，秘密立了两份防止有变的遗诏。其中一份遗诏由东太后慈安保管。咸丰死后，慈安由于过分悲伤生了一场大病。懿贵妃每天都亲自去东宫问安，并和慈安计议两宫垂帘的大事。懿贵妃时而哭着摆出一副孤儿寡母的可怜相，时而危言耸听地说八大臣要在热河兵变，逼宫交权。弄得慈安也疑神疑鬼，坐立不安。

过了几天懿贵妃就再也不露面了。慈安心中纳闷，一打听呀，说懿贵妃也病了。什么病呢？说是腿上生疮，不能走动。又过了几天慈安好了，就去看懿贵妃，见懿贵妃腿上裹着药布，躺在床上"哼哟嗨哟"地直叫唤。慈安问病是怎么得的，懿贵妃也不说，只是支支吾吾地说着了凉。

　　后来再三询问太监，安德海才告诉了慈安，说是懿贵妃为了慈安的病早日康复，把自己腿上的肉割下了一块给慈安做了药引子。所以皇太后的病才好得这般快。

　　慈安听说之后，深受感动，于是就把自己所藏的一份密诏拿了出来给懿贵妃看，懿贵妃看完之后，慈安就当着懿贵妃的面，把遗诏烧掉了。

　　懿贵妃见慈安把遗诏毁了，病也好了，又甜哥哥蜜姐姐地把慈安哄得五迷三道。懿贵妃施展的苦肉计达到了目的。慈安则上了个大当，最后还是死在了懿贵妃的手里。

　　至于懿贵妃是否真的割了自己的肉给慈安做了药引子，就不得而知了。

智斗和珅

讲述：王　英
记录：辛　静

　　清朝乾隆年间，有个大奸臣叫和珅。这家伙倚仗权势，捧上压下，无恶不作。臣民百姓都对他恨之入骨，却又奈何不得。因为和珅溜须拍马，投机钻营，深得乾隆皇帝的宠信，还和他结上了儿女亲家。常言说，善恶到头终有报。不可一世的和珅还是让乾隆的老师——南书房大学士刘墉给整治了。

　　有一天，刘墉到热河街上微服私访，见街上店铺林立，人来人往，很是热闹。二仙居茶馆却冷冷清清。刘墉觉得奇怪，走进去一看，只见茶炉倒了，桌子推了，椅子断了，茶壶茶碗碎了，卖茶老汉躺在床上。刘墉上前问道："老掌柜，为何不开张卖茶了？"

　　卖茶老汉见有人来，便挣扎着下了床。他摇头叹息说："我这茶卖不成了。"

　　刘墉又问道："这是为何呢？"

　　卖茶老汉摇摇头说："别提了，说出来也是没用啊！"

　　刘墉劝慰道："老人家，我看还是说出来为好。"

　　老汉无奈，含着热泪诉说了起来：原来，三天前和珅府的管家领着十多个人来茶馆喝茶，不是嫌水热，就是嫌茶凉，横挑鼻子竖挑眼，嘴里骂骂咧咧。喝完茶，他们起身就走。老汉向他们要茶钱，却挨了管家一拳，老汉气愤不过，骂了句："你们这群畜生！"结果被他们打个半死，茶馆也被砸个稀烂。

　　刘墉听罢，气得胡须乱抖，决心亲自斗一斗这个和珅。

刘墉对卖茶老汉说："您想不想出这口气？"

老汉说："要真能出这口气，我死也甘心了。"

刘墉对老汉附耳低语："您得如此……"

老汉听罢，连连摇头说："不行，不行，大人，这可万万使不得！"

刘墉笑道："使得使得，咱一言为定。"

第二天清晨，刘墉前往和珅府拜访。和珅闻报，心里犯了寻思：刘墉与我不睦，素无来往，今日突然登门拜访，其中必有缘故，要处处谨慎为妙。想罢，他打起笑脸迎了出来："难得老恩师光临寒舍，学生未曾远迎，乞望恕罪。"

刘墉也是满面笑意："岂敢岂敢。老朽近日闲闷发慌，特来府上同大人叙谈叙谈。"

刘墉被让进客厅落座，说："热河街市繁华，不亚于京城，老朽想与大人到街上逛逛，不知尊意如何？"

和珅心里一怔，心想：这老家伙说着说着就来招了，这葫芦里装的是什么药呢？

刘墉早已看透他的心思，说道："若是到市上买些东西，老朽自有银两，不劳大人破费，请大人放心。"

这两句话，把和珅臊得满面羞红，连忙说："哪里，哪里，小人岂敢让恩师破费，陪您一游，学生倍感荣幸。"

这样，刘墉把和珅"将"了出来。来到大街上，俩人有说有笑，和珅的心也渐渐放下了。当他们走到二仙居时，刘墉忽然一拍手说："哎呀，我好久没到干老家喝茶去了。"

和珅忙问："学生从没听说老大人在此地还有干亲呀！"

刘墉向前面一指，说："就在前面，认亲多年，只是老朽没有声张罢了。"说着，拉起和珅走进茶馆。卖茶老汉正端坐在椅子上，刘墉伏地便拜："干爹在上，孩儿有礼，老人家一向可好？"

老汉离座，扶起刘墉，故意发怒道："好什么？我正有事要找你呢！"

刘墉问："干爹找我何事？"

老汉老泪纵横，哽咽着说："有人把我欺侮苦了！"

刘墉一听，故意大发雷霆："是哪一个恶棍敢欺负到我的头上？"

老汉接着就把自己如何被和珅府管家欺侮，茶馆被砸的事情一五一十地说了。和珅在一旁听得真切，知道又中了圈套，转身想溜走，却被刘墉一把揪住说道："好哇，你的家奴竟敢欺负我的干爹，真是欺人太甚，岂有此理！"

和珅此时只好连声赔罪。

刘墉问道："此事你愿意公了，还是私了？"

和珅忙问："公了怎样？私了怎样？"

刘墉说："公了咱上朝面君评理；私了须答应我三个条件。"

和珅忙说："学生情愿私了。别说三条，就是十条都行，恩师请讲，学生一定照办。"

刘墉说："那好。头一条，把你的管家带来，给我干爹当面赔礼道歉，并重打四十大板；二条是重修茶馆，桌椅板凳、茶壶茶碗全赔新的；三条是拿出三百两银子，算作赔偿茶馆停业的损失。"

和珅无奈，只好乖乖照办了。

铁桶祝寿

讲述：李景义
记录：谢春生

乾隆寿辰之日，热河行宫张灯结彩，鼓乐喧天。

前来祝寿的大臣竞相奉送奇珍异宝，乾隆见了自然十分地喜悦。这时，刘墉和他的两个侍从抬着个破旧的大铁桶来到宫内。大臣们一见大感惊疑。有的交头接耳暗中嘲笑，有的替刘墉捏着一把汗。心里说："刘墉啊，刘墉，你这不是找死吗？"

庆寿的大殿里宫女们轻歌曼舞。乾隆见刘墉抬个破铁桶进来大为不满，刚要动怒，刘墉忙施一礼说道："我主万岁！万岁！万万岁！微臣这里给皇上献礼了，请陛下过目。"说完将破铁桶的盖子一掀，乾隆迷惑不解，俯首一看：原来那铁桶里面装着一个四五斤重的山药和一大块姜，不禁憾然失色，问刘墉："爱卿，你这是为甚，莫非存心要戏弄于朕不成？"刘墉连忙说道："我主万岁，当今大清的天下实乃铁筒（统）姜（江）山（山药）哟！"乾隆一听，顿时转怒为喜，一阵哈哈大笑。

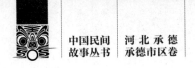

刘墉对对联

讲述：杨志民
记录：范濂溪

　　有一天，乾隆爷带着近臣和珅与大学士刘墉，登上离宫四面云山，一边饮酒一边观赏湖光山色。忽然，他心血来潮，诗兴大发，便对二人说道："朕有一联，二位爱卿可对来，对得好，赏金杯一盏；如若对不上，定罚酒三杯。"二人忙请皇上出上联。乾隆爷顺手一指离宫对面的半壁山，吟道："半壁山，山中石，稀烂棒硬。"吟罢看看和珅。和珅肚子里没啥学问，如何对得上？只好低头不语。刘墉略微想了想，立即答道："武烈河，河内水，翻滚冰凉。"乾隆爷捋着胡子，微笑着点头儿，又指着眼前的罗汉山和僧冠帽说："罗汉头秃，因何不戴僧冠帽？"和珅抓耳挠腮，急得汗水直流，答对不上。刘墉抬头望了望远处高大的天桥山，不慌不忙地对道："拐李腿瘸，焉能走过天桥山。"乾隆点头称赞，赏刘墉金杯一盏，和珅罚酒三杯。

算卦救瓦匠

讲述：黄福铭
记录：谢春生

　　承德离宫修建以后，宫门口外要修一座影壁。当地一时找不到高手艺的瓦匠，就派人各处寻找。后来，从河南找到一个二十多岁的小瓦匠。据说，他的祖上曾修建过开封府。

　　小瓦匠来到承德动手修建影壁后，乾隆和刘墉俗衣打扮，常来工地暗中观察。

　　这影壁就要完工啦，乾隆早已看出小瓦匠的容貌和自己长得一模一样。一天，乾隆背着刘墉来到工地和小瓦匠闲谈了起来。乾隆问起小瓦匠的年庚，那小瓦匠就将自己的生辰对乾隆说了。乾隆一听也和自己的生辰一点不差，因此生出疑念：这小瓦匠后来会不会夺朕的江山哪？为解除后患之忧，等完工后不如把他杀掉为妥。

　　乾隆回到宫来，对刘墉说："爱卿，河南那个艺匠和朕长得一模一样，生辰八字也和朕相同，将来不怕夺朕之江山哪？"刘墉听了，知道乾隆疑心太重，事情不妙，恐怕小瓦匠的性命难保。便对乾隆说："我主万岁。明天备上一席便宴，把那瓦匠请进宫来，就说他修建影壁有功。在他赴宴之时，臣问明他的生辰，给他批批八字，便知端底。"

第二天，乾隆吩咐备了酒宴，将小瓦匠招进宫来。乾隆没穿龙衣王冠，刘墉打扮成一个算卦先生的模样。

乾隆坐在正位，刘墉陪左，小瓦匠在下首落座。酒过三巡，刘墉说道："你工精艺巧，万岁念你修造影壁功高，特备这酒宴给你庆功，叫我二人前来陪坐。我看你相貌不凡，后来必有大福大贵！"小瓦匠听了说："先生过奖，我这穷瓦匠哪有什么富贵之命呢？"刘墉说："你把你的生辰八字报给我听，我自幼学会算卦，善知人生贵富，生死存亡，吉凶祸福。"小瓦匠一听满心欢喜，说："那就有劳二位先生啦。"就把生辰八字说出。刘墉就屈指子、午、卯、酉地算了起来，算着算着他"噢"了一声。接着问道："你可知道你是生在南房还是北房吗？"小瓦匠说："听母亲说我是生在南房。"刘墉又"噢"了一声，接着刘墉便给小瓦匠说了卦。

席散之后，乾隆急着问："爱卿，那小瓦匠的卦运如何？"刘墉说："我主万岁，人命之贵富，不光以生辰为凭，生之方位亦为主理。不知我主的龙体是降至哪房啊？"乾隆说："朕生于北房啊！"刘墉听了也"噢"了一声，接着说道："卦之云：生在八字之上，降至南房是个瓦匠，生在北房乃是帝王嘛！"乾隆听了龙心大悦。刘墉说："不过，依臣之见小瓦匠修影壁确有功绩，我主也应给他个王位呀？"乾隆说："给个什么王位呢？"刘墉说："若是我主放心，就赐给他个'平顶'王位吧。"乾隆听了"哈哈"大笑，说道："好个能掐会算的刘墉啊！"

刘墉投湖

讲述：石世聚
记录：宝音奇奇歌

一天早朝，群臣向乾隆叩头施礼，山呼万岁。乾隆看着刘墉叩头的样子，有意戏弄他，对群臣说："瞧他那罗锅子。"大臣们见刘墉躬起的罗锅儿更大了，就忍不住地笑了起来。

刘墉却不在意，又叩了一头，说："谢主隆恩！"

乾隆说："你谢什么？我笑你那罗锅儿呢。"

刘墉接着又叩了一个头说："谢万岁赐名。"

乾隆这才突然想起，为人赐名，须赏一千两银子。没承想这几句玩笑，让刘墉巧赚了一千两白银。

　　乾隆白白送出一千两银子，总想寻机回敬一下。一天，乾隆对刘墉说："爱卿可有兴致随朕乘船一游？"刘墉说："臣愿陪皇上。"二人上船在湖中玩了一阵子后，乾隆问刘墉："何为忠，何为孝？"

　　刘墉顺口答道："君让臣死，臣不敢不死为忠；父叫子亡，子不敢不亡为孝。"

　　乾隆又问："爱卿做得如何？"

　　刘墉欠身答道："老臣一贯忠诚我主！"

　　乾隆笑着说："卿此刻就死如何？"

　　刘墉问道："万岁命臣死，不知如何死法？"乾隆手指湖水说道："投湖！"

　　其实，乾隆有意开玩笑难为刘墉。

　　刘墉听罢，来到船边，往下瞧瞧又转身回到乾隆身旁。

　　乾隆问道："爱卿为何不跳？"

　　刘墉说："万岁，刚才臣正要跳水，被屈原拦住了，他对臣讲了许多话……"

　　乾隆忙问："他都说些什么？"

　　刘墉道："他对臣说，'刘墉啊刘墉，我死是因昏君当道。当今天子是有道明君。我劝你先别死，以后等到昏君当道之时再来找我，也为时不晚呀！'万岁您说我死不死呢？"乾隆听罢，哈哈大笑起来。

撕　账

讲述：刘起玉
记录：靳玉峰

　　刘墉微服到平泉私访。他出这个买卖，进那个买卖，大大小小的买卖几乎走遍了，最后进了一家当铺。

　　掌柜见有人进来，笑脸儿相迎，"是当当？还是赎当？"刘墉四下里一看，说："也不当，也不赎，随便看看。"

　　掌柜是个机灵人儿，上下这么一打量这个不速之客，就知道不是等闲之辈，于是往里就让，"请里面用茶。"刘墉也不谦虚，迈步就进去了。

　　掌柜沏茶倒水，非常殷勤。他一再问刘墉的身份。刘墉执拗不过，只好说了实话。掌柜听说是朝廷的大臣，又惊又喜，备加小心，言谈举止都特别规范。

　　俩人唠了阵儿家长里短的事儿，后来，说到生年时辰，真巧！刘墉和掌柜是同年同月同日同时辰生。掌柜叹着气说："咱俩同年同月同日同时辰生，你就做大官；我就开当铺。"刘墉微微一笑，可是啥也没说。过了一会儿，刘墉问："你开当铺进进出出都依什么为根据？"掌柜说："依两本账。一本收入，一本支出。来当当的记收入，赎当的记支出。"刘墉说："把这两本账拿来我看看！"掌柜不敢怠慢，急忙捧出两本半豁豁厚的粉连纸本子。

刘墉接过账本，一篇儿挨一篇儿地看了起来。半天儿的工夫，两本账从头到尾都看完了。末了，他喊里喀喳把两本账给撕个稀碎。然后，大摇大摆地走了。

掌柜急得差点儿昏过去，拦又不敢拦，说又不敢说，白瞪眼儿。

过了三年，刘墉又到平泉私访。他径直就奔撕账那个当铺去了。当铺的房子什么都和三年前一样，就是关了门。四下一打听才知道，关闭了三年了，刘墉找到大门口就进了院。

真巧！正好碰见了那个掌柜。掌柜还是笑脸儿："哎哟！刘大人。屋里请，屋里请。"刘墉又走进三年前那个屋子。掌柜还是沏茶倒水。但是，从屋里的摆设、沏的茶看，比三年前穷了。刘墉问："掌柜的，这几年的买卖怎么样？"掌柜叹着气儿说："咳！早就关门了。"刘墉假装挺奇怪："怎么关门了？""大人，小民开当铺全凭那两本账。三年前，大人给撕个稀碎儿，找不上头了。所以，当铺就不能开了。"刘墉问："你整天翻就没记住吗？""咳！那老厚的本子，谁记得住啊！"刘墉点了点头："找纸笔来！"掌柜急忙找来了纸笔。

刘墉喊里出溜半天儿的工夫，两本账又写出来了。掌柜接过一看，哪个挨哪个，一点儿不差。刘墉说："咱俩是同年同月同日同时辰生，你整天翻都没记住，我看一遍就记住了。像你这样，只能开个当铺。"掌柜羞得满面通红，自觉差得太远。

刘罗锅子巧破隐语

讲述：巴喇嘛
记录：宝音奇奇歌

大学士刘墉学问渊博，才思敏捷。乾隆每每想难为他，结果反被其难。因此，他很懊恼，总想找机会报复。这一天，他猛然想起小时候听祖父康熙讲的一个有趣的隐语故事，这个故事的答案到今天也没有解出。想到这里，他暗自欢喜，打算将这个故事讲给刘墉，看他如何对答。

第二天一早，乾隆就把刘墉找到烟波致爽殿，乾隆对他说："爱卿才学过人，朕有一谜，卿可猜来？"刘墉欠身说道："臣下才疏学浅，全靠圣上栽培！圣上请

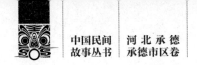
讲，臣当恭听。"乾隆说："从前，有一个书生名叫玉郎，娶了家中奴婢为妻。妻子姿容俏丽、端庄贤淑，只是没读过书。书生想：妻子虽然美貌、贤淑，但不能识文断字，恐被别人耻笑，于自己脸上无光。于是，书生就教妻子识字，不多日子，妻子学会了一、二、三、四、五、六、七、八、九、十这十个数字。书生见媳妇天资聪颖，十分高兴，本想多教她认些字，谁知恰好到了大比之期，书生要进京赶考。临走时对妻子说：我去赶考，你不要惦念，无论考中或不中，我很快就会回来。书生进京，三场文章，才华大显，中了头名状元。这一下威名显赫，连续多天吃请赴宴，忙于应酬，早把给媳妇回信的事忘在脑后了。这天，正在欢宴，有人送来家书一封，同僚们以为是给他的贺信，将信打开一看，信上只有十个数字，觉得挺奇怪，怎么也看不明白。原来，他的妻子在家挂念丈夫，左等不回，右等不来，很着急，想写信，又不识字，为难之际，想起丈夫教的十个字，认真琢磨一番后，写在纸上，求人给捎去了。"乾隆说到这里停住了，笑嘻嘻地问刘墉："爱卿可知信中何意？"问完后心里暗暗笑道："这回不信难不倒你这老头儿！"刘墉听后双眼似闭非闭，静静地思索了好一会儿，然后故意学着状元的口气说道："我们夫妻之间，常常利用数字作隐语交谈，表达我们之间的恩爱感情，难怪你们不懂。这里的'一'含意就是：上长街，去卜卦，'一'字含在上字之中；'二'就是：问苍天人落谁家，'二'字含在天字之中；'三'就是：恨玉郎没有一点真心话，'三'字含在玉字之中；'四'就是：欲罢不能罢，'四'字含在罢字之中；'五'就是：吾只好把口哑，'五'字含在吾字之中；'六'字就是：论交情想也没有差，'六'字含在交字之中；'七'就是：为什么皂就了不白冤家，'七'字含在皂字之中（皂与造谐音）；'八'字就是：要分开只好用刀割下，'八'字含在分字之中；'九'就是为什么抛得奴身只好把手撒，'九'字含在抛字之中；'十'字就是：思想起口与心完全是假，'十'字含在思字之中。这十个字，十句话，句句都是责怪秀才的隐语。"听完刘墉一席话，乾隆不由大为赞叹。

纪晓岚巧答乾隆

采录：辛 静 晓 文

一天，纪晓岚陪同乾隆皇帝游大佛寺。君臣二人漫步来到天王殿，但见殿内正中一尊大肚弥勒佛，袒胸露腹，正在看着他们憨笑。乾隆觉得有趣，眼珠一转，目光移到了纪晓岚身上，心想：人们都说纪晓岚能言善辩，我倒要试试他。他指着大肚弥勒佛问道："纪学士，此佛为何见朕微笑？"

纪晓岚从容答道："此乃佛见佛笑。"

"此话怎讲？"乾隆又问。

纪晓岚答："圣上乃文殊菩萨转世，当今之活佛，今朝又来佛殿礼佛，故曰佛见佛笑。"

乾隆听罢，暗暗赞许，转身欲走，忽见大肚弥勒佛正对纪晓岚笑，回身又问："那佛也看卿笑，又是为何？"纪晓岚一怔，这句话问得厉害。他灵机一动，随即答道："圣上，佛看臣笑，是笑臣不能成佛。"

乾隆听罢，哈哈大笑，称赞纪晓岚机智善辩，果不虚传。

纪晓岚下江南

讲述：王玉堂
记录：洪玉国

纪晓岚是乾隆年间的大才子。一日，乾隆在热河行宫坐殿，问纪晓岚："纪爱卿你都读过什么书？"纪晓岚答："臣无书不读。"乾隆看他如此傲慢，心中有些不快，但没说什么。

纪晓岚回到家里对妻子说："我今天耍笑了皇上。"他把经过说了一遍。妻子听了吃惊地说："你太放肆了，我问你，你读过宪书吗？"纪晓岚听了"哎呀"一声，这宪书还真没读过，倘若皇上问到这本书，岂不犯了欺君之罪？纪晓岚赶紧找出黄历，连夜看了一遍。

第二天早朝，乾隆果然没忘昨天的事，当着文武百官问纪晓岚："纪爱卿，你说你无书不读，那你读过宪书吗？"纪晓岚说："读过。"乾隆打开黄历看着，让纪晓岚背，果然背得一字不差。乾隆听了心里很佩服纪晓岚的文才，就高兴地说："正好有个缺，你就出任江南十六州的主考官吧。"纪晓岚磕头谢恩，心里却在感谢妻子。第二天高高兴兴地赴任去了。

纪晓岚来到杭州，化装成一个教书先生来到一家酒楼上。一些赴考举子正在吟诗赋词，见进来个干巴老头儿，不禁觉得晦气，扫了大家雅兴，可这里既是酒楼，就得任人出入不好阻挡。于是，一个举子眼珠一转，对纪晓岚说："这里都是江南才子，进这个屋都得做一首诗，做不来，就不配在此处驻足。"纪晓岚皱皱眉说:"做诗我可做不好,但可以试试。"众才子一听口音不是南方人,更对他瞧不起,有人说:"不会做诗不许在这酒楼喝酒。"纪晓岚说:"那我就将就一首吧。"随手拿起桌上的笔写道:"一上上到楼上头。"众举子一看,哈哈大笑说:"这叫诗?这话谁不会说。"纪晓岚故意不好意思地说:"你们一笑话我,把我笑得抹不开啦。往下再写就怕瞅了,你们先到门外等一会儿行不?"众举子说:"看不看,你也写不好。行,我们出去。"

待人走后,纪晓岚接着挥笔写道:"十二栏杆接斗牛。纪郎不愿留诗句,恐压江南十六州。"写完把笔一摔,走了出来。

众举子赶忙进到屋里,都想看看这个干巴老头子又诌了点什么。可一看,一个个都吓傻眼了。有的说:"这是当今的大才子,又是御封的江南主考官。这个娄子捅得可不小。"刚才那种狂妄劲儿再也没有了。

纪晓岚回到住所,由于连日劳累,老早就睡觉了。第二天天刚亮,差人就慌慌张张地来报:"老爷你快去看看,门外贴了副对子,有上联没下联。"纪晓岚连衣服也没顾得更,到门外一看,只见上联写道:我南方千山千水千文秀。纪晓岚心想:这是想试我这个主考官。就哈哈一笑,对随从说:"快拿笔砚。"随从端来笔砚,纪晓岚挥笔写道:我北方一车一马一圣人。

从此以后,纪晓岚在南方名声大振,再也没有人敢瞧不起他了。

巧对乾隆句

讲述:王　勇
记录:王　琪

乾隆对翰林院大学士纪晓岚的才学又爱又妒,总想找个机会难倒他,心里才痛快。

有一天,乾隆带着纪晓岚到热河市井微服私访。他知道纪晓岚的祖上曾开过药铺,就想借出身卑微来奚落奚落他。路上,乾隆说:"纪爱卿,朕今日要即兴出几个对子,但汝答对时,须用与药铺有关的词句才可。"

走到二仙居汤圆馆,乾隆看到锅里煮着雪白的、各种馅的汤圆,灵机一动,说道:"圆汤圆,圆中馅,甜咸百味。"

纪晓岚一思忖,即对:"中药柜,柜中药,不下千种。"

乾隆听罢心想:这个对子按他的才华来说,显得太平常了,说明他对药铺的词语并不熟悉，让我再来难他。又走过泰福兴绸缎庄，乾隆看到店里伙计正拿尺量青缎，随口说道："二匹天青缎。"

纪晓岚以为乾隆又出了对子，赶紧应道："六味地黄丸。"

乾隆一听，不但对仗工整，而且饶有趣味。但又想：这句本是无意中说出，可能是心灵福至，偶然碰上的。让我专门出个对子试他一试。说话间，君臣来到裕文斋装裱字画店。乾隆素喜名人字画，就走了进去，一边看字画，一边想词儿。装裱店掌柜看这人虽衣着平常，但气宇轩昂，不是寻常之人，赶紧过来让座儿倒茶，十分殷勤。这时，乾隆词儿已想好，叫掌柜的取纸笔。掌柜的忙从里边拿出上好的宣纸端砚，亲自研墨。乾隆膏了膏笔，一挥而就："装裱唐宋元明古今名人字画，"乾隆得意地瞧着纪晓岚说："对吧！"

纪晓岚一看上联出得果然好，望着装裱店对门的德兴药铺搜索枯肠，苦苦思索。恰巧，药铺正在卸货。一箱箱药材上注着：产自云南、四川、广西等字样。他灵机一动，当时想好，拿起笔来就写："发卖川广云贵生熟地道药材。"

乾隆看后，暗暗佩服纪晓岚的聪明，但还不甘心，取笑道："纪爱卿真是不忘本啊！"纪晓岚赶紧跪下道："不忘本，才能更忠君。"乾隆捋着胡须满意地点点头。

那副对子就送给了裕文斋装裱店，掌柜的把对子刻成金字楹联，悬在大厅中央，从此生意兴隆。据说，到了咸丰年间，北京荣宝斋花了十万两巨款把这副对子买走了。现在这副对子还在北京。

小妇人难倒纪晓岚

讲述：刘文联
记录：于 广

有一次，纪晓岚和乾隆一起吃饭，乾隆随口说出一句："两碟豆。"纪晓岚立即答道："一瓯油。"乾隆马上改口："我说的是两蝶斗。"纪晓岚马上答道："我说的是一鸥游。"乾隆接着道："林间两蝶斗。"纪晓岚灵机一动："水上一鸥游。"乾隆赞不绝口连称："奇才，奇才。"

从此，纪晓岚自恃才高八斗，觉得天下没有人比得上他。这事儿被他的小夫人察觉了。一天，纪晓岚刚要脱衣服睡觉，小夫人一把把他拦住："你先别睡，今天我出个对子，你若对上，咱就合床，若对不上，你就别想上床睡觉。"纪晓岚一听，哈哈大笑："就凭你还想难住我吗？"小夫人不慌不忙，手指落地大纱窗说道：

"月照纱窗，个个孔明诸格（葛）亮。"纪晓岚原以为好对，越琢磨越难，咋也对不上，在夫人床头待了一宿，也没想出来，至死也没对上。后来，就有人留下那么几句诗：

才高八斗非圣贤，自古谁敢不相信，

花儿再好色难全，妇人难倒纪晓岚。

纪晓岚登双塔山

讲述：王凤举
记录：于　广

　　清朝大学士纪晓岚常到承德来。每次来，他都要到双塔山下转转。他总纳闷儿，这双塔山上大下小，四下不着天儿，几十丈高，一般的鸟儿都飞不上去，什么人能到那上面修寺盖庙呢？他越想越奇怪，于是，下决心要登上双塔山去看看。

　　可是，纪晓岚日思夜想，咋也想不出登双塔山的办法。一天早晨，纪晓岚早早起来，一边舞剑，一边思考这个事儿。忽然他望见远远的棒槌山左右有许多鸟雀飞翔，不由得灵机一动。第二天，他便派人四处收买鸽子，谁也不知他要干什么。乾隆爷问他干什么，他只是说：

　　"到时候让皇上看热闹。"

　　没过七天，纪晓岚便买到了上千只鸽子。他又派人买来了几千丈又轻飘又结实的线绳子。这天，他派人把鸽子和绳子都运到了双塔山下，并说服乾隆爷御驾亲往。

　　来到双塔山下，安排好皇上，纪晓岚命令兵士们将高粱粒一样细的绳子拴到鸽子腿上，然后，把住绳子一头，将鸽子放开。

　　有的向西飞，有的在双塔半山腰上绕来绕去。放了一批又一批。从早晨直到中午，终于有两只鸽子飞过了双塔山。纪晓岚赶忙命令弓箭手万箭齐发。随着鸽子中箭落地，线绳也从双塔山西边扯到了双塔山东面。纪晓岚又命人在绳子细头接上粗绳。而后纪晓岚让人将绳子拴在一块大石头上，抓着绳子向山上爬，果然爬上去了。他到上面看看，又顺着绳子下来了，乾隆问他上面的景致。他说：

　　"山上有一个小寺庙，庙里有个小老道。"

　　乾隆忙问：

"老道说什么了吗？"

纪晓岚答道：

"老道说：'欲安天下，仁政为大。'"

乾隆点点头：

"朕何不趁此机会登上一观？"

纪晓岚忙道：

"山上长老说了，君王不可冒险。"

乾隆无奈，只好起驾回宫。

后来，有人说纪晓岚在山上得了一部天书；有人说他在山上得了一支神笔，但谁也说不准。反正从此后，再没有人上过双塔山。

高鹗的故事

采录：鲁 宽

高鹗，原名高桂萼，字秋卿，号赛翁。文学、书法造诣颇深，康熙末年来承德。

承德南营子有座财神庙。庙小香火盛，每日里朝拜财神的络绎不绝。到腊月三十，工商住户和大小官员还有许多往庙里送对联的，多是些招财进宝、财源茂盛之类吉祥话。

这天，高鹗来到庙里后，也送了一副对联，写的是：

> 颇有几文钱，你来烧香，他来烧香，给谁是好；
>
> 全无半点福，早晨磕头，晚上磕头，叫我为难。

这对联幽默诙谐，破除愚昧，耐人寻味，轰动了热河城。文人墨客官府人等都来观赏。康熙闻听也去看了。他了解到高鹗是个学识渊博之士后，便三顾高宅劝其留在热河。盛情之下，高鹗就留在了热河。多年来，他为宫里和热河街书写很多碑文匾额，还教了些弟子。

火神庙街有个老药铺叫同仁堂，门前立一通天招牌，高三丈，宽二尺。正面书写：同仁堂拣选川广云贵地道药材，反面写：同仁堂遵古炮制丸散膏丹俱全。都出自高鹗手笔。后来，同仁堂左侧又开了个乐仁堂，掌柜的王品卿也要立个通天招牌，不巧高鹗回山东了。王品卿请另一位书法高手吕二爷写，吕说："有高鹗在，我不能写。"王说："招牌已做好了，莫非高鹗不回，咱承德就不立牌匾了？"恳请再三，吕二爷才按同仁堂的招牌上的句子，只换了字号写上。但立起来大家一看，都说小脑袋了。等高鄂回来，吕二爷又代请高鹗重写，这回就匀称了。吕问高是什么道理，高说："这么高的招牌，上面的字要大些，逐渐往下小，就好看匀称。"

高鹗书写的匾额，不但书法好，寓意也好，有的很有文采。同仁堂正面匾写的是：青襄事业，左右匾联是：鹤随仙去寻芝草，龙化人来问宝丹。皮袄街原仁寿堂的左右匾额题的是：常便之味、用当通神。那意思是说：药不在贵贱，用得得当就能通神。

一天清晨，高鹗走到二道牌楼往右一看红庙山，见是从碧峰门下来的山脉，前崖像蓬花瓣，山岚烟雾弥漫，花草树木，翠柏苍松，如仙境一股。因之书兴大发，进庙题写："楼台烟雨城市山林"八个大字，豪放有神，刻制蓝地金字匾额，悬挂庙堂，很是精神。

承德十大景之一的朝阳古洞，高鹗为其中关公像送一对联：

> 唯大英雄方本色，
> 是真名士自风流。

高鹗还为承德居民百姓题了许多对联，有的至今还保存着。
给中医鲁梦兰题的是：

> 语为吉祥滋厚福，
> 心缘敬慎达亭衢。

滦河镇牛东升家收藏一副：

> 故于明窗书小字，
> 且将竹墨换新诗。

西大街田秀峰家收藏一副：

> 园中草木春无树，
> 湖上山林画不如。

钱继祖行车骂雍正

讲述：朱永富
记录：杨志民

乾隆皇帝带着和珅微服出宫，在热河街西车市雇了一辆轿车。赶车的把式有二十七八岁，是个矮胖子，重眉毛大眼睛，穿个二大裆子，双皮脸儿鞋。车很干净，新兰士林的车篷儿，拉套的是一匹菊花青大骡子。乾隆与赶车的讲妥了价，又说："我有个脾气，不许赶车的跨车辕子，总在地上走才行。"赶车的说："那是为什么呢，我跨车辕也不碍你事，何苦让我磨鞋底子呢？"乾隆笑道："怕费鞋？我再给你一双鞋钱行吗？"赶车的一想：一双鞋钱比往返车费还多。行，干的过儿！就答应了。乾隆上了车，和珅压车尾。车夫乐着说："你们这俩家伙真特别。"和珅说："你这小伙子嘴里怎么不干净啊，你……"乾隆在车篷儿里回头咳了一声，和珅说到半截住了嘴。这车夫说话大嗓门儿，听和珅不说了，他又说："嘴不干净没啥，只要心里干净就行。"说话间上了广仁岭，正在山高陡坡的地方，迎面下来三个骑马的。三个人是滦平县衙门的快班班头，到承德府投递公文，捉拿砸明火抢烧锅的差人。这三个人中有一个外号叫紧一刀的班头，实际姓井名义德。这小子见这么窄的梁上，跑来了骡车，就发起了坏水。马贴着里首走，故意一鞭扫在车辕骡子的肚子上，骡子如果疼得忍不住，会人字式立起来，那样就危险了，会使车轱辘坡。赶车的小伙子还真不含糊，用手一带车辕，骡子扬起的前蹄当时就落下了。可骡子还想往前蹿，只见车夫一坐身子带着辕向后一拉，车竟纹丝儿没动。那个紧一刀此时连马带人都躺在里首的路旁山根下了！原来他那一鞭子落下来，车夫边压骡子边还手，一脚横踢马后胯，马跟人一块儿倒了。

另外两个人下了马，一个去扶人，一个奔车夫使劲。扶人的还没起来，奔车夫的已经躺下了。总之，三个人都被打倒了两次。三个人急眼了，都抄起了家伙——钢刀铁尺。车夫在车厢底下摸出七节鞭，对乾隆说："客爷先下车来，别让他们再使坏把车轱辘坡下去。我跟三个兔崽子拼了！"

乾隆下来了。和珅和三个人讲理讲不通，看样子还要冲和珅使劲。这个时候从街里又来两匹马，马上两个人穿着长袍儿，里边衬着棉衣，一看就知道是皇家的侍卫。这两个人是奉刘中堂之命暗地给皇上保驾的。他们到近前一问，这三个人倒老实了。两个侍卫刚要向皇上说什么，乾隆忙支吾着说："你们二位是官府的？先叫他们走吧，别耽误办案，找他们县太爷说说理就行了！"

两个人说："我们是北京来的，照您说的办也好！"又对三人说："快滚！"

三个人心里揣着小兔子走了。乾隆对两个侍卫说："你们也去元宝山逛景儿去吗，一起走吧。"两个人明白，也就随声附和着，走在前边去了。

乾隆又上了车边走边问："车把式练过功夫吧？你姓什么？"

车夫说："姓钱，叫钱继祖。跟我爹学过几年武，都扔了！"

"你父亲叫什么？现在什么营生？"乾隆又问。

想不到车夫却哭了："不提我爹倒好，一提起他来我就想起雍正老东西来了。那老挨八刀的……"未等他再说下去，和珅说："咳，你敢背后骂皇上？可知什么罪吗？"

车夫钱继祖不在乎地说："他死了，他要活着当面也敢骂，不就是杀了我算拉倒吗！没关系。"

乾隆偷偷在车帘后冲和珅摆摆手，说道："既如此，想必是有冤屈，这又没外人，你就说说给我听听，你爹怎么啦？"

钱继祖说："我爹是都察院热河主事，朝廷给热河四十万两银子修街中心旱河的。被年庚尧卡去三十万，我爹摸了底儿，奏雍正皇帝。谁知，皇爷生说我爹诬告大臣，杀了！客爷你说这个混皇上该不该骂？那时我才十一岁，跟我妈来到我舅舅家过苦日子，直耽误到我前年二十九岁才有人敢给个媳妇。要不为伺候我妈，也就真想一命豁了！"

乾隆暗想：确有此事。遂问道："你爹叫钱恒泰吧？"

"嗨，你认识我爹吗？"钱继祖问道，"你也是官吧？"

乾隆说："我不是官儿，认识你爹。"

钱继祖说："听说老皇上把年庚尧也杀了吧？兴许是雍正皇上后来知道亏心了，给我爹报仇了吧！"

这时候和珅在车尾上捂着嘴想乐又不敢乐。乾隆一个劲儿瞪他，又对钱继祖说："你说当官好还是发财好呢？"

钱继祖笑道："我也当不了官，更发不了财。不发财的官都是好官儿，可是又都不得脸，上哪说理儿去？"

钱继祖晚间回家，就说今天所遇的新鲜人和新鲜事儿。他母亲为儿子担心，以为儿子闯了祸。

过了几天，忽然晚间有热河厅理事同知带着本厅主簿和差人送来三千两白银，还有绸缎和一块"忠义之家"的金字大匾。钱继祖询问根由，同知说是乾隆爷赏的！钱继祖愣了，皇上凭啥赏我？这时，他忽然想起前几天那两位坐车的客人，顿时醒悟，慌忙跪倒，高呼："谢主隆恩！"

陈文谟的故事

讲述：那凤山
记录：那文江

清朝嘉庆年间，钱塘人陈文谟受到承德知府喜步昌河的赏识，被推举到热河巡检司做了巡检。官虽不大，不过从九品，但很有实权，专门管那些鸡鸣狗盗、明火执仗的不法之事。一天到晚，他头上是一个镂花金顶戴，身上是海马官服，东街来西街去，一些恶徒都怕他几分。

再说热河有个叫孟住的副都统，十分了不得。那年月，热河没有都统，在这块地方，他是最大的官了。他有个儿子叫孟昌，人称孟衙内。这小子二十出点头，长得是鹰钩鼻子鹞子眼，没一点人样，可仗着家里有钱有势，他爹早早给他娶了两房老婆。他照旧寻花问柳，欺男霸女，挖绝户坟、踢寡妇门啥勾当都干。

这一天，孟昌带着七八个家奴，骑马上街，来到九云顶娘娘庙附近，见庙前人山人海，好不热闹。一打听，敢情今儿是四月十八的娘娘庙会。他一琢磨庙会上进香还愿的姑娘媳妇一定少不了。歪心眼子一转，鹞子眼一亮，大声说道："小的们，快点跟本公子进庙看娘儿们去也。"

走到庙里，孟昌上一眼、下一眼，左一眼、右一眼，两只贼眼珠子不够用了，光在那些进香的女人脸上扫来扫去，看了一会儿，并没有发现出奇漂亮的女子。正感到有点扫兴的时候，一个猴儿样家奴在身后喊叫起来："大爷大爷！您瞧，多俊的妞儿啊！"

孟昌回头一看，庙门前停了一顶绿色小轿，一位妙龄女子在小丫鬟的搀扶下走下轿来。孟昌看在眼里，喜上眉梢儿，赶忙迎上前去，嬉皮笑脸地说："大姐，好啊！"

那位小姐怔了一下，并不答话。但却惹恼了身边的小丫鬟，只见她柳眉倒竖，杏眼圆睁，怒道："胆大狂徒，看你敢动我家小姐一根毫毛。"

孟昌大笑道："小小黄毛丫头，奶毛未褪，竟敢口出狂言，小心本公子扒了你的皮！"

那位小姐见孟昌不是善茬儿，就说："春杏，不要无礼，你我快去进香吧！"

孟昌伸手一拦说："慢着！小姐，你是谁家女子，姓甚名谁，快快讲来。本公子一见钟情，看上你啦。"

小姐顿时拉下脸来，生气地说："你这人好没来由儿，光天化日之下，要把民女怎样？"

孟昌大笑一声："我管你他妈的什么民女不民女，反正本公子看上你了，还能让你飞了不成？"

猴儿样家奴也帮腔说："这回算你交了好运，我家公子看上小姐你了，打算娶你做三姨太，同享荣华富贵。"

春杏气不过，忍不住又骂道："呸！玉萍小姐是我家刘员外的掌上明珠，千金小姐，怎会与你这歹人做妾？你们要敢胡闹，我们到承德府告你们去！"

孟昌笑着说："小小承德府，何足挂齿。我家阿玛乃当朝二品大人，五品的知府算得什么？"说着他朝家奴一挥手，"你们都他妈的死人哪？还不给我动手！把她带回府里去。"

家奴们得令，一起上前抓人。春杏急了，动手同家奴们抓了起来。但是，两个女孩子怎么也不是这群如狼似虎的家奴们的对手，说话间就被捆了个结实。

孟昌正暗自得意，觉得大功告成了，不成想巡检司来了人，领头的正是巡检陈文谟。孟昌见了，知道事情不太好办，就急忙上前，一边施礼一边说："哈哈！是巡检大人驾到，本公子未能远迎，望大人恕罪呀。"

"呃！原来是孟公子。"陈文谟问道，"你们在做什么？"

"嘿嘿……没做什么。"孟昌皮笑肉不笑地干笑两声，客气地说，"请陈大人高抬贵手，放我们过去吧。等到了明儿个，本公子一定到府上致谢。"

"公子！这是公事，请多包涵。"陈文谟说罢，命人把孟昌等，还有那两个女子一同带回司里去。

孟昌哪里把小小的热河巡检司放在眼里，以为街上人多，不好放人，等到了司里没人的地方，还不得将他这个副都统的大公子供起来？没想到陈文谟不信邪，马上升堂审理。

"这位小姐，"陈文谟问道，"你家住哪里，姓甚名谁，为何被孟昌纠缠？前因后果，从实讲给本官听。不用害怕，一切有本官做主！"

小姐未曾说话，泪却早下来了。她抽抽搭搭地说："民女刘玉萍，家住狮子沟村，今天为了还愿，带丫环春杏到娘娘庙进香。不想才到庙前下了轿子，这位公子就拦住不放，满口胡言乱语，还将我主仆二人捆绑起来。多亏大人及时赶到，不然民女定遭不幸。"

孟昌见陈文谟不但没放他，还挺像回事儿似的升堂，心里正憋着一股火呢。这时，又听刘玉萍如此一讲，他张口骂道："你这个贱货，本公子看上你，算你烧上了高香，积了阴德，还他妈的……"

陈文谟轻拍了一下惊堂木说："公子！这是公堂，请你委屈一点吧！"他为什么这样呢？原来，他知道来硬的反倒不好办，所以先麻痹他一下。他假意给孟昌使了一个眼色，好像是说：听我的没亏儿吃。

孟昌不知道陈文谟葫芦里卖的什么药。他从小没吃过亏，养成了天不怕地不怕的脾气，再加上看见陈文谟直给他使眼色，不像要难为自己的样子，所以也就放心了。见衙役反复让他下跪，心想：跪就跪吧，反正赢了官司就行！

陈文谟问："公子！刘玉萍所言你是否听真？果然否？"

孟昌跪了一会儿，正气儿不打一处来，听到问他，就气呼呼地说："果然，可惜这小贱坯子不识抬举！"

陈文谟又问："依你之见呢？"

孟昌直截了当地说："想收她做我的三房小妾。"

陈文谟笑了起来，说道："原来如此，公子想收一个村姑做妾？"

孟昌说："不错。"

陈文谟点了点头，又转过头来问："刘玉萍，本官问你，是否愿意嫁给孟公子做妾？"

刘玉萍早就哭了起来，说："民女虽不是金枝玉叶，却也是堂堂富室人家女儿，怎有给他人做妾的道理？再者，民女早已许了同村许秀才，绝无再配之理。"

陈文谟摆了一下手说："好。"然后将师爷写好的"供词"递给孟昌，说："公子，你当堂具结，本官自有公断。"

孟昌见巡检大人面带笑容，没有一点恶意，就抓过笔来画了押。等师爷把"供词"递给刘玉萍时，刘玉萍惊恐地把"供词"推开了。自从到了巡检司，她就发现陈文谟频频传递眼色，觉得眼前这位老爷不是个好官，她大声问："老爷，您如此断案，可不能没有天理良心哪！"

"民女不必多嘴，本官自有公断。"陈文谟大声说。刘玉萍无奈只好含着眼泪画了供。

然后，陈文谟又拍了一下惊堂木，大声道："孟昌，刘玉萍听判。"

　　孟昌正跪得有些不耐烦，一听这话，觉着有了盼头，不由得喜形于色起来，就等着把刘玉萍领回家了。

　　陈文谟大声清了一下嗓子，说道："孟昌光天化日之下强抢民女，着实可恶，为了保护民生，以儆再犯，拖下堂去重责二十大板。刘玉萍无意与孟昌结为夫妇，可即刻还家，少到外面招惹是非。"

　　刘玉萍一听喜出望外，千恩万谢地下堂，同春杏回狮子沟去了。孟昌大喊大叫中已经挨足了二十大板。他像一只吃了辣椒的大马猴儿，大喊大叫道："陈文谟！你吃了熊心豹子胆啦？你等着，我饶不了你！"

　　陈文谟哈哈大笑，然后又一瞪眼珠子，喝道："大胆孟昌！你咆哮公堂，辱骂朝廷命官。来人呀，再打二十！重重地打。"

　　这二十板，可以说血肉横飞，最后把孟昌打得背过气去才住手。

　　孟府家奴们见了，吓得浑身直哆嗦，不住地央求说："大人开开恩哪！饶了公子吧！要是把他打出个三长两短来，小人们的脑袋也得搬家。"

　　陈文谟又是冷冷一笑说："好哇！难得你们一片孝心，本官成全你们。来人哪！这帮家伙平日狐假虎威，为虎作伥，实在可恨，给我每人重打二十。"

　　七八个恶奴同时挨打，哭声一片。打完了，陈文谟才说："看在都统孟大人面上，饶了你们，不然送你们下狱。"接着一拍惊堂木，喊了一声："退堂。"

　　孟昌哪儿受过这个，连路都不能走了。恶奴们也都挨了板子，一个个龇牙咧嘴地抬着孟昌回了都统府。孟昌的老子孟住，也一样蛮横惯了，咽不下这口气。他就开始想方设法找陈文谟的茬儿，三番五次找知府喜步昌河，大骂陈文谟，造了不少谣言。然而喜步昌河呢，虽然惧怕孟府的权势，暗中训诫陈文谟，但对外自百般回护，不住地解释说："陈文谟官声不坏，望大人详察。"孟住更加生气，不只恨陈文谟，连喜步昌河也黑上了。

　　到了这年元旦，府、道、县各级官员云集承德府，对京城的皇帝行三拜九叩大礼。参拜之后，孟住想出一条毒计，陷害陈文谟和喜步昌河。他无中生有地写了一个奏折，说行三拜九叩大礼的时候，他亲眼看见陈文谟东张西望，很不严肃，对皇上极不恭敬。当按"大不敬"罪处以斩刑。另外，知府喜步昌河，对门生管教不严，也应负失察之责。

　　折子送到了北京城，嘉庆帝还真当做一回事了，很快传旨让喜步昌河答对。

　　喜步昌河看着圣旨，可吓得不轻，当即派人将陈文谟传到知府衙门商议对策。陈文谟拜过圣旨，倒挺沉着，说道："这折子一定是孟住捏造的。他无中生有，毕竟不是实情。恩师大人不必紧张，如果皇上追问下来，门生一力承担，绝不连累恩师。"

喜步昌河一脸愁容，他摇着头说："贤契，到了这危难之时，你我只有同舟共济，不能说两家话，还是想主意回皇上话才是正理，还说什么责任不责任。"

陈文谟十分感激地说："恩师对晚生恩重如山，晚生没齿不忘。"过了一会儿，他又说，"恩师为什么不找秦术讨讨主意？"

喜步昌河听了这话，一时喜上眉梢。也是忙乱中失了方寸，他竟把自己手下的"诸葛亮"都忘了。于是，忙命小当差海纳去板棚街请秦师爷。这秦术伶牙俐齿，机敏过人，早年也曾在科场上奔波，可惜过了大半生，除得到过一个贡生的功名外，其余什么也没捞到。他又因为帮助别人告状，违了大清的律条，被革去功名。自从喜步昌河当了承德的知府以后，知他是个人才，就聘请他当了师爷。秦术来到之后，喜步昌河直言："秦师爷，孟大人告本官同陈大人，说陈大人朝拜失仪，本官亦有失察之责。如今皇上追究下来，你看如何回答皇上呢？"

秦术看完圣旨，沉吟了一会儿说："事关重大，二位大人只有上书陈言了。"

陈文谟说："这是自然，但请问师爷有何妙计？"

秦术点点头说："这是关键所在。然而只说无有此事，也不是良策。都统大人如果咬住不放，我们推也推不干净。"

喜步昌河有些急躁："既然如此，如何申辩方能见效呢？"

秦术拈着山羊小胡，怪笑道："别看小人讲的条条是道儿，可实在没有好主意，请大人另请高人吧。"

喜步昌河见秦术如此，知道必有原因，刚要开口，陈文谟在一旁插言道："我闻师爷聪明盖世，一生功名都坏在孟住一人身上。这人坏事做绝，数不胜数。如今又欺到恩师头上，师爷总不会坐视不救吧？"

秦术听了此言咬牙切齿地说："此事小人自然不会袖手旁观，孟住老匹夫害人匪浅，便是食其肉寝其皮也不能消我恨之万一。"

陈文谟暗暗高兴，又盯问一句："既然如此，快快出计吧！"

喜步昌河接着和颜悦色地说："师爷还有什么难处，尽管直说不妨。"

秦术看着喜步昌河和陈文谟，竟自笑了，说道："不是小人无德，趁机索要大人钱财，只是小人前日遇件难事。我邻人张某新丧，只留孤女一人。张某生前借李财主银三十两，三年时间，本利已达一百二十两之多，按父债子还之说其女将被李财主霸占。我不忍心，可是又囊中羞涩，所以想借两个赏钱救济孤女，不知大人意下如何？"

喜步昌河马上就答应了。

秦术笑道："二位大人不必着急，此事不难解，只需八个字就足够了！"

喜步昌河和陈文谟同声问道："哪八个字？"

秦术轻松地说："朝拜前班，何暇后顾？"

喜步昌河和陈文谟顿时省悟，不禁笑起来。

"关键在'亲眼所见，绝非虚拟'上，孟住贵为副都统，朝拜时，他必是身在前列。如果他说亲眼见陈大人失仪，他自然先失仪了。万岁爷追问下来，都是死罪，他如何敢认？反过来，便认了诬告罪名，细究起来也是撤职查办。二罪比较，他自然避重就轻，不得不认了诬告罪名。"秦术说到此处，自己也感到洋洋得意："如此这般，二位大人便可高枕无忧了。"

喜步昌河非常高兴，马上赏秦术三百两。然后和陈文谟一起按照秦术的意思，给皇上写了奏折；另外还历数孟住罪责，说他富横乡里，纵子骚乱民间，强抢民女，热河街上有目共睹。皇上不妨派人私访，如果是假，他们甘愿领罪，等等。

折子很快传到了嘉庆皇帝的手里。嘉庆大怒，马上传旨将孟住先行撤职，然后交刑部严加惩处。随后，他又吩咐道："陈文谟不过是一个从九品巡检，竟能不畏权贵，刚正可嘉。可令他交卸本任，到京供职。"

陈文谟因祸得福，匆匆到京任职。但由于他朝中无人，很快得罪了朝中权贵，竟只做了半年的大理院推事，便被夺官充军，忧郁而死。

和珅得宠

讲述：鲁　宽
记录：孔宪科

和珅是个贪赃枉法，无恶不做的家伙，但却深得乾隆的赏识和重用。和珅是怎样由一个普通的侍卫平步青云的呢？

据说，乾隆的父亲雍正有一个妃子叫晓凤。这晓凤生得眉清目秀，风姿绰约。她还有一个特征，就是脖后长了一个黑痣。乾隆连做梦都在想她，偶一见面，便神魂颠倒。晓凤也是水性杨花之辈，对乾隆的眼神心领神会，每遇乾隆也是暗送秋波，故做娇媚。时间长了，二人也做出点不体面的事儿来。

偌大宫廷，何处没有皇帝的耳目？当雍正得知自己的妃子同自己的儿子私通，气得浑身发抖，但又不好声张出去，只得暂时压住火气。后来，他寻机将晓凤赐死了。

晓凤死去，乾隆十分悲痛。他偷偷写了祭文，花前月下，燃香焚稿默祷。祭文大意是：晓凤，是我害了你。为偿还这笔情债，来生无论你要什么我都答应……这生离死别成了乾隆的一块心病。

乾隆当了皇帝之后，有一天宴请群臣，夜深方散。乾隆醉眼蒙眬地走到寝宫时，见宫前回廊下卧着一人，便怒从心起，道："谁敢如此大胆，在这儿睡觉！"于是，上前踢了一脚。

这人醒来见是皇帝，连忙跪地请安。谁料乾隆一看这人，不仅消了怒气，心里还"扑腾"了一下，仔细打量，越看越像晓凤，遂把他带进了寝宫。

此人正是和珅。乾隆见他同晓凤长得十分相像，就忘情地去搬和珅的脖子，见他脖后长着一个同晓凤脖后一样的黑痣，不禁惊讶起来，急切地问："你是男是女？"和珅是个八面玲珑，最善察言观色的人。他见皇上用那种目光盯着自己，还搬自己的脖子，谨慎地答道："万岁因何开此玩笑？宫廷侍卫哪有女的？"这时，乾隆听得和珅连说话的声音也同晓凤一样，更加触动了多年的心病，又加酒力上来，竟情不自禁地把同晓凤的一段风流韵事诉说了出来。

和珅一听，喜出望外，来个顺水推舟，双膝跪倒，口称万岁，说："我就是晓凤转世，特来向万岁讨还情债，所以转成男身，是希望万岁委我以重权，扶保陛下江山社稷。"

乾隆信以为真，一口答应。就这样，一个小小的侍卫，一夜之间便成了户部侍郎领侍卫内大臣，后累官至文华殿大学士，封一等公。

肃顺之死

讲述：吴　明
记录：张贵堂

辛酉政变，慈禧太后得逞，把肃顺推上了断头台。肃顺临刑前仰天长叹曰："早纳蓝之言，焉有今日之祸！"

这话被一行刑的刽子手听见了，他默记心中，暗想："蓝"这个家伙必是肃顺死党无疑，如能访出此人献给太后，必能升官发财。他经多方察访，亦查无此人，只好作罢。后来此事传入京师，竟变成了消灾免祸的吉言："纳蓝言，免祸端。"究

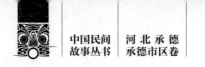

竟"蓝"者何许人也，人们不得而知。

后来，这句吉言被京城法华寺的一些善男信女神化了。他们进寺烧香拜佛后，末尾总加上一句"纳蓝言，免祸端，阿弥陀佛！"

寺中一住持听到了，不禁心惊肉跳，冷汗直流。原来此僧名德法，字静兰，系热河承德人，原住草市街。咸丰末年，皇帝驻跸热河避暑山庄时，此君与肃顺交往甚厚。后肃获罪，他始遁入京师主持法华寺。他善书法，颇通文墨，喜交文士。

当年肃顺在热河避暑山庄烟波致爽殿内受咸丰遗诏任赞襄王大臣，辅佐六龄幼主同治登基时颇为得意，以为大权在握，左右朝纲，任何人也奈何不得了。甚至竟连慈安、慈禧两位太后也没放在眼里。一日在府与友静兰闲谈时，他向静兰求教如何稳固自己的权势地位。

静兰思索了一阵回答说："吾今与君八个字：'取悦太后，善结恭王'，请君斟酌。"

肃顺听了不以为然，淡淡一笑说："朝廷诸事由赞襄政务八大臣主持，凡皇上颁诏皆由我等拟定，两宫太后只有押印国宝的份儿。她们只是个牌位，何须取悦于她们？恭亲王奕䜣不在赞襄议政之内，他算老几，结他何用？"

静兰听了不禁摇头说："君言差矣。那拉太后乃当今国母，先帝生前，常参与政事，有则天武后之才。今后凡事不中她意，岂能成乎？恭王系先帝之六弟，当今之皇叔，焉能等闲视之？"

肃顺连连摆手说："不足为虑，不足为虑矣！"

静兰见肃顺如此骄狂，知他日后必败，便不再多言，心中暗暗叹道："杀肃顺者，必那拉太后也！"

果然，慈禧太后发动了辛酉宫变，肃顺在护送咸丰梓棺回京途中在密云被捕，后斩首于北京菜市口。肃顺在临死前想起了静兰的"八字真言"，不禁仰天长叹，但已为时晚矣。

花神娘娘打太监

采录：王 琪

在避暑山庄里的"月色江声"西边，有一座花神庙。那时候，到处流传着慈禧太后的大太监李莲英叫花神庙里的花神娘娘打了一顿的故事。有些不知内情的问，那李莲英不是很信奉花神娘娘吗，怎么倒挨了打？这话得从头讲起。

大太监李莲英原本不爱花，更说不上信奉花神。倒是慈禧太后处处模仿唐朝女皇帝武则天，爱花爱得厉害。每年她到热河离宫避暑，总先到花神庙里拜祭一番。专会阿谀逢迎讨"老佛爷"好的李莲英，这才突然爱起花来。每年一到热河，他都要给花神庙拿出一大把香火费，然后装模作样地在花神娘娘像前跪上半个时辰，嘴里念念叨叨地求娘娘降福。其实，是做样子给"老佛爷"看。这招真灵，竟得到了慈禧的夸奖。每逢这时，李莲英心里都美滋滋的。李莲英如此信奉花神，官里大大小小太监、宫女们谁敢不信奉？从此，花神庙里香火不绝，格外兴盛。

那时正是光绪年间。光绪皇帝和他的爱妃珍妃娘娘一起热心于搞变法维新。可是慈禧太后和太监李莲英一伙最恨"维新"。他们百般封锁皇帝和外边维新党的联系。光绪皇帝这时就少一个会办事、稳重机灵的太监做传信的人。

这天，专为珍妃梳妆的宫女何美，想和十四岁的弟弟何芸见面。因为何芸是在膳房给皇帝端饭菜的小太监，不便到官里，姐俩就转到角门后边说话儿。谁知，恰巧珍妃出角门到后花园给撞上了。慌得何美跪下，不知说啥好。何芸却给珍妃请了个安后不慌不忙地说："奴才数日不见姐姐，心里挂念，今天来给珍娘娘请安，顺便想瞧瞧姐姐，不想撞了娘娘凤驾。"几句话说得珍妃很舒服。她看到何芸人不大，却稳重又会说话，就把他推荐给皇帝做了小太监。

何芸从这以后，就常常瞒着众人给皇帝和外边的维新党传送信件和口谕。大太监李莲英听说后，就把何芸叫了过去，先是吓唬，后是哄骗，叫何芸以后把皇帝的信让他先看过再送出去。何芸嘴上答应着，可没一次把信给他看，气得李莲英把牙咬得咯咯响。但由于他是皇帝的人，眼下又奈何不得，只是心里盘算，想抓机会下手。

这年夏天，慈禧太后又带光绪皇帝来到热河离宫避暑。有一次李莲英到寝宫去给慈禧拿鼻烟壶，瞄见何芸从花径中匆匆走去，突然心生一毒计。他把翡翠镂花嵌珠的鼻烟壶狠狠地往石阶上一掼，顿时摔成四半。随后又把破碎的鼻烟壶捧在手上，跪到慈禧身边喊道："奴才该死。"

这翡翠镂花嵌珠鼻烟壶是慈禧心爱的东西，当她看到变成碎片捧在李莲英手上时，顿时满面怒容。李莲英装得分外委屈的样子说："奴才从寝宫拿着鼻烟壶出来时，看见一个人在花池中掐花，是奴才喊了一声，这个人慌忙逃跑，一下子把鼻烟壶撞在地上摔破了。"说着声音带了哭腔。西太后失了心爱的鼻烟壶，又听说有人敢毁花，不禁大怒："这个人是谁？"李莲英赶紧凑上去说："是皇帝身边的人，叫何芸。"西太后瞪圆了眼睛："把这狗崽子叫来，乱棍打死！"

　　何芸被拉来，不容分说，扒下衣服就打。刚打几棍，有人大喝住手！原来是光绪皇帝闻讯，匆匆赶来给慈禧跪下，为何芸分辩求饶，何芸这才没被打死。但因为李莲英硬说看见何芸毁花得罪了花神，所以被西太后罚到花神娘娘面前跪了一整天。

　　何芸无缘无故地给花神娘娘跪了一整天，腿都跪肿了，还差点没做棍下鬼，心里又气又恨，一下子晕了过去。幸亏花神庙的小太监和他相好，灌些水把他救活。小太监跟何芸说："我也恨李莲英，恨不得宰了他，只是没机会下手。"何芸咬着牙说："就是宰不了他，也得出出这口恶气。"两人低头思谋了会儿，何芸问："他不是常到庙里来吗，有没有准时候？"小太监回答："每到一种名贵花开，他总随太后来一次，一夏天少说也来个二三十次。有时太后自己不来，就派他给花神烧香。再过四五天，茶花一开，他又要来了。"何芸猛地把头一抬说："有办法了。"他把嘴凑到小太监耳朵边咬了一阵，说："就看你敢不敢啦。"小太监说："不敢是王八养的！"

　　这一天下午，李莲英又来花神庙烧香了。他先到耳殿里喝了会儿茶，看看天要下雨，叫小太监快把祭礼摆上，就跪到了花神面前。这时，天阴上来了，花神娘娘两旁的大红蜡烛比往常亮了许多。小太监却躲了出去。

　　李莲英磕了三个头后，抬起身来祈祝。突然，他看到花神娘娘的衣服抖动起来，跟着身子、眼睛也动了起来。李莲英早就听说过神仙显灵的事，霎时浑身的汗毛都竖了起来，慌忙闭上眼睛，把头在地上磕得咚咚响，嘴里不停地念叨："娘娘请回，娘娘请回！"

　　"李莲英！"李莲英不知是听到一声雷响，还是仿佛听到花神娘娘在说话。"李莲英！"他这次确实听到娘娘在唤他，吓得六神无主，一个劲地朝上叩头。"李莲英，你知罪吗？"娘娘的话清楚地传到他耳朵里。李莲英哆哆嗦嗦地答道："奴才不知。""嗯！你盗用我名，随意害人，你还想活着吗？"这话就像打了个炸雷一样，李莲英吓得喊差声了。"娘娘饶命，娘娘饶命啊！"过了会儿，又听花神娘娘言道："姑念你是初犯，饶你不死，下去自己掌嘴五十，以戒下次。"李莲英一边谢恩，一边在自己嘴巴上一五一十地打了起来，打得鼻子也歪了，嘴角也流血了，打完足足五十下，才抱头鼠窜而去。何芸也由神像下边钻出来，他和看庙小太监相对而笑。

　　第二天，花神娘娘打太监的事就传开了，一直传到了今天。

扎围裙的大帅

讲述：赵荣华

记录：杨志民

民国年间，有一天，热河街二仙居桥北，站着一个二十多岁的青年军人！他的袖标上写的是："不扰民，真爱民，誓死救国。"一看便知是宋哲元部队的人。

这个军人站在桥头下，侧着身，目不转睛地望着桥的南头。桥南有三个穿长衫儿，外罩青缎子马褂儿的中年人，正挤鼻子弄眼地走向靠柱子站着的一个女子！桥北边的坝沿儿上，还坐着一个年约四十往上，高身材，很魁梧的人。他穿一身山东蓝粗布裤褂儿，脚上是皮脸洒鞋，腰里系着个兰布围裙。他好像漫不经心地看着这一军人和那三个人，究竟想干什么。

宋哲元部军纪严明，一般士官外出，至少要三人同行，单人上街是严重违纪的。桥头这个年轻军人若是宋部的军官，一旦被宋哲元得知，肯定要受处分，若再胡来，非枪毙不可。

再说那三个穿长袍的男子一个叫张通，一个叫赵永生，一个叫乔连胜，都是霸州人。因乔连胜有个亲戚是承德县长，这次三人是特意来承德游玩的。这三个人在霸州本是公认的三霸，终日卧柳眠花！甩着膀子在街上横逛。

这三人走到姑娘跟前，嬉皮笑脸地问："大妹子，等谁呢？"姑娘一见三个人眼生，就说："等我爹卖了柴火回家。"

赵永生惊讶地说："我看着就像你，结果这一问真问对了，你爹刚才让车撞伤了，叫我们来找你，叫你快去哩。"

这姑娘怎能知道这三个人是骗子，听说父亲受伤，跟在这三人身后就走，走没多远儿，正碰上他爹卖了柴火赶来找她。爷俩一搭话，这才知上了当。

这仨人一看露了馅儿，立即变口说："你就是卖柴火的？你那柴火里掺假，快推走，我们家不要了。"

父女俩是乡下人，也不知这三个人是吃几碗干饭的，被三个人推推拥拥，推一步走一步！就在这时候，那位年轻的军人走了过来，问道："你们三个人要做什么？想把这爷俩推到哪儿去？"赵永生见来者是个兵，根本不在乎，说道："你管得着吗？"

这军人横在爷俩儿身前说："你们是干什么的？"赵永生说："告诉你，我们是县衙门的，你少管闲事！"

军人微微一笑，说道："好，既是县衙里人，就有地方说理去了，走吧，见见你们县长去。"

赵永生见那军人伸手来拉，照着军人前胸一拳！军人闪身，上边一索手腕，下边一腿，赵永生就躺在了桥头外。

这时，那个扎蓝布围裙的人，也在人群里围观，还不断喊道："打得好！打死他们三个我兜着。"

乔连胜一听扎围裙的帮军人助威，就奔这人来了，照这人面上一掌。这人微一矬身，下边飞起一脚，正踢中乔连胜膝盖骨，"咔嚓"一声，腿折了！张通上前，也被军人一拳打中了面门，眼也封了，鼻子也塌了。这里打架，人越聚越多，正好过来一班纠察队，领头儿的上前就给扎围裙的人行个军礼。扎围裙的对带班的纠察说："找车把这三个家伙拉到县署去，我找县长讲理。"然后又问了青年军人的名字，在哪个连队里。

没过几天，市面上都知道扎围裙的人是大帅宋哲元了。那军人原来是准尉衔，提升成中尉副官。三个坏蛋在水泉沟处死了。

宋哲元挥泪斩部下

讲述：赵荣华
记录：杨志民

民国初年，宋哲元部去打朝阳时，经过承德街。有一位姓吴的连长，带着一连战士在韭菜沟口坐地休息。士兵们又渴又饿，眼前就是菜园子，种着一园子水萝卜。怎奈军纪严明，没有人敢拔一个水萝卜吃！

全连人向连长要求买菜，吴连长想找园头商议买一些，可巧园头回家吃饭去了，连长命令说："大家可以吃水萝卜，但每拔一个萝卜，萝卜坑儿里要放一个大铜子儿。"无须连长亲自去萝卜坑儿查看，每个坑里都放了铜子。

这一连人休息过了立即又行军了。次日宋哲元的师部到了。纠察队把这一情况向宋哲元报告了。

宋哲元一听报告，立即派人将那连长从板城逮回来。宋哲元带了几位处长，直到韭菜沟口，宣布连长带头破坏军纪，马上执行枪决！几个处长为连长求情说："念吴连长几年来屡立战功，这次总算是给了萝卜钱，而且一个大铜子可买两把儿萝卜，望大帅谅解！"

宋哲元说："给多少钱也不行，这等于擅动老乡的东西，应当事前请老乡同意才行。"

大家将菜园老头儿请了出来。侯老头儿听说要枪毙吴连长，马上抱住了宋哲元的大腿，苦苦求情说："他们吃我萝卜，我多得了钱，心里正感激这位连长呢，怎么还犯罪呢？若非枪毙不可，请大帅开枪吧，我愿意与他同死。"

宋哲元含泪扶起了老头儿，转身又对吴连长说："你快谢谢老大爷留命之恩！"吴连长刚要给老头儿磕头，老头儿忙扶住说："不要谢，我晚来一步，叫你受惊了……"说着，左一把右一把地擦泪。宋哲元左右的处长和身后的几个亲兵们，见老头儿流泪，眼窝子也红了！

烧鸡李智斗汤二虎

讲述：马金山

记录：张拯民

军阀汤玉麟，人称汤二虎。在他统管热河时，承德街有个身背圆笼柜子姓李的烧鸡小贩。因为他叫卖时总是"烧鸡哩、烧鸡哩"地吆喝，大家都叫他"烧鸡李"。

烧鸡李做生意与众不同，白天不出来，专等掌灯后才出来串胡同，挣那些吃夜宵人的钱。

有一天夜里，他路过汤二虎的帅府门前，大声吆喝："烧鸡哩！烧鸡哩！"叫卖声刚落，帅府的门"吱儿"的一声启开了，汤二虎的副官走了出来。原来，这会儿汤二虎正在客厅里陪着太太们打麻将。夜深了，他觉得肚子有点饿，听到叫卖声，就命令身边扒眼儿的一个姓董的副官出去看看，买点夜宵吃。

董副官叫住了烧鸡李，走过去将圆笼柜子盖一掀，二话没说，抓起两只烧鸡就走。烧鸡李一见急了眼，赶忙拦住他："长官，您忘了给钱啦。"

"钱？"董副官瞪起眼睛，"告诉你，这鸡是汤大帅要的，想要钱得先摸摸脑袋！"

"长官，我是小本经营，叫唤一宿也挣不了一只鸡钱，家里老婆孩子都等米下锅哩。"烧鸡李苦苦央求。

董副官一听，火了，抬腿"噔"地就是一脚。把烧鸡李踢出三四步远，烧鸡扬了一地，马蹄灯也摔碎了，等爬起来再找那副官，连个人影儿也不见了。烧鸡李气得哆嗦成一个团儿，回到家一宿也没合眼，翻来覆去想主意，合计着如何才能出出这口气。

说来也巧，近几天，汤二虎正没黑夜没白天地耍钱，也搭上他平时总跟几个老婆瞎腻呼，突然病倒在床上，一连好几天吃不下东西，闻啥味都恶心，这下可把他几个老婆急坏了。合计了好几回才决定派董副官到外边请一位有名气的厨师伺候大帅。

旧时的手艺人，胆子都小，听说伺候汤二虎，谁都不敢去。

烧鸡李听到这个信儿，却是心中暗喜。他主动找上门，面见汤太太，提出愿为大帅效劳。为了取得太太们的信任，他还夸口说自己的老爷子曾在清朝宫廷里伺候过皇帝，有祖传厨艺。汤二虎的老婆听了挺高兴，决定将他留下。

烧鸡李心想：留下就好办，我也用不着客气，先跟他们讲讲价钱。他转过身对汤二虎大老婆说："咱们得先小人，后君子。我在别处耍手艺每月饷钱是五十块大洋，少这个数我不干。"几个老婆一听，都皱起了眉头："五十块？军营里的营长也挣不了这些呀！"

"人比人得死，货比货得扔，您不想用，我也不强求。"烧鸡李说完就要走。

汤二虎的大老婆可沉不住气了，忙说："行啊，只要能让大帅满意，就给你这个数儿。"

烧鸡李就这样被留了下来，当天他就向当差的了解平时大帅喜欢什么口味。当差的告诉他说："汤大帅最喜欢吃驴肉和杂面。"烧鸡李心里有了底儿，便拎着小坛儿出了大帅府到驴肉锅子那儿买了一坛煮肉老汤，偷偷地带回府，升炉灶给汤二虎煮杂面。煮熟后，又将老汤调进面汤里，盛了一大碗亲手端给汤二虎。烧鸡李刚进门儿，汤二虎就闻着一股扑鼻的香气，馋得他差一点流出口水来。汤二虎接过碗"稀里哗啦"地吃了个精光，嘴里还一个劲儿地叫好。

烧鸡李头一炮就打响了。打这以后，他每天给汤二虎做一顿杂面吃。说起来也怪，汤二虎就像染上了杂面瘾，天天想吃杂面。

转眼来到月末发军饷的日子，烧鸡李把工钱领到手后，就去见太太："太太，我挣这点工钱实在不够用，下个月再给我长二十块工钱吧。"

太太一听就火了："什么？还长二十块！你也不知道自己多沉多重！不愿意干就请便吧！"

烧鸡李满不在乎地说："老实说，有好几家想花八十块雇我哩。"说完就离开了大帅府。

开晚饭时，汤二虎等着要吃杂面。伙房里的厨子费了很大的功夫煮了碗端给汤二虎。没想到，碗没粘嘴边儿，他就皱起了眉，一点没味。他气呼呼地问大老婆："娘的，烧鸡李今儿个是咋做的杂面？"大老婆慌忙将打发烧鸡李的前后经过讲了一遍。没想到，汤二虎听后气得"呼哧呼哧"直喘粗气："混蛋！你们是成心想把我给饿死呀？"大老婆无奈，只好答应再把烧鸡李请回来。

转眼儿又到了月末，烧鸡李领了七十块饷钱后，又找汤二虎提出：下月再给长二十块工钱。可把汤二虎惹火了："你他妈的得寸进尺呀？世上哪有挣九十块大洋的厨儿？"董副官讨好地劝阻说："大帅，此人确有一手'绝活儿'，我看就给他再长二十块钱吧……"说着，他在汤二虎耳边嘀咕了一阵子，汤二虎点点头。做晚饭的时候，伙房派来一个人，说是打下手的，可是总围着烧鸡李身前身后转。烧鸡李心里明白：这是来偷艺的。其实他早就加了这份小心。

月末关完饷，烧鸡李再一次提出长二十块钱。董副官满以为派去偷艺的人早把手艺学到手了，就把烧鸡李打发了。

做饭时，那个人照着烧鸡李的法儿给汤二虎煮杂面，煮好后端给汤二虎品尝，仍不称汤二虎的意。董副官没法子，只好四请烧鸡李。

第二天，天刚亮，董副官就找上门来。任凭他把嘴磨破一层皮儿，烧鸡李长短不干。可把董副官急坏了，最后说："你实在不干也行，必须把你煮杂面的绝招儿说给我。"

烧鸡李眼珠子一转，故意很神秘地说："其实我也没有什么绝招，就是求灶王爷在杂面汤里撒进了仙丹。"

"仙丹？"董副官惊奇地追问。

"在每次杂面下锅后，跪在地上冲着锅台磕三个响头，灶王爷就会出来帮忙。"

董副官信以为真，回到大帅府后，按着烧鸡李说的，煮上杂面又磕头，满以为这回大帅准得满意。没承想汤二虎只尝了一口，就火冒三丈，回手把碗摔在董副官脸上，烫得他"爹"一声"妈"一声怪叫。董副官琢磨一会儿，才纳过闷来，立刻派人去抓烧鸡李。谁知，烧鸡李早就带上家眷逃到东北沟帮子，又卖起烧鸡来了。

一只蟋蟀送七条命

讲述：王志三
记录：杨志民

汤二虎的六姨太和三少爷最喜欢玩蛐蛐。府上常年养着四个蛐蛐把式，每年七月至九月，是民间斗蛐蛐的日子。这期间，六姨太和三少爷整天为斗蛐蛐费心思，到头来蛐蛐斗不赢倒输出几百斤月饼。汤府既养着蛐蛐把式，怎么还输呢？原来，汤府里养的这些蛐蛐把式们与外面的人串通一气，算计老汤家的钱。所以六姨太和少爷总是胜时少，败时多！

这一年又到了开圈的时候。热河街东有一个叫孙芳的蛐蛐迷，每年靠斗蟋蟀赢月饼，然后把斗胜的蟋蟀倒卖出去。这年他弄到一只好蟋蟀，取名叫"玉出头"，头上长着两根白须，金黄色的身躯，腿粗有力。孙芳每天按时给它晒鞍、浴爪、刷牙、配雌、喂精饲料、饮露珠儿，增强它的争斗能力。

开圈后，行家都知道这蛐蛐厉害，没人敢和它咬赌。放着好蛐蛐赢不到钱，孙芳急得直上火儿。

一天早响，帅府的蛐蛐把式胡三爷到圈上来了。孙芳忙把胡把式拉到小饭馆里，买了酒菜，俩人就喝起来。酒过三巡，孙芳便向胡三爷诉起苦来，胡三爷眼珠儿一转，给孙芳出了个鬼主意。

第二天，孙芳拿一个比玉出头个儿还大的蛐蛐，上汤二虎府前去卖。时间不大，胡三爷陪着三少爷来了。三少爷一见这蛐蛐色儿金黄，足够"二路"的个儿。原来，玩蛐蛐的讲究很多，蛐蛐可以按个儿大小分头路、二路、三路、等外。而头路的几乎少见，头路的配不上个儿，更不易下圈咬，一般是大三路和小二路的容易和别人的配个儿。

这个蛐蛐被三少爷看中，花了十块大洋买下了。三少爷抱着蛐蛐罐儿喜滋滋地回府，六姨太太看了也挺高兴。

又过了几天，三少爷和六姨太在门前贴了一张开圈的告示。孙芳来了，只拿了那只玉出头，六太太就用买来的那只黄蛐蛐配个儿。别看这蛐蛐个儿大，蛐蛐谱上没名儿。孙芳在没卖之前，曾在家里让它与玉出头斗过，是三战三败。蛐蛐这东西只要一败过，再咬更败。行家们把这样的蛐蛐叫"败统儿"，都把这种蛐蛐扔掉不要。

今天，六姨太看着自己这个比玉出头还大一点，认为有便宜，便要赌一百斤月饼。结果两个蛐蛐在圈内一搭牙，六姨太这个转身就跑了。

这个妙计成功后，胡三爷得了孙芳赠给的三十斤月饼钱。可是三少爷出二十元大洋买玉出头，孙芳不卖，又加了六元还是不卖。三少爷得不到玉出头，心里不痛快，茶饭懒进，生起病来了。汤二虎听说少爷病了，一问是为了一只蛐蛐觉得挺来气。六姨太在旁添油加醋，硬说孙芳瞧不起三少爷，骂少爷败统的儿子。三少爷是给气病的。

老汤一怒，立即派人去抓孙芳，正赶上胡三爷在孙芳家吃酒，一起抓起来，并把孙芳的六个好蛐蛐连罐儿也抄来了。

汤二虎亲自审讯，胡三爷与孙芳抗刑不过，全都承认所用的计策。汤二虎一听，火了，连另外三个蛐蛐把式也一起捆了，说他们通匪，在府外照壁下把这五个人枪毙了。

这个玉出头到了三少爷手，他一高兴病好了。过了几天，三少爷带着一个马夫，捧着玉出头，想到粮市圈上去斗蛐蛐，刚走到二道牌楼，迎面来了个小伙子对三少爷鞠了个躬说："少帅，前几天我在北京买了一只蛐蛐，两个白尾儿。都说谱上有白玉尾的名字，请少帅去看看，若是玉尾，正配您那玉出头，我卖给少帅。"

三少爷一听可乐了，说道："真要是玉尾，我给你二十块大洋。"

三少爷带着马弁，跟这小伙子走进了一个胡同就再也没出来。过了两天，帅府门外照壁下放了一只箱子，上写着"献给都统——三败统。"

士兵急忙禀报老汤，汤二虎带人到门外，开了箱子一看，当时就昏死过去了。原来这里面装着两颗人头，其中一个便是儿子汤三少爷的！

到底是谁杀了小汤，老汤查了个六够也没查出，只好罢了地。

汤二虎弃子避嫌

讲述：阎志华
记录：杨志民

汤玉麟这家伙一生尽干伤天害理的事儿。在他统治热河期间，在离宫内办海洛因厂，征用一万多亩良田种植大烟，供他制白面儿用，然后销往平泉、凌源、朝阳、赤峰、丰宁等地，从中牟取暴利。

民国二十年春天，从丰宁来了一个买主名叫阎喜庆，要买五百斤白面儿。

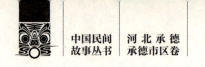
老汤的长子汤佐兴，在父亲面前没有两个弟弟得宠，虽然有钱花，但没啥积蓄。他得知此事便想劫回白面儿，赚点钱花。他问明阎喜庆的年龄、相貌后，便化装骑一匹白马，带了手枪，在后面追去。他一面打马猛追，心里一面合计：这五百斤白面儿劫回来，卖给凌源老主顾，将要发一笔横财。想到这儿他高兴极了。

追过了滦河，连一点影子也没追上，心里起急，每追上一个骑驴的就要细看，一看不是，又往前赶，总嫌马跑得慢，左一鞭子右一鞭子地打马。

追到张百湾大屯，要上波罗诺岭时，追上了。阎喜庆正和一个赶牛车的人，停在路旁说话儿呢。

赶车的三十多岁，牛车上坐着两个二十多岁的女人，原来赶牛车的也姓阎，跟阎喜庆是堂叔伯叔侄。

汤佐兴停住马一看，正是四十来岁浅白麻子的买主，跳下马来就问："你是从热河来的吧？"阎喜庆并不认识汤大少，说道："是，您也是从热河来的吗？"

汤佐兴不答，遂问："你带的是什么东西？"阎喜庆一惊，这白面儿别看老汤敢做敢卖，放到别人手里可是犯私的东西，况且数量太多，不敢实说。于是说："家里有病人要吃白面，我这是买几斤回去抚养病人的。"

汤大少冷冷一笑说："拿来我看看！"阎喜庆装聋上驴就走，这小子抢上去抓住驴缰绳说："站住，哪儿走？"

阎喜庆急忙把驴缰绳搭在软屉儿上。因他有点三脚猫儿的功夫，把汤大少当成土匪了。汤大少刚要松开马嚼子，这马今天已被汤大少打惊了，要跑！忙又拉住，伸右手抽出了手枪。姓阎的还真敢干，想夺他的枪支，遂一上步，只听"啪"的一声枪响，阎喜庆立即栽倒了。

在他父子来说，汤二虎等于海外天子，这个大犊子即便在街里大庭广众下，打死几条人命也是儿戏。他先将五百斤白面儿包儿拿过来拴在马屁梁上，又对赶车的阎广发说：

"你们是做什么的？"

阎广发敢怒不敢言，只说："我们去张百湾看望姑母。"

大少爷往车上一看，车上坐着两个女人，年轻的女子二十三四岁，很有几分姿色。适才他只顾劫白面儿，没注意这个女人。那时候农村姑娘腼腆，见有生人到车前，便在嫂嫂身后把头低下去了。大少见这姑娘小模样够瞧的，便动了邪念。姑娘此时见死了本家叔叔，早已吓得魂不附体了！

汤大少图财害命得逞，淫心又起，对阎广发说道："你让车上那丫头下来，到那边山环里让大爷开开心，我就放你们走，敢不答应，我就不留情了！"

几句话吓得那姑娘面如土色。

阎广发苦苦求情，汤大少始终不允，最后听那妇人说："先生，我是他的妻子，这姑娘是我小姑子，还没出阁。先生只图片刻之欢，坏了我妹子一世，将来嫁了丈夫，也要受一辈子气。我已经是出嫁的人了，倒看着先生怪俊儿的，甘愿陪您高兴高兴！"

大少听罢又仔细看了看这娘们儿，显得又比那丫头好了。原来这小子是挑花眼了，看谁都不离儿，遂说："大爷是个心肠软的人，行啦，走吧，到路那边沙丘去！"

这娘子想要掐死大少，或能把枪弄到手，给死去的叔公报仇。她也想到一旦不随手时，就会死在他手里，因此她连看了阎广发几眼，就跟汤大少到那边去了。

阎广发知道媳妇是个乖巧的人，遇事有主见。他拿着鞭子从背后溜过去，想找机会干掉汤大少。

到了山洼里，一棵树没有，汤大少琢磨了一会儿，怕马跑了白面儿再丢了，就把马缰拴在自己脚腕子上。这小子褪下裤子来，等着那娘子脱衣服。这妇人计上心头，假意转过身去脱衣解带，实际把头上的银簪儿拔下来了，抽冷子刺到马的屁股上，马疼得一声嘶叫，"噌"的一下子就蹿出一丈多远，把大少爷也拖出一丈多。他越喊，马越蹿，马以为主人总在后边追它，越发害怕。这样一来，那马跑出有十多里路，才被前边行人劫住。

马缰绳头上只拴着一条腿了。脑袋甩在五里以外，肠子肚子沿路都是。阎家三口人装上被汤大少打死的阎老客，赶车回去了。

老汤也弄不清儿子怎么会死在那儿，索性来个不承认是自己的儿子。

七姨太偷情丧命

讲述：殷建芝
记录：杨志民

热河都统汤玉麟的七姨太太小华，其实是老汤秘书科里王佐君的未婚妻，被汤玉麟霸了去！王佐君心里有火，却敢怒不敢言。

小华到老汤家后，终日浓妆艳抹讨老汤欢喜。王佐君心里暗想：小华咋这么快就变心了？她也不想想，老汤比她爹年岁还大，嘴里出气儿都是臭的。一个妙龄少女怎甘受那猪狗一般的老头子蹂躏？她是真心还是假意？他思来想去心里琢磨不透，最后，决定还是见她一面，倘若有恋我之情，就是我受天大的难，也要设法把她救出来。

王佐君暗下决心，一定要见见小华。这年夏初，在二道牌楼市场上，王佐君突然见到小华和她二姐带两个婆子走过来。

原来她二姐便是汤都统六姨太，名叫小翠。小翠已嫁了人，男人是个小炉匠。小翠本来就不正经，经常倚门卖俏，被老汤发现，一声令下就抢进府来。进府还没等老汤求欢，她就先巴结着调情，乐得老汤手舞足蹈。自此小翠对小炉匠想也不想，反倒让老汤把小炉匠逐出热河街，到平泉落户了。

今天六姨太倒没注意王佐君，一是小华先看见的，她用手一捅二姐，又往王佐君这边一努嘴，小翠才见了，劈头一句就问：

"你来干吗？没见我姐妹在这里吗？"

王佐君说："你们既不是金身罗汉，也不是菩萨的莲台，这儿也不是紫禁宫阙，怎么不许我来？笑话！"

六姨太太一听，恼羞成怒，往对过一家门洞儿看了一眼，原来对门门洞里蹲着四个保护两位太太的护兵。只要太太张嘴呼唤，王佐君就要倒霉。王佐君也见到那四个人了，心知不妙。这时，小华推他一把说："你少说闲话，快走吧！"王佐君只得离开。

从此他脑子里也懵懂了，哭笑无常。有时愤恨，有时惆怅，整个儿秘书科都以为小王精神失常了！

政务处里有个管理少数民族的参议是个蒙古族人。最早是奉军阙朝玺手下的一个营长，后来不知何故被老汤借来了。都知他武艺高强，一直留在老汤部下。这人叫安脱，为人正直，不爱贪图名利，这年他已经五十多岁了。

有一次，他找到王佐君问道："小王，你究竟有什么不能出气的事，若能跟我说，我能帮忙定然帮忙，实不能帮的，也不坏你的事！你是个年轻有为的人，长此下去岂不糟践了？"

王佐君嗫嚅了半天，竟未说到正题，安脱笑道："等你什么时候相信我了，就找我说，行吧？"

王佐君也知他是好人，只是自己不好启齿。他觉得上次在商店门洞里，小华对自己还是有情意的，她怕我吃亏才督促我快走开，若真是这样，自己认倒霉，只恨汤二虎！得机会带她逃走，丢下这差事也值得。

到了中秋节，因一早就听说都统家眷要游宫看荷花。王佐君听到这消息，心里高兴得直蹦，忙把自己积下的二百多元现洋收拾在一个小包袱里。他想：今天倘若见了小华，她若没变心，就带着她逃走，走出老汤的地盘，就平安无事了！

帅府里的人，一般都躲着七个太太们，不敢从这些人身旁路过。小王却有意要靠近她们，他远远地望见七个太太与十余名丫鬟婆子，从云山胜地走下坡来，直奔水心榭来了。太太和丫鬟婆子们说笑着观看荷花。小华早已看见了小王。她见小王向她连连打手势，偷眼瞧瞧二姐正和大夫人手指荷花说话儿，就溜下亭子。小王第一句话就是："跟我走吧！"

小华说："怎么走？"

小王说："定出时间，我到指定地方等你，你说个时间地点就行！"

小华冷笑道："你怎么还做梦？在二道牌楼不是我催你快走，还有命吗？救你一命是补过了那彩礼钱。我可再不能救你了。"

小王到这时心里凉了半截儿，但仍没死心，又问："你就甘心跟那老棺材瓢子过一辈子吗？"

"哼！"小华冷笑一声说，"我是他的人了，这也是月下老配定的，不跟他过又跟谁过呢？"

这时王佐君的心一凉到底了！流着眼泪又要再说什么，忽听"啪啪"两声枪响，小王一看，老汤带几个上差副官从万壑松风坎下正往这边飞跑。

原来老汤下了鱼鳞坡就看见有个男子和七太太正说话儿。

他赶到跟前，一把拉过七太太问："他是什么人？跟你说什么了？"

七太太嘴乖巧，她搪塞着说："谁知道他是哪儿来的野种儿！你没听见我骂他？他好像是疯子，问我姓啥，又问我多大了，真气人！"说着就钻到汤二虎的怀里去了。

这时候，几个副官取回来一只鞋叫老汤看了。老汤有心把鞋交给军法处调查，正犹豫，忽听有人高声叫喊："报告大帅！"老汤一看是安脱，点头叫安脱到跟前问："有事吗？"

安脱说道："我正在屋里，听到枪声就知有事，跑出来晚了一步，见一个人赤一只脚上了大墙，等我上了大墙，这人好快！已过了武烈河了。我怕宫里再有歹人，赶紧回来了。大帅还有什么吩咐？"

老汤笑道："这么大年岁了，上大墙还行吗？"

"中，不觉费劲。"安脱又说，"今天他跑了，多活几日，只要叫我见过一次的

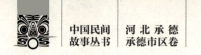

人，再见了就认识他，除非他脱胎换骨，哈哈，大帅，这不是自夸吧！"

老汤笑道："哪里话，要不是你多才多艺，我怎么舍不得你回去？这只鞋你也拿去，访着他时，生死二字由你决定也就行了。"说完，带着太太们游别处去了。

王佐君正在宿舍里心神不定，琢磨着想跑。这时，安脱走进来，说道："小伙子，你的事情我都看在眼里，我已经替你掩盖过了。只要七太太不吐你的名字，就没事了。这只鞋你把它一起毁了吧。我问你，还想不想要小华？你说真心话我听听！"

王佐君接过鞋，说："原来她是水性杨花的贱人，还要她做什么？只是气难咽。现在我不恨老汤，只恨小华。她若心不变，虽然失节，我全不忌讳，真没想到她是毒蛇。我不感激她在老汤面前不露我的名字，想她也不敢说。"

安脱连连点头说："这才是最聪明的人，你的事就包在我身上了。"

小王谢过了安脱，此事就算过去了。又过了四个多月，忽然发生了一件奇案。有一个副官和七太太正云雨中，两个脑袋一起被人用刀砍了下来。据说老汤气得往两具尸体上打了好几枪。

小王这才明白：不光是荣华富贵，闹了归齐还有年轻漂亮的副官勾了她的心。可她没想想，就凭老汤那个大醋罐子，心黑手也狠，一旦露馅儿时，还能有她好果子吃！

姜都统草菅人命

讲述：钟自鸣
记录：杨志民

民国初期，热河都统姜桂题上任后的第一件事就是先拜庙。然后在火神庙挂匾上写："太子少保上将军"，一味表白自己的功绩。姜桂题为何自称太子少保呢？这里面还有一段故事。

清朝末期，姜桂题是镇压起义军的刽子手，曾受到曾国藩、李鸿章的赏识。有一次，曾国藩带他到颐和园拜见西太后，在慈禧面前极力保举，夸赞姜桂题作战英勇。

西太后见姜桂题正年轻，身高体壮，信口夸奖说："快起来，这小子还不错！"姜桂题听罢，灵机一动，忙叩头说道："谢母后恩！"跪着不起来。西太后一时高兴，笑道："好！我收下你这个干儿子。"随后传旨晓谕臣民，钦封为太子少保，给上将军衔儿。他的少保上将军就是这么得来的。

他到热河不久，城隍庙会唱戏，他很早吃了饭，乘马去看戏。刚刚走到火神庙街，见一家门口外挂的招牌上写："致美挂面铺"。老姜一见，立即勒住了马，气势汹汹地手指招牌问身后随从马弁们："那上面第一个字念什么？"跟随的人都知道大帅认字不多，实际他自己的姓名也认不太好，遂说："念致！"老姜一听念"治"，脸都紫了，大发雷霆之怒，一声吼叫："将这一家不能放走，都给我抓回都统府，俺要看看是他行，还是我行！戏不看了，回去审讯。"

随从们不知为什么，以为是仇人被他发现了。这一声令下，一窝蜂儿闯进了挂面铺，连两个做活儿的伙计也捆了起来，拉回了帅府，姜桂题又叫人把招牌也取下来扛回去。

他刚刚往回一拨马，来接他去看戏的庙会会首拦住马头说："大帅还是先去看戏吧，回来再办公不好吗？"旧规矩，庙会唱戏，第一出戏必须由都统点戏才能开台演出。

姜桂题把眼一瞪说："看什么？不看了！"

会首说："您不点戏不敢开台，实不愿去，就点一出吧！"

姜桂题愣了一会儿，说："点什么戏？娘的，你就'外甥打灯笼——照旧（舅）吧'！"会首不敢再问，只好回庙去了。

姜桂题气冲冲地回到府里，进大厅坐下，又问亲随们："顶儿上那个字念治吗？"随从回答说："没错儿，是念致。"

"好龟孙，俺叫你治！"他咬牙切齿地说，"俺要你的命，不用口供了，先把他们当家的推出去砍了得啦！"

手下人不敢不听，把那掌柜的崔克俭往外便推。那掌柜眼看要杀头，大喊冤枉。这时，姜公馆里养着的慕宾走进来，她是个三十来岁的女人，名叫洪生。她走到老姜面前说："大帅，您应当问他个心服口服，再杀不迟，您的声名要紧呀！"

姜桂题最听洪生的话，遂吩咐等一等再杀。他指着那招牌对洪生说："你看，他要治俺姜桂题，这不是要反吗？"

洪生笑道："大帅，这字看着像是您的名讳，实际上不是，这个致字是致敬的致，不是惩治的治。下边是'美挂面'与您的名讳'姜桂题'只是字形相像，您为这杀他，岂不是草菅人命了？"

姜桂题一听："怎么？致美挂面，不是治姜桂题？乖乖，把他们都放了得啦，俺不白捆，给他们一个罗锅儿。"

他把元宝叫罗锅，所以外人背地谈论他时，都叫他姜罗锅儿。就这样给了崔掌柜五十两银子放回去了。

姜桂题马上吩咐警卫备马，带几个马弁，飞快地跑到庙会戏台下，边下马边往戏台上看。这出戏是前边跑着一个武将，后边追着一个小武生打扮的，手拿开山钺，一手提着灯笼。

姜桂题不管到哪儿，只会点一出戏，"玉虎坠"。这时，他的私人秘书从看台上下来请他到台上去看。他说："玉虎坠唱完了？这么快！"

秘书说："没唱玉虎坠，这出戏是劈山救母，您点的！"

姜桂题又火儿了，说："把领班儿的与会首都给我弄庙里来。"说完匆匆走进庙门。时间不大，领班儿和会首跑来给他行礼，姜桂题说："谁让你唱这戏，怎么不唱玉虎坠？你们胆子不小，来人，每人打四十板子。然后再回答我的话！"

这儿哪有板子，只是每人打了四十鼓槌子。姜桂题又问："为什么不唱玉虎坠？"

会首说："您没吩咐唱玉虎坠呀！"

原来，会首回来对戏班子说："大帅叫唱，外甥打灯笼照舅！"领班一听直了眼，没听说过有这么一出戏，怎么办呢？经过几个老演员好半天琢磨，想到了陈香劈山救母，杨二郎将三圣母压到华山下。陈香学艺救母，杨二郎不让救，所以舅舅和外甥打了起来。最后夺回宝莲灯，照得二郎神眼难睁，跑了。这正是外甥打灯笼照舅。大家挺高兴，这才开了台。此时老姜一问：怎么不唱玉虎坠？把大伙都问愣了。姜桂题又说："俺到哪儿也先唱玉虎坠，往下才能任你们随便唱哩。"

会首说："您来热河这是头一次点戏，我们哪知道先唱玉虎坠呢！"

"光景光景。"他有点口吃，每到着急或没主意时就这样，必须先弄几个"光景"才能说下去。这"光景"是他的口头语，今天知道两码事都是自己错了，所以光景了两句又说："乖乖，又是俺的不是了。俺不白打你们，光景光景，每人赏一个罗锅吧。"两个人一愣，罗锅儿是怎么回事儿？秘书笑道："大帅赏你们每人一个元宝哩。"二人赶紧叩头谢了恩。

姜都统和美孚油

讲述：纪国福
记录：纪绍兴

清末民初，热河府有个都统叫姜桂题，人称"美孚油"。提起姜桂题这个外号还得从他初到热河说起。

姜桂题本是个杀人不眨眼的魔王，在镇压农民起义时，因心毒手辣，很受曾国藩的赏识。据说曾国藩曾带着姜桂题去叩见老佛爷慈禧太后，慈禧太后无意中说了句："这小子不错。"姜桂题马上跪地给慈禧太后叩头说："谢母后。"因而成了慈禧的干儿子，得了"太子少保上将军"的封号。到了民国初年，袁大头袁世凯掌权时，他又成了袁大头的心腹。

姜桂题的官不小，斗大的字却识不了几个。那会儿美国把大量煤油运进中国来做买卖，煤油的价钱便宜，也比蜡烛和豆油耐用。于是，油店掌柜从美国人手里进口大批煤油，油桶上都印有"美孚油"三个字。

这日，姜桂题在府里闲得难受，就带上保镖随从来到热河街上，左瞧右看不知不觉走进了热河油店。进店后，一眼看到"美孚油"三个字，不禁大怒，他叫随从把油店掌柜的马上抓进府中审问。

回到府里姜桂题坐在公案前，怒气冲冲地问："大胆刁民，你竟敢把老爷的姓写到油桶上。"

掌柜的正不知为什么事抓他，听了姜桂题这一问更糊涂了，忙辩解说："小民不敢，小民不敢，小民根本没在油桶上写老爷的姓，望大老爷明察。"

姜桂题把惊堂木往公案上一拍，厉声喝道："明明你的油桶上有老爷姓名中的'姜'字，你还狡辩！来人，给我先拉下去重打四十大板。"

掌柜的这下明白了，这姜都统敢情是个"白字先生"。误把油桶上的"美"字认作"姜"，但却不敢指出来，于是连忙叩头："小民冤枉，小民油桶上的字是洋大人写的，小民从洋大人手中买来时就有，望老爷开恩。"

姜桂题听了半信半疑，就传命去找证人，结果证人都说是洋人写上去的。

姜桂题听了，虽然满肚子的火气，但也自知奈何不了洋大人，就把火全向掌柜的撒去："念你是初犯，字又不是你写的，罚你二百元现大洋，回去马上送来，那些油桶你全给我滚到滦河去，今后不准再卖油，如若再犯，重责不赦。"

　　油店掌柜的毁了油店，又干赔上二百块现大洋，虽然满肚子是理也没地方去讲。只好自认倒霉，改行做别的买卖去了。而姜桂题却因为把"美"字认成"姜"字，被人们暗地叫为"美孚油"姜都统了。

中国民间
文化遗产
抢救工程
THE PROJECT TO CHINESE
FOLK CULTURAL HERITAGES

SOS

中国民间
故事丛书

河北　承德
承德市区卷

【故事】

夏知府断案传奇

讲述：戴维明
记录：李国良

油花定案

乾隆年间，热河城二道牌楼文庙旁边，有一爿肉铺，掌柜叫林二。他为人正直，性格豪爽，结交了很多穷朋友。这些穷朋友里有一个瞎子，名叫杜丘。其实杜丘并不是一点也看不见，只是人多时装傻充愣罢了，平日里以算卦为生。

一天，杜丘到林二的肉铺闲坐，他见柜上没人，就偷偷地抓了一把铜钱，转身溜走了。林二从后屋剔肉出来，见铜钱少了许多，一问门口那个掌鞋的，才知道刚才杜丘来过。于是林二就顺着鞋匠所指的方向，追了上去。追不多远就揪住了瞎子。杜丘一见街上人不少，于是就大吵大嚷，生说林二企图抢他的铜钱。街上的人一看林二膀大腰粗，对方又是个瞎子，都帮杜丘说话。有几个愣小子扭住林二连推带拽地送到了承德府。

这天夏煦是刚刚到任，他见人们送来一个粗壮的汉子，后边还跟着一个哭天喊地的盲人，便升堂审问。林二说杜丘趁柜上无人偷了他一把铜钱。杜丘说林二光天化日行抢。二人争论不休。这时大堂外围满了看热闹的百姓，都想瞧瞧新到任的夏老爷怎样断案。

这时夏煦命人端来一盆清水，然后对杜丘说："你身上可有铜钱？全都扔在水盆里。"

杜丘不知道是怎么回事，就把兜里的铜钱全都扔到水盆里了。这时，只见夏煦走到水盆前仔细观看，看罢，大喝一声："杜丘！明明是你偷了林二的铜钱，竟敢诬告，还不快快从实招来！"

杜丘口喊冤枉，妄图狡辩。这时夏煦把门外的百姓叫了进来，叫他们仔细观看水盆。原来水盆上浮着星星点点的油花，只有卖肉的手才能使铜钱着油。一下子众百姓都明白了，口中啧啧称奇，都说夏煦断案如神。

杜丘无奈，只好认罪。

计断争婚案

乾隆年间，避暑山庄外的和府旁边，住着一家姓满的富户。主人在密云做官，家里只剩夫人与孤女做伴。这姑娘叫秀儿，生性聪明伶俐，能文善武，一对水灵灵的眼睛十分讨人喜爱。秀儿长到十六岁时，家中的老妇人并不知老爷已把女儿许人，于是又私自答应了上门求婚的一位商人。更万万没有想到的是，女儿的舅舅见外甥女人才出众，已到择婚的年龄，又把秀儿许配给了一个财主。没过几天三家都送来了定礼，并约定吉期娶亲。这回可乱套了，一家人焦急不安。老爷又不能回来。老夫人和女儿就像热锅上的蚂蚁一般，急得团团转，不知如何是好。

后来三家都知道了内幕，于是都来抢亲。三家各不相让，打得头破血流，一直闹到了承德府。

夏煦接到诉讼后，把所有人都传至大堂之上。夏煦首先问秀儿道："一家女百家求，此乃人之常情也。我只问你愿意嫁给哪家。老爷我一定给你做主，你尽管说不必害怕。"

秀儿羞答答地低下了头，过了一会才无可奈何地说："小女也不知如何是好，如果从父命则违母命，从母命则违父命，也对不起舅舅。思前想后只有一条路……"

"你只管大胆地说，本官为你做主。"

"那就是一死全都了事，免得你争我抢伤了和气，反正都是因为我引起来的，我命该如此。"

夏煦沉吟了片刻，道："这……好吧。本官也没有什么好办法。你们大家都有理，看来只好照秀儿说得办了。来人哪！到后堂把大烟熬成汤，给我端来一碗！"

时间不大，衙役们端上一碗汤来。夏煦对大家说道："唉！这可就不怨老爷我了。你们大家做证，秀儿的死可与我无关。"

说罢把汤递给了秀儿。秀儿朝母亲、舅舅磕了一个响头。老夫人大叫一声扑上前来，早有三班衙役给挡了回去。这时只见秀儿把眼一闭心一横，端起碗来一仰脖儿几口就喝下去了。紧接着把碗一扔就倒在地上了。

这时夏煦走上前来，把手放在秀儿的鼻子上试了试，又趴在秀儿的胸前听了听，然后满意地点了点头，道："人已经完了，你们三家谁愿领尸安葬？"

商人摇了摇头，道："我要的是活人，我不管埋葬。"

财主一边往后退一边说："她还没过门，又没成亲，也不属于我家的人。我岂能管这种事？"

夏煦又转身问那秀才："你要不要？"

那秀才两眼含泪，悲悲切切地说："学生受家父之命前来接小姐回家完婚。虽然小姐不幸身亡，也是我家的人了。学生愿意领尸回家安葬。"

夏煦点了点头，道："好！你们大家可都听明白了？"

众人连连点头。夏煦又接着说："你们三人当堂具结画押，不准反悔。"又转身对商人和财主说道："既然你二人不愿领尸安葬，把前几日你们所送的定礼，全部送给秀才作为安葬之用。你们签字画押吧。"

三人走上前来签了字据，分头下堂各自而去。

再说秀才把秀儿的尸体先弄到了老夫人家中，然后又亲自为秀儿洗脸更衣，整容盘发准备入殓。忽然秀儿坐了起来，这下子可把大伙儿吓坏了。秀才赶忙一边磕头，一边呼唤秀儿。谁知秀儿愣了一会儿，竟然走下地来。大家正在惶惶不安的时候，忽听门外一声吆喝："夏老爷到！"

没等众人出迎，夏煦已走进来，满面春风地说道："我是来给你们道喜的。"他指着秀儿又接着说道："我刚才给她喝的不是鸦片汤，是迷昏药。这就叫喜中有悲，悲中有喜，恶有恶报，善有善终。哈哈……"

霎时间，满家小院充满了欢乐的笑声。

审簸箕

热河城北山下有个粮食市。一家米店和一家面铺毗邻。一天，两家因为一个簸箕吵了起来。米店说面铺借了他家一个簸箕数月未还。面铺的掌柜说从无此事，其家簸箕多得很。为此两家闹到了承德府。

夏煦接到诉讼后，决定在粮市公开审理。他命人把面铺家的所有簸箕全部拿来，又命两位掌柜站立一旁，开始审问。夏煦首先声明说："这件案子与二位掌柜无关，其罪全在簸箕。待我审来。"说罢命人把簸箕押上来绑于案前。这时夏煦喝道："你们这些呆傻的不肖之徒，一个个从实招来。你们是从何处而来，又到过何处快讲！"

这时围观的百姓人山人海，一个个暗自好笑。这个说夏老爷八成喝醉了酒，今天怎么跑这出洋相来了？那个说夏老爷不是寻常之官，你就往下看吧，一会准有门道。

过了一会儿簸箕仍是纹丝不动。只见夏煦把惊堂木一拍，喝道："大胆！老爷问话竟敢不答，来呀，给我挨个儿打！"

众衙役不敢怠慢，虽心中好笑，但仍抢起板子挨个地拍打。

这时夏煦站了起来，挨个察看。当他翻到第六个簸箕的时候眼睛一亮，从地下捏起了一撮米糠。他笑了笑对百姓们说："这个簸箕是米店的。"又转身对面铺掌柜说："你还有何话？"

这时面铺掌柜低下了头，夏煦命人重打面铺掌柜二十大板，赔新簸箕一个。审案就此结束。

众百姓凑到簸箕跟前一看，不禁啧啧称赞。原来当衙役们打第一板的时候从簸箕缝里掉落一层面粉，打第六板时落在地上的是糠皮和米粒，有糠皮米粒的簸箕自然就是米店的。

围观的众百姓无不拍手叫绝，众口赞誉夏煦断案如神。

智审朱春

乾隆末年，普乐寺宗印殿丢失了一套袖珍的佛前供器——八宝。什么是袖珍八宝呢？就是佛前供桌上摆放的轮、螺、伞、盖、罐、鱼、肠八件宝物。这八件宝物每件高不过三寸，全是黄金制成。据说是蒙古活佛献给乾隆皇帝的。这件事可非同小可，承德知府限夏煦三日查清。

夏煦接到指令后，即来普乐寺查问。原来这个庙按清朝规定不设喇嘛，只派绿营兵看管。奉命看管宗印殿的绿营兵共分四班，每班四人，每十天换一次班。除值班时间外兵丁不准进庙，一律在营房休息。而看管殿堂的绿营兵各司职守，不准相互乱串，有千总和把总轮流巡视纠察。夏煦问明情况后，断定是看管宗印殿的绿营兵把宝器偷走的，只是不知道谁。夏煦回到家里后一夜也没合眼，翻来覆去地琢磨这件案子，一直到天亮终于想好了一个主意，于是把自己的想法禀报了知府大人。知府听后连连点头。这天傍晚夏煦带了几个衙役来到了普乐寺，把看守宗印殿的四班绿营兵，全部叫到了宗印殿，命他们背朝佛而跪。夏煦对着佛先烧了三炷香，紧接着又磕了几个响头，然后仰望佛容，道："不肖子孙偷了佛祖的供器，他们一个个都说自己清白，谁也没动，还请佛祖睁开慧眼，指示迷途。"夏煦磕了一个头，做了个洗耳恭听的样子，嘴里还不时地念念有词，好像和佛对话。过了一会儿，夏煦对跪在莲花座下面的绿营兵们说："刚才佛祖已经告诉我了，你们当中有一个是偷供器的人，是谁还不快快招来！"

兵士们只是磕头不止，谁也不承认偷了供器。夏煦等了一会儿，见无人招供，冷笑了一声，道："好！你们不招也不要紧，待我请佛祖指点！"

夏煦又烧了三炷香，做出和佛祖说话的样子。过了一会儿，他一边点头一边说："佛祖生了气，要亲自动手。你们全都跪好，谁也不准动。佛祖要在小偷儿的后脑勺儿上写个偷字。"说罢夏煦吹灭了蜡烛，退出了宗印殿。

十六个绿营兵有十五个一动不动，唯有一个叫朱春的心惊肉跳。他唯恐佛祖在他后脑勺上写上偷字，所以把后脑勺使劲地靠在刚刚刷过漆的莲花座上。过了一会儿，夏煦命人点燃蜡烛挨个查验，十五个绿营兵的后脑勺什么都没有，唯有朱春后脑勺蹭了红漆。夏煦立即命人将朱春锁了，回到府里一审，果然偷佛前八宝的就是朱春。这件事情传出后，人人都说夏公神明，料事如神。

逃

西旱河早年是个柴火市。一天，一个农夫担柴叫卖，一不小心把一位秀才的眼镜碰落在地，镜片被摔个粉碎。农夫忙赔礼并愿意把柴草卖掉赔偿。可这秀才却不依不饶乘机敲诈，索要重金。恰好夏煦路过这里，见此对秀才说："农夫艰辛实不容易，一副镜片能值几个钱？卖柴赔偿也就算了吧。"

那秀才仍是不依不饶，无奈夏煦命人把二人带至公堂。夏煦落座后，问秀才道："你的镜片值多少银两？"

秀才比比画画地说道："此镜乃传家之宝，无价可论。无奈既然损矣坏矣，又有大人讲情就给一千两银子算了。"

那农夫一听双眼发直，磕头不止："老爷，天下还没听说过值一千两银的镜片。我全家老小加在一起也卖不了一千两银子，还求老爷做主！"

夏煦见那秀才伶牙俐齿，能言善辩，十分狡诈，便把惊堂木一拍，喝道："大胆的刁民，碰坏了秀才的眼镜还敢狡辩，来人！给我狠狠地打！"

衙役的棍子刚刚抡起，那农夫口喊冤枉。夏煦一摆手说了声："慢！"紧接着又对秀才说："我看他身弱体衰，假如一棒下去丧了性命，你我全有干系。唉！这样吧，农夫把柴火挑到后院，本官全都买了。我写一张公文，你去'钱肆'领一千银两偿还秀才。我和秀才在此等候，快去快回！"

那农夫千恩万谢地把柴火挑到后院，拿着公文来到了"钱肆"的门前。农夫打开公文一看，上面写着一个大字"逃"！下面还有一行小字："越快越好！"

农夫瞪大眼睛寻思了半天，才恍然大悟，扭头飞奔而去。

兄弟和好

热河城的避暑山庄外住有兄弟二人，父母双亡后哥俩决意分家单过，因遗产分配不均打得头破血流。为此哥俩闹到了承德府。

夏煦派手下人了解，知道乃妯娌背后挑唆，便发出拘票将兄弟二人捉拿归案，拘禁在一间囚室里，派一名衙役暗地监视。

这哥俩头一天相背而坐，第二天相对叹息，第三天同桌进餐。夏煦听了禀报后，第四天开始过堂审理。夏煦落座后对他二人说道："有首诗不知你二人可曾记得，这首诗说，'煮豆燃豆萁，豆在釜中泣，本是同根生，相煎何太急。'"

兄弟二人连连点头，默默无语。

夏煦又接着问道："你二人可有子女？"

兄弟二人说道："我二人各有二子。"

夏煦说道："你父母本不该生你二人，不幸你二人又各生二子。唉！为防日后因家产引起后患，本官决定将你二人的子嗣各选一人去边疆效力，永远不准回乡，免得日后二人因遗产之争伤了和气。你们还有何话要说？"

兄弟二人你看看我我看看你抱头痛哭，跪地叩头，道："求老爷开恩，我兄弟二人发誓，永不分家，永远和好。"

夏煦冷笑了一声说道："既如此，本官姑念初犯暂不加罪。你二人当堂具结画押，如有翻悔则送儿边陲。下去吧！"

二人叩谢而去。从此两家和好如初，再也没有争吵分家。

智破疑案

一天，一个蓬头垢面的老汉，跪在承德府前口喊冤枉。夏煦闻讯后立即把老人搀扶进来，详问情由。原来老人受儿子儿媳虐待，三餐不饱，每日行乞，奄奄待毙。夏煦闻听大怒，立即把儿子、儿媳传至公堂。儿子儿媳一到公堂便口喊冤枉，声称每日里吃糠咽菜，把白米白面鱼虾肉类全都孝敬了老人。夏煦听罢灵机一动，问道:"你们父子三人都吃过饭了吗?"

三人连连点头。夏煦说道:"我还没吃早饭呢。你们稍等,我吃罢早饭后再行审理。"

说罢命衙役献茶,自己抽身而去。不料三人茶水刚刚下肚,呕吐不止,急得衙役赶忙禀报夏煦。夏煦走上堂来仔细观察,只见老人吐出来的全是菜叶稀糊和苦水,儿子儿媳吐出来的全是粳米猪肉。夏煦冷笑了一声对老汉的儿子儿媳喝道:"你们还有何话可讲?"

儿子儿媳愧色满面,低头道:"老爷饶命! 饶命!"

夏煦命人将儿子儿媳各打三十大板以示惩戒,命其二人领回老父好生孝敬,如再虐待老人严惩不贷。

巧惩贾善人

这个故事也发生在乾隆年间。那时候在火神庙东街住着一个姓贾的财主。这个人平时表面上看去乐善好施,一团和气,实际上相当吝啬。别人都说他比砖头还难榨出油来,所以人们送给他一个外号叫"贾(假)善人"。

一天,他所经营的店铺晚上盘点时,少了二枚铜钱。他听说后大发脾气,辞掉了掌柜,还把管钱的伙计痛打了一顿,罚了一个月的工钱。这小伙计不堪受辱,就跑到承德府告状。

夏煦对贾善人所作所为早有耳闻,决心惩治他一下。夏煦接到状纸后,立即传贾善人上堂。贾善人来到公堂后,夏煦立即把惊堂木一拍,佯装大怒的样子对管钱的小伙计喝道:"贾善人乐善好施,热河城哪个不知,哪个不晓?你丢了钱是实,哪怕是一钱也是过失,明白吗?"

小伙计连连点头,道:"老爷说得有理,丢一个赔一个也就是了,可他不该痛打小人。俗话说'打了不罚,罚了不打',挨了打还罚一个月的工钱,小人不服!"

"休得胡说! 贾善人既然打了你,岂能再罚你一个月的工钱?"说罢转身对贾善人道,"可有此事?"

贾善人满脸堆笑地说道:"老爷说得有理,我打他也是为了叫他接受教训,说罚一个月工钱不过是玩笑而已。"

夏煦点了点头,道:"你听见没有,我觉得贾善人不会办出这种伤天害理的事。你家老爷本是本地名绅,再不准胡乱诬告。念你年纪轻轻暂不加罪,下去吧!"

小伙计走后，夏煦又对贾善人道："贾善人的为人童叟皆知，老夫早想登门拜访。今日巧遇请稍坐片刻，待我审案完毕，你我好好叙谈叙谈。"说罢命人过堂，继续审案。

被传进来的是两个邻居。甲欠乙债三年未还。乙最近因母病危，急需准备后事，可甲确实家中困难，实在无法偿还。夏煦听罢连连点头，道："看来你二人说的都是实话，又都有难处。这样吧，算你们二人今天走运，那里坐着的是热河城有名的善人，他愿意替你还债，你们二人还不快快过去叩头！"

两个人赶忙跪在贾善人面前磕头不止。此时贾善人全没了主意。一来夏老爷已发了话，二来又怕丢了面子和名声，硬着头皮从怀里摸出银票，签了字递给了二人。二人高高兴兴而去。

贾善人此时像剜了心一样难受。他再也坐不住了，于是站起身来告辞。夏煦还没等贾善人说话，赶忙立起身来，道："请善人稍待片刻，还有一案，请坐，请坐。"

出于盛情，贾善人只好落座。这时，又传上一位老者，老者控告儿子不孝，常虐待老人。夏煦立即命人传其儿子上堂。老者说："儿子昨夜闻讯我要告状，今早就逃之夭夭了。"

夏煦闻听笑道："你儿子已逃，如等到抓回再打，唯恐您老人家怒气难咽，积愤成疾，这可难办了。"夏煦故意装作思索的样子，片刻，忽然转过身来对贾善人说道："唉！真是没有办法，这又得让你吃苦了。你平日是尽做善事，一心苦行，你就替他儿子受杖吧，以身行善可早登佛国之门。来人哪！给我痛打五十大板！"

那些衙役们不容贾善人分辩，立即掀翻在地，只打得贾善人皮开肉绽，哭爹喊娘。打过之后夏煦一拱手笑道："委屈善人了，我这里积案如山，你就留下尽情行善。"

贾善人闻听连连磕头如鸡啄米，连哭带喊地叫道："夏老爷饶命。我今后一定真正改恶从善，再也不敢鱼肉乡里，欺压百姓了。老爷开恩！开恩吧！"

夏煦冷笑了一声喝道："左右人等，送善人回府！"

就这样贾善人被轰出了大堂，从此再也不敢胡作非为了。

夏公祠

讲述：王逸如
记录：白　琛

承德三官庙附近，有座"夏公祠"。夏公是谁？人们为啥要为他修建祠堂呢？

事情发生在乾隆年间，承德有个经厅衙门，长官名叫夏煦，是个八品小官。他为人正直、廉明，善政很多，深得老百姓爱戴。

夏煦为了赈济穷人，每年开设东西两个粥厂。东粥厂设在三官庙旁，西粥厂设在头道牌楼。旧历十一月初一开勺，来年二月二扣勺。他指令富户捐钱捐米，谁捐多少，都用黄纸写明张贴，粥厂附设疗养局，让流浪街头、无家可归的乞丐们在这里休息。人们对夏煦救济世人、扶危行善的政绩，感激不尽。在他去世后，为了纪念他，在三官庙修了一座祠堂，名为"夏公祠"。

后来，一位姓庆的新任热河都统，在外地就听说夏煦为百姓做了许多好事，很是敬慕。他到任后，做的第一件事，就是拜谒"夏公祠"。这个堂堂二品大员，来到"夏公祠"里，看到夏公长年享受着老百姓的祭祀，感慨万分。他觉得，做出不平凡的事业，不在于职位的高低。夏公虽然官卑职小，但他所做出的善政与日月同辉，是我辈所不及的。于是，他提笔写了一副对联：

仁人即是神明，公等升天原无愧，

善政何须显宦，我辈伏地尚多惭。

群儒观画

讲述：殷建芝
记录：杨志民

民国年间，木碗张宴请群儒，名为观画，实为显示自己。这天门外车水马龙，门庭若市。群儒高谈阔论，卖弄风骚，唯独不见胡子襄。

在开席时，木碗张故作遗憾地说："子襄怎么没来呢？这次我是派专人给他送帖，他虽是个晚辈，但与我也算忘年之交。我对他十分器重。别看热河的画工多出于胡家，似我这张画恐怕他很少见，他来观画大有益处，可惜，怕是这次不能应邀了！"

这一席话，在座的大多明白含意。听来确实不错，其实暗带轻蔑之意，实是要压服胡子襄，甚至胡氏全家。人们明白，张、胡二人向来话不投机，貌合神离！张专爱在人前夸耀自己做过晚清的新民府知府。

按说木碗张也算吹得出，民国时又当上了热河省的财政和民政两厅的厅长，更以"达官显贵"自居。

胡子襄有时故意奉承他，引诱他自吹。今天胡子襄没来，他觉得没兴味。

酒至半酣，木碗张让家人把中堂的幔帐打开，原来是一张喜鹊登梅的古画。落款是祝枝山！

这些人都离席至画前品味。这祝枝山是明代江南四才子，与唐寅齐名！各个赞不绝口，无不奉承。

木碗张得意地说："此画是在北京荣宝斋花五百块大洋买来的，确实不易啊……"

偏偏这时候胡子襄来了，在院里就喊："哎呀，来迟一步，罚酒三杯，今天要大开眼界了！"

大家一看胡子襄是挟着一捆画来的，当他推门进厅里时，有人说："怎么，要开画店吗？让大家看看都有什么名人的！这才真正要大开眼界了！"

胡子襄吃了几杯大家罚的酒，这才看了一眼壁上高悬的画问道："这幅画是祝枝山的吗？"

木碗张自豪地说："这还有错，花了五百块现洋买的！"

胡子襄说："不知姓祝的画了多少喜鹊登梅的画，物以稀为贵，画多了怎能值钱？大家看看我这几幅是什么。"

他带来七轴画，一一悬挂起来。木碗张当时目瞪口呆。所有来观画的人都啧啧称奇，这七幅画与木碗张的那一轴一模一样，落款也是祝枝山，新旧都不差半分毫。这八轴画若一归了大堆儿，怕是再也挑不出哪个是自己的了！

胡子襄又说："我家仿古画送到北京荣宝斋是二百现洋，他们也真狠了，赚您三百元。若真是唐伯虎、祝枝山的画三千元也买不来！"

这一下，比给木碗张十个嘴巴子都厉害！木碗张刚才那凌云盛气，此时一落千丈！书香门第丢这份人，觉得无地自容。来赴宴观画的人适才还夸夸其谈，此时也都蔫了！

原来木碗张派人请胡子襄时，胡子襄就问明白了，所以故意拿着画迟来一步。

狂儒胡子襄

讲述：胡若文
记录：杨志民

胡子襄有热河狂儒之称。其实，他并不狂，只是好斗俚戏。在他受聘伪满第五管区司令部秘书时，上班不穿军衣，仍然穿着便服裤褂儿、双皮脸的纳帮鞋，把军服、大战刀都装在麻袋里背着。门卫见他这副模样儿，不让他进，还用枪托赶他走。胡子襄也不吭声，坐在对过墙角下。秘书处长不见他来上班，就想派人去找，又一想：派人去找，胡子襄必然挑眼，不如自己去请。

走出大门口儿，看见胡子襄正靠在墙角唱京戏。处长问："你怎么不进去，在门外待着？"胡子襄说："门卫不让进，还打我。"处长一听，给了门卫两个耳光。走进大门，处长说："你咋不穿军衣，放麻袋里挟着干啥？"胡子襄哼着金殿骂君一段说："头戴犀牛脊，身穿禽兽衣，父子不同姓，姐弟做夫妻。我才不穿那黄皮呢！"处长一听，吓得直打冷战，有心发作，又觉得他是自己举荐的。胡子襄见处长有些害怕，就说："你怕了，我不怕，见了司令官我也敢这么说，不信，咱俩打赌。"处长心里话儿，你不怕死，我还想活几天呢。没理他。

胡子襄勉强上了二十五天班儿，上班来也只是打上卯，转悠一会儿就走。到发薪那天，他对处长说："这几天把你也吓坏了，把我也闷坏了。从今天开始，刷勺了，你再另请高明吧！"

胡子襄辞职回家，闲着没事儿，整天抓蟋蟀、钓鱼、粘鸟儿玩。

有一次，一个刘警尉家办喜事，娶二太太。这刘警尉也是个蛐蛐迷，认识胡子襄。他觉得认识名震热河的才子很体面，故也给胡子襄一份喜帖。胡子襄正日子这天果然来了。

他走到院中席棚前，见一个五十多岁的老头儿坐在收份礼的椅子上写账簿。随份子的亲友排挺长的队，胡子襄见这老头儿写得慢，自告奋勇要替他写。这老头儿也知趣，忙让给了他。胡子襄有意逞强，叫人又取过一本空白账簿来，两手各持一支笔，让来宾们分两行排列。两个人同时报名，讲清亲属关系，××元钱。胡子襄一丝儿不乱的双手同写两种不同字体的账簿，竟是笔走龙飞一般。眨眼一会儿，数百名宾客写完了。坐席的也是随吃随走。最后还有几桌，都是自家人了，重新入席。胡子襄这个桌上有一个日本警官，是省警务厅保安股主任，官衔是警佐。

他中国话说得很流利。还有一个日本特务，外号"张小个子"。这张小个子是警尉补儿。还有几个警长警士，为了在新郎官刘警尉面前献殷勤，穿着警官制服捋胳膊挽袖子的端油盘，大声喊叫。

胡子襄被人请到棚里，到席棚里坐下后，他看看左右，笑着说："庭前狂犬乱吠，座上人鬼同席。"

座上的日本人听着不对味儿，正要叫嚷时，恰巧一条钻桌子下找骨头吃的黄狗转悠到胡子襄脚下，他一脚踢中，那狗叫唤着跑了。胡子襄看着狗笑道："就显得你嗓门儿大！"

这个事当时过去了，后来在抓国事犯时，几个衙门的头头一合计：胡子襄借题骂人，总把军警看成是狗，衣服是狗皮等，又想起他在振兴楼打过四个日本宪兵和一个翻译官的旧事，提起笔来就在捉拿国事犯的名单上落下了胡子襄的名字。给他挑了两脚后的大筋，从此胡子襄落了个终生残疾！

一张纯墨画

讲述：胡若文
记录：杨志民

胡子襄有门亲戚姓张，是隆化县有名的大财主，多次求他画画，他总是拖着不画，气得老财主快要说不在行的了。

胡子襄说："不是我不给您画，您眼高，我画了您也相不中！"

张老财听出来了，说："子襄你别挖苦人，只要你肯画，我都当宝贝。"胡子襄让老头子买了纸墨和二斤好棉花。他回来后一边研墨，一边大口喝酒，大把抓肉。把纸铺好了，他就揪一把棉花，蘸墨汁往纸上拉拉，然后把棉花一扔，又抓新的棉花蘸墨汁往纸上戳戳搭搭。纸上的黑疙瘩大小不匀，有稀有密，有的短粗挺直，有的细长弯曲，还有的拉出细长的黑道儿。

张老财主有心撕了，又怕亲属情面上过不去，拿回家后，就给了伙房的厨师傅说："这是胡子襄画的，你们挂去吧。"

厨子很珍重地挂在伙房里。过了两年，东家给人办喜事随礼，回来时下了雨。他走进大门，就钻进伙房屋，在厨子的行李上，头朝里仰面朝天地躺着。这一躺，正好看到那轴画。他一细看，忽然领悟了画中之意，马上叫厨师把画摘下来卷上了！心想：不怨胡子襄损人说我不懂，当初真是没看出来啊，险一险没撕了！

原来这画画的是一个葡萄架，架下是中八仙人。据胡子襄的二姑说："后来这画被北京花一百块银元强行买了去，都觉得可惜！因这画儿中的颜色能随天气变化而变化。"

真假金屏梅

采录：杨志民

民国年间，有个蔡茂芝奸名外扬，谁都想让他栽个跟头，或叫他破费破费，请请客之类的。

胡子襄要算计他一桌酒席，好给他留下个话柄。怎么算计呢？他想来想去，想起蔡茂芝有一轴金屏梅画，是武则天的亲笔。

有一天，胡子襄来到蔡家说："绥化来了个亲戚，想看看唐人的手笔，开开眼界。我觉得在您面前还是可以开口的。我拿回去叫他看看，明日保证原物奉还。"

蔡茂芝心想：不借不合适，借给别人倒还可以，唯有胡子襄不可靠，专会摹仿古画。想到这儿，蔡茂芝多了个心眼，说："真不巧，昨天叫狮子沟的敖志诚借去了。我叫孩子去取回来，今晚给你送去吧。"

胡子襄一听，怕蔡派人送去，催着看完了立刻带回怎么办？他是对着几个人说了大话，要玩玩儿蔡茂芝的，还有几个人等着要吃他呢。于是胡子襄说："不用送，我明天来取。你说一句痛快的，是借还是不借？若不想借，我明天就不来了，别再来时你又说没取回来。"

蔡茂芝急忙答应了。但他确实奸，那张画就在柜里，并没借给敖志诚。胡子襄走后，他把画取出来，将一只绣花针插入了轴内。这是令外人意想不到的。第二天胡子襄来了，蔡茂芝取出画交给子襄拿走了。蔡茂芝在大门外看着胡子襄的后影笑了。

第三天，胡子襄照原来的画又画了一张，熏得和原画一般无二。又仔细地搜查了老蔡的画，却没找出什么暗记。这时，三姑来了，她是胡家鼎的三女儿，比侄儿胡子襄年轻，在画工上堪称绝代。她问胡子襄："画完了吗？"胡子襄从实说了，又求三姑给找暗号。

三姑笑道："子襄糊涂了。谁舍得在这贵重的画面上做痕迹？如背面没有，定在轴上。"

　　胡子襄如梦方醒，这才找到了针，拿镊子拔出来，用手将轴头一捋，针眼没了。三姑说："整个黑地儿，画个金色的屏儿，插几枝梅，也没什么难处，值钱全在武则天的落款儿上。"

　　胡子襄点头说道："三姑说的是，这就是人胜于物罢了。"

　　胡子襄把针插进假画的画轴里。两张画一起拿去蔡家。说道："我三姑也有一张武则天的金屏梅，叫您看看哪个是真的？"

　　老蔡似成竹在胸地看了两张画说道："子襄，我就怕有这一手儿。所以要在您面前耍耍手段。"说着取了有针的画，叫子襄看："你瞧，若不是这点暗记，今天怎能知道真假？"遂将那没插针的真画，推给了胡子襄。

　　胡子襄大笑道："姜到底是老的辣啊！佩服！佩服！"于是带上画走了。半月后胡子襄又来到蔡家，把事儿一说，老蔡呆了半晌，无奈，只好花钱请了一桌，才算了事。

御医张天宝

讲述：王　勇
记录：王　琪

起死回生

　　有一天，乾隆带着宠臣刘墉，换上便服，离开热河行宫到市井闲逛，忽然看到一家大药铺前围着一伙人，就凑了上去。药铺门口有张睡椅，上边躺着一个汉子，肚子胀得像个大青葫芦。这汉子名叫张魁，是个有名的大肚汉，动不动就和别人斗气打赌。这天和几个朋友到二仙居汤圆馆儿吃汤圆，又和朋友打起赌来：如果他一顿能吃下一百个汤圆，朋友输银一百两；若吃不下去，就输一百两，由店家做保人。张魁还真有两下子，起初是流星赶月，接着是炮打连珠，一会儿工夫就吞下去五十个，看热闹的人一个个都看呆了。他吃到八十只汤圆时，就有些难受了，大伙都劝他别再吃了，认输算了。谁知他非要逞强，翻着白眼也往下压，真把一百个汤圆吃下去了，吃完也没气了。那个和他打赌的朋友一看要出人命，放下一百两银子就溜了。众人赶紧向汤圆店掌柜借了把竹睡椅，把他抬到药铺门口来了。

药铺坐堂先生听罢众人叙述，把住张魁右腕一摸：六脉皆无。便告诉张魁的几个朋友，人没救了，赶紧替他准备后事。乾隆看到这儿，心里暗道："这个没出息的，为一百两银子，连命都不要了！"他叹息着，拉着刘墉刚要走，忽然，一个卖柴的樵夫走了过来。樵夫四十出头，浓眉细目，个子不高，身穿粗布衣裤。他放下担子，一边挤一边说："让我看看。"樵夫挤到张魁身旁，翻开他的眼皮看了看，又伏下头贴着他心口儿听听，说了句："还有救！"

乾隆和刘墉为看个究竟，便留了下来。

药铺的坐堂先生听说还有救，不禁大吃一惊。这坐堂先生是当时热河的名医，他说一个人没救了，一般就没什么指望了。今天居然有人敢到店门口来砸牌子不成？他仔细打量来人，发现说话的原来是个山野村夫，嘴角掠过一丝冷笑，摇头晃脑地走近，用手点着樵夫的鼻子轻蔑地说："你肯定能把他救活吗？"樵夫点点头。先生大声说道："好！你若能把他医治，我情愿送你白银三百两；聘您到本药铺当坐堂先生，我侍候您。可话说回来，你治不活怎么办？"樵夫闷咳了半天，看到大伙都用眼盯着他，涨红了脸说："若救不活，我情愿给先生药铺白供三年柴炭，怎样？"

一言为定，樵夫开始医治。他让药铺先分煎上二两上好的参汤和二两巴豆，又到茅房取了点大粪汤。一切准备齐全后，樵夫从怀里掏出几片不知什么花草的绿叶，借个碗和水捣碎，就给张魁灌了下去。这招还真灵，张魁的脸儿从黄变白，活转过来。樵夫请人将他架到茅房，把大粪汤倒进他嘴里。张魁立刻大吐起来，他吐出秽物足有半马桶，漱口后，又将巴豆汤喝下，一会儿又大泻。张魁的肚子瘪了，气儿也喘匀了。张魁跪下，给樵夫磕了三个响头，说："感谢先生再生之恩！"坐堂先生只好按照诺言，当众叫伙计取出白银三百两，并聘请樵夫做药铺坐堂先生。谁知，樵夫坚辞不受，挑了柴担就走。

乾隆和刘墉在一旁看呆了，见樵夫转身离去，便同刘墉追上樵夫，问个仔细。樵夫说："我摸他虽六脉皆无，但瞳仁没散，心口温热，腔中有声，所以我断定有救。因为他是撑坏的，汤圆淤在胃里。因此，必令他吐泻出来。但他已经没有吐泻的力气了，所以我先用黄连苦参叶为他开口，又用参汤托补元气，待稍有转机，才用粪溺、巴豆令他吐泻。"听到这儿，乾隆心里赞道：渔樵之中亦有能者。转念又一想：这个樵夫相貌平常，也许只会这一手儿，让他碰上了。于是，拉上刘墉回宫去了。

柳枝接骨

有一天，乾隆带着文武官员到鸡冠山中打猎。随从中，还有刘墉十六岁的小儿子、御前侍卫刘琉。

一行人来到鸡冠山，突然，从树林中蹿出一头野牛。野牛中了几箭后，眼睛赤红，挺着犄角直向乾隆御骑撞来。乾隆惊呆了，竟忘策马躲闪。正在这时，跟在乾隆身边的刘琉催马舞刀，像闪电一般冲到马前护驾，顷刻被发了疯的野牛一头撞在马后胯上。马惊了，嘶叫着，尥着蹶子，没命疯跑。结果在穿过一片树林时，连人带马滚到山坡下。

乾隆传令，立刻下山救人。找到了刘琉，众人一看惊呆了：马已摔死，刘琉摔得鼻青脸肿，已昏死过去。他右小腿，皮开肉绽，白骨茬儿像交错的狗牙一般，鲜血咕嘟咕嘟往外直冒。刘墉心疼得立时昏死过去。御医赶快跑上前包扎止血。乾隆令侍卫们砍树作成担架，抬着刘琉，扶着刘墉回宫。

路上，乾隆想到刘琉为救护自己摔成这般模样，心里十分难受。他把御医唤到跟前问道："刘爱卿的腿，还能保得住吗？"御医小心地答道："小腿骨粉碎，已经不能接了。"乾隆听罢，心里好不凄惨。

路过一片树林子，忽听里边传来伐木声。乾隆正在气恼，愤然作色道："是哪个大胆乡民，竟敢在朕经过时伐木，给朕抓来！"侍从们立刻飞马跑进树林，顷刻，把一个樵夫带到乾隆马前。乾隆正要下令推下斩了，抬眼一看，竟是那日在药铺中救活张魁的樵夫。

乾隆怒喝道："尔是何人，竟敢在朕过树林时伐木？"樵夫赶紧叩头答道："小人张天宝，一个村野樵夫，委实不知圣驾在此经过，请万岁恕罪。"乾隆看张天宝说话有条有理，毫不惊慌，心里先有几分喜欢，沉吟了一会儿说："饶你也可，但有个条件。朕这有个腿伤骨折的病人，你若医治得好，朕不但不怪罪你，还要重重赏你；若医治不好，二罪归一。"说罢，命侍卫将刘琉抬上来。张天宝看刘琉伤腿还在流血，说道："此地离寒舍不远，能否抬到我家诊治？"乾隆点点头，一行人马来到半山腰中的张天宝家。

乾隆在张家庭院外下马，只见五间草房坐北朝南，院内松柏做墙，种着四时花草。张天宝请乾隆在石凳上歇息，沏上香茗，然后赶忙解开刘琉包扎的伤腿，为他诊治。

张天宝先取出几样家什和药物，又用一锅热水沏了药物，然后先把刘琉伤腿上的淤血、烂肉割洗掉，又用镊子将碎骨一片一片地夹下来。乾隆一数，足有二十余片，若组成腿骨，也有一拳长短。他问张天宝："他的腿能保得住吗？"天宝口衔镊子，点了点头。乾隆又着急地问道："那么，这条腿一定比另一条腿短了？"天宝简短地答道："不，一样。"乾隆暗暗称奇，坐在石凳上品茶看张天宝如何治疗。张天宝精细地为刘琉剥离完碎骨，理顺了筋，用白布盖上伤口。然后到屋里取出一把小锯，从门前大柳树上截了一段八分粗、二寸长的柳枝，剥了皮，又换了锯条将刘琉伤腿骨锯得齐整，然后把柳枝镶了进去，缝合皮肉，外敷"黑虎接骨膏"。治疗完毕，乾隆问道："要多少日方能复原？"天宝答道："百天。"文武官员和侍从都摇头不信。乾隆也将信将疑，但看天宝语气肯定，不似扯谎吹牛之辈，就顺水推舟地说："如此，朕看你家倒还清雅，就将刘爱卿寄养在你家，朕命专人伺候，三个月后朕向你要人。"说罢，率领人马回行宫去了。

说话间，百日已到。乾隆带人来到鸡冠山张天宝家察看。刚到院门，忽听院里有噼里啪啦刀剑撞击之声，乾隆以为发生意外之事，赶紧率人闯了进去。原来天宝和刘琉正在练武，一个使扁担一个使单刀，杀得难解难分，乾隆心中大喜。张天宝、刘琉见乾隆驾到，收住兵器跪地磕头。乾隆上前亲手一一扶起，问道："刘爱卿伤势如何？"刘琉把右腿裤腿一绾说道："万岁请看，已经痊愈了。"乾隆细细察看，嫩肉复出，竟和原来的肉愈合得天衣无缝，顿时龙颜大悦，为张天宝亲题金字大匾：赛扁鹊。另赐银三千两。从此，张天宝名传遐迩，上门求医者络绎不绝。

纪晓岚拜师

自从乾隆皇帝为樵夫张天宝题了"赛扁鹊"金匾后，张天宝名声大震。翰林院大学士纪晓岚却不以为然。纪晓岚的祖上曾是津京一带名医。他亦通晓药理，认为张天宝不过是江湖郎中之辈，略知一二偏方而已。可是，后来不但市井中盛传，连朝中达官显贵也到热河找张天宝瞧病，回来都说他医道高明，受过真传。纪晓岚决定要亲自试试张天宝的虚实。

这一天，纪晓岚扮成商人模样，骑着毛驴，带着家人来到鸡冠山张天宝家。见面后，纪晓岚二话不说，把手伸出让张天宝切脉。张天宝看到来人虽是商人打扮，但相貌不俗，知道有点来头，更加仔细地给他切脉，切了左脉又切右脉，半响，才缓缓说道："官人怕是已经染上了消渴病（糖尿病）。"纪晓岚听罢，仰面哈哈大笑道："我本无病，不过想试试你罢了。"说罢骑上毛驴扬长而去了。

　　事隔一年，纪晓岚渐渐感到身上乏力，每日饮几壶水仍感到焦渴，请来御医一切脉，果然是"消渴病"，吓得他顿时出了一身冷汗。因为他知道"消渴病"乃是不治之症，此时不由得佩服起张天宝来，悔恨自己有眼无珠，平白无故把人家奚落一顿，心里连连叫苦不迭。他想，张天宝既然能够诊断出自己染上"消渴病"，就必然有治此症之法。他马上备上份厚礼，来到天宝家，泪流满面地说："我纪晓岚空有浮文，不识真人面，今日特来负荆请罪，请您海涵。"张天宝慌得不知所措，死拖活拉往起拽他。纪晓岚却推开张天宝的手说："请收我为弟子，不然，我便在此长跪三年。"张天宝无法，只好答应。纪晓岚当即磕头，正式拜师。张天宝赶紧把纪晓岚拉了起来，又让座，又献茶，师徒二人便聊开了。纪晓岚道："师傅医术如此高明，不知得何人真传？"天宝哈哈一笑道："哪有什么真传，在下不过是个村野樵夫，以打柴和采药度日。由于幼时曾随舅父读书，识得几个字。也是有缘，有一次采药时路过一片庙宇废墟，偶然见一只野兔，跑过去捉兔，发现野兔出没处有块石条，搬开石条，得到一筐旧医书。我回到家中，刻苦熟读，又采药为村里百姓看病，不料竟是药到病除。"纪晓岚知道，老师原受天赐医书点悟，更加敬佩，赶紧拜求治疗"消渴病"的方法。天宝道："一年前，先生刚刚染病，尚可医治，现在病已深入，药力已难达到。"纪晓岚此时差点哭出来，"通"的一声又跪下道："请老师救弟子一命！"张天宝沉吟了一会儿说："现已入秋，请先生多买挂露红肖梨。每天生吃十只，熟吃十只，蒸馒头、做米饭均加红肖梨。时间稍长，使用红肖梨代水代饭，吃过今年秋冬，明春再来见我。"

　　纪晓岚把自己染病和张天宝开方之事禀奏乾隆皇帝。乾隆感到天宝出方奇怪，但想起前两次亲眼目睹的医病神效，降旨纪晓岚严格遵医嘱服用。从此纪晓岚日吃八遍红肖梨，直吃得目明神清肥肉大减。说话间就到了春天，他又去找当时为他切脉的那个御医切脉。御医按脉后大惊，说："学士的消渴病已经好了！"纪晓岚大喜过望，立刻禀奏乾隆。乾隆龙颜大悦，立即传下一道圣旨，封樵夫张天宝为太医院二品顶戴御医。

宋瓦匠修照壁

讲述：戴 铭
记录：刘长满

乾隆年间，热河修建了一座文庙，庙前有面照壁。清朝末年，这面照壁倾斜了，民间就传出一首歌谣："照壁倒，照壁倒，大清要完了；百姓笑，百姓笑，共和要来到。"闹得街上人心惶惶。热河都统更是担惊受怕。他几次到文庙察看照壁，都拿不准主意。动工修吧？又舍不得花钱；不修吧？又恐皇上怪罪下来。他左思右想，只好贴出了一纸告示：

"月内正壁者，投标于箱。注明工本，本官愿付。投标三日，启封择工本低者录用。"

从打告示贴出之日，围观的人不少。但谁都知道，都统爱财如命，狡诈阴险，告示也不过是一纸空文。因此，并无一人投标。这下都统来气了，下令所有木场工匠都必须投标，不投者以抗拒官府问罪。第三天，各木场工匠都来了。他们都漫天要价，以为都统不肯出，也就对付过去了。最后投标的宋瓦匠，是个干瘦老头儿。别看他蔫乎乎的，大字不识一个，却是有心数的人，人称"智多星"。开箱的时候，照壁前广场上，上百号工匠艺人和一些看热闹的人，站得黑压压一片。都统高高地端坐在太师椅上。顿时中军撕下封条，打开木箱，把投标当众一张一张地宣读：永顺木场——三千两，永兴木场——四千两，永合木场——五千两……

工价一个比一个高，都统的火气，一会儿比一会儿大。他咬牙切齿地暗自盘算：等修正了再说，还想要银子，我非给一顿棍子不可！

直到最后一张，只见中军像发现了什么宝物似的，狂喜地将投标举到都统面前："大人，请看！"

都统很不耐烦地嚷道："怎么，难道还有要一万两的？"

"五十两！"

"啊！什么？五十两！"

都统一把夺过投标，看了又看，笑逐颜开地亲自高声叫道："宋武明——五十两！"

众人惊呆了，张口结舌说不出话来，都暗暗为宋瓦匠捏了一把汗。几个平日同宋武明要好的工匠问他："大哥，事关重大，岂可儿戏！"

"都统杀人如杀鸡，你为何自投罗网？"

宋瓦匠却从容地笑道："我自有办法，请大家放心！"

都统如获至宝，笑得合不上嘴，当众立下字据："一、修正照壁，限令月内；二、逾期不正，治罪不赦；三、自筹资金，修正付银。"

宋瓦匠听后，当即说："前两款照办不违，第三款实难从命。"

都统忙问："为何？"

宋瓦匠说："我是个普通泥瓦匠，干一天活赚一天钱，买一天粮混一天日子。这么大工程，没有工本，叫我如何开工？"

都统无言以对，只好当场付了五十两银子。

宋瓦匠拿着银子回了家。十天过去了，不见宋武明动工。都统有些急躁，转念想到：是月底完工，只好压下火气。又过了十多天，还不见开工。都统实在沉不住气了，命中军传来宋瓦匠，问道："时过二十多天，为何还不动工？"

宋瓦匠回答："都统大人，眼下离月底尚有六日。"

都统无言答对，只好挥手让宋瓦匠走了。随后，他对中军说："将其家监视起来，以防潜逃！倘若欺骗本官，将其满门抄斩。"

三天之后，宋瓦匠仍未动工。全城木场工匠都着急了，纷纷劝他携家潜逃。可他却胸有成竹，满不在乎。

剩最后两天了，宋瓦匠仍未动工。都统眼睛都气红了，气急败坏地又令中军传来宋瓦匠，怒喝道："竟敢愚弄本官，该当何罪？"

宋瓦匠故作惊讶，问道："都统大人，此话何来？"

都统吼道："修正照壁，何日到期？"

"明日啊！"

"啪！"都统拍下桌子，"明日到期，今日为何还不动工？"

宋瓦匠慢条斯理地说："都统大人限令月内修正，并未规定几时开工啊？"

"啊！"都统理亏词穷，气得目瞪口呆。宋瓦匠走后，他吩咐道："刀斧手伺候！明日午时，押他一家到文庙前，就地正法！"

月底那天，城里一片杀气腾腾。宋瓦匠的亲朋，在暗地里为他一家准备后事。

这天清早，宋瓦匠就请来五十名穷哥们儿，商量一番，分头行动起来。十人担来黄土堆在照壁外侧，有人悄悄议论："黄土是为宋瓦匠死后填坟用的。"

十人抬来五块夯石。有人私下猜测："这是宋瓦匠死后的石碑。"

十人在照壁外侧顺着墙根开沟挖槽。有人窃窃私语："难道要在这儿挖坟穴？"

十人担水往沟里倒。那些人再也猜不透是何用意了。

宋瓦匠站在照壁一头儿，像木匠一样，眯缝起左眼，用右眼标着照壁。一桶桶水倒进沟槽，很快渗下去。"停止倒水，马上填土！"宋瓦匠喊了一声。

十人立刻挥臂扬锨，填下半尺厚黄土。宋瓦匠又喊道："停！砸夯！"于是，四个人抬一块夯石，吆喝着号子砸起夯来。填一层土砸一遍夯，三下五除二就把沟槽填平砸实了。再看照壁已经正过来了。众人赞叹不已。

宋瓦匠解释说："照壁歪斜，是因地基一面下沉。所以在另一面挖沟灌水，使那半边地基也下沉，照壁自然就正过来了。"说罢，他把五十两银子分给了大伙儿。

天还未到午时，都统就带着侍卫和刀斧手等来到了文庙。可此时宋瓦匠早已和众人散去了。

麻三的故事

讲述：程德仁
记录：彭　坎

除恶灭亲

清朝，在承德附近有一支专劫皇粮、杀富济贫的义军，首领名叫麻三。传说，麻三的义军军纪非常严明。有一次，他出外办事，回来时刚进屋，一位弟兄向他禀报了一件事，他听后，气得豹眼圆瞪，高声吼道："把小七给我带上来！"

这小七叫郑小七，是麻三的姑表弟，从小没爹没妈，被麻三收留。这小子一贯不务正业，昨天趁麻三不在家，夜里窜到村外把一个妇女给强奸了。这个妇女告到这里。

麻三向小七怒问道："小七，我不在家，你都做了些什么？"郑小七装出无事的样子答道："我什么也没有做呀！"麻三冷笑一声："你甭嘴硬，把证人请进来。"这时进来一个二十多岁的女人，满脸含羞，眼泪汪汪。麻三对她说道："有我做主，你不要怕，你看是不是这个畜生？"女人听完，慢慢抬起头来，看了看郑小七，泣不成声地说道："就是这个人面兽心的人，三爷不信，可看看他右手背上有被我咬的牙印！"麻三命郑小七将右手伸出一看，手背上果然有被咬的牙痕。麻三命人送女人十两银子，安慰一番送走。

女人走后，麻三随手操起鬼头大刀，郑小七一看吓得忙跪下连声求饶说："三

哥，饶小弟这次吧，下回再也不干了！"麻三"当啷"一声把刀扔在地上，说道："你
自己看着办吧！"说完扭身走出屋去。郑小七明白，只要麻三说出口的事，谁说什
么也没有用。事已到此，不如死个痛快。他心一横，自刎而死。

深夜舍银

有一年腊月二十三过小年，麻三去开鲁县访一位好友。路过柳树屯时，忽然
从山坡一间破草房中传出女人的哭声。他立即停住脚步，心想：深更半夜的，不知
有何伤心之事，如此悲痛，是不是有歹徒在此行不法之事？他想到这儿，便悄悄走
到房根窗下，用舌尖舔破窗棂纸一看：昏暗的灯光下，一个衣服褴褛的女人，正抱
着一个三四岁的女孩痛哭。只听那女人向孩子说道："咱们还不起财主的租子，你
爸爸被他们抓去干活顶债。现在家中一点吃的也没有，不如死了省心……"麻三听
到这儿，又仔细一看，果然在房梁上悬挂一根拴有圈套的绳子。他不能见死不救，
抬腿就要进屋，可又一想，不行，夜深人静的时候，闯进一个女人家，实有不妥。
他沉思一下，有了，顺手从怀中取出二十两银子，捅破窗棂纸，顺手扔了进去，说
声大嫂不要想不开，便转身奔向大路，霎时已无踪影。

女人得救了，等男人回来一说这个事，男人说："没别人，准是麻三爷行的好
事。"到过年的时候，家家都请财神，供灶王，这家什么也没请，而是请人画了张
麻三的像，端端正正挂在屋中央。三十儿晚上全家人拜了又拜，感谢这位舍银救命
的大恩人。

智抗寿粮

这年秋天，麻三到乡下访友。他所到之处，发现老百姓人人愁眉苦脸，个个
唉声叹气，一打听才知道这儿来了位新任知县，叫敖力古。自他上任以来，敲诈钱
粮的方法非常多，老百姓算遭了灾。腊月十二是他父亲的生日。他为给老子祝贺
八十大寿，便下令全县每户人家必须交二升寿粮，如有违抗者，依法治罪。这年月
老百姓吃了上顿没下顿，人们命都顾不过来，哪有寿粮可交？

麻三听说后，非常气愤，决心要管管这件事。他让人拿来笔墨纸张，派人给
知县敖力古送了一封信，信的大意是：现在老百姓无力交寿粮，免了还则罢了，不
然我要杀你个鸡犬不留。

敖力古接到信拆开一看，不由大吃一惊。因为他早听说过麻三的武艺高强，现又在本县地面，绝不可儿戏。他忙召集地方土豪劣绅，商议对策。有的说：麻三这个人一向是说得出、做得到，不如将寿粮免了，除去刀枪之灾。也有的说：堂堂朝廷命官，岂怕一个小草寇。他是拿大话吓唬人，寿粮该收就收，不用听他那一套。嚷嚷半天，谁也拿不出一个好主意来。此时，有个白须老者站起身来，他叫兆宝全，是本县的大财主，外号"兆半县"。只听他说道："麻三自称是武林豪杰，依老朽之见，让他三天之内来县衙比武，他若敢来，正好乘其不备，捉拿押解送京；他若不敢来，咱就四处张贴布告，骂他胆小如鼠，使他英名扫地，败他锐气。"大家一听都说高见。敖力古便立即给麻三回了一封信。三天头上，还不见麻三前来，敖力古非常高兴，心想：麻三果然是吹大话吓唬人。便邀请土豪劣绅们设宴庆贺。从中午一直折腾到半夜。一个个喝得酩酊大醉，刚要离席的时候，忽听大厅外传来一阵"刷！刷！"的响声。众人不由一惊，忙起身隔窗往外一望，只见顺房檐下来一人，双手抓着椽子头，两腿朝下，从西往东腾空走来。来者到大门口时，来了个"金勾倒卷"，一撒手，轻飘落地，然后"嗖"地一跃，蹿入大厅堵住门口。众土豪劣绅吓得目瞪口呆，面如土色，半天谁也说不出一句话来。麻三把鬼头大刀一晃说道："我来了，你们不是要比武吗？不知怎样比法？"这时谁也不敢搭腔，还是敖力古经过阵仗，他壮着胆子说道："久闻三爷大名，今日光临，使敝衙增辉，快请入座一叙。"麻三冷笑一声说道："别来这套，今天你答应把寿粮免了还则罢了，不然……"他把钢刀向敖力古面前一晃。敖力古一见寒光闪闪的大刀，早已吓没了魂儿，忙说："免，一定免。"众人也附和着说："免了，全免了。"麻三说："空口无凭，你得另写告示张贴。"敖力古说："这，这……"没等他说完，只听"扑哧"一声，麻三一拳把面前的八仙桌击个大窟窿。敖力古吓得浑身一哆嗦，忙提笔写了个免收寿粮的告示，命师爷赶紧叫人照抄张贴出去。麻三眼盯着他办完这些事，才说："告诉你们，加点小心，我经常在此。再若欺压百姓，我的大刀是不讲情面的。"说完转身出了大厅，一纵身飞上房脊，眨眼不见了。

客店脱险

这年，麻三回承德探望母亲，天擦黑时他拉马进入了承德街。因官府正在通缉他，他不能直接回家，便扮作客商住进草市街东来客店。夜深人静时，他徒步到家与老母相会。约摸半夜时分，他辞别老母回店后，刚要拉马离去，忽听店门外一阵嘈杂声。他隔门缝往外一看，不好！捉他的官兵将客店围个风雨不透。

原来，店中有个做饭的伙计认识他，等他回家走后，这个伙计便向承德府告发了。他刚回到店中，官兵也赶到了。

紧急中，麻三想起一个应急之策，他疾步走进厨房，见一个师傅正在睡觉。麻三随手将这人衣服穿在自己身上，扎上围裙，又挑起两桶泔水，大摇大摆走出来。众官兵只当是做饭的大师傅出来倒泔水，没有理他，官兵顺势冲进店去。

麻三见官兵进店，便将泔水担放在地上，心想：我是逃出来了，可是马还在店中，步行逃跑恐难脱身。于是，他"啪啪啪"拍了三下掌。马通人性，它一听主人暗号，猛劲挣脱缰绳，蹿出店门。麻三翻身上马，直奔西大街飞驰而去。

燕子李三在承德

采录：阎学仁

清道光年间，北京有位民间豪杰李三。他武艺精通、身轻如燕、蹿房越脊、如履平地，人称燕子李三。他杀贪官、除恶霸、杀富济贫，震动了北京城。宫廷内外加强了守卫，清朝官兵闻之丧胆，一些官员晚间都吓得闭门不出。道光皇帝亲自下诏严令各地官府捉拿归案。李三却毫不畏惧。一天夜里，他来到热河行宫，先到御膳房饱餐了一顿，然后割了一块肉加上红矾放在兜里。出宫后，他顺路又在买卖街"芳园居"银库取了一串铜钱。他在所到之处都留下"李三到此一游"的手迹。这下可气坏了行宫总管，召集护园官员及马师爷、鹰首柳五爷研究对策，妄图捉拿李三。

次日晨，柳五爷放出两只猎鹰，盗取李三的衣服。不料两只猎鹰都被药死在塔下。李三此时却来到迎水坝。他久闻承德有位卖切糕的马老汉，虽年过六旬却有把子力气，平日习练拳术，武艺高强，曾得到过朝廷的恩赏。马老汉推着独轮花轱辘切糕车，"吱吱"直响向李三行来。李三此时故意横倒在地，挡住去路。马老汉不慌不忙，手腕用力一抬，将车举起，越过李三，继续向前推去。李三暗道，这位马老汉真是名不虚传，便二次上前，两个手指掐着一串铜钱买切糕。马老汉默不作声，一刀而下，一秤分两不差。李三见状，也不动声色，将两个手指间的铜钱捏得粉碎。马老汉顿时面色苍白，目瞪口呆，向李三拱手道："小老儿年老昏庸，有眼不识泰山，请高师息怒，高抬贵手。您老如赏脸，请到小老儿寒舍一叙。"燕子李三并未理睬，扬长而去了。

安德海夜钻五孔闸

讲述：戴维明
记录：李国良

咸丰十一年七月的一天傍晚，一弯新月刚刚升起，避暑山庄的湖面披上了一层淡淡的轻纱。一切都是那样的静。

"谁？"突然一声吆喝，五孔闸边蛙声停止了，蛐蛐躲进了石缝。一个提枪的士兵在宫墙根儿的堆拨房里，探出身子来问。这时，荷花丛中荡出一条小船，迷雾中一位银装素裹的宫女立在船头，娇滴滴地答道："皇后的鱼缸没了水草，让我采些浮萍回去。"

"噢！那就快采吧，采完了就早点回去，可别让死鬼把你拖到水里。水鬼可正等着替身哪！哈哈……"一阵笑声过后，那宫女用力撑了一下船，小船来到了闸前，她左右张望了一下，便利落地脱下绣裙长衫放在了船上，把一只绣鞋扔出闸外，另一只放在船上，脑后垂下了一根长长的辫子。只见她把辫子往腰中一缠，一眨眼涂脂抹粉的宫女变成了一位年轻俊俏的男子。他看了看船上的裙衣和一只绣鞋，一场投湖自尽的假象已安排妥当，他满意地笑了。这时，只见他一偏腿就骑在了半扇闸板上，紧接着一侧身脑袋就探出了宫墙外，一个猛子扎进了水里。

这个假扮宫女的年轻人是谁呢？他为什么假扮宫女偷越宫墙呢？不必着急，听我慢慢从头道来。

咸丰十一年七月十七，咸丰病死在烟波致爽殿。遗诏以肃顺为首的八大臣辅佐小皇上载淳，可那拉氏懿贵妃一心独揽朝纲。皇上刚死，八大臣就密令全城戒严，封锁消息。懿贵妃深感形势不妙，唯恐不测，大权旁落，急需把热河情况报告北京的同党恭亲王奕䜣一伙。懿贵妃的焦急瞒不过机灵的小安子，于是二人订下锦囊妙计，这才使安德海假扮宫女巧出离宫。

回头来再说安德海，他趁夜深人静月色朦胧，顺水游到了庄头营旁的滦河口。他又在河畔雇了一个船家，逆流直上喀喇河屯行宫。这时已是星斗满天午夜时分了，他向牧马人出大价钱买了一匹上好的蒙古马，趁着月色马不停蹄地奔往北京。

这天傍晚，北京城的恭亲王的王府门前车水马龙，卫士们横眉立目地来回巡视。杂役、婆子们里出外进地忙个不停，数十盏彩灯把个恭王府照得如同白昼。原来恭王府正在大摆酒宴，邀请各国使节，共贺议和成功。

这时一个小太监不知什么时候来到了恭亲王身边。他悄声在恭亲王耳边耳语了几句之后，恭亲王便急匆匆地闪进了屏风后，朝后殿走去，穿过了后殿就来到了书房。恭亲王一挑帘见安德海趴在地上，身边一摊血迹，嘴角还滴滴答答地流着，亲王赶紧命人扶起安德海，急促地问道："这是怎么回事？"

安德海被侍卫们摇晃了半天，才微微睁开双眼。他见眼前站的是亲王，就抬起一只胳膊指了指前胸说了一句："皇上……"

这句话还没有说完又一头扎在了地上人事不知了。亲王赶忙命人解开安德海的上衣，在内衣的夹层里摸出了一个油布小包。亲王一边撕破油布，一边喊道："来人！速速去太医院把黄太医请来，把安德海抬到西跨院精心护理！"

几个小太监急三火四地抬走了安德海。亲王打开布包一看是一封用蜡密封的十万火急，上面写道：恭亲王殿下：皇上归天，事恐有变，速来热河。

恭亲王一看笔迹知是懿贵妃亲笔。他立即命人备轿，风风火火地直奔紫禁城去了。几天以后恭亲王就到了热河，并秘密地进了避暑山庄和懿贵妃彻夜长谈，共拟大计，为消除异己使太后垂帘听政做好了一切准备。这就是后来的故事了。

神卜傻吉儿

讲述：劲德清
记录：张拯民

在旧民国期间，热河旱河沿有个卦摊，算卦先生的真名实姓很少有人知道，大伙儿都叫他傻吉儿。

傻吉儿个头不高，身子瘦得只剩一把骨头架子；灰白的头发擀得像毡片儿；腮上连鬓胡子和鞋刷子差不多；一对黄眼珠整天堆着眵目糊，身上那件大褂儿，和补丁垛没啥区别。

他摆摊用的卦桌子，四条桌腿有三条用绳子绑着，不小心非碰趴窝不可。他算卦不用卦盆，用个豁牙子粗皮碗。还甭说，就数碗里的骰子算是囫囵玩意儿。

别看傻吉儿的模样不咋着，人家可是热河一带赫赫有名的活神仙哩！

有一年初秋，从热河北部来了三个贩马的老客。他们由坝上贩来四匹生马蛋子。这马个头高、体宽、鬃厚、尾长，一色雪白，两耳一立"咴儿咴儿"乱叫，走起路来四蹄儿生风，倍儿精神，谁见了都打心眼里喜爱。

　　三个老客将马赶进热河，住在粮市亚新大车店里。次日天将蒙蒙亮时三个老客就将马赶到倭瓜园山坡放青。约摸早上八点，突然，树丛"哗啦"一声响，蹿出来四个彪形大汉，四支黑乎乎的枪口对准了他们："对不起，兄弟想借马用一用。"

　　三个老客吓得筛糠，哆里哆嗦地哀求说："老……爷，这是生马蛋子，不能骑，又不能借，你就……"

　　"少说废话，要是不识好歹，这枪子儿可不认人！快转过脸去，老实到沟里眯着去，快！"三个老客被押到沟脑里，眼瞅着马匹被强人夺走，追不敢追，舍又舍不得，只好远远地跟在后边瞭哨。

　　抢马的匪徒没想到，这四匹马性情暴烈，别说骑，谁一靠近它就龇牙咧嘴要下口，谁敢骑呀？土匪无奈，只好任马随意行走。

　　事也凑巧，这会儿正赶上傻吉儿给沟里一家看风水回来，和匪徒碰了个照面儿。傻吉儿是干啥的？早就看出这四个家伙来路不明，不是贼就是匪，心里暗叹道："唉，不知谁家又倒了霉！"

　　这会儿，三个失马的老客正蹲路边上放声大哭，身旁有两位老人不住劝解。一位老人看见走来的傻吉儿，灵机一动，对三个老客说："喂，快看，救星来啦！"他用手一指傻吉儿说："这个人神通广大，赶快求他帮忙吧。"

　　三个老客一听，喜出望外，抹了一把眼泪，"扑通"跪在傻吉儿面前，"当当当"磕了三个响头，央求说："老先生行好积德，救救我们吧！"

　　傻吉儿一愣，知道这三位遇到了难处。他不慌不忙地往草地上一坐，伸出右手掐指一算说："从卦上看，你们八成破了财。"

　　老客惊喜地说："哎呀，活神仙，您算得太对了，我们的马被土匪抢走了，您无论如何也得帮我们追回来呀。"

　　傻吉儿摇摇头说："难啊，要夺马就如同虎口拔牙！"

　　"老先生开恩，帮帮忙吧！"

　　傻吉儿寻思了好半天才说："如若想平安地将马夺回来，必须如此这般行事……"

　　三个老客夺马心切，顾不得多想，站起身照直向土匪走去的方向追去。

　　这会正是快晌午时，庄户老小正在地里忙活。三个老客走了约摸有半里路光景，见路边有一片绿油油的菜园子，园子中果真有个穿红戴绿的小媳妇正在摇着辘轳打水浇菜。

　　三个老客照着傻吉儿出的道儿，走到打水的小媳妇跟前，假意讨水喝，当将

水斗拎起后，抽冷子把斗子里的水朝那女人头上泼去，然后把斗子一扔，转身朝沟里便跑。

那女人被水泼得一激灵，"噢"一声叫起来："快来人呀，有坏人啦！抓住他们呀……"

在地里干活的老小，听到喊声呼啦一下子抄起锄头、铁锨向三个奔跑着的老客追去："抓住他们！别让歹徒跑了！……"人们边追边喊，好似一群炸了窝的马蜂直朝三个老客追去。

再说那四个抢马的匪徒，瞅着抢来的不义之财，心中很得意。赶着马来到山下，看了一眼盘山小道想：翻过山就是狮子沟，那里有同伙接应，再也不用提心吊胆了。

突然，身后传来一阵喊杀声，震得山谷"嗡嗡"响。土匪们回头一看，妈呀，这是从哪儿掉下来的天兵天将呀！本来他们就做贼心虚，见身后追上伙人来，以为是捉他们的呢，再也顾不上马，撒腿逃命去了。

三个老客见匪徒扔下马匹逃走，跑过去将马拦住，刚想往回赶，人们已从后面追来，三个老客忙跪在众人面前，把事情的经过一五一十说了一遍，当提到傻吉儿三个字后，大伙儿的怒气顿时云消雾散。

打这以后，傻吉儿的名字，在热河传得更响了。

给西太后牵马的人

讲述：张凤和
记录：常玉林

清朝末年，承德街上有一个老头儿，整天挎着一筐烧饼，沿街叫卖，一边卖一边吃，有时一天吃的比卖的还多。这人有时往墙根一靠，滔滔不绝，说起在北京城义和团如何英勇，慈禧太后如何先怕义和团后怕洋人等。他说着说着就走板啦，絮絮叨叨，一直到听的人走得一个没有了，才算拉倒……这个人叫张金榜，承德街上人都叫他张疯子。张金榜为啥疯了呢？

原来，八国联军直逼北京，慈禧太后逃往西安。张金榜原是官廷喂马的。当时，他牵着马让慈禧太后骑上，随混乱人群逃出北京到了西安。因为张金榜给慈禧牵马保镖，有救命之恩。慈禧太后封赏有功之臣，其中就有他。这时，张金榜已回至家乡——承德。慈禧太后知道后，手谕热河都统察访张金榜。这张金榜住在承德街居仁里。他回到家中待不住，就天天到二仙居说书馆听书。热河都统的亲信终于在说书馆里把张金榜访到了。第二天，都统大人亲自迎接，衙门中门大开，文武官员侍立两旁。张金榜破衣烂衫，走起路来踢里趿拉都抬不起脚来，到了大厅坐没坐相，站没站样。都统一看他是个"二百五"，就瞒着张金榜，派出一名亲信，冒名顶替，把张金榜的封赏都骗去了。过了三个月，不知张金榜怎么知道了此事，星火赶到北京找慈禧太后，谁料被御林军当疯子赶出北京城。他一气之下回承德就真的疯了。

你敢和我洗澡去

采录：李国良

　　清朝的时候，承德是塞外一个有名的大城镇，为啥出名？原因有二：其一，每当夏天，皇帝都率领王公大臣到这里狩猎，避暑，一住就是半年。其二，山城风景秀丽，气候宜人，皇帝为了巩固自己的封建统治，利用宗教，愚弄百姓，又在避暑山庄外修建了大批寺庙，号称"外八庙"。特别是"普宁寺"里，塑了一个六丈六尺高的千手千眼佛，甚为壮观，举世闻名。为此，关里关外，内蒙古、西藏，前来游览避暑，求佛进香的人，从早到晚，熙熙攘攘，川流不息。

　　一天，有一个从山东逃荒过来的粗壮农夫，也来庙里看热闹。他看到一群群、一队队前来进香的善男信女，都面对菩萨、如来叩头祈祷，口中还念念有词，磨磨叨叨没完没了，觉得十分好笑。他心想，这些人真是吃饱了撑得没事干，到这来消食儿。他抬起头指着一个个龇牙咧嘴的泥塑佛像喝道：

> 如来金刚一团泥，
> 张牙舞爪把人欺。
> 人人说你神通大，
> 你敢和我洗澡去？

打鬼的故事

采录：梁 义

　　清朝，在承德普宁寺、安远庙每年都要举行"打鬼"的宗教活动，藏语称"跳步踏"。尤其在乾隆皇帝幸驾热河时,这种活动更为热闹。关于"打鬼"的来历,还流传着一段故事哩。

相传很久以前,有亲兄弟三人为完成善业,立志共同修建一座塔。三兄弟不分白天黑夜苦苦干了三年,塔终于建成了。三人自以为是完成了一件天大的善事,老大对着塔祈愿说:"让我转世时做为一代国王吧!"老二讲:"让我转世时做菩萨吧。"老三说:"再投生就让我做传经弘法的大师吧。"一条为修塔驮石料的牛,听了三兄弟的话,心中十分恼火,认为自己辛辛苦苦驮石运土,没人替它祝福。心中暗暗发狠道:"将来得势时,一定要毁灭佛法。"这时只见塔尖上飞下来一只乌鸦,恶狠狠地对牛说:"你要是毁灭佛法,我一定杀死你。"

没承想过了百年以后,这头牛真做了一方国王。自他登上王位后,就开始拆毁寺庙,焚烧经典,令出家人尽行还俗,不愿还俗的全部赶到山中去打猎。有一些被迫打猎的僧人逃到了边远山区,遇到修身养性的吉祥金刚,向他诉说了国王毁灭佛法的罪孽。吉祥金刚听说佛法遭到破坏,僧侣不得安生,气愤异常。他将白马用炭末染黑,身穿外黑内白的僧服,暗藏了弓箭,跨上马一溜烟地向国王的驻地跑去。

吉祥金刚马不停蹄地跑了三天三夜,来到了国王的殿堂门前。只见他翻身下马,抖擞精神,高声唱起了吉祥歌,欢快地跳起了吉祥舞,身边一会就围上了一群人,为他喝彩助兴。国王听到外面人声嘈杂,便慢慢踱出了宫,见是一位壮士在宫门前又唱又跳,看到精彩处,国王也不禁哈哈大笑喝起彩来。说时迟,那时快,只见吉祥金刚搭箭就射,"嗖"的一箭,正中国王咽喉,他两腿一伸,便倒地毙命了。

众人一看大事不好,赶紧四处逃散。吉祥金刚趁着乱劲跳上马背,鞭子一摇,向着正面逃出了人群。兵丁一看国王被暗箭所害,高喊:"捉拿骑黑马穿黑服的刺客啊!"紧跟着就朝吉祥金刚追去。

吉祥金刚骑着快马四蹄生风,转眼间就将士兵远远地甩在后面。这时他乘机将外黑内白的僧服反穿上,来到河边,又将白马身上的黑色炭末冲干净,就在士兵高喊捉拿黑马黑服的刺客时,吉祥金刚又变成了白马白服的僧人,逃脱了追捕,溜溜达达地云游四方去了。

吉祥金刚杀死了毁灭佛法的国王,佛教得到了进一步的昌盛。从此以后,喇嘛教就以跳步踏来纪念舍身护法的僧人,并作为宣扬佛法扫除魔障的一种宗教仪式流传下来。

吉祥天母的故事

采录：梁 义

在承德市人们俗称"小布达拉宫"的普陀宗乘庙里有一尊吉祥天母像。这神像面目丑陋，身披人皮做的衣服，胸前戴着一串人头做成的项链，手中持一把利剑，跨下一匹骡子，骡子前后跟着两个鬼头人身的女孩像。这就是大家经常提起的骡子天王。

相传吉祥天母原来并不丑陋，十七八岁的时候出落得漂亮动人。儿大不由娘，家里渐渐地管不住她了。她变得奸、懒、馋、猾又放荡，竟与一百个男人私通。父亲见女儿败坏家风，脸上十分难堪，说她又不听，管又管不住，恼怒之下，一狠心便用一根铁锁把她锁在狗窝旁，让她挨饿、受冻，强迫她改邪归正。

她的母亲既恨女儿的所作所为又心疼女儿受如此磨难，想了一天也没想出一个好办法。就在一个没有月亮的晚上，母亲将铁链偷偷地解开，把她领出家门，让女儿骑上一匹骡子远远逃走。

父亲得知女儿出逃，气得暴跳如雷，骑上一匹快马，伸手搭上弯弓，两腿一夹，一阵风似的追去了。骡子哪有马跑得快啊！不一会儿工夫，就远远地看见了骡子的背影。渐渐地越追越近，匆忙当中他气喘吁吁地伸手掏出弯弓，搭箭就射。没曾想到箭射偏了，正好射在骡子屁股上；骡子一疼，长嘶一声，四蹄生风跑得更快了。那支箭也一抖掉了下来。箭眼在骡子身上变成了一只眼睛。骡子长了后眼，能看清后边啦，她父亲再也追不上了。

父亲没有追上女儿，回到家里又气又恨，经常在家中诅咒女儿，咒来咒去，吉祥天母就变丑了。

吉祥天母面目变了，本性却没有变。她逃到北海又和罗刹鬼混上了。她常和罗刹出来兴风作浪，吃人肉，食人血，祸害百姓。观音菩萨知道后非常气愤，找到她说："你在人世间罪恶深重，如今又和罗刹兴风作浪，妄杀生灵，犯下了更深的罪孽，如不赶紧解脱，将会大难临头。你想悔改，还来得及，但必须把罗刹杀死，你才能脱离苦海，到那时你再来见我。"

吉祥天母回到北海，左思右想，决定杀死罗刹，解脱自己。这时她已和罗刹共同生活了三年，掌握了罗刹的生活习惯。就在一个漆黑的夜晚，她趁罗刹沉睡时，拔出利刃，直刺罗刹咽喉，刺死了罗刹。她骑上自己的骡子，一溜烟地逃出了宫殿。她跑着跑着，突然听见后边有脚步声，回头一看，原来是她的两个女儿。她想：这是魔鬼的后代，绝不能让她们留在世间，成为后患。只见她一边一剑，将两个女儿的头砍了下来。谁知两个女儿的头虽然被砍下来了，尸体却不倒，还继续跟着她跑。吉祥天母一看没办法了，又随手砍下两个魔鬼的头给两个女儿安上了。至今她身前身后那两个女孩像还是人身鬼头呢！

观音菩萨见她果然按照自己的话办了，心中十分高兴，但想到她毕竟在世间干了许多坏事，就交给她一个布袋，里面装满了魔鬼，让她背在身上，算是对她的一种惩罚。观音又给了她一定的权力，每年除夕晚上让她出来，浑身发光，绕着地球转一圈，察看世界，看到有作恶的人，就将魔鬼撒出来，整治他们，让大家过个好年。每到除夕的晚上，天上那颗最亮的星星，那就是吉祥天母骑着她的骡子在转悠呢。

弥弥金刚救百姓

采录：肖 迪 野 草

在小布达拉宫西罡子殿内，有一座男女拥抱的雕像，那就是弥弥金刚和桂花姑娘。

乾隆年间，狮子沟一带闹流行痢疾。身强力壮的小伙子，三天就屙得蔫头耷拉脑，老人和娃娃们就更经不起折腾，死人不计其数。

有一天，天阴得昏昏沉沉的。傍晚，一声霹雷过后，下起了倾盆大雨。这时候，从朝阳洞走出一个人来，他就是弥弥金刚。这几天，他闻到一股臭气，便知道附近正在闹瘟疫。他想出洞去普救众生，可他的本领有限，只有在雨天才能施展。因为他的药只有和雨水——无根水和在一起，才能奏效。此时，他顺手从怀中掏出一双草鞋穿在脚上下了山。这双草鞋是用一百座山的一百种草，加上一百只山兔的一百根胡须编成的。弥弥专找泥多的地方行走，鞋底儿上的烂泥越沾越厚。他走到狮子沟时，两只草鞋已经有八九斤重了。

弥弥推开一家房门，进了屋。他见这七八口人横躺竖卧，一个个面黄肌瘦，忙说："快起来，吃了我的药准好。"这家人见弥弥浇成了落汤鸡，有些不相信。小伙子勉强支起身子，有气无力地问："先生从哪儿来，真能治我们的病吗？"弥弥说："我从朝阳洞来。别误了时辰，快拿盆到外边接点雨水来。"那家人早就听说朝阳洞内住个仙人，一听此话，都纷纷挣扎起来，忙颠三倒四地找大盆去接雨水。

雨水接回来了。只见弥弥抬起脚，从鞋底儿上抠下了块黑泥疙瘩在手上搓了搓，分给每人一块，催他们就着雨水喝下去。俗话说：有病乱投医。一家人没多想，便就着雨水把泥巴咽了下去。不一会儿，就觉得肚里热乎乎的，身上冒了汗，也有劲儿了。高兴得这家人不知说啥好了。

弥弥说："你们赶快去告诉村里的人，趁天还下雨，赶紧接雨水，我挨家送药。"

半夜时分，村里的人治好了一多半儿。这时候，一个十七八岁的姑娘，哭着来到弥弥跟前，央求说："请神仙救救我奶奶吧！她已经死过去了。"

弥弥一听，忙跟小姑娘到了她家，只见一位七十多岁的老太太正躺在草堆上。他立刻从鞋底儿抠块泥巴，放在自己嘴里含一会儿，又接过别人递来的一碗无根水，托起老太太的头，让人用筷子撬开牙缝，连泥团带水，灌进老人嘴里。片刻，只听"吭哧"一声，老人喘上一口气，又一会儿，老太太睁开了眼睛。小姑娘感激地一下子跪在弥弥的跟前磕起头来，说："我桂花怎样才能报答您的大恩大德呢？"

弥弥笑着摆摆手。

弥弥整整忙了一夜，鞋底儿上的泥巴也抠净了，村里的病人也都治好了。全村人把弥弥围住，跪下给他磕头，齐声喊着："感谢仙人搭救，感谢仙人搭救！"等大家磕完头再一看，那弥弥早没影了。

桂花的奶奶又活了两年，临终前，她对孙女说："我死以后，你就去朝阳洞找那仙人。他可是善神啊。为了替我和众乡亲报答他的救命之恩，你就去侍候他一辈子吧！"

桂花和乡亲们办完奶奶的丧事，就上朝阳洞找弥弥。她在山上转了七天七夜，也没找到弥弥。乡亲们不放心，上山来找她，劝她说："姑娘，回家吧！弥弥是神人，不能收你的。"桂花答道："我就是死在山上，我的魂儿也要找到他。"

天近黄昏，又下起大雨。筋疲力尽的桂花，突然发现山坡上有个洞，洞里光闪闪的。她挣扎着爬到洞口，往里望去，只见弥弥盘腿大坐在石台上。桂花不顾一切，冲进洞去，直扑到弥弥怀里。弥弥把桂花紧紧抱住。这时候，洞口慢慢地封闭了。

当时的情景，正被几个上山劝说桂花回家的乡亲看在眼里，回来后和村里人说了。乡亲们根据洞口封闭前他们拥抱着的姿势，塑了这座像。

善才与龙女

采录：文　石

如果你游览承德的大佛寺，观赏那造型精美、气势宏伟的千手千眼佛，还有那侧立两厢的善才、龙女塑像时，一定会惊叹不已，为我国劳动人民的无穷智慧和高超技艺而感到自豪。

俗话说：有多少座佛像，就有多少个美丽的传说。如果你有兴趣，听我给你说说善才与龙女的故事吧。

传说很早以前，在一个名叫善家村的小庄儿里，有一户靠打柴为生的人家。这家人只有母子俩。儿子上山打柴，到集市上换来米面，与老母相伴度日。

小伙儿为人忠厚，又很勤俭，深得人们的喜爱。人们都叫他"善柴郎"。

善柴郎终年打柴，练就一副好身板，多高的山也能上，多远的路也能走。有一天，他到一座又高又陡的山上打柴。山高峰险林密，柴草没人，半山腰上，林中有一片空地，中央立着一块石碑。碑前一匹石马和一个石人分列左右。

善柴郎将母亲为他准备的干粮袋，顺手挂在石人的脖子上，就去打柴了。刚过晌午，他打了两大捆柴火，准备吃了午饭就挑到集上。他从石人脖子上摘下干粮袋，打开一看，发现少了一块干粮。他以为母亲少装了一块，或是路上丢了，也没在意。他吃完干粮，就挑柴下山了。

一连几天，那干粮竟每天都少一块。善柴郎奇怪了，想看个究竟。这天，他割了一气儿柴火，就偷偷跑回来，躲在了石碑后面。将到晌午的时刻，他看见那石人竟动了动身子，伸了伸胳膊，从干粮袋里掏出一块干粮，送进嘴里，吃了下去，然后，又一动不动了。

善柴郎回到家里，把这件事告诉了母亲。母亲说："那石人想必饿了，以后你就多带一块也就是了。"

就这样，石人每天照吃不误，善柴郎也不打搅它。一天夜间，善柴郎做了一个梦。梦见那石人骑在石马上，对他说："多亏你好心相助，我食了人间烟火，功德已有正果。我就要走了，我把碑下的那部天书送给你。"石人说完乘石马飘然而去了。

第二天，善柴郎半信半疑，来到那林中空地，见石人石马果真不见了，只有石碑孤零零地矗立在那里。

善柴郎上前，轻轻一推石碑，石碑便倒下了。石碑下果然有一部书，上下两册。

从此，善柴郎白天打柴，晚上看书，那书上说的都是观气色、诊疾病，以及一些预言吉凶，指人迷津之事。善柴郎天资聪颖，竟默记于心了。

不久善柴郎的老母去世了。他埋葬了母亲，便打点行装，外出寻找生路。

这一日，他来到龙家庄，善柴郎又渴又饿。这时，天上阴云密布，下起小雨。他便跑到路边一家的大门洞避雨。可巧这时候，院门启开，从院内走出一位村姑来，那村姑正值青春妙龄，长得如花似玉，体态婀娜。原来这村姑是龙家庄首户龙庄主的女儿，人称"龙家女"。龙家女为人善良，贤淑端庄，深得村人敬重。但她的父亲龙庄主却骄横残暴，欺压乡里，人人唾骂。这日龙庄主外出，龙家女便将善柴郎让进厢房，并给他送来了吃喝。

善柴郎正饿得发慌，也顾不得多谢，便吃了起来，吃喝之间，善柴郎一抬头，见龙家女正目不转睛地瞧着他，脸色倏地红了。龙家女也羞得低下头去。

善柴郎急着赶路，吃罢饭急忙起身辞谢龙家女。龙家女送他出屋。窗外细雨已停，正在这时，一个炸雷过后，又刮来一阵大风，将善柴郎的包袱刮掉在地。善柴郎捡起包袱，待风过去，又再次拜别龙家女，出门赶路。

龙家女目送善柴郎走远，才转身回院，发现地下有一本书。她知道，这书必是善柴郎丢下的，便将书捡起来，藏到绣楼之中，等善柴郎来寻时还给他。

善柴郎这一天进了城，寻客栈住下，便四下奔走，找活干。谁想奔波几日，依然没有着落，手中的盘费也快用光了，心中不免焦虑起来。这天夜里，他想：自己看过天书，也通晓一些麻衣神相和望气诊病的道理，何不去给人算卦相面，混口饭吃。于是，第二天他请店主买来一块白布，上写"赛半仙"，就到街头上摆地摊。不几日，他的名声传了出去，生意也随之兴隆起来。

这一天，正巧龙庄主进城，见善柴郎的摊前人头攒动，热闹非凡，以为有什么新鲜事，便横冲直撞，左推右拥，挤了过来，一看是算卦的，咧了咧嘴，说道："这算什么能耐！'赛半仙'，你给我瞧瞧.看看大爷的福气怎么样？"

善柴郎见他骄横不法，一脸凶相，料他绝非善良之人，也不与他争辩，只上下把他端详一遍，道："看你灾星照面，不出三日，定有大难。"龙庄主变色道："年少之人，休出狂言，大爷我如三日内无事，定砸烂你的摊子！"

善柴郎也不答言，一边收拾摊子，一边顺口吟道："是福福不来，是祸躲不过；不出三日内，黄泉路上客。"

那龙庄主回到庄里，闭门不出，想着集上的事，心里也有些害怕。头两日无事，到了第三天头上，觉得浑身上下好不自在，感到不妙，忙命家人叫来女儿，将集市上的事说与她听。

龙家女听了，心中也为爹爹担忧。她听龙庄主说了那算卦之人长相，就知是那天避雨的善柴郎，顿时想起家中那本善柴郎丢下的书，何不找来看看，也许能救爹爹的命。

龙家女将书找来，翻了几页，果真有对症下药之方，便向庄主说了那天善柴郎避雨之事。庄主大喜，如获珍宝，急忙命人按方抓药，煎服下去，然后命家人把天书供奉起来。

且说过了三日，龙庄主竟好了起来，带领打手来到集市上，径直来到善柴郎的摊前，大声喝道：

"好你个骗人的东西，还不与我滚得远远地去。三日已过，你看老爷我怎样？"说罢，命家人将摊子砸得稀烂。

善柴郎一看龙庄主一来，心中也是一惊，心想此事甚怪，他怎么治好了病呢？看到卦摊被砸，顾不得众人嘲笑，羞愧地回到了客店。他心想：难道这天书上说得不对，还是我记差了？他打开包袱一看，才知天书少了一本，不禁大吃一惊。他想来想去，猛然想到那日龙家庄避雨之事，断定书丢在了龙家庄。善柴郎辞别了店主，打点行装直朝龙家庄而来。刚进村口，他就听人说："龙家女得了一本天书，能预言凶吉，甚是灵验！"善柴郎闻听大喜，径直走进了龙家宅院。龙庄主大笑着走了出来："小子，你来得正好，如将你手中那本天书留下，老爷我饶你不死，否则，甭想活着出去！"说罢，便命家人将善柴郎团团围住。善柴郎大骂龙庄主欺人太甚，怎奈敌不过众多家人，天书终被龙庄主夺走了。随后，龙庄主又令家丁将善柴郎押进小屋，待到天黑之时，将他杀掉，抛进深山。

晚上，善柴郎自叹误入虎狼之窟，正在无奈之时，屋门一响，有人闪进来，善柴郎仔细一看，正是龙家女。龙家女眼含热泪，上前给善柴郎松开了绑绳，悲切切地说道："我爹为人残暴，欲害你性命，你赶紧逃走吧！"说着，将两本天书递了过来，又道："时候不早了，快快走吧！"

善柴郎千恩万谢，刚要走，自觉不妥，转回身来，说道："我走不要紧，你爹知你所为，岂能饶你？"

龙家女低下头，羞答答道："愿随君去，不知意下如何？"

善柴郎说道："你我有福同享，有难同当，咱们远走他乡吧！"

俩人离村不久，便见身后灯光一片，一群人呼叫着，直追而来。俩人慌不择路，直奔山上而去，天明一看，谁料竟来到悬崖峭壁之上。

眼看龙庄主率领众家丁快追至近前，善柴郎对龙家女道："我死而无怨，谁想竟连累于你！"龙家女道："你是个善良之人，与你同死，我也心甘情愿！"说罢，善柴郎将天书扔下崖去，随后俩人手儿相携，双双跳下悬崖。霎时间，两本书化作两朵彩云，将两人稳稳托住，缓缓向天上飘去了。俩人正在惊疑之间，只见观世音菩萨手托瓷瓶，轻摇柳枝，走到俩人面前，说道："你俩前世情缘已结，还不皈依佛门，做我的弟子，为师已等候你们多时啦。"

二人心有灵犀，双手合十，说道："愿随师往。"

从此，善柴郎与龙家女做了观音的弟子。人们传说久了，便将他俩的身世忘掉，只称他俩"善才"、"龙女"。

附 录

故事家小档案

杨志民　汉族，私塾文化，承德市民间老艺人。出生于市贫家庭，自幼聪颖好学。少年时即爱舞文弄墨，尤喜结交文人墨客。当时，热河街有闻名于京、承的"四大才子"。他和他们颇多往来。受这些人物的影响，他所讲述的故事多以逸闻、传说为主。内容以清宫廷生活及达官显贵逸闻为多，文中常嵌有诗文。他有很强的记忆力，心中记有相当数量的故事和传说。因这些故事和传说许多是以当地事件为素材，所以，人们称他为承德市"活的历史档案"。

杨志民讲故事的特点是：娓娓道来，时紧时慢，引人逐步入胜；语言时俗时文，别有特色；人物、地点等交代清楚，使人入境，似身在其中。

曾出版《济公后传》等三部评书。

王金亭　女，汉族，高小文化，兴隆矿务局退休老工人。20世纪50年代中期，她曾就任家乡初级社的第一任生产队长。或许从那时起，她的讲话口才已显露出来，为她现在成为故事家打下讲演基础。她从小就和故事结下不解之缘，因为她的长辈都是故事迷、讲故事的能手。讲故事成为她家当时最好的娱乐形式。她的记忆力很强，听过的故事几乎能一字不漏地复述出来，能讲上百个故事。

王金亭讲故事的特点是：语言简练、生动，幽默含蓄，耐人寻味。她尤其擅长讲笑话，有时三言两语，则令人捧腹，是一位很有特色的讲述家。

图书在版编目（CIP）数据

中国民间故事丛书·河北承德·承德市区卷 / 罗杨总主编 . —北京：
知识产权出版社 , 2014.6

ISBN 978-7-5130-1060-3

Ⅰ. ①中… Ⅱ. ①罗… Ⅲ. ①民间故事—作品集—承德市区
Ⅳ. ① I277.3

中国版本图书馆 CIP 数据核字（2012）第 007247 号

责任编辑：孙　昕　张佳立　王金之　　**装帧设计：**柏拉图创意机构
文字编辑：门书文　　　　　　　　　　　**责任出版：**刘译文

中国民间故事丛书·河北承德·承德市区卷

中国民间文艺家协会　组织编写

总 主 编　罗　杨

本卷主编　朱彦华

出版发行：知识产权出版社有限责任公司　　网　址：http://www.ipph.cn
社　　址：北京市海淀区马甸南村 1 号　　　　邮　编：100088
责编电话：010-82000860 转 8111/8368/8112　　责编邮箱：sunxinmlxq@126.com
发行电话：010-82000860 转 8101/8102　　　　　　　　z.editor@foxmail.com
发行传真：010-82000893/82005070/82000270　　　　　wangjinzhi@cnipr.com
印　　刷：北京市凯鑫彩色印刷有限公司　　经　销：各大网上书店、新华书店及相关专业书店
开　　本：787mm×1092mm　　1/16　　　　印　张：18.5
版　　次：2014 年 6 月第 1 版　　　　　　　印　次：2014 年 6 月第 1 次印刷
字　　数：309 千字　　　　　　　　　　　定　价：48.00 元
ISBN 978-7-5130-1060-3